〔中篇卷〕

# 2017《小说选刊》精品选

王干｜主编

作家出版社

图书在版编目（CIP）数据

2017《小说选刊》精品选·中篇卷 /《小说选刊》编 . -- 北京：作家出版社，2018.1
　　ISBN　978-7-5063-9906-7

　　Ⅰ . ① 2 … Ⅱ . ①小 … Ⅲ . ①中篇小说—小说集—中国—当代 Ⅳ . ① I247

　　中国版本图书馆 CIP 数据核字（2018）第 028455 号

2017《小说选刊》精品选·中篇卷

主　　编：王　干
责任编辑：赵　莹
特约编辑：罗路晗
装帧设计：鸿儒文轩·书心瞬意
出版发行：作家出版社
社　　址：北京农展馆南里 10 号　　　邮　　编：100125
电话传真：86 – 10 –65930756（出版发行部）
　　　　　86 – 10 –65004079（总编室）
　　　　　86 – 10 –65015116（邮购部）
E – mail:zuojia@zuojia.net.cn
http://www.haozuojia.com（作家在线）
印　　刷：三河市明华印务有限公司
成品尺寸：145×210
字　　数：295 千
印　　张：14
版　　次：2018 年 3 月第 1 版
印　　次：2018 年 3 月第 1 次印刷
ISBN　978-7-5063-9906-7
定　　价：48.00 元

# 目录

借命而生

【作者简介】石一枫，1979年生于北京，1998年考入北京大学中文系，文学硕士。著有长篇小说《红旗下的果儿》《恋恋北京》《心灵外史》等，小说集《世间已无陈金芳》《特别能战斗》等。曾获十月文学奖、百花文学奖、《小说选刊》中篇小说奖等奖项。

# 1

俩犯人被押送到看守所时，警察杜湘东正为调动的事儿憋闷着。

他是 1985 年警校毕业以后，直接分配到所里的，至今工作已满三年。当初上面找他谈话，说有个郊县刚成立了第二看守所，眼下很缺人，尤其缺大学生，你过去算了。杜湘东有点儿抵触，他说，我是刑侦专业的，不让我到街上抓人，倒让我在号子里看人，这不是本末倒置吗？他本想说大材小用，后来一想，这么说太狂妄了，所以话到嘴边就换了词儿。有情绪自然要做工作，上面就用螺丝钉、时传祥等套话来磨他。一来二去，杜湘东的耳根子就被磨软了，脑子也被磨乱了。正在这时，上面又抛出一个条件：你是异地生，按理该回湖南原籍，如果答应去看守所，那就留京了。考虑考虑吧。

考虑考虑，杜湘东就答应了。但再考虑考虑，他又觉得组织上不太地道。所谓异地生留京一说，不少同学都是这个情况，但为什么有人能留在机关里，偏他要去看守所？比如跟他同宿舍的徐胖子，体能考核永远不达标，案例分析只要有女受害者都答成"情杀"，结果怎么样，人尽其才地被分配到治安科管扫黄去了。还不是因为人家有关系，他舅舅是学校的政治部主任。再说那时的北京，出了永定门就是一片仓库，再往南走恨不得全是玉米地，杜湘东所在的看守所更是建在了玉米地边缘的山底下——这种地方算"北京"吗？如果算，干嘛周围的老乡管进城不叫进城，而是要说"上北京"？

　　但他这人又和别人不同。别人是有了情绪就工作懈怠，他是越有情绪越玩儿命工作。都受情绪影响，影响的方向是反着的。在所里待了半年，他值了几十个通宵夜班，连过年也把探亲的机会让给科里的缺牙老吴了。监舍里有人自杀，吞进七个鸡蛋大的象棋子，是被他掐着脖子愣从嘴里抠出来的，犯人临了还狠狠咬了他一口。所里给他开表彰会，他的脸上冷冷的。让他发言，只有一句话："都是职责之内。"倒把所长晾了个大红脸。

　　后来所长也找他谈话，开门见山："在咱们这儿不痛快？除了关心犯人的思想，还得关心你的思想，我也够累的。"

　　杜湘东便也直说："我觉得我不该干这活儿。"进而又说，他当年考警校想的是立功，是破案，是风霜雪雨搏激流和少年壮志不言愁，从没想过要在阴森森的走廊里巡视犯人的吃喝拉撒。他还说，他知道光想着干大事儿是一种不切实际的浪漫，但要是这么稀里糊涂地被诳来，再稀里糊涂地把心里那点儿浪漫给打消了，他就觉得窝囊了。之所以有话直说，是因为杜湘东认为所长能够理解他的情绪，或者说得虚点儿，就叫情怀吧。所长是从部队转下来的，在越南前线指挥过一个连，身体里至今留着两枚手榴弹弹片。记得刚来报到时，所长还仔细看过了杜湘东的简历：各项考核成绩全队前三名，擒拿格斗在省级比赛里拿过名次……看完以后嘟囔了一声："哟，屈才了。"

如今面对他的抱怨，曾经的战斗英雄会做何感想？所长点了颗烟，三口抽完，开始转肩膀：右手小心而用力地按住左肩，左胳膊举高，牵引着那条膀子缓缓转动，正反各十下。一边转着，额头上就冒出汗来。这是例行功课，每天若干次，说是能防止弹片更加深入地嵌入骨头。这时屋里没声儿，所长专心地转，杜湘东专心地看。片刻，所长吁了口气，重新开口："可要刚来就走，别的单位怎么看你？会不会觉得你这人不踏实？"

又说："干满三年再说。"

说完挥手让杜湘东出去，不谈了。三年之约，这有可能是随口而出的托词，更有可能是想耗着杜湘东。不过从个人立场上，所长分明又是同情他的，甚至可以说是承认他受到了不公正待遇。人家有了这个态度，杜湘东便感到了欣慰，进而又不好意思起来。说到底，警察就是份职业，风光的刑警如此，乏味的管教也是如此，一个像样儿的人既然拿了工资，就该对这份职业尽心。心没尽到还说怪话，那就有点儿不像样儿了。

此后两年多，杜湘东没再提调动的事儿。慢慢地，他对看守所的生活也习惯了。单位小有单位小的好，起码人际关系简单，不必时刻哈着谁拍着谁，这就很对杜湘东的胃口。郊县也有郊县的好，食堂的菜肉都很新鲜。就连寂寞也有寂寞的好，看守所的阅览室订了几本文学杂志，上面的作家都爱声称自己是个"享受寂寞的人"。期间还真有个作家来所里体验生活，却怎么也看不出耐得住寂寞，一来就嚷嚷着要到女队蹲点儿，去记录女犯人"灵与欲的碰撞"。在假寂寞面前，真寂寞倒成了一件有成就感的事儿。唯一让杜湘东仍感不痛快的，是有时回警校去参加同学聚会。那些分在重要岗位的同学都热衷于吹嘘最近又破了什么大案要案，光荣负伤的更会撩起衣服展示伤疤，还不忘对杜湘东告诫一句：

"哥们儿好不容易把人抓进来，你们可得看好了啊。"

心里一不痛快，聚会也懒得参加了。有时一想，留京以后别说没交上什么新朋友，就连老朋友都慢慢淡了，这实在有点儿悲哀。但再一想，什么日子不是过？如果总能这样，人简单着，嘴新鲜着，心寂寞着，那其实也挺好。

至于重新想起那个三年之约，是因为杜湘东要结婚了。这说来有点儿不可思议：一个生活在荒郊野外的单身汉，想结婚简直比动物园里的大熊猫配种都难。其实还是拜所长所赐。那两年什么地方都在搞创收，看守所的经费本来就紧张，于是也创。项目之一，就是替轻工业局下属的食品公司搞加工。所里组织犯人生产冰棍里面的那根棍儿，每个礼拜打包运到玉米地另一端的冷库去。刚开始都是所长亲自带人去送，去了两趟，就指名让杜湘东代劳了，并且指名让他找一个叫刘芬芳的冷库管理员交接。所长还替俩人算了账：刘芬芳二十一，杜湘东二十五；刘芬芳一米六，杜湘东一米七五；刘芬芳虽然家在北京，工作也在城里，但她就是个高中毕业，编制是工人，杜湘东虽然是外地人，常年驻守郊县，但却是大专毕业，编制是干部……以己之长攻彼之短，以彼之长补己之短，怎么算怎么"登对"。

杜湘东去了两趟，果然喜欢上了这个从侧面看比从正面看更有风情的冷库管理员。刘芬芳呢，想必也是喜欢他的。虽然她见到杜湘东的时候冷冷的，不爱说话，但要是有一个礼拜她从城里赶到冷库，而杜湘东恰好有事儿没去，再下个礼拜见面的时候，那种冷淡就会变得更冷，冷得像在赌气了。这些表现杜湘东刚开始不懂，还是所长和老吴帮他分析出来的。所长认为"这很说明问题"，老吴则进一步对问题给予了通俗易懂的说明：

"这妞儿动了春心呗。"

两人就谈上了。而相处日久，杜湘东发现刘芬芳还是一个忧愁的人，或者说，是一个愿意让自己显得忧愁的人。她说话之前习惯先轻叹一口气，她懂得尽量用有点儿像吉永小百合的侧脸而不用如同红苹果的正脸面对杜湘东。作为一名冷库管理员，她的业余爱好不是通过喝热豆腐脑来温暖内脏，而是通过读席慕蓉的诗和三毛的散文来温暖心灵。每当很"八十年代"地聊起人生与理想，她的第一反应常是抱怨，末了还会感叹一句"这就是生活的全部吗"，以使自己的抱怨抽象化、文学化。记得有年"五一"，杜湘东也豁出去了，进城去找刘芬芳，带她看了场内部放映的美国爱情电影，又到"老莫"吃了顿西餐。当这物质精神双丰收的一天接近尾声时，刘芬芳终于让他亲了亲自己洋溢着小豆冰棍味儿的侧脸，但刚亲完，又是一句抽象的抱怨："可惜明天又要和昨天一样。"

这一度给杜湘东带来了苦恼，然而苦恼之余，他却离不开刘芬芳了。他尝试着自己分析：刘芬芳是让他感到累，但这种累是有劲的累，不累反而没劲了。他所喜欢的，也许恰恰是刘芬芳对于生活的不满意。满意了不就俗了吗，傻了吗，没追求了吗？他觉得刘芬芳的情绪呼应着他的情绪，这是一种贴心的感觉。

俩贴心人就商量着结婚。那个年代结婚很简单，只要组织批准，父母点头，有张双人床就能睡到一块儿去。杜湘东还有三年的积蓄，他买得起一辆"永久"自行车、一台"熊猫"半导体和一床大红缎子面儿铺盖。另有一点非常关键，建所的时候征收了农民的几亩地，盖了两栋筒子楼，给每个管教都分了一间宿舍。综合一下条件，杜湘东觉得自己大概是很够资格结婚的。可是商量着商量着，就商量出分歧来了。刘芬芳家住宣武区的大杂院儿，工作以前八口人挤在一个里外间，她睡厨房，脑袋顶着米缸；工作以后食品公司有宿舍，倒是不用顶米缸了，但是一间屋子住了八个女工，人口密度仍未降低。试想能从厨房和集体宿舍搬进筒子楼里的单间，婚后的生活质量可以说是大为提高的，但刘芬芳不这么想。她指出，郊县一间房，不如城里一张床。那时还没有房价的概念，刘芬芳所说的是精神生活：城外有什么呀？有王府井外文书店吗？有"北影"内部放映厅吗？有大学交谊舞会吗？她罗列完这些，这才想起自己既看不懂外文，也混不进内部电影院，更不是大学生，于是又补充：

"就是哪儿也不去，站在长安街上看看电报大楼的灯，心里也是舒服的。"

结论是：她不能从城里搬到郊县。杜湘东就提出了一个权宜之计："或者我们平常分头住，等到周末或者你下乡盘库的时候再过来？"但这个提议也遭到了否决。刘芬芳说："丈夫丈夫，一丈之内才是夫。"进而又列举了几个刚和中国建交的资本主义国家外交官的事例：甭管多忙多重大的场合，大使和大使夫人寸步不离，走哪儿都"拐"着。

杜湘东就做了难："那你让我怎么办？"

刘芬芳却不说话了，让他去想。其实也很好想：他是男人，理应他去就合老婆；而他又是大学生，理应人往高处走。所长当初撮合他和刘芬芳，为的是让他安下心来干工作，结果倒是刘芬芳激发了他要走的心思。又从刘芬芳想到自己，杜湘东回忆着在警校取得的成绩，以及为了取得那些成绩而付出的努力，一股力量就在体内蓬勃了起来。这是年轻人特有的力量感，如果任由它随着时光稀薄下去，直至消逝，那是多么可惜啊。杜湘东甚至还想到了如今的时代。人人都说时代正在变换，因而人人都在迫不及待地变换自己。就像歌曲里已经唱着"跟着感觉走"并问出"你何时跟我走"了，这时杜湘东的走，就不是一个人的走了，而是某种宏大的、名正言顺的价值体现。

第二天，他正式向所长递交了调动报告。他表示愿意到艰苦的岗位去，到危险的岗位去，最好是刑警。他还提醒所长，当初不是说好了"干满三年再说"吗？现在期限已到。

所长没看他，径自抽烟，转肩膀，然后在报告抬头上写了"待办"俩字。

一个礼拜后，所长把杜湘东叫到办公室，甩回给他俩字："没批。"

"总得有个说法吧？"

"部里提倡新精神，每个基层单位都要有高学历人才，可咱们这儿除了你没一个中专以上的。你要走了，所里不就不达标了吗？"

提倡重视人才，结果怎么却成了浪费人才？杜湘东心里反问。但他也只敢在心里反问，因为驳回申请的是上面，不是所长；而战斗英雄脾气暴，要是再纠缠下去，真会跟他锵锵起来。为了无法改变的事情跟对自己好的人翻脸，那太没意义了。

于是他没说话，转身就走。还没出门，所长又甩过来一句："要不再干三年吧。三年之后，有了新大学生你就走，或者空出正科的岗位你先上。"

人一憋闷就爱多想，在路上，杜湘东又开始揣摩所长的话。话分两截，上半截的意思是，三年之约过后还有一个三年之约，这次的约定能否兑现，取决于是否有个像杜湘东一样傻的大学生过来顶缺。而后半截的意思简直让他感到侮辱：难道他的调动申请被所长解读成要职称、要待遇了吗？这么想着，他的脸就铁青了，他的脖子却涨得通红。走出办公区前往监舍时，连有人叫他都没听见。

不巧又在办公室遇见了缺牙老吴。老吴是跟杜湘东搭伴的，原则上是一老带一新，实际却成了新的兜着老的。活儿都是杜湘东干，老吴不是平谷的妈就是延庆的丈母娘有事儿，病假事假轮着休，好不容易在所里待几天，还有多一半的时间在喝酒。用所长的话说，郊区农民的几大缺点，奸懒谗滑，这人算占全了。更让人受不了的是他那张嘴，爱说风凉话还没眼力价儿，逮谁踹谁窝心脚。当他看见杜湘东的脸色时，反而嘶嘶漏风地笑了："没调成？也怪你找错了人。你要是跟局长的闺女结婚，早他妈回北京了，非找一冷库妞儿，原地冻上了吧——不过局长有闺女也看不上你呀，现在知道自个儿是谁了吧？"

那一刻，杜湘东险些抄起桌上的工作记录本，朝老吴摔过去。至于后果，他不管了，打一架就打一架吧，记个处分也无所谓。假如生活欺骗了你，那么当个摔得带响的破罐子也比窝窝囊囊地憋闷着强。然而还没动手，天花板上的喇叭却响了："十七十八监接人。"

这才想起，他负责的监舍昨天刚空出两个铺位，今天又要送进来两个新的。走的是一个抢劫犯和一个投机倒把分子，来的据说是俩盗窃犯。刚才在办公区有人叫他，估计就是要说这事儿。杜湘东狠狠瞪了老吴一眼，终于还是正了正大檐帽，出门。一边快步走着，心里的火儿还在腾腾乱蹿。知道自个儿是谁了吧？知道自个儿配干什么了吧？他也就配接犯人、看犯人、押着犯人车象棋子磨冰棍棍儿，而且还干得这么令行禁止，比警犬都听话。

犯人和押送犯人的人已经等在登记处了。来的不仅有民警，还有南郊一家工厂的负责人。经过简单介绍，杜湘东得知这俩案犯是在实施盗窃时被厂保卫科当场抓获的，不仅"性质特别恶劣，金额特别巨大"，而且"死不悔改，负隅顽抗"。说这话时，保卫科的副主任，一个满脸横肉的胖子指着头上的纱布控诉，他的脑袋都被开瓢了。他代表厂方要求看守所对案犯严加管教，进而又说有关领导会亲自过问这事儿。

杜湘东顶了一句："你是说我们平时管得不严了？"

"那倒没有，我的意思是，你们得格外……"

"进来都一样，人我领走了。"

接着喝令俩犯人从墙根站起来，跟他去照相、剃头、换衣服、前往监舍正式收监。直到这时，他都没有认真看过这俩人。他今天心情恶劣，不想看任何人。但他得到了个笼统的印象，那就是这俩犯人都很年轻，甚至比他还年轻。监舍走廊阴暗幽深，犯人的手铐哗啦作响，四处充满了回声，这让杜湘东心里更加嘈乱。偏在这时又出了状况。当他来到监舍门前，正要伸手摸钥匙，身后突然响起了撕心裂肺的哀鸣："我不该在这儿呀。"

回头一看，俩犯人中比较矮的那个蹲在了地上，双手捂住脸，其中一只手还包着厚厚的纱布。他呜呜哭着，另一个壮得多也高得多的犯人却把头扭向一边，一张脸像西方雕塑似的棱角分明。两人在灯下投出一长一短的影子。

杜湘东就是在这时情绪失控的。你不该在这儿，我就该在这儿吗？他跨过去，揪起正在痛哭的犯人的后脖领子，抬手就是一个耳光："认命吧你。"

这是杜湘东从警以来第一次打犯人。

## 2

从这天起，杜湘东就对这俩犯人格外留心。倒也不是因为打了人家，让他感觉硌得慌的，是一个耳光之后俩犯人的反应。挨打的那个自然被抽愣了，瞪眼呆看着杜湘东。在四十瓦灯泡底下，杜湘东也第一次看清了那犯人的面貌。他长了一张娃娃脸，两颊各有婴儿似的一嘟噜肉。眼睛又大又圆，长睫毛上沾着泪水，让人想起某种鹿类。

"妈——"娃娃脸犯人又拖着长音叫起来，把杜湘东稍稍冷静的大脑再次刺激得烦躁不堪。他就没见过这么怂的犯人。都到这个份儿上了，叫妈能帮上你？知道叫妈早干吗去了？他甩出去的巴掌又折了回来，这次变成了拳头。

但这只拳头转瞬被人拽住了。侧眼一看，是一旁那个高而壮的犯人。他双手揽住杜湘东的胳膊，手铐锁链缠住了杜湘东的腕子。手劲儿特大，一挣竟挣不脱。协同押送的两位管教吃了一惊，几乎同时掏出电棍来："你要干吗？"而杜湘东回了下神，反手扣住那犯人的肩膀，脚下使个绊子，转眼就让犯人重重躺在了地上。接着，他用膝盖顶着对方胸口，逼视着那张棱角分明的脸："管教是你动的？"

犯人从他胳膊上松开双手，瓮声瓮气说："政府，要揍你揍我得了。他有伤。"

这话说得，好像看出他气儿不顺，有打人的需要似的。杜湘东没再动手，但继续瞪着胯下的犯人，直到对方迟疑着把眼睛挪开，这才慢慢起身，掸了掸警服。后面的俩管教也跟了上来，其中一个问："给他上镣？"

对于特别不服管教，尤其是显示出暴力倾向的犯人，所里专门备有脚镣。那玩意儿由几十斤重的铁环和铁球组成，人挂上以后就像一头拖着破犁的牛，走到哪儿都咣当响。多挂两天，就连道儿都忘了怎么走了，有些人脚踝还会肿得像俩馒头。杜湘东扫了一眼地上的犯人，摇了摇头，默不作声地打开了十七、十八监的两道铁门。这俩人是同案犯，按照规定，必须分开关押，防止串供、密谋或闹出别的什么乱子。一股又臭又馊的气息扑鼻而出，那是二十多个犯罪分子共同散发的味道。杜湘东又拿出手铐钥匙，示意俩犯人过来开锁，摘了铐子就可以去他们该去的地方了。不出意外，他们今天晚上都得挨着尿桶睡，而原先在监舍里地位最低的人，则会荣升到靠外一些的位置上。这道门里，另有一套规矩。

当晚在食堂吃饭时，杜湘东只觉得脸上发烧。他感到人人都在看他，还猜测人人都在议论他想走而又没走成的事儿。老吴那张臭嘴肯定闲不住，也许在同事们中间，他已经被说成了一个心比天高但却志大才疏的家伙——不光如此，还拿犯人撒气。这么一想，刚才的那记耳光仿佛抽在了自己脸上。一顿饭没吃完，他就回了办公室，咕咚咕咚灌了半搪瓷缸子凉水，这才想起还有工作没做。对于新进来的犯人，管教有义务了解其基本信息以及犯罪事实。看守所也不光是个关人的地方，理论上还负担着协助侦查机关取证的任务。他耗费两个多小时，翻阅了派出所转过来的审讯笔录，以及厂保卫科提供的相关资料。

娃娃脸犯人名叫姚斌彬，棱角分明的犯人名叫许文革。姚斌彬比许文革小两岁，俩人一个二十一，一个二十三，都是一家机械厂的青工。两人的住址也在厂家属区，是顶班招收进去的工厂子弟。工作以前，姚斌彬上的是全日制高中，许文革则是工业局下属技校毕业。工作以后，姚斌彬分在了模锻车间，许文革分在了维修班。按照保卫科的说法，此二名案犯深受资产阶级个人主义思想毒害，自从入职伊始就不安于工作，频繁利用公家的器械和原材料在外面干私活儿，被厂里发现后还挨过处分。这次他们企图盗窃的物品尤其重大，是一辆日本进口"皇冠"轿车的发动机。被发现时，案犯自带简易工具，已将机器从车内拆卸出来，遭到抓捕时又嚣张拒捕，许文革用扳手将保卫科副科长开了瓢。

人赃俱获，事实清楚，证据确凿。那年头，青工沦为阶下囚的并不少见，杜湘东曾经遇见过倒卖铜线的电工，还有自制火枪把仇家崩成大麻子的车工。而要说这俩犯人和他们的前辈相比有何不同，恐怕还在各自表现出来的性格特点。一个特别软，出了事儿光知道叫妈，一个又特别硬，跟管教都敢动手。无论特别软还是特别硬，在杜湘东看来都是潜在的危险。他本想再到监舍去看看，对俩犯人进行一番未雨绸缪的教育，然而刚合上材料，天花板上的喇叭又响了："杜湘东，你未婚妻找你。"

那时的看守所共有三部电话，一部在所长办公室，一部在监舍区，还有一部才是职工的公共电话。地处郊县，谁家都会有人找，但找人的过程又像移交犯人一样复杂而且公开：看电话的老大爷先通知管理科，管理科再用大喇叭把要找的人叫来。当杜湘东听见喇叭响，就说明刘芬芳已经在胡同口等了十来分钟。今天又是个冷天，她又是个有点儿风吹草动就得犯忧愁的人，杜湘东只好急匆匆地奔了出去。

来到管理科，只见听筒在电话机旁撂着，好像一个人睡着睡着，就从床上滚了下来。看电话的老头儿把半导体音量开得挺大，请电话那头的刘芬芳听了半集《新闻和报纸摘要》。杜湘东拿起听筒"喂"了一声，刘芬芳也"喂"，然后分别汇报了近日的生活情况，诸如吃得怎么样、排没排夜班、上个月的工资还剩下多少等等。都是例行内容。这些说完，刘芬芳才进入正题："你那报告交上去有几天了？"

杜湘东说："嗯。"

"有信儿没有？"

杜湘东说："没批。"

刘芬芳没问为什么没批，仿佛早就料到批不了似的。她只问："那咱们怎么办？"

把"咱们"说得很重，这就让杜湘东嗫嚅起来，心里闷闷一紧。过了几秒钟，他才说："我哪儿知道怎么办。"刘芬芳也"嗯"了一声，便把电话挂了。这可是俩人交往史上未曾有之大变局。以前也拌嘴，但越拌嘴，刘芬芳就会把话筒抓得越牢，打电话的时间也就越长。而这一次的态度，就说明她动了真格的。杜湘东可以想象刘芬芳嘴唇抿在一处，眉头微微蹙起的模样——这副表情从侧面看，的确是有点儿像吉永小百合的。现在吉永小百合决绝地离开胡同口的小卖部，途经提供"啤酒炒芽"的小饭铺，捂着鼻子冲过公共厕所的辐射区域，正准备扑到宿舍的单人床上去抹眼泪，咬枕巾。

他又把电话打过去，一个老太太告诉他"人早走啦"。

杜湘东只好怏怏回到办公室。俩人生活比一人麻烦，这是早有预料的，但没想到一个人的憋闷平摊到俩人头上，也会被放大无数倍。都知道被看管的犯人失去了自由，其实看管犯人的人何尝不是如此。这么一感慨，他无端又想起了今天送来的俩犯人。按照那些身经百战的老警察的说法，犯了罪的人身上都是有"味儿"的，这虽然有点夸张，但也符合犯罪心理学：人违背了社会道德，内心都会挣扎自责，从而也会在神态举止上表现出来。然而姚斌彬和许文革虽然一个痛哭流涕，一个桀骜不驯，但他们的眼神都是干净的，纯良的，因此直到剃了头编了号又穿上了囚服，却还是怎么看也不像犯人。难道保卫科和派出所弄错了？

越琢磨，杜湘东就越心烦。也说不清烦的是结婚的事儿，还是在工作中遇到了一个说不上谜题的谜题。或者都不是，他烦的是网罗一切的生活本身。一边想，他便抬头看见了老吴摆在窗台上的半瓶"红星"二锅头。杜湘东时常觉得老吴活在廉价的醉生梦死之中，可现在，他也情不自禁地抄起淡绿色的酒瓶，吱溜一口，吱溜又一口。在今天，杜湘东破了工作以来的两个戒，一个是打人，一个是喝酒。今天真是鬼使神差的一天。

饶是百米跑进十二秒的身板，在酒量上却不顶用，五六口下去，他就晕头转向地"高"了。等再睁眼，窗外的鸟已经叫得如火如荼，而他还在办公室里坐着，腰杆挺直得像条绷紧的"板儿带"。不愧是个敬业的警察，连醉酒都醉得这么仪表堂堂。杜湘东使劲甩甩头，打开窗户散了散酒味儿，赶紧往监舍里去。每早查监也是他雷打不动的习惯，现在都晚了。

刚进走廊，就听见出了事儿。

声音是从盥洗室传出来的。每早犯人起床，先得点名、整理内务，然后再由管教带去刷牙洗脸。本所各监区的盥洗室都只有十个龙头，仅能容纳一个监舍的犯人同时洗漱，所以通常当一名管教带着一拨儿犯人进去时，搭班的另一名管教就得带着另一拨儿犯人在外面等候。而当杜湘东三步并作两步跑过去时，却见盥洗室的铁门上了锁，窗户栅栏里人头攒动，挤得满满当当。这肯定又是老吴的杰作——每当杜湘东临时有事，他常常会把所辖两个监舍的犯人统统往盥洗室里一塞，自己就到宿舍睡回笼觉去了。至于共处狭小空间的犯人们会不会大打出手，他才不管。他还颇有趣味地把这种事儿叫作"斗蛐蛐儿"。

好在今天的"蛐蛐儿"不是群斗，而是大多数观摩少数几个斗，所以场面还没大到必须拉警报的地步。杜湘东气急败坏地打开铁门，就见水泥地上伸着两条腿，两条腿底下又压着两条腿。这四条腿的上方还运动着七八条腿，机械而有力地往那两人身上踹着，踩着，砰砰有声，如同打鼓。他喝了一声，腿们仍不停，忍着头疼又喊："列队！"人腿组成的森林这才四散，围成圈儿的也缓缓挪开，沿着水池一字排开。

地上的俩人正是姚斌彬和许文革。姚斌彬侧身蜷成一团，浑身哆嗦，缠着厚纱布的那只手拢在胸前。往下一看，裤子湿了一片，他尿了。而许文革压在姚斌彬身上，两肘撑地，肌肉绷紧，也在周期性地哆嗦。杜湘东过去拽了拽这人肩膀，竟拽不动，只觉得手抓了块滚烫的铁。再喝令两个犯人强行把许文革抬起来，就呈现出一张惨不忍睹的正脸：几乎没一块好肉，一只眼被"封"了，血从鼻子以及嘴里流出来，凝结在脖子上。

许文革用他尚能视物的那只眼睛和杜湘东对视片刻，眼神不冷不热。

"说说原因。"杜湘东回头问。话是对郑三闯，那个从"文革"后期起就威震四城的老顽主说的。之所以没问"谁指使的"，是因为他知道，没有郑三闯的命令，这俩监舍里别说打架了，连大声说话也没人敢。铁门里有铁门里的规矩，规矩都是牢头执行的。由于看守所的警力不够，管教也不得不默许那些规矩的存在，这类似于牧羊人总得养着几条狗。但今天，却是牢头郑三闯先坏了规矩——再大的仇也不能打脸，不能见血，更不能让管教看见，只要看不见那就一切心照不宣。如果牧羊犬咬了羊，又是当着管教咬的，他们就不是羊、狗和人的关系了，必须得按照白纸黑字的监规来解决问题了。

郑三闯立了个正，嘴里还叼着烟："报告政府，他们打架我没拦住。"

"我问为什么打？"

"没听见。"

"没长耳朵？"

"还没醒透呢。"

杜湘东便不看郑三闯，转向了和他同牢房的一个"杆儿犯"。这人是因为猥亵妇女进来的，此前在监舍里挨揍最多的是他，睡在尿桶边儿的也是他。

"那你说说。"

"杆儿犯"害了眼疾似的挤了几下眼，偷空瞥瞥郑三闯。杜湘东便又让他跟着自己到走廊里去。而据"杆儿犯"交代，斗殴的起因也很简单。新进来的人第一顿饭往往是吃不上的，姚斌彬分在十七监，恰好和郑三闯同屋，所以昨晚的窝头刚发下来，他那份儿只好上供。到了今天早晨，郑三闯又盯上了姚斌彬手上的纱布——他前几天刚上完镣，脚跟子磨破了，还化了脓，正缺一块裹脚布。但这次的要求却碰了壁。姚斌彬还没说什么，隔壁十八监的许文革先不干了，吵吵着说不能欺人太甚。

郑三闯就乐了，道，不服？不服你"翻板儿"呀。

监舍里的大通铺就是一块木板，故而犯人们的黑话都与"板儿"有关。每天面壁反省叫"坐板儿"，新人进来挨一顿杀威棒叫"走板儿"，有更蛮横的人物把老牢头取而代之就叫"翻板儿"。许文革八成是没听懂，又见水池上架着一张摆放牙缸的木板，居然真把它抠起来往上一掀，溅了郑三闯一身牙膏沫子，还吼道，翻就翻，翻了你就别烦我们。

　　此言一出，问题就严重了。不管是在外面还是里面，统治权的更迭总是伴随着铁与血的斗争。郑三闯就让动手。而许文革还真有两下子，上来就把一个络腮胡子的东北人按在地上了。随后便有更多人扑上去，除了打许文革，还打姚斌彬。为了护着姚斌彬，许文革就落了下风，一边挨揍一边说，打我得了，别打他。郑三闯又乐了：仗义是吧？碰上仗义的人，得先验验是真仗义还是假仗义；那就先打你，什么时候你扛不住了，再让他替换你。

　　杜湘东明白，郑三闯的本意并非是要打出个你死我活，无非是想把许文革收服罢了。只要说声"服了"，顶多再按北京街面儿上的规矩叫声"爷"，也许还能混上一把交椅。没想到许文革愣是没服，用身体罩着姚斌彬，咬牙挺了许久。就有人嘀咕，看来这孙子是真仗义。这反而让郑三闯下不来台了，他也不能停，一停就是他"服了"，于是让手下发狠再打。又有人劝，说再打就出事儿了，郑三闯却被激出了横劲儿，说有事儿我担着，大不了一年劳教变十年大牢。就这样，打与被打的拉锯战持续到了杜湘东到来。

　　"杆儿犯"还说："从来没见过这么硬的人，连吭也没吭一声。"

　　这时老吴总算歇够了，慢悠悠地踱了回来。杜湘东斜了一眼没说什么，让他先带犯人回监舍，自己则去通知狱医。料理了伤员，这才腾出手来处理后续事宜。他到十七监宣布，郑三闯从今天开始重新上镣，参与打人的帮凶劳动量加倍。然后他指指郑三闯位于靠门处的那个专享铺位，又指指姚斌彬："你这儿给他睡，你睡尿桶边儿上去。"

郑三闯眼里凶光一闪。被剥夺了最宽敞的"头板儿"，这相当于失去了牢头地位的象征物。杜湘东特地又"照"了他几秒钟，表示此意已决，没有讨价还价的余地，接着转向姚斌彬，训斥道："你那同犯是为你挨的揍，你就是不能给他帮忙，也别给他丢脸。"

许文革挨了一顿揍，无意中却"翻了板儿"，这在犯人里几乎算个奇迹。而俩犯人再次让杜湘东另眼相看，是在劳动的过程中。

劳动就是制作象棋子和冰棍棍儿。在此过程中，犯人也要分个三六九等，具体地说是分成体力工作者、技术工作者和半个艺术工作者：大多数人发张砂纸，打磨上游加工出来的半成品；有一定技术能力的犯人则被派以操作车床和冲切机的重任；还有一些会刻图章的，那几乎是所里的宝贝，冲压上字的象棋子都得靠他们进一步修饰加工，"车马炮"才能成为整齐的篆文。姚斌彬和许文革是工厂出来的，自然被指定在了车床旁边，但因为是同案犯，俩人不能搭班，而且还被远远地隔开。许文革果然底子好，不出两天，车出来的象棋子的合格率就已经遥遥领先了，而姚斌彬的纱布虽然摘了，右手仍不灵便，操纵不动机床，所以干了两天又被扒拉回了打磨组，用胳膊肘夹着棋子干活儿。

这天正在赶一批订货，就听见铿啷一响，一枚残缺不全的象棋子飞了过来，恰好落到杜湘东倒放在窗台上的大檐帽里。他蓦地一惊，还以为又有人打架了，但抬头一看，闷热的车间秩序如常，只有最靠把角的一台车床停了下来。负责操作它的那个交通肇事犯愣乎乎地站在一旁，显然也被吓了一跳。杜湘东吹了声哨子，提醒把守在车间门口的同事注意警戒，又捅了捅歪在椅子上睡觉的老吴，招呼他一起过去看看。来到车床旁问怎么回事儿，交通肇事犯也不知道，表情像当初看着自行车道上的尸体时一样茫然。杜湘东又转了转车床上的摇杆，一动不动，不知是哪儿卡住了。正在这时，他的脚边却多了一人，姚斌彬不知何时从工位上闪了过来，蹲在地上，伸着脖子打量着这台车床的底部。

他抬头对杜湘东说："主轴上的三爪卡盘掉了。"

杜湘东还没说话，老吴先踹了姚斌彬一脚："谁让你离岗的。"

姚斌彬这才想起自己是个犯人而非工人，连滚带爬地回去了。而杜湘东绕着车床这儿拍拍那儿看看，一时头就大了。他不懂机械，但却知道这台机器坏了的话，后果有多惨重。如今别说是管教们的加班补助了，就连维持所里那两台"北京212"吉普车运转的费用，都出在象棋子和冰棍棍儿上。但为了节约成本，所里购进的设备都是外面淘汰的，制作象棋子的车床以前也"趴窝"过两台，请来维修师傅，人家说这种五十年代的仿苏产品连配件都找不着——于是只好报废，进而势必耽误生产进度，进而要受到那些商家恶狠狠的催逼。想到这个，杜湘东的头就大起来了。

老吴却又说起了风凉话："坏得好，资本主义的尾巴翘不起来了吧？"

杜湘东倒想提醒老吴，每个月发补助的时候，他可没少为了块儿八毛的数目去跟管理科扯皮。但再一想，当着犯人说这些也不太合适，于是没接茬儿，让老吴先去找上面汇报。他自己却没走，又把姚斌彬叫了过来："你怎么知道哪儿坏了？"

姚斌彬说："咱们的车床都没按时保养，机油一亏，主轴就会磨损卡盘。"

他说话时，眼睛又亮了起来，但那就不是泪光了，而是某种兴奋的光泽。这眼神让杜湘东心里也是一动："你能修？"

"以前没用过这种机床，但它结构不复杂，而且机器的道理都是通着的……不过我手使不上劲儿。"姚斌彬说着，朝许文革的方向望了一眼。

杜湘东明白他的意思，便向许文革招了招手，然后又告诉姚斌彬，角落里还堆着两台报废车床，如果需要零件，或许可以从那上面找到替换的。俩犯人便开始修理，杜湘东站在一旁监工，防止他们发生不该有的交流。鼓捣一阵，居然鼓捣好了。许文革用修复的车床车出一个象棋子，由姚斌彬递到杜湘东手上：

"政府，能用。"

这小半天里，杜湘东还在观察俩犯人的表现。他们配合极其默契，姚斌彬负责拿主意，指到哪儿许文革就拆哪儿，再指到哪儿许文革就装哪儿。甚而在特殊工序上都不用语言交流，姚斌彬做个手势，许文革就知道要上油，再做个手势，许文革就知道要电焊。许多在同一条流水线上干久了的老工人都练就了这种本领，如此一来便能在噪声震耳欲聋的车间里保证效率。但考虑到姚斌彬和许文革在厂里时，一个是模锻车间的，一个是维修班的，俩人的工作并不搭界，他们的默契很可能就是盗窃的需要了。

而当沉甸甸的梨木象棋子掂在手里时，杜湘东也被传染了一种豁然开朗的喜悦。他把那颗棋子往高处一抛，啪的一声凌空抓住，接着才意识到这个举动和管教的身份不符，于是脸上发烧似的热了一热，让俩犯人各自归位，自己背手走开。

许文革却追上来，隔着杜湘东两步远立了个正："政府，我们也会保养机器。"

杜湘东不禁再次打量许文革。一直以来，这人给他的印象就是硬、傲，好像跟身边的一切都较着劲。挨揍事件之后，他明知姚斌彬受了杜湘东的照顾，但看人的眼神还是极其冷漠的，那意思很清楚，他压根儿不想领别人的情。杜湘东怀疑他就是每天都挨一顿暴揍，也是能默默承受的。而现在，许文革却在"争取表现"了。

"怎么着，想吃大米饭了？"他故意讥讽道。

许文革的脸仍是僵硬的："上一遍油，就没那么容易坏了。"

正在这时，所长领着老吴过来了，见车床已经恢复运转，知道虚惊一场，大舒一口长气。杜湘东便顺势把姚斌彬和许文革能修机器的事儿汇报了，又说他们主动提出要给设备做养护。所长也对这两个犯人中的能工巧匠多看两眼，点头道："那就加个班儿吧。"

加班除了犯人要加，管教自然也不能闲着。当天杜湘东没让姚斌彬和许文革回监舍，继续看着他们把那几台车床和冲锻机一一拆开，在重要部位上了趟油，又对已经出现小故障的地方进行了简单维修。活儿多人少，等全干完，已经快入夜了。俩犯人一头一脸的机油，拿手一抹，在暗处看和黑人差不多。杜湘东便先领着他们到盥洗室，发了半块肥皂让他们洗脸，洗完之后再带到自己办公室吃饭。饭果然是大米饭，配有肉片炒西葫芦和烩鸡块两个菜，是他委托老吴到管教食堂打出来，又放在锅炉房里保温的。所里的惯例，对于有立功表现的犯人，都给吃顿好的。况且他下午还半开玩笑地提到了大米饭，说了就不能食言。

根据杜湘东的经验，犯人假如见着油水，往往比见了妈还亲。那种不管不顾的饥饿感，只有吃上两个月的窝头才能体会。然而这俩犯人却吃得很慢：姚斌彬是右手捏不住筷子，只能换左手，于是颤颤巍巍，每往嘴里送一口都有漏到地上的危险；而许文革则像心里有事，有时猛扒拉两口，嚼着嚼着就慢下来了，凝视着眼前的饭盒发呆。

杜湘东讥讽："嫌不好吃？"

许文革没说话，喉结一跳，自我强迫似的咽下一口。

"有什么想法就提。"杜湘东又说，"谁让你们有功呢。"

他知道，许文革和姚斌彬今天主动请缨，为的可不是这顿大米饭。那么他们有什么目的？是听人说起过减刑的门道，还是想要争取一次家属探视的机会？但如果是那样，杜湘东就只好爱莫能助了。他们的案子还在审理之中，既然刑没正式判，因而也就不存在减的可能；又根据规定，尚未结案的犯罪人员都是禁止探视的，所以再想念亲人也只有忍着。说到底，杜湘东作为一个管教，能提供给俩犯人的其实就是一顿大米饭。但他为什么又要让俩犯人"提想法"呢？他有那么在乎他们的希望、失望和绝望吗？这就说不清了。

许文革果然说了："政府，您能不能给他找个医生？"

"看什么病？"

"看手。"

"绷带不都拆了吗。"杜湘东朝姚斌彬横伏在桌面上的右手扫了一眼。那手表皮发红，略微还有点儿肿胀，看上去大致无碍。

许文革却有点儿抢白的意味了："可他还疼，给我递工具的时候直冒虚汗。"

管教最受不了的就是犯人回嘴，杜湘东立刻反噎："照你的说法，我还得给他配俩护士，白天晚上伺候着他？"

许文革便低下头去。而这时，一旁的姚斌彬又哭了起来。哭也不敢正经哭，一张脸绷得紧紧的，撑着眼眶忍眼泪。忍了一会儿没忍住，抬手抹了把眼睛，声响破腔而出："管教，我也不是怕疼。我是怕出去以后干不了活儿了。"

这时面对姚斌彬的哭，杜湘东却没有那么厌恶了，甚至心里一软。仨人都不再说话，办公室里充满了不尴不尬的气氛。过了会儿，杜湘东站起来，把饭菜分别往俩犯人跟前推了推："有得吃就赶紧吃，想了也白想的事儿就别想。"

姚斌彬和许文革低头扒拉饭。直到这时，杜湘东只是感到这俩犯人有些"各色"，但却没想到他们能干出一件大事。那就是逃跑。

# 3

逃跑事件后来成了杜湘东心里的雷，随时会炸，炸得他寝食难安。但在当初，杜湘东却认为自己善待那俩犯人是理所应当的。比如给姚斌彬看手，就既符合管教的职责，又符合人道主义。他先问过看守所的狱医，狱医表示犯人确无重伤表征，非说手疼，或者是逃避劳动的幌子也未可知。但这就与姚斌彬的表现不相称了。于是杜湘东又给城里打电话，约了一位法医专业的同学。常人印象里，法医都是研究死人的，其实活人也能看，而且因为接触的外伤居多，反而比普通医生有经验。那天法医其实也有任务，大兴发生了一起中毒案，他下乡去验尸了，等再折到看守所，已经又是晚饭的点儿。来了先感叹，在这种地方待久了不会得抑郁症吧，今天那个喝农药的妇女就是抑郁症；又说长此以往，个人问题得不到解决，没准儿还会憋出别的毛病。杜湘东只能讪笑，自掏腰包请食堂师傅做了几个小炒，招待同学吃好喝好，然后把姚斌彬从监舍提出来。

这次就没让许文革跟着，不过经过隔壁十八监舍时，他留意到许文革正往窗外望着，那神情竟是信任和感激的。人骨子里都有三分贱，如果一个既冷又硬的人对自己示好，所激起的暖意往往超过亲昵的人的嘘寒问暖。杜湘东旋即又为这种暖意感到恼怒，喝道：

"靠墙坐好，轮流背监规。"

领着姚斌彬来到办公室，便由同学问诊。法医见过的死人太多，对活人也懒得废话，直接让把手交出来，像玩儿"九连环"一样又捏又扭。姚斌彬明显疼得厉害，但却忍着不叫，娃娃脸上淌满了汗珠。忙活一阵，法医脸色一变，把杜湘东叫到屋外。

杜湘东问："什么毛病？"

同学却问："这孩子跟你什么关系？"

杜湘东又问："什么意思？"

"麻烦了。"同学说，"如果是亲戚，有亲戚的处理办法，或者他们家属跟你'意思'过了，那么总也要给人家一个交代，否则情面上说不过去，对不对？"

"要是没关系，就是普通犯人呢？"

"那我劝你别给自己添乱。直说吧，他右手拇指的掌骨和基节受到钝物重击，造成了粉碎性骨折。这种伤势从外部往往看不出来，但你也有手，我也有手，都知道大拇指的作用，没了这根轴，其他指头差不多就相当于白长了。所以在评定伤残的时候，食指中指都折了，顶多也就是个八级，拇指尤其是右手拇指丧失功能，直接就是五级。出了这种情况，你要是装没看见，其实也能遮过去，反正案子一结，犯人就交给监狱了，到时候再怎么处理自有监狱的规矩；但要是从你这儿捅上去，那就相当于案子之外另起了一桩案子——这么重的伤是怎么造成的？如果是在收监期间弄的，你这个管教有没有责任？"

　　法医分析得头头是道，杜湘东听得恍然大悟。不愧是一毕业就在城里待着的人，虽然见的净是死人，但却比他更懂人情世故。杜湘东不禁再问一句："这伤还有得治吗？"

　　"骨折，粉碎性的，又耽误了这么久。明白了吗？"

　　法医撂下这么一句，看到杜湘东面色有异，就没让他送，急匆匆先告辞了。杜湘东静立片刻，耳中似有什么东西嗡嗡鸣叫，使劲晃了晃脑袋才把那声音驱逐出去。他往走廊门外走了一段，这才想起屋里还关着个人，便又折回办公室，叫姚斌彬回监舍。在路上，姚斌彬走在杜湘东半步之前，表情有点儿呆滞，一双眼睛却格外的亮。难得是个有月亮的夜晚，月光从窗外透进来，照得他的脸也是一团透亮的白。这孩子以后就是个残废了。直到看到监舍门了，杜湘东才开口："你没大事儿，也就是软组织挫伤，养养就好了。"

　　姚斌彬没说话。杜湘东又道："心别太重，好好改造。"

　　姚斌彬好像点了点头，突然说："您是个好人。"

　　杜湘东本可以说，假如世上的人真有好坏之分，那么按照通常的标准，警察自然是好人，被警察看管的就是坏人了。但他说出的却是另一句话："你还有什么要求？"

　　姚斌彬说："能不能托您给我妈带个信儿？"

　　"带什么信儿？"

　　"说我知错了，说我一切都好……说等我出去再伺候她。"

　　杜湘东看着姚斌彬那张温良的、不管何时何地总带着三分羞怯的脸："那得看我有没有时间，还得看工作上有没有必要。"

姚斌彬便向杜湘东鞠了一躬:"谢谢政府。"

这天晚上杜湘东没睡好,躺在床上只是来来回回地翻腾,面朝墙感觉堵得慌,面朝桌子腿又感觉空得慌。他想到了老吴的那半瓶白酒,涌起了灌两口的冲动,但又想到一个警察是不适合当酒鬼的,冲动就没付诸行动。好容易挨到上班,他还是决定找一趟所长。一进门,就见所长正扯着脖子对着电话吵吵,听了两句才明白,所里的一台吉普车打不着火了,汽修厂的人来看过,说没法修,只能报废,而所长向上面申请换车时又遇到了刁难。人家说,别的单位还缺车呢,你们一个看守所,反正也没什么出勤任务,没车就凑合吧。说得也不是没道理,可言语中流露出了轻视看守所的意思,所长就受不了了,反戗道:"看守所怎么了,看守所就是家里蹲吗?说句不好听的,假如犯人跑了,你让我们拿脚去追?"

但戗也白戗。没车,这是客观事实,更是全国上下各个系统的普遍事实。杜湘东等所长在电话里泄完愤,这才硬着头皮把姚斌彬的伤情汇报了。才刚废了一辆车,又听说废了个人的事儿,所长的脸就绷得更紧了。他不说话,先点烟,三口抽完,又转肩膀,转完才说:"你说的属实?"

杜湘东道:"找了个法医先看了。"

所长说:"那你什么意见?"

杜湘东道:"要真是这种伤,所里肯定没法治。狱医老张您又不是不知道,青霉素包治百病,红药水抹哪儿哪儿灵。要不我带着犯人到城里的大医院,找个专家再看看?"

所长却问："上哪儿看？协和还是积水潭？你要有门路，弄得到这些医院的专家号，那能不能先给我挂一个？我这膀子一疼，半边身子都动弹不了。"

吃了一瘪，杜湘东只好闭嘴。半晌才问："那您的意见是——"

"这俩犯人在咱们这儿待了多久？小一个月了吧？现在要求大案要案从速从严，他们的判决也快下来了，到时候就要正式移交给法院和监狱系统。这样吧，办移交的时候你写份补充材料，说明犯人有伤，到时候是该保外就医还是减轻劳动，就由其他机关酌情处理。"所长说着又点了颗烟，"我理解你的想法，人在你手里，你得对他负责，但责任分个轻重缓急，更分个力所能及和力所不能及。上面拨下来的经费就那么点儿，大伙儿的加班费和改善伙食还得靠自己创收呢，真要做手术，拿什么给他做去？"

杜湘东便说："明白了。"说完转身就走。

所长在后面又跟了一句："还他妈不如打仗呢，起码弹药管够。105榴弹炮，一枚炮弹就得上千，看见哪个山头有动静，先轰丫十万块钱的。"

以前也听所长讲过打仗，说的都是大动脉里的血一喷一丈多高，或者步兵脑袋让弹片削掉了一半还往前冲锋，从没想过战争也能从钱的角度理解。看来往事的面貌是多变的，取决于你眼下正在琢磨什么事儿。而杜湘东出了办公室，才又想起今天是该和刘芬芳打电话的日子。俩人有个约定，再忙也得每个礼拜通一次电话，可自从上次刘芬芳挂电话，这习惯就中断了。不仅如此，再去冷库交接冰棍棍，也见不着刘芬芳了。换她来的是个四十多岁的胖大姐，见着杜湘东就翻白眼儿："你又怎么欺负母们芬芳了？"一拖再拖，就把杜湘东拖毛了，他想，不管怎么样，今天得先和她说上话。

于是他没回办公室，拐到了管理科，估摸着刘芬芳已经上班，就打库房电话。果然不通，不通再打，座机转盘把手指头都磨疼了，这才插进一个空去。接电话的又是一大姐，悠着荡秋千似的腔调问他找谁。杜湘东说找刘芬芳，对方说今儿活儿紧，忙着呢。杜湘东便赔着小心求人家，说有急事儿。大姐说再急能有五百条猪腿的事儿急？再不入库下个礼拜保证全臭了。杜湘东便唬了对方一句，说我可是警察。这位大姐大约并没想到警察也可以是刘芬芳的未婚夫，倒抽一口凉气"哎哟"一声，说那您等着，我叫去。过了好半天才转回来，说刘芬芳今天没上班，是不是从冷库偷鱼偷肉的事儿让你们盯上了，是不是畏罪潜逃了？要不要把公司保卫科的人叫来，要不要把厂长也叫来？

一惊一乍，倒把杜湘东吓了一跳。他只好又说："其实我不是警察。"

"孙子你有病吧？你这叫冒充执法人员，明儿就让真警察到你们家抄你去……"

杜湘东忍笑挂了电话，再给刘芬芳的宿舍打时，好像也没那么为难了。又说两句好话，看电话的人便穿过胡同叫来了刘芬芳。杜湘东问："你怎么没上班？"

刘芬芳说："歇病假了。"

杜湘东又问："你哪儿不舒服？"

刘芬芳说："也没哪儿不舒服。"

那么就是忧愁了。既然忧愁就得解忧愁，于是杜湘东先把刚才和大姐的对话复述了一遍，又道："回头还得跟你们头儿解释解释，别再把你怀疑成一个藏在群众里的坏分子。"

刘芬芳却不笑，冷不丁说："杜湘东，没想到你是这么个人。"

杜湘东说："我是怎么个人？"

刘芬芳说："你是个满不在乎的人。"

杜湘东说："我怎么不在乎了？不在乎能给你打电话吗？"

刘芬芳说："现在才打，早干吗去了？"

这诚然是杜湘东理亏。他说："所里事儿多。"

刘芬芳说："你事儿多，就没工夫考虑咱们的事儿了？"

杜湘东只好面对那个不想面对的问题："咱们的事儿，你怎么看？"

刘芬芳说："现在不是我怎么看了，是我们家人怎么看。"

杜湘东说："他们不是觉得我还行吗？"

刘芬芳默然半晌，再说话时，便去除了感情色彩："你知道，我们家八口人。我妈生我的时候难产，此后不能干活儿。我大姐插队，落户在了黑龙江。我二姐心野，考大学去了上海，念完大学又去了深圳。大哥，结了婚嫂子都不让回家。家里相当于没了操持的人，我爸我妈还有俩弟弟，吃饭穿衣，洗涮缝补，靠的都是我。原先说想在城里结婚，那是我的个人趣味，其实除了个人趣味，还有现实困难。前些天看我犹豫，我们家人就又把咱们的事儿商量了一遍，都说你不错，就是人在郊县这一条是个问题。我要是跟你走了，我爸我妈就连口热饭也吃不上了，俩弟弟没准儿得变成野孩子。谁没有爸妈呀，谁没有家人呀。"

陈述到这儿，刘芬芳就不说了，改为一声啜泣。杜湘东便明白了她的意思："那就没别的办法了？"

刘芬芳拖着哭腔说："早说过了，办法在你。"

杜湘东说："我没办法，我没用。我也不能不要工作呀。"

刘芬芳又默然半晌。这时看电话的老头儿打开了话匣子，还是《新闻和报纸摘要》。本期节目的主要内容有：苏联外长爱德华·谢瓦尔德纳泽访华，中苏关系有望实现正常化；各地物价小幅波动，政府号召群众不传谣，不信谣，不进行恐慌性囤积购买；全国从重从速处理一批影响恶劣的刑事案件，社会治安得到显著好转。

然后刘芬芳道："那就这么着吧。赶明儿我去趟郊县，咱们把东西换回来。"

所谓要换的东西，是俩人以往互赠的礼物，或者说是信物也行。共计：杜湘东给刘芬芳的一块"东方"手表，一件呢子列宁装，一个三克重的金戒指，刘芬芳给杜湘东手打的一条围脖，一件毛衣。刘芬芳执意这么做，就有两层意味：一是北京姑娘特有的磊落，她不占他的便宜；二是刘芬芳特有的仪式感，相当于林黛玉和贾宝玉闹掰了，就要把原先乱送的汗巾、手帕、珠儿串儿或铰或烧，或物归原主。

杜湘东竟没话好说。情况都摆在这儿了，拖泥带水也没意思。无非是他个人恋爱史上的第一次失败，以及看守所年轻职工恋爱史上的又一次失败。只不过心里仍是恍惚的，还有些战战兢兢。伤感被覆盖在了心里的一层薄膜底下，看似还平静着，但如果那层膜破了，让埋藏的东西泛滥，他一定会悲痛欲绝。因此他最好不要再想刘芬芳，刘芬芳已成往事。杜湘东便脱了警服，来到犯人们放风的空地上，甩着胳膊跑起圈儿来，仿佛想要摆脱什么东西。直跑得呼哧带喘，浑身透汗，这才突然止步，面无表情地走向车间。犯人们已经被从监舍带出来，又开始了一天的劳动。这儿才是他该在的地方，这儿才有他该干的事儿。

刚一进门，老吴便晃了过来："那犯人说要找你。"

杜湘东往许文革的方向看去，他就站在车床旁，翘首朝这边望着。再朝另一个方向望望姚斌彬，他却在望着许文革。两张年轻的脸，眼神闪烁，饱含热忱。

杜湘东做了个手势，让许文革出列。

"报告政府。"

"有事儿说。"

许文革便道："我观察了其他人干活儿，大家操作车床的方法都不规范。机器爱坏，和这也有关系。如果能让我们——也就是我和姚斌彬——讲讲，再做做示范，不光故障率会降低，象棋子的产量也能提高。"

杜湘东瞪了一眼："大米饭吃上瘾了？"

许文革站得更直了："您知道，我们图的不是一口吃的。"

"那你们还图什么？让我把你们放出去不成？"杜湘东烦

躁地呵斥，又一甩下巴，"该干吗干吗去，甭在这儿假积极。"

许文革脸一白，低头小跑回到车床。老吴却凑近了说："都是养不熟的狗，就不该给他们丫好脸色。"说完掏出烟来，分给杜湘东一根，又拍拍他的肩膀："吹了？"

敢情才这么会儿工夫，消息就传开了。杜湘东鼓着腮帮子没接茬儿。

老吴便叹口气："没事儿，正常。当年我也是熬到三十多，才娶了现在这娘们儿。你要不痛快，就出去散散心，班儿上我给你盯着。放心，今儿我不喝了。"

这番话竟说得杜湘东心里一热，觉得老吴都不是老吴了。而当他重新戴好大檐帽，道了声谢打算离开时，老吴却又一挤眼，对杜湘东乐了："对了，你跟那妞儿弄过没有？"

原来老吴还是老吴。杜湘东只好说："没有。"

"那亏了。你记着，结婚之前弄的都是赚的，结婚之后再怎么弄也是亏。"

杜湘东居然也乐了："下次吸取教训。"

这一天，杜湘东破了参加工作以来的第三个戒，就是擅自离岗。他从职工专用的侧门溜出看守所，沿着土路走到一条河边，茫然地发起了呆。出来散散心，这是个明智的提议，相当适合失恋的人。然而到哪儿散心呢？他索性跳上了最先开来的一辆公共汽车，也不问站，径直坐到后排的空座上。车一晃悠，竟晃悠得他睡着了。睡时也没梦见刘芬芳，再醒过来，却是被一群鹅吵的。只听得四下里嘎嘎叫，还以为车掉进水里了呢，凝了凝神，才知道有一农民带了一筐鹅上车，半路筐漏了，鹅满车厢乱跑。好容易都抓回来，失主却坚称少了一只，并一口咬定是被此前下车的旅客掳走的。他要求司机把车往回开，拉着他去找鹅。司机哪里肯依，双方便吵，鹅的嘎嘎叫里又混进了人的嘎嘎叫。最后闹到杜湘东这里来。

"警察师傅，您给评评理。"农民对他说。

杜湘东遗憾地摇了摇头，表示这不归他管。

农民的气性越发高涨："那你穿这身'皮'有个屁用。"

解释也解释不通，恰好又到一站，杜湘东便从后座上拔起来，逃也似的下车。临出车门问这是什么地方，售票员告诉他："六机厂。"

杜湘东这才反应过来，所谓六机厂，就是第六机械厂，也就是俩犯人姚斌彬和许文革原先工作的厂子。当年国家要搞工业化，北京一马当先，光负责机械制造的厂子就建了许多。排到六机厂，城里的地皮已经不够用了，因此在郊区选址。而农田之间生生拔起一座工厂，对于原住民的生活影响可想而知。杜湘东老家所在的县城附近，也有一家上万人的锅炉厂，如果不是托了关系到工厂附属学校上学，他或许不会萌生出通过考学成为一个"公家人"的愿望，更不会知道北京有所警校正在面向全国招生。他从姚斌彬和许文革想到自己，忽然感到此时下车如同一种冥冥的内定，既偶然又必然。

于是他往工厂方向走去。厂房和围墙肃然耸立，越往近处，越是一派繁忙的景象。也多亏了这身"皮"，杜湘东刚一出示证件，说想要"了解一些情况"，传达室的人立刻便给保卫科打电话，叫来了那位膀大腰圆的副科长。过了将近一个

月，胖子的脸已经养得直冒油光，头上的纱布却不摘，仿佛
光荣负伤的瘾还没过够。这人也认得杜湘东，诧异道："那案
子刑警不是调查过了吗，你一狱警又来干吗？"

杜湘东面无表情地告诉对方，第一，他不是狱警，而是一
名看守所管教；第二，甭管是刑警还是管教，只要警方有调
查的需要，保卫科都有配合的义务。副科长嘟囔起来，说把
犯人送过去那天，该交代的情况不都交代了吗？杜湘东立刻
又纠正：目前案子还没经过法院判决，人也还没正式移交监
狱，因此对姚斌彬和许文革的称谓就不应该是"犯人"而是
"犯罪嫌疑人"。这就有点存心较真儿了。在那个年代，上述
法律常识还不普及，也根本没人会深究，就连看守所的管教
都一口一个"犯人"地叫，仿佛进来的一定会判，不是罪大
恶极也不会进来。而杜湘东非要找碴儿，是因为他预估了胖
子是哪种人——你要不当回事，他就煞有介事，你要煞有介
事，他就特当回事。

胖子果然肃穆起来，引着杜湘东走进厂区，来到主楼一层
的保卫科办公室。他给杜湘东沏上了茶，又专门让手下科员
拿个本子来做记录，这才说："您想了解什么？"

杜湘东直截了当问："姚斌彬手上的伤是怎么回事？"

胖子像受了刺激，跳脚道："你们不会都觉得是我弄的
吧？刑警这么问，厂里的人也这么议论我。虽说我当年打过
姚斌彬他妈的主意，人家没看上我，可事儿都过去这么多年
了，我就是肚量再小也不至于跟一个女人记仇吧？那孩子的
伤真是自己造成的，当时他们把机器从车壳子里吊出来，悬

在一米多高的铁架子上，本来就没挂牢实，我们进去一冲一乱，那铁砣子就落了下来，正好砸在姚斌彬按着前保险杠的手上——不信你问他，我有人证。"

记录员便抬起头来："这是事实。刑事责任，我们也不敢撒谎。"

副科长又说："我还专门找人问过，这种情况算误伤，误伤就不赖我对吧？"

杜湘东点点头："你别激动，我又没说赖你。那么许文革把你打了，是在姚斌彬受伤之前还是之后？"

副科长叹口气："在这之后。他本来也没反抗，还偷偷央求我们说要'私了'呢，不想混乱中姚斌彬伤了，他就跟疯了似的朝我来了。"

杜湘东接着问："许文革干吗那么护着姚斌彬？"

"俩人从小就跟哥儿俩似的。姚斌彬，长得像个女孩儿，在外面没少挨欺负，为了他，许文革把十里八乡的混混儿都打遍了。这孩子性子狠，跟谁有仇当面不吭声，但日后一定得找回来；而惹了他还是小事儿，要是惹了姚斌彬，他非跟你玩儿命不可。"

记录员像个尽职的捧哏，又补充道："以前还有风言风语，说他俩是……那个什么……"

杜湘东眨了眨眼，也问："到底是不是——那个什么？"

副科长却哈哈一笑，挥手道："这他妈不是扯淡吗？厂里的老人儿都知道，许文革跟姚斌彬好，是因为他从小没爹没妈，相当于是姚斌彬他妈带大的。而且他还谈过一个女朋友呢，跟姚斌彬他妈当年一样，也是厂花。"

"许文革的女朋友在哪个车间？"

"早不在厂里了。现在的女的多精啊，知道臭工人没前途，后来认识了个工业局的干部子弟，没两天就跟人家结婚了，又没两天就调到机关坐办公室去了。"

说的是许文革的感情生活，却让杜湘东仿佛被谁窝心踹了一脚。他又问："那么和姚斌彬与许文革关系密切的还有什么人？"

"也就姚斌彬他妈了。过去是个质检员，现在退休了。"

"把她家地址给我。"

杜湘东走出主楼时，从一扇窗户里听到了女工的合唱："我却没法分辨，我终日不安，他俩勇敢和可爱呀，全都一个样……"是苏联歌曲《山楂树》，"五一"劳动节快到了。再穿过一道铁栅栏门，就是职工宿舍。一个弯腰驼背的老太太正在翻拣着垃圾堆，风把灰土纸屑吹起来，直钻到她花白的头发里去。杜湘东按照保卫科提供的门牌号钻进一幢格外破旧的筒子楼，只觉得走廊里暗无天日，饭味儿、霉味儿和隐约的屎尿味儿闷在一处，近乎发酵。他爬上四楼，先在楼梯拐角看见了个蜂窝煤炉子，炉子上烧了一壶热水。再往纵深里蹓几步，总算发现了一道开着的门，门口挂着一道油渍麻花的布帘子。这就是姚斌彬的家了。

杜湘东在那门口站定，却不撩帘子，也不叫人。他此时还不确定这次"家访"是否得当。屋门对着一扇窗，光线贯穿而出，照得空气里缓缓飘浮的尘埃清晰可辨。不知从哪儿又卷过来一阵风，吹得布帘子扑啦一晃，杜湘东便看见了屋里那人的侧影。初时也没在意，觉得那就是个再寻常不过的女人：不高，很瘦，脸色蜡黄，留着齐耳短发，全然看不出当年漂亮过，但却很符合一个与儿子相依为命的母亲的模样。警察眼"毒"，杜湘东随即察觉到，这女人的站姿有些不对劲。她把握不好平衡，上身往不该倾斜的方向倾斜着。他疑惑了一下，终于伸手把布帘子扯开半寸，这才看清了女人的真实状态。她一手扶着窗台，半步半步地往床头的方向挪着，那里有个刷着白漆的铁架子，上端有把手，下端装着四个轮子。这玩意儿的学名叫站立器，是给脑中风和轻度偏瘫患者准备的。也就在这时，女人终于抓住了站立器的把手，几乎压上了全身重量，喘了两口气，这才扶着它往房间一侧的书桌挪了过去。左脚拽着右脚，右脚几乎无法抬离地面。书桌上摆着两瓶药，大概就是女人此番跋涉的目标了。

在那一刻，杜湘东很想走进屋去，帮那女人倒水，吃药。但在小小的助人为乐之后，他又该如何面对人家？假如她问姚斌彬怎么样了，他就告诉她，你儿子正在等候判决，同时成了个残废？一恍惚，他僵在了那里。屋里的女人却没看见他，她正在专心致志地把手伸向药瓶。而再一恍惚，背后突然有尖厉的哨声鸣叫起来。煤炉子上的水开了。

没等女人扭头，杜湘东就转身奔了过去。估摸着女人从屋里挪到炉子旁还有段时间，他又拎起地上的暖壶，依次把两只都灌满，然后才像逃跑似的冲下了楼。

自打从工厂回去，杜湘东就不得不从另一个角度理解姚斌彬叫"妈"的意味了：那不是指望妈能救他，而是在心疼妈、牵挂妈呢。经由姚斌彬的妈，杜湘东又想起了自己的家人。他爸在县文化馆卖电影票，他妈在菜市场卖菜。卖票清闲又体面，卖菜则是粗活儿，因此两人结婚算是他妈占了便宜。但结婚以后，为家里做贡献最大的是他妈，最辛苦的也是他妈。每天早上五点之前，他妈就得从乡下把菜进上来，直站到天黑才能喊一声"包圆儿啦"，就这么日复一日，零敲碎打地攒出了两间瓦房、突突响的带棚"三蹦子"和杜湘东的学费。回家时乍看一眼，住上大瓦房、开上"三蹦子"、把儿子送到北京去的妈已经衰老得像个七十岁的人了。都说感谢好政策，好像党随便开个口子人民就能富起来，其实如果你是个小老百姓，点滴的丰足也是十倍百倍的汗水换来的。

而姚斌彬的妈所要承受的何止艰难，还有与儿子被捕相伴而来的耻辱。这时再想到姚斌彬叫的那声"妈"，又有了忏悔的意思——杜湘东却为这事儿打了姚斌彬。远远看去，那孩子还是那么文静，劳动时总是偷偷望着许文革，像走丢的小羊在寻找着头羊。他们的案子也该判下来了吧，上面的精神不是从重从速么。按照以往的经验，等待他们的不是青海就是新疆的大牢，起码十年往上，二十年也没准儿。十年或者二十年过后，俩人回来，谁还认识他们呢？十年或者二十年过后，姚斌彬的妈不知是否还活着。

恰好过了两天，管教食堂吃猪肉大葱馅儿包子，杜湘东心里一动，央求大师傅多给他留了十个。晚上前往监舍，却不叫姚斌彬，单把许文革拎了出来。杜湘东将他带到走廊拐角，从身后抄出饭盒："吃。"

许文革不吃，站得笔直，两眼发直。

杜湘东说："不是全给你的，还有一半给姚斌彬拿过去……隔着窗户扔给他，不准交头接耳，也不准挤眉弄眼，我在后面盯着你呢。再告诉郑三闯一声，这包子谁要敢抢一口，我让他连去年的饭都吐出来。"

许文革便接了饭盒，却不打开。那意思是全给姚斌彬。

杜湘东叹口气："等案子判下来，你们就不必隔离看押了，到时如果还在所里多耽搁两天，我把你们调到同一个监舍里去，你们也聊聊……当然主要是互相反省。姚斌彬要是想给他妈写信，我也可以代交。"

许文革的鼻翼翕动两下，看向杜湘东："管教，您是个好人。"

这话姚斌彬对他说过，如今许文革也这么说。作为犯人，妄想评价一个警察是"好"还是"不好"，这实在有些荒唐。而同样的话由柔弱的人说出来还能理解，出自一个冷心冷面的人之口，似乎就有点别样的内涵了。杜湘东竟一怔，搪塞道："甭说没用的。"

说完指示许文革回监舍。犯人背影挺拔，虽然吃了个把月的牢饭，浑身仍有一团英武之气。在不明不暗的光线里，他的侧脸像西方雕塑一般见棱见角。杜湘东忽然又想，不知道这俩犯人"下了狱"之后是否能分在一起服刑，也不知道在新环境里，许文革是否保护得了姚斌彬。但这些都是瞎想了，也与他无关了。而在几天以后，杜湘东才会懊悔：他其实是早该看出端倪的。他怎么连一点儿端倪都没看出来呢?

# 4

俩犯人的逃跑,起先被视为一起突发的偶然事件,后来才证实是早有预谋。

过程并不复杂,但一切也都巧了。那天又到了该向食品公司交付冰棍棍儿的日子,所长又让杜湘东和老吴这一组负责。这次程序却与往日不同:所里的一辆吉普车刚报废了,另一辆后勤科要开出去买菜,因而先与冷库商量好,所里组织犯人把货搬到方便的地方,再由食品公司调来一辆卡车拉走。挑选人手时,姚斌彬和许文革就有意无意地站在了队列前侧。杜湘东还没说话,老吴先对他们开了口:"你,还有你——搬最后一截吧。"

按照计划,被挑选出来的犯人们要分成若干小组,前一组先把货物搬到某个中间地点,替换的另一组再过去接力。一拨儿人干活儿时,其他人就在监舍里候着。如此几趟,等把货物从劳动车间运送到高墙的墙根附近,就该最后一组登场了:他们只需要让货物跨过警戒线,码放在看守所正门内侧的那块空地上即可。而毕竟是要靠近门口,兹事体大,因此对这一组的人员选择是有讲究的。首先,人数不能太多,绝不能超过三个;此外,他们还得一贯表现良好,能让管教们"放心";再另外,不管多么老实的犯人,干多么繁重的工作,只要过了警戒线就必须戴上手铐,这也是不容商量的铁规矩。

当一切就绪，管教立刻清场，然后才敢开门，把食品公司的车放进来，让冷库职工自己装货。

如此一来，让姚斌彬和许文革负责最后一段，也是顺理成章的了。姚斌彬虽然手上没劲儿，可许文革干活儿一个顶俩，这就不会耽误约好的交接时间。再说这俩犯人还曾经立过功呢，功臣总是格外值得信赖的。后来上面调查逃跑事件的时候，杜湘东如实交代，如果由他挑人，挑的也会是姚斌彬和许文革。

交代完毕，开始干活。犯人们或扛或拽，把车间里堆放的麻袋往外运去，远看好像蚂蚁搬家。这些麻袋散放在屋里还不算什么，聚拢在阳光下，就变成了一座相当巍峨的小山了。再想想小山全由寸把长的扁平小木棍组成，就可以联想到北京城里有多少怕热的胖子和馋嘴的小孩儿，到了夏天要消耗多少山楂、小豆和牛奶冰棍。这还不算最壮观的呢，杜湘东听刘芬芳描述过她们冷库储藏猪腿的场面：几百条猪腿在一字排开的铁钩上齐齐挂着，膝盖微弯，蹄尖笔直，毛发早已褪尽，皮肉覆着白霜，简直像是全北京的芭蕾舞团正在集体汇演。真不知她怎么会从猪腿联想到芭蕾舞，而猪腿和芭蕾舞都是让她忧愁的。想到刘芬芳，杜湘东的心里便痛了一下。这时看到老"杆儿犯"又在偷懒，他烦躁地训斥了几声。

就这样，麻袋组成的小山分散再集中，集中再分散，终于移动到了墙根的阴凉处。杜湘东和老吴这才从十七、十八监分别叫出了姚斌彬和许文革。走到劳动地点，杜湘东四下望望，确定附近并无闲杂人等，又低头检查了一下两人的手铐，这才点头，表示他们可以开始干活。许文革弯下身子，两手抓住一个麻袋，硬生生往肩上一甩，直起腰来就走；姚斌彬则左手攥着麻袋角，右手爱莫能助地搭在一旁，屁股朝前捯着小碎步，仿佛一松手就会摔个四脚朝天。俩犯人先后到达了终点，又规规矩矩地折回来，开始第二趟搬运。杜湘东依次看了看他们的脸，都是沉静的，心无旁骛的，仿佛他们并未意识到那道自由与监禁的分水岭近在眼前。随后是第三趟、第四趟、第五趟……就在这时，杜湘东想起了一件事。他迟疑了一下，朝几米开外的老吴做了个手势，意思是要离开一会儿，就一会儿。

老吴叼着烟，大大咧咧地挥手：没问题，走你的。

杜湘东便小跑着穿过看守所，从侧门绕回宿舍，到屋里取了一包东西出来。那是刘芬芳给他织的围脖与毛衣。前两天刘芬芳又打了个电话，交代说，她会在收冰棍棍儿的日子再下乡一趟。这就是督促着他要换东西了。换就换吧，在完成冰棍棍儿交接的同时，也完成他们这段恋爱的最后交接，真是一举两得。以后刘芬芳就不会来了吧，她会在城里过着她的日子，那些日子与他再无交集。杜湘东提醒自己，一会儿见到刘芬芳，他得尽量表现得不卑不亢。太卑太亢了都会招人看不起，作为一名警察，他需要在这种时候保持尊严。

于是，杜湘东回去时故意挺直腰杆儿，把大檐帽又正了正。那副样子简直不像是去分手，而是像去立功受奖。然后，他就听见了电喇叭的警报声，紧接着是 56 式半自动步枪的枪声。声音是从正门方向传过来的，惊得杜湘东浑身一抖。

他撒腿往枪响的方向跑去。

隔着好远，便看见看守所的正门开了个洞。那是镶嵌在大铁门里的一道小铁门，也就一人多宽，平时锁着，只有接收或者释放犯人的时候才会打开。小山一样的麻袋稳稳当当地放在门里，而老吴已经屁股朝天趴在了空地上。姚斌彬和许文革却不见了。就这么一会儿工夫，就这么一会儿。杜湘东的脑子嗡了一声，那一瞬间眼睛再看什么都是花的。好在心思还算镇定，他的第一反应是扑到老吴身旁，看看同事是死了还是活着。

老吴身上并无伤痕血迹，不过迎头挨了一记重击，被打成了乌眼青。杜湘东摇着他的肩膀，一道口水从缺牙缝里流了出来。老吴这才叫唤起来："哎哟我操。"

"人呢？"杜湘东吼道。

老吴还蒙着，叉腿坐在地上，扬手指指敞开的小门。他身上那串钥匙就挂在门上的锁孔里。门外是条土路，通往南边的农田和柏油公路，但土路侧面却有一条河沟，蜿蜒着往东分出岔去，最终会与一条人工挖掘的引水渠合流。

杜湘东又吼："到底往哪儿跑了，路上还是河里？"

老吴说："没在一块儿，一边儿一个。"

这下杜湘东也蒙了。他既没想到这俩犯人居然敢行凶，敢越狱，更没想到他们在行凶和越狱时居然还那么冷静，懂得要往两个方向逃——这样一来，同时落网的概率就要小得多。而接下来，最让他没想到的情况出现了。当杜湘东冲到门口，站直了往外眺望，心里盘算着该朝哪个方向追时，身后的老吴却结结巴巴说："枪，枪……"

看守所的管教平时本不佩枪，需要执行重大任务时才佩。重大与否，取决于犯人有无失去控制的可能。既然今天是相对自由的室外劳动，因此杜湘东与老吴就都配了枪。枪内共有满匣子弹八发，没拉保险栓。杜湘东往老吴腰间看去，空荡荡的皮套晃悠着，枪没了。

"拿枪的往哪儿跑了？"这次杜湘东连吼都吼不动了。好像自己是个橡皮人，刚挨了一枪，漏气了。

老吴总算还没糊涂到家，他再次抬手，指指土路下面的河沟："这边。"

"你确定？"

"他们把我打了以后，就到我身上来抢钥匙，一个还让另一个先跑。先跑的那个顺手从我身上抄走了枪，我看见他蹦到河底下去了……后跑的那个又补了我两拳，我就晕了……"

没等老吴叨叨完，杜湘东已经纵身跃下了河沟。就算酿成了大祸，但他确定，此刻他的选择是正确的。仅仅几年前，东北的"二王"还让半个中国的人闻风丧胆，而要是在北京的地界上丢失一把枪，那种后果是连想都不敢想的。两公里以外，就是最近的一个自然村；五公里以外，就是郊县的县城；二十公里以外，就是西单、王府井和天安门。哪怕挨上一枪、两枪，直至八枪，他也不能让那把枪流落出去。他杜湘东的从警生涯已经够憋闷的了，绝不能让这种憋闷变本加厉，成为压得他一辈子抬不起头来的耻辱。

好在不是汛期，河道里只淌着浅浅一条溪水，又好在前两天刚下了一场小雨，河床里裸露在外的泥地半干不稀的，印着几个凌乱而新鲜的脚印。看来老天爷总算没让他把背字儿走到底，杜湘东顺着足迹追了下去。犯人对地形不熟，手上又带着铐，跑也应该跑不远，而凭借着百米跑进十二秒的体魄，他有信心追上对方。风从头顶的河岸浩大地掠过，吹得整片天空像块破布似的抖了起来，河道里却静谧得连空气都凝固了，只剩下脚踢着鹅卵石和胸膛里呼哧呼哧喘气的声音。也就过了五分钟，或许更短一些，杜湘东便在前方的河道里望见了一个隐约的人影。那人因为无法张开双臂掌握平衡而跟跟跄跄的，远看几乎不是在跑，而是摇摇欲坠地飘在了半空。

"站住——"杜湘东喊了一声。

犯人一晃，继续跑。然而速度上的差距是无法弥补的，杜湘东咬了咬牙，让两腿倒腾得更快了。前面的是姚斌彬还是许文革？而无论是谁，他的手里都是有枪的。想到这一点，杜湘东把身体伏低了一些，同时跑起了蛇形路线。他的右手也摸向腰间，握住了事先打开保险栓的佩枪。两百米，一百米，前方的背影从模糊变为清晰，杜湘东认出了那是姚斌彬。五十米，二十米，他已经能看清那孩子毫无血色的脸，以及像棒槌似的握在手里的枪了。

如果他敢举枪，那么自己只能先开枪。作为警察，杜湘东出枪的速度和准头都要远远强于一个没受过训练的毛孩子，这一点毋庸置疑。听见姚斌彬伴随着咳嗽，拉风箱一般大喘粗气，他仿佛看见了7.62毫米子弹贯穿对方胸膛时的血光。

杜湘东希望姚斌彬别犯傻。他甚至对姚斌彬喊了出来："别犯傻。"

而这时，姚斌彬再次做出了一个让杜湘东意外的举动。就在两人之间的距离只剩不到十米的时候，他戛然站住，转过身来，对杜湘东似笑非笑。

再一松手，枪落在了地上。姚斌彬束手就擒。

至于逃跑的具体细节，直到日后审讯姚斌彬时才得以还原。据他交代，主意其实早已拿定。在俩人刚到看守所的第二天，一块儿被按在盥洗室的水泥地上挨揍时，姚斌彬就对许文革说，不能在这儿待下去了。许文革一边承受着连绵不绝的拳脚，一边对姚斌彬咬牙切齿地说，那就想个辙。所谓想辙，无非是指制订逃跑计划。俩犯人利用放风的空暇，摸清了管教们换班的规律、高墙岗楼上的武器配备，最关键的是还观察到每个当班管教腰间都挂着沉甸甸的一串钥匙——那里面不仅有监舍门的，还有所里其他门的。而这些信息又是在劳动的间歇得以交流的。虽然杜湘东就在旁边监工，但俩犯人利用修理机器的噪音作为掩护，更利用心有灵犀的默契，每次只蹦几个字儿，甚至只用几个手势就把想说的都说清楚了。到了事发当天，杜湘东突然离开，他们认为机不可失，决定放手一搏。也没商量，一个眼神就够了：姚斌彬假装摔了一跤，吸引了老吴的注意，许文革用手铐锁链绊倒了老吴，顺势把他打昏在地。对付这个酗酒成性的老家伙，一个许文革绰绰有余。然后俩人摸走了钥匙，很幸运地试到第二把就打开了嵌在大铁门里的小铁门，随即按计划分散，姚斌彬跳进了河道，许文革沿着土路奔向农田。岗楼上的武警没在第一时间开枪，这是因为怕伤了和姚斌彬、许文革滚在一起的老吴。而当犯人分头跑远，子弹又没打准。

针对案件的重点，上级派来的调查组还专门询问了抢枪的事儿。姚斌彬回答，开始也没这个打算，只不过当许文革按倒老吴的时候，佩枪恰好从枪套里滑了出来，他顺手就捡了。调查组自然不信，再深入挖掘动机，姚斌彬就交代，他本来胆儿小，再加上跑出去之后又要离开一直保护自己的许文革，于是便想随身带上一支枪。也没准备打谁，壮胆儿而已。这个说法得到了老吴的证实。当时老吴还有神智，听见许文革呵斥姚斌彬："你拿这玩意儿干吗？"似乎还想把枪夺下来扔掉。而姚斌彬则回答："赶紧跑，赶紧跑。"说完就先跑了。也就是说，逃跑虽有预谋，抢枪却属于即兴行为。

看守所也在第一时间派人去追许文革，可惜没追上。那犯人的脚力比姚斌彬强，很快就钻进了正在抽穗的玉米地，又从田里潜入了山里。再组织干警搜山，已经耽误了两天时间，早没影了。姚斌彬被捕，许文革在逃。这是看守所迄今为止最为严重的一次工作失误，上到单位下到个人都要付出代价。所里被取消了先进集体称号，所长公开做检查；再调查下去，上面得知俩犯人作为同案犯，却获得了碰面和共同行动的机会，尽管杜湘东与老吴也尽到了在旁监督的责任，并不算是明显违规，但还是一人追加了一个处分。

然而在杜湘东的记忆里，案发当天的情形却远没那么狼狈。姚斌彬是由后来追上来的所长亲自带队押回去的。见到杜湘东，所长没说话，先揽住他的肩膀，前前后后摸索了一圈儿，这才长吁一口气："没受伤就好。"那神态全不像个在战场上见惯了血肉横飞的老兵。

杜湘东说他没事儿，犯人也没开枪。

所长瞪了他一眼："没开枪不等于没可能开枪。你哪儿能一个人往前追呢？"

杜湘东说就是因为犯人有枪，他才不能再等。

所长默然不语。一行人回到看守所，就见正门已经站满了人，不光有荷枪实弹的管教和武警，连厨子、清洁工和看电话的老头儿都出来了。不知是谁叫了一声："杜湘东活着哪。"人群立刻爆发出一阵欢呼，迎在前面的老吴更是脸上淌着眼泪、鼻涕以及口水。孤身一人追击持枪的逃犯，这说起来是多么凶险啊，追回来是英雄，追不回来没准儿就是烈士了。杜湘东的脸却僵着，进而红了。这时又从人堆儿里挤出一个人来，正脸像个红苹果，侧脸有点儿像吉永小百合。她的脸上挂着忧愁，咬着下嘴唇走到杜湘东面前，朝他胸口捣了一拳，然后说："你怎么不去死呀。"

然后又说："你死了我可怎么活呀。"

然后，她就哇的一声扎进了杜湘东怀里。杜湘东的手尴尬地放在刘芬芳肩上，抱她也不是，不抱她也不是。他看见刘芬芳手里还提着个小网兜，网兜里装着一件衣服和两个牛皮纸信封。那是他送给她的列宁装、手表和金戒指。而此时，刘芬芳却把他越搂越紧，勒得他都透不过气来了。刘芬芳忽地仰起头来，对着杜湘东的脸，又像对所有人宣誓道："结婚，结婚，咱们明儿就到民政局领证去。"

若干年后，当杜湘东若干次回忆起那一幕时，总会不由自主地提醒自己：它发生在二十世纪八十年代的最后一个春天。与刘芬芳的爱情，算是他在八十年代的意外收获。

## 5

逃跑事件让杜湘东旷日持久地憋闷着。

虽然追回了一把枪，但玩忽职守是要记入档案的。听所长说，上面还算留了情面呢，如果不是看在事后补救的英雄行为上，定个渎职也不为过。经历了替他担心和为他欢呼之后，同事们又开始明里暗里抱怨他导致了大家停发奖金、加班整顿。在调查组进驻的那些天，杜湘东走到哪儿都觉得后脊梁骨被人戳得隐隐作痛。而更使他感到挫败的事实是：俩犯人从策划逃跑到实施逃跑，都是在他眼皮子底下进行的。他不是老觉得自己当了个管教是被"耽误"了吗？现在，反而是他结结实实地被犯人"摆"了一道。

连刘芬芳都察觉出了他的异样，一天突然对他说："你怎么好像矮了一截？"

当时杜湘东正跟她在城里采买结婚用品。床单被褥，痰盂暖壶，还得到居委会领一本《新婚健康一百问》。他愣了愣，回答道："一直这么高啊。"

刘芬芳嘟囔："有一米七五吗？不会以前穿内增高了吧。"

这个怀疑并非没有依据。过去杜湘东甭管是站是坐，都

"绷"得肩平背直，现在换装了，更挺括更合身的"89 式"警服，人却总佝偻着，好像缺了两根骨头。此外，以前他话就不多，那是性格使然，现在又添了个毛病，就是会一阵一阵地发呆，出神。这些变化来自于一个心结：许文革一天没被找着，那么事儿就还不算完。但纠结也是白纠结。姚斌彬早被带离了看守所，改由市局刑警队直接羁押。出了这种恶性案件，上面自然格外重视，听说还有位大领导震怒，对局长拍了桌子。

也找所长打听过案情进展，所长又抽烟，转肩膀，而后说："既然列入大案要案，那就不是所里的事儿了。或者说，承担责任归咱们，破案结案归人家。"说完递来一份结婚礼物，那是所长老婆缝的一床被罩，粉底子上游着两条大红鲤鱼。杜湘东明白所长的意思：日子还得过，他又刚结婚，别为了把握不了的事儿，把眼巴前的事儿给耽误了。但即便陪着刘芬芳为了结婚而忙活，他心里却还是定不下来，并且进城仿佛也不光是为了结婚。拎着大包小包坐车到了宣武门内，杜湘东就站在胡同口不动了。

他吭叽了会儿，对刘芬芳说："我还得出去一趟。"

刘芬芳把脸拉下来了："今儿可是你结婚之前最后一次上门，我们家人都在。"

杜湘东看看表："我办完事儿就回来……吃饭甭等我了。"

说完不管不顾，撇下刘芬芳就走。又倒了两趟公共汽车，来到了市局刑警大队。这是重地，饶他穿着身警服也不敢硬闯，只好按规矩填表，拜访的理由则是"看同学"。他的确有个同学在这儿，不过上学时称不上朋友，毕业后也不联系。
这是因为俩人都是外地来的，学习训练都很玩儿命，成绩也
差不多优秀，于是互相把对方看成了对手，暗地里一较劲就
较了三年。后来还听说，当初看守所去学校要人，组织上也
动员了他的那位同学，不过同学咬紧牙关没答应，还威胁说
如果去郊县，那就宁可脱警服。杜湘东突然想，要是那时自
己能硬到底，而同学却先嘴软的话，那么今天门里门外，等
人与被等的会不会打个颠倒呢？跟同学较劲他没输，一起跟
组织较劲，他却输了。真是性格决定命运，唯有一声叹息。

正在叹，同学就出来了，还骑着一辆摩托车。同学的表情
也和原来一样：脸绷得很严肃，斜眼打量杜湘东，似有三分
轻蔑。

"哟，稀客。"

杜湘东努力赔个笑："不耽误你时间，我说两句就走。"

同学却朝后座一努嘴："反正也到饭点儿了，边吃边聊
吧。"

说完轰了脚油门。警察之间最看不上的就是磨叽，杜湘东
只好跨上了车。只觉得风兜满了耳朵，不多时停在一家菜单
生猛价格也生猛的粤菜馆门口。杜湘东一犹豫，同学又给他
壮胆："这儿出过一起命案，要不是我们给破了，现在还贴着
封条呢。"

进门也不坐大堂，径直来到一个包厢。领班端了两扎啤
酒，又给安排了几样"刚下飞机"的活物儿。杜湘东不得要
领地动了两下筷子，讷讷发起了呆。

刑警同学却举举杯："杜湘东，我知道你为什么来。"

杜湘东一怔，又笑："打搅你了。"

同学说："你还真是打搅我了。你那事儿转到刑警队，恰好分在我们科。那俩犯人要不是从你手里跑了，我们也不会连轴转地加班。"

杜湘东说："不是俩犯人，是一个犯人。"

同学说："对，你抓回来一个，还追回了一支枪。如果不是前面的低级失误，你没准儿就是个英雄典型了。话再说回来，我今天跟你聊，严格说已经违反了纪律。大案要案得保密，不是办案人员不能插手，这个规矩你应该懂。要是别人来找我，我根本懒得搭理他，但你不一样。咱俩以前不对付，那是因为我看重你，你也看重我。能互相高看一眼，这就比一般人更有交情。你有什么想问的就问吧。"

说得杜湘东心里一热，本想敬同学一杯酒，但又觉得没必要。于是就问。同学果然爽快，除了极其具体的工作安排，其他知无不言。主要内容是对姚斌彬的审讯情况以及对许文革的抓捕计划——倒也按部就班，一边是轮番心理战榨取信息，另一边是全国发文通缉，广撒网多布控。但这个案子又有它格外的难点：许文革已无亲人，无牵无挂，想要通过家庭关系对他施加压力，或者通过信件和电话侦查他的行踪，那几乎是不可能的。

杜湘东又问："姚斌彬现在什么状态？"

同学撇嘴骂了句脏话："看着文文静静的，其实还是个'硬茬儿'。一转到我们手里就开始绝食，撬他嘴也喂不进饭，只能捆起来打葡萄糖。他不是还有个妈吗，我们本想感化他，给他申请一次特别探视，结果他连妈也不见，说没那个必要。整个儿一没人性。"

这种描述让杜湘东一悚，愣了两秒又问："你们是想通过他找到许文革？"

"那当然，他几乎是唯一的线索。"同学说，"警察有警察的办法，该上手段也只能上手段。前两天有了突破，姚斌彬招了，说他和许文革约好，先分头躲一阵子，下月一号到第六机械厂附近的高压电塔下碰面，不见就散，见了再一起跑。我们已经安排了布控，也许再过些天，你心里的疙瘩就解开了。"

同学说完，踌躇满志地一笑，看来他将是抓捕许文革行动的骨干。杜湘东可以想象那种景象：一群便衣都带着枪，神色轻松，目光如炬，或埋伏在隐蔽处，或装作不经意地在附近徘徊；只要发现可疑的形迹，他们就会像豹子似的一拥而上，将嫌犯按倒在地。这也是杜湘东过去想象中的警察形象，可惜只限于想象了。然而他琢磨了一下同学透露的信息，却又垂了垂眼睛，闷声问："你们就那么相信姚斌彬的话？"

"我们不是相信他的话，而是相信人的理智。"同学说，"姚斌彬犯下的事儿该怎么判，你大概也有个估量。重大盗窃、袭警越狱、抢夺枪械，二十年是起码的，而咱们国家的有期徒刑通常到顶儿也就二十年，再往上只有两种，一个无期，一个死刑。现在摆在他面前的只有两条道儿，第一，顽抗到底，这辈子就算交代了；第二，跟我们合作，戴罪立功，没准儿还能捡条命。再怎么彻头彻尾的混蛋也都怕死，这是人之常情吧？如果犯罪分子都跟董存瑞黄继光似的，咱们当警察的也没法儿干了。所以我们认为，既然姚斌彬开了口，那就是在心里算计过了；既然知道活着比死了强，他就不敢跟我们打哈哈。"

刑警同学分析着，解释着，既有理论依据，也是经验之谈。而人家本没必要说这么多的，之所以不厌其烦，还是想让杜湘东放下心来。这个惺惺相惜的对手释放出来的善意，令杜湘东更加惭愧。然而他又摇了摇头，几乎是自言自语道："好像没那么简单。"

这就有点儿没眼力价儿了。同学正端起杯子喝啤酒，让杜湘东的话呛了一下，再把头抬起来，就成了一副好心被人当成驴肝肺的脸色："杜湘东，你阴阳怪气的什么意思？刑警和预审专家都是傻子，就你聪明？那你说这案子该怎么办？犯人招出来的都是假话，我们就不要布控了，坐在办公室里守株待兔？"

"当然不是那个意思。"杜湘东赶紧摆手，"我只是想提醒你们，别把希望都寄托在这次抓捕上，要做两手准备，弄不好还得是多手准备……我和这俩犯人有过一些接触，我还去过姚斌彬他们家，根据我的了解……"

"你要真了解犯人，也不会让他们跑了。"同学冷冷打断杜湘东，把啤酒杯往桌上一蹾，"而且你还得弄明白，我们这是在给你擦屁股呢，轮不着你来教导我们。"

眼看对方不想谈下去，杜湘东也就没了话。事实上，他来找人家，不过是想探听一下案子的进展，聊以解解憋闷，如同在火车站丢了钱包的人总要去趟失物招领处。而要真让他出谋划策，他也说不出个所以然来。俩警察对着一桌子虾兵蟹将闷坐片刻，同学就说得走了，晚上还要加班呢。杜湘东也站起来，跟在人家屁股后面出了门。分手时，同学突然扶住摩托车，对他说："杜湘东，你跟以前可真是不一样了。"

杜湘东无以作答，挤上公共汽车，回到刘芬芳家所在的宣武门内。天色已黑，胡同里的路灯有一多半儿都是憋的，使得杜湘东投在柏油路上的影子断断续续，还一阵一阵地发虚，好像一摊正被缓缓吸到地缝里的水。他又意识到自己虽然穿着警服，但却没戴警帽没系腰带，再摸摸下巴，好几天都没刮脸了，拉拉杂杂地呲着毛儿。这要是碰上局里的纠察队，不把他通报单位才怪。刘芬芳和同学的感觉都没错，他可真是跟过去不一样了，变成了一个颓唐的、落拓的家伙。家有三两银，不当臭脚巡，这是老警察们对这份儿职业的自嘲，可他还不如个臭脚巡呢，连在城里看看西洋景的资格都没有，只配窝在郊县，懊恼着一个小疏忽酿成的大错。现在，他还得将错就错地前往未来的丈母娘家，去卖好儿，去提亲。

他甚而觉得自己把刘芬芳给骗了。

## 6

回到看守所，生活照旧：查监、扫除、点人头儿、写检查。检查不光要给自己写，还得替老吴和所长代笔。如今只要上面有人过问那起越狱案件，几位当事人就得奋笔疾书一番，而俩老同志被折腾烦了，干脆把这种差事都推给了杜湘东。他们的理由很简单：你是大学生嘛，写得比我们深入、全面、触及灵魂。乃至于连管辖之内的犯人也敢看不起他了。有一次训了郑三闯两句，老炮儿把眼一斜："别把我逼急了，逼急了我也跑。"

所以再接到刑警同学的电话时，杜湘东真感觉对方递来了一根救命稻草。那天离上次进城已经过去了一个多月，他正在办公室里发愣，就听见天花板上的喇叭响了，有他的电话。杜湘东本以为是刘芬芳找他。刘芬芳和他虽然领了证，但却没办婚礼，这是因为杜湘东没脸请领导和同事去喝喜酒。他觉得那简直像是给越狱的犯人摆庆功宴。刘芬芳自然不乐意，狠狠地犯了会子忧愁，进而没住几天就从郊县的婚房搬回了城里，于是俩人联系还得靠电话。然而杜湘东赶到管理科，从电话里听到的却是男人的声音：

"你这张乌鸦嘴，还真说中了。"

同学告诉他，从姚斌彬嘴里挖出消息后，刑警大队提前几天就调派人员前去蹲守，局里的领导向更大的领导保证，一定要把许文革就地抓获，清除首都治安的一大隐患。然而苦等了一个星期，连个人影也没见着。办案人员这才不得不反思情报是否可靠，而重新再审姚斌彬，他只答了一句："不是成心想逗你们玩儿，是不编出点儿什么你们就不让我睡觉。"然后又死不开口，并且开始了新一轮的绝食。同学也才又想起了杜湘东的风凉话。

他问："你猜到了姚斌彬不会供出许文革？"

杜湘东含糊道："我那时也不确定……就是感觉这俩犯人跟别人不一样。"

"咱们当警察的，办案子可不能凭感觉，得靠证据。"同学仍不忘踩杜湘东一脚，但又问，"那你到底有什么感觉？"

杜湘东便把俩犯人在看守所里的情况大致讲了。结论是许文革护着姚斌彬，姚斌彬也会护着许文革，俩犯人之间的情义远比旁人想象得深。讲完又说："姚斌彬他妈和许文革的感情也不一般。要抓许文革，不妨把她当成突破口。"

同学"咳"了一声："你以为我们想不到？光我就找过那女人好几次。姚斌彬犟，多半儿是继承的他妈，他妈比他还犟——到现在都不相信儿子会犯罪，一口咬定这案子是冤假错案。后来了解到，这女人一直对厂子有成见，甚至对社会、对政府都憋着一口气，再加上前些年中了一次风，性情变得更加古怪，简直没法跟人打交道。"

杜湘东问："对了，姚斌彬他爸呢？死了还是离了？"

同学说："这事儿说来可就长了。姚斌彬一家其实都是厂里的人，他姥爷是五十年代的劳模，先给提拔了上去，后来又挨了整，病死在牛棚里了。留下一个女儿，年轻的时候挺漂亮，不少男的都对她有意思，闹得沸沸扬扬的。组织觉得老这么着也不是个事儿，就出面解决她的个人问题，动员她跟一个刚死了老婆的副书记结婚。这也是保护她的意思，毕竟她爸有政治污点嘛，找个依靠，也不至于抬不起头来了。不过咱们的组织你也知道，做动员跟下命令差不多，反而把她给逼急了，一气之下嫁了个附近村里的农民。至于以后的生活，那就别提了。她看不上丈夫，嫌人家脏，嫌人家没文化，可人家还嫌她臭讲究，嫌她不会干活儿呢。等到生下个姚斌彬，从小又是个药罐子，把她那点儿工资都贴补进去了，夫家在钱上也落不下好处，更觉得这婚结亏了。工农联合变成了三天两头打老婆，揪着头发从村头踹到村尾，旁边两只狗叼着鞋，打完再从狗嘴里接过鞋，回厂医务室抹红药水。打了几年，终于离了，夫家索性连姚斌彬这个孩子都不认，因此姚斌彬有爹也相当于没爹。我们也去过村里，连他爸的人都找不着，说早到南方做生意去了。"

敢情刑警的调查工作要比杜湘东细致得多。闷了一会儿，杜湘东这才叹气似的"啊"了一声，刑警同学也把话题拉回到案子上："其实找你，是想让你替我们接触一下姚斌彬他妈，看能不能挖出什么信息。"

杜湘东说："有你们在，哪儿还需要我去。"

同学说："现在姚斌彬他妈的情绪已经很抵触了，前两次过去，她干脆连门都不让我们进。那是个爱走极端的人，我们很怕她像当年一样被逼急了，反而甘心当起了许文革的共犯。再盘点一下这案子的相关人，跟那女人打过交道的只有你，我们这边能信任的也只有你，所以这事儿非你莫属，你就别推托了。"

杜湘东沉默片刻，又问："你让我做这事儿，是私人帮忙，还是上级任务？"

同学笑了："完成了算你对得起上级，完不成也算你对得起我了，行了吧？"

　　说完没管杜湘东答应不答应，径自挂了电话。而杜湘东琢磨一番，心里不免打鼓：同学以为他和姚斌彬他妈说得上话，所以才来求助于他，可其实他仅仅去过人家家里一次，严格地说还是过门而不入。如果他再去，姚斌彬他妈会是什么态度还不好说呢。但既然打鼓，就说明杜湘东已经开始考虑这个任务了，并且还是认真地、不可遏止地考虑。这么一想，他对自己有些无可奈何，又隐隐生出一些期待来。

　　过了三两天，杜湘东便独自动了身。之所以耽搁了些时日，是因为想到姚斌彬他妈刚受到了警方的反复盘问，需要给她一点缓和情绪的空间。向所里请假时，他也只说要去帮刘芬芳家干力气活儿，而且特地没穿警服，换上了一身松松垮垮的便装。坐车来到六机厂，他没走正门，而是绕远路兜到家属院的那一侧。这里没人阻拦，进了锈迹斑斑的小铁门，便看见楼还是那几栋楼，垃圾还是那几堆垃圾，就连翻拣垃圾的也还是那个老太太，动作缓慢，目光阴鸷。找到了姚斌彬家，却见门紧闭着，油渍麻花的布帘子垂在门外。

　　他掀开帘子敲了敲门，半晌无声。又敲了敲，门里才有个女人问："谁？"

　　"是姚斌彬家吗？"

　　"干吗？"

　　"……我认识您儿子。"

　　屋里传来细碎的响动，当门锁咔嚓一声拧开时，已经是将近五分钟以后了。姚斌彬他妈从半开的门缝里露出脸来，居然还用蘸水的梳子拢过了头发。从刑警同学那儿，杜湘东知道这女人名叫崔丽珍。他叫了一声："崔阿姨。"

女人盯着杜湘东凝视片刻，突然说："你不是来过的那个警察吗？"

"我……"

"你还帮我把暖壶灌上了。"

看来上次虽然走得匆忙，但姚斌彬他妈还是在走廊里看见了杜湘东。他惊异于这女人的记性——只一瞥，便认得了他的相貌。原先杜湘东还打算随机应变，冒充姚斌彬在社会上的朋友呢，如今只好窘了一窘，直说道："我是看守所的，负责过姚斌彬的工作。"

"那么你是杜管教？"

这话更让杜湘东发窘。女人解释，保卫科的胖子及其手下协助警方来"做工作"时，曾经提起过他。在那些人的描述中，杜湘东虽然一脸严肃，实际却是个心挺软的年轻人。女人面无表情地把他让进了屋，房间概貌尽收眼底：不到二十平米的面积被一套带转角的三合板柜子分成两个部分，隔断外侧还算宽敞，摆着一床一桌，是姚斌彬他妈的起居室；隔断里侧就要局促得多，紧贴着柜体和墙角塞了一张比寻常单人床更窄的床，床上盖着报纸，估计是姚斌彬以前睡觉的地方。母子俩就住在这样的环境里。

既然无须自报家门，杜湘东便继续申明来意。他表示，虽然姚斌彬"犯了很严重的错误"，但他作为管教，仍是有责任关心犯人的。尤其是听说姚斌彬他妈卧病在床之后，他更感到"有必要来看看您"。上述说辞已经在杜湘东的心里排演了若干次，因此表述得并不虚套。而当姚斌彬他妈问起姚斌彬在"里面"的情况时，他的答复是"过得还行"，没怎么被人欺负，睡在宽敞的铺位，还吃到了大米饭和肉包子。当然，杜湘东隐瞒了姚斌彬的手受了伤，更隐瞒了姚斌彬哭着叫出的那一声"妈"。自始至终，他也没提一句许文革。

当他说完，便看见女人的脸上多了两行眼泪。对面的母亲却仍僵坐不动，连鼻翼也未曾翕动一下，整张脸像一幅旧照片。过了许久，她才点了点头："杜管教，谢谢您。"

"不能这么说，都是职责之内。"

"您想问什么就说吧。"

"许文革目前还在逃……"

"我没他的音信。这话我对刑警队的人说过，对你也只能这么说。俩孩子就算犯了盗窃罪和越狱罪，也不证明我会犯包庇罪吧？你要是不相信我，可以把我铐起来审问。"

虽然泪痕未干，但女人的声调已经淡漠了下来，还把撑在站立器上的手往前一伸。杜湘东心知碰了钉子，讪讪地把眼睛挪向一边，便看见有扇纱窗的合页松脱了，已经松松垮垮地歪斜了下来。眼看天气就要变热，如果任由它这么坏着，屋里或者不能通风，或者就要飞满蚊蝇。仿佛是为了缓解尴尬，杜湘东转过身去，从书桌上的笔筒里拣了一只改锥，走到窗前修理起来。这不需要复杂的技术，但干起来也挺吃力，他必须踮着脚尖，高悬手腕，缓缓转动改锥，让螺丝更深入地咬进年久腐蚀的窗棂里去。这种活儿以前都是姚斌彬和许文革干的吧。总算让纱窗大致恢复了原样，当杜湘东甩甩发酸的手肘，就听见姚斌彬他妈再次开了口，语气里多了几分歉意："杜管教，真不好意思，帮不上你的忙。"

"本来也不该难为您。"杜湘东说，"不过我还想了解点儿别的。"

"您说。"

"我想知道……姚斌彬和许文革到底是什么样的人。"

姚斌彬他妈似是一愣，弯腰拉开抽屉，取出一把钥匙交到杜湘东手上。

# 7

从那个初夏开始，杜湘东的生活里多了一项内容，就是不定时地去探访姚斌彬他妈。去时所做的事儿，首先是照料女人的生活起居，洗衣晒被，买菜做饭。要是涉及不太方便的事情，比如洗澡和上厕所，那就只能请邻居的女同志来帮忙了——有空的多是一些老太太，颤颤巍巍地扶着颤颤巍巍的姚斌彬他妈前往公共卫生间。一旦人家表露出嫌麻烦的意思，这活儿就不能白干，杜湘东得偷偷塞给老太太几个钱。家属区的其他住户也认识了杜湘东。他们听说他是个管教，刚开始还会感叹两句"人民警察爱人民"乃至"人民罪犯人民爱"，也不知是在赞美还是揶揄。后来就成了见怪不怪，碰面时打个招呼"吃了吗""又来啦"，好像杜湘东是姚斌彬家的一个成员似的。

　　杜湘东这时会想，许文革来这个家时，会是怎样的状态呢？

　　而他固然不会把自己想象成许文革。他是来刺探许文革的。这个任务在姚斌彬他妈那儿得到了一定程度的实现。许文革的住处是单身宿舍里六个床位中的一个，床头贴了张通缉令，好像在提醒室友，这个逃犯会随时跑回来睡觉。姚斌彬他妈交给杜湘东的那把钥匙却对应着别处，是厂区外侧一排平房中的一间。那是厂子草创初期，第一批建设者们的临时住所，到了杜湘东前去调查时，房屋都敞着门，废弃着，唯有那间小屋门上挂了把锁。开门进去，别有洞天：里面并无家具，靠窗的亮处摆了一台小车床和一个工具箱，车床的电源是从墙外引过来的，工具箱里除了扳手改锥，还有游标卡尺、焊枪以及形形色色杜湘东所不认识的家伙什儿。对面靠墙的那一侧，则堆放着更加琳琅满目的工业产品：缝纫机的机头、老式自鸣钟、只有后轮没有前轮的自行车、农田里灌溉用的小水泵……光笨重的话匣子就有三台。杜湘东抄起一台打开，居然能响，可以收听《新闻和报纸摘要》。

　　几乎是个小型维修车间。姚斌彬他妈告诉杜湘东，这俩孩子从小就爱摆弄机械。为了这个爱好，当妈的没少跟儿子置气，她认为姚斌彬应该考大学，出人头地。但也管不住，尤其是姚斌彬差几分高考落榜，顶班进了厂子之后，干脆和许文革把操练的场所搬到了这间平房，还凑钱买了一台老式车床，下了班就关起门来鼓捣，周末更是不分昼夜。他们的废寝忘食终于有了收益，不多久，竟能出去给人家干维修了，不仅收费不高，而且交活儿还快，绝不会像国营修理厂那样摆谱儿、拖工期。渐渐地闯出了名气，十里八乡有人慕名而来，这时厂子里却又有人看不过眼了。那些人的说法也有道理：姚斌彬和许文革的身份是国营工厂工人，工资是国家发的，技术也是国家教的，怎么能再去接私活儿挣外快呢？况且谁知道俩人给外面干活儿的时候，有没有偷偷用过国家的机油齿轮？如果那样，性质就变了，就成了损公肥私。于是领导出面，谈话批评，勒令制止。俩孩子还不服，偷偷摸摸接着干，被发现后挨了处分，并且强调如果再犯就要开除。

讲这些事儿时，杜湘东正坐在姚斌彬他妈面前，再一次打量屋里的摆设。对于一个都有工资并且还能赚到外快的家庭而言，这个房间无疑是过于简陋了。他也被允许翻看过姚斌彬留下的私人物品，别说没有手表和蛤蟆镜这些时髦玩意儿，连衣服都有好多打着补丁。那么钱花在哪儿了？是吃了喝了，还是让许文革拿去讨好他的那个厂花女朋友了？可在姚斌彬他妈嘴里，"那俩孩子"又都是特别顾家的人，就连厂里发的夜班饭票都攒下来，每逢单月份的月底到服务社去换一桶豆油外加两条肥皂。

况且还有一台进口汽车发动机的案子呢，那玩意儿要能卖出去，可是一笔巨款。一切盗窃犯的动机当然都是弄钱，但弄钱的动机各有不同。姚斌彬和许义革是为了什么呢？

直拖到那年秋天，问题才有了答案。入夏以后，杜湘东就再没去过姚斌彬家，原因是那段日子北京有点儿乱，所有警察都得二十四小时待命。好容易熬到街面大致太平，杜湘东先到丈人家安顿一番，这才从城里坐上长途车，直接前往六机厂。下车绕过厂区，景象基本如常，不过家属院门口也设了岗，拦住没穿警服的杜湘东盘问了半天。幸亏保卫科的胖子巡查经过，打个哈哈就让他进去了。而来到几栋筒子楼中间，却见一辆锃光瓦亮的"皇冠"轿车停在空地上。这可是从未有过的情况，以前别说"皇冠"了，就连东欧产的"波罗乃兹"也没在这片宿舍里出现过。杜湘东心里咯噔了一下，站在车前观摩了好一会儿，弄得车里的司机也紧张地看着他，还滴滴按了两声喇叭。他正想转身离开，就听见一片喧闹，一群人从姚斌彬家所在的那幢筒子楼里拥了出来。走在前面的是两个中年男人，面色铁青，跟在后面的则是楼里的邻居，对着他们的背影指指戳戳。态度最激愤的是那个整日翻拣垃圾堆的老太太，她首如飞蓬，弓着驼背追上去，响亮地"呸"一声，被甩开后再紧追两步，又"呸"一声。伴随着"呸"，她还在振振有词地质问：

"这还让我怎么过？"

"你们算个屁领导。"

片刻追到车前，竟然一把搂住了其中一个男人的大腿，滚在地上不起来了。两位领导拉她不是，不拉她也不是，只好一边擦汗，一边探头向四下张望。恰好看见保卫科的胖子，他们像遇见了救星，大声招呼他过来"处理一下"。胖子不情愿地哑吧着嘴，跑过来硬拽开老太太的手，同时对领导们说："撤退，我掩护。"

领导们便钻进了"皇冠"轿车，砰砰关门，仓皇而去。群众们却也不追穷寇，就连老太太都不再打滚，摇头叹气地和众人一起散了。空地上只剩下杜湘东与胖子两人，一时间尴尬地大眼瞪小眼。瞪了一会儿，杜湘东才问："刚才那是什么领导？"

胖子道："厂长和书记呗。"

杜湘东说："这是来干吗呀？"

胖子居然也"呸"了一声，说："还能干吗，打白条来了。"

不等杜湘东再问，他就喋喋不休起来：厂子一直受困于经营不善、市场疲软，尤其这两年，工资只能发一半，更要命的是连退休职工医药费都报销不出来了，只能先让本人垫付，再由厂里打个条子，意思是欠着。也集体找上面反映过，前一阵总算有了说法，所有欠款将预支一笔专款结清。大家翘首以盼，盼来的却是厂长和书记亲自登门，一边继续打白条，一边鼓励大家发扬工人阶级的先锋队精神，"再忍忍，忍忍就好了。"

"再忍忍就死啦，人一死，他们丫的倒是好了。"说到这里，胖子终于重新站队，帮着工人声讨起领导来。可惜面前只有杜湘东一个听众，他的正义感无法得到广泛的呼应。而这的确是以前从未听说过也从未想到过的情况。按说进了国家单位，生老病死都有国家兜着，敢情国家也有兜不住或者不想兜的时候。那么作为一个重病号、老病号，姚斌彬他妈的负担可想而知。俩孩子外加一个女人的收入，大概仅够维持生活的，要看病就得靠外快贴补，外快不让赚就只能铤而走险了。一条逻辑线索在杜湘东心里清晰起来。

上楼之前，他多问了一句："对了，刚才那辆车就是姚斌彬和许文革的……赃物吗？"

"那可不，厂里哪儿还有第二辆'皇冠'。"胖子说。

"不是说效益不好吗？"

"这情况就更复杂了。车本来是一个副局长的专车，放在厂里是要换几个零件，结果出了那档子事儿，被警察暂时扣下了。人家倒好，等不及，直接又配了一辆'公爵'，也是日本原装，这辆'皇冠'就作价卖给我们厂了。上级压下来，不买都不行……没准医疗费就是被挪用到这辆车上了。"胖子说完，对这个复杂的情况进行了简要的总结，"操。"

而等来到姚斌彬家，杜湘东便挑起了话头："刚才碰见厂长书记了。"

接着问起欠条的事。那一刻，杜湘东感到自己实在有些冷酷。姚斌彬他妈叹了口气："其实也不是存心瞒你，而是不想让你知道，姚斌彬和许文革偷东西、从看守所逃跑……都是为了我。"她喉头一抖，带出了哭腔，眼里亮闪闪的，似乎又要落泪。

杜湘东说出一句更加冷酷的话："我是个警察，只管人犯没犯罪。至于为什么犯罪，我就是想管也管不了。"

姚斌彬他妈沉默半晌，说："杜管教，你是个好警察。"

这已经是第三次有人说他"好"了。但他这个"好"警察此刻的所作所为，都是在弥补一个对于他这种职业而言不可原谅的错误。到底什么算"好"，什么算"坏"呢？杜湘东意识到，在那些截然相反的概念之间，还存在着一个复杂的中间地带，而他和姚斌彬、许文革都被困在那里，似乎永远不能上岸了。这种处境几乎是令人绝望的。

他发呆，对面的女人也发呆。过了好久，杜湘东又听见姚斌彬他妈说："你是带着任务来的，这我知道。但我没法儿帮你完成任务，以后别为我耽误工夫了。"

杜湘东笑了："任务不任务的倒在其次。我来，就是想跟您说会儿话。"

姚斌彬他妈也笑了："人总得说话，不说太憋得慌。"

随后，女人言语绵密，好像从记忆里扯出了一根线头，一件事儿连着另一件。过去总说姚斌彬，今天她却说到了许文革。许文革他爸也是一名维修工，还是一名政治积极分子。那年头人们说积极也都积极，但或者是顺着集体惯性，或者是揣着点儿个人目的，偏他和众人不同，积极得十分虔诚。除了会上喊口号，他还自学马列，读的是汉译全本。工人文化低，有不明白的，总去请教一个上过"辅仁"的老工程师，也就是姚斌彬他姥爷。经过学习，他懂得了工人阶级挣脱的只是锁链，懂得了劳动必将成为人类的内在需要，也懂得了在首都北京建设工厂，不仅是为了带动全国工业大生产，更是为了在遥远的未来实现共产主义。所以当前全国劳模、那位老工程师被定性为本厂的"走资派"时，带头批判他的维修工当众痛哭流涕。他哭是因为惋惜：这个给他讲解过"必然王国"与"自由王国"之区别的人，怎么就糊里糊涂地站到历史的反面去了呢？可见自我改造和不断革命有多么重要。

在此后的那些年里，维修工更加真挚地积极着，上面提倡劳动竞赛他就加班，上面鼓励造反他就组建战斗队。然而当激情的年头过去，上面又要整顿秩序了，责任又被一股脑算在了他的头上。处理还算轻的，无非也就是写检讨和"夹着尾巴做人"，但维修工想不通，不通则痛。终于有一天，厂里人发现他把自己吊在了车间的钢梁上。这就算畏罪自杀了。

维修工的老婆死得早，是干活儿时头磕在叉车的铲尖上撞死的。留下一个许文革，变成了野孩子。他住在父母的小平房，学也不上，成天打架，饿了就到食堂讨口吃的，要不就是捡点儿工地上的边角料卖钱。时间长了，厂里觉得是个祸害，有人提出把他送"工读"，而当时姚斌彬他妈刚离婚，带着姚斌彬搬回了厂里，看见许文革可怜，便说：权当姚斌彬多了个哥吧。她让许文革住进了自己家，找领导落实了许文革的抚养费，重新把他押回了学校。念到技校毕业，又是她出面敦促厂里落实政策，让许文革接了他爸的班。革命时期整人的和被整的，反倒相依为命过了这么多年。日子久了，人们渐渐把姚斌彬母子与许文革当作了一家人，只是在俩孩子出事儿之后才议论，没准儿是许文革把姚斌彬给带坏了。

"都是命。"女人总结说。

这话杜湘东也听许多人说过。人抗不过命，在这个大前提下，想不通的事情仿佛就有了解释。那么姚斌彬和许文革又该如何看待他们的偷窃、被捕、越狱、一个跑了另一个却被抓回来了的结局？对于这俩犯人，那一切也"都是命"吗？如果是这样，身陷囹圄的姚斌彬会羡慕许文革吗？逃脱在外的许文革会坦然地想起姚斌彬吗？这么想着，杜湘东已经从六机厂回到了看守所。天彻底黑了，苍穹笼罩在北京南部的平原之上，竟不显得深远，好像一层不透光的幕布，谁也不知道在它外面藏着什么。经过办公区时，他看见所长屋里还亮着灯，又想起自己外出了一天还没销假，便向楼里走去。

销假也就是露个面，而当杜湘东打完招呼，说句"没事儿先走了"，所长突然招招手，让他走近了些："还真有事儿……任务有点儿特殊，你恐怕得跑趟姚斌彬家。"

去看姚斌彬他妈的事儿，此时只有杜湘东自己知道，连刘芬芳都没告诉。当他听见所长这么说，嗓子忽然一紧，咽了口唾沫明知故问："去干吗？"

所长翻出一个牛皮纸袋，手指在上面敲了敲："判下来了。"

"怎么说的？"

"死刑，立即执行。"

这其实可以预料，只不过杜湘东从未主动往那个方向预料过。在那个年头，仅凭盗窃一项就送了命的犯人也有不少，何况还有越狱、抢枪。他再次明知故问："这么快？"

所长回答："已经不快了，要不是他的事儿还涉及另一个在逃犯，上个月就判了。这阵儿社会上乱，上面强调要发挥震慑作用，专门点了几个未决犯的名，其中就有他。至于许文革，反正已经进入了通缉程序，估计也逃不了多久。"

接着向杜湘东交代任务内容，他就是个送信儿的。本来对于死刑犯，法院只需将判决书递交本人即可，并无传达到家属的义务，但出于人道主义，往往还是会安排人去告知一声。然而姚斌彬这案子又属于"从重从速"，法院对他的家庭情况并不了解，加之最近忙得不可开交，所以就把善后的事儿推给了公安机关。假如杜湘东愿意，他可以在执行的当天去送姚斌彬一程，然后再去向姚斌彬他妈宣布结果，转述"可以外传的遗言"。而这项任务自然也有保密要求，那就是绝不能透露行刑的时间地点，以免引发意外。

领完任务，杜湘东在此后的几天就不能外出。所长也没再提此事，见面时还会故意聊些轻松的话题。一切如常，时间缓慢得有了凝滞感。到了出任务的那天早上，便用那辆"北京212"将杜湘东送到了市内一个级别更高的看守所，北京经过核准的死刑犯都关押在此。进入带电网的高墙，便看见囚车和负责行刑的武警早已严阵以待：既有神色镇定的老兵，也有面色煞白的年轻战士。人人手里握着一支上了刺刀的56式步枪，枪里只有一发子弹。这两天里，老兵一定已经对新兵进行了反复讲解以及示范，力争把那一枪打稳，打准，尤其要克服条件反射，不能在枪响的同时先往后跳——那会造成子弹偏离心脏，就必须得朝脑袋补枪了。听说看过补枪的人，这辈子都别想再吃鸡蛋炒西红柿。

对于死亡这事儿更加缺乏经验的，则是即将承受子弹的犯人。但当杜湘东被带进专门看押死刑犯的"小号"时，却没听见里面传出撕心裂肺的哭叫声。号房静悄悄的，仿佛里面的人正在收拾精神，攒足心力，等待着去展开一段不知路在何方的远行。来到最靠里的一间囚室门口，便看到了姚斌彬。

他歪靠在墙角，也不抬头，在地面投下小小的影子。

杜湘东隔着栅栏叫了一声："姚斌彬。"

姚斌彬这才缓缓仰起脸："杜管教，你来了。"

声音平和，好像可以接受任何人来送他一程——这孩子算是明白叫"妈"也没用了。杜湘东硬逼着自己问："你有什么话说？"

"没话。"姚斌彬继续平和地说，"我认罪，服法。"

"我是说……"杜湘东把脸往外扭了扭，又转回来，"我去过你家了，你妈挺好，吃喝都不愁，邻居也挺照应她的。我也问过你们厂的领导了，说你的事儿不会妨碍她的待遇……医药费的资金也快到位了，到时第一个解决的就是她。"

杜湘东感到自己正在进行拙劣的邀功。姚斌彬的嘴唇颤抖了起来，酷似鹿类的大眼睛闪了一闪。但那眼里终究没有眼泪，他说："杜管教，我不怨你……你不必为了我这么做。"

杜湘东一震，回答道："你怨不怨我，我都得把你抓回来，也都会去看你妈。"

"谢谢您。"

"需要我给你妈带什么话吗？"

"希望她把我给忘了。"

"还有许文革……假如我能见到他，你对他有什么说的？"

"希望他比我活得长。"

说完，姚斌彬站了起来，隔着铁门与杜湘东对视。那一刻，杜湘东只觉得姚斌彬的神态仿佛是在什么时候见过的：似笑非笑，坦然而又悲怆。这时囚室尽头传来了浩大而威严的脚步声，杜湘东和另外几位执行同样任务的工作人员不得不向后退开，看着武警依次打开铁门，把死刑犯们押了出来。今天执行枪决的共有七人，都是男的，姚斌彬的年纪最轻。

偏在这时，姚斌彬又做出了一个出人意料的举动：当他被两名武警架着往外走去时，忽然身子往下一坠，滑脱了箍住胳膊的手臂。武警还以为这犯人像此前的很多犯人一样崩溃了，昏厥了，但低头一看，却见姚斌彬蹲下身，从地上捡起一根麻绳，想要捆到右脚的裤腿上去。裤腿捆绳子，这也是死刑犯特有的待遇，目的是扎紧底下的漏口，免得到时候屎尿倾泻出来。而此刻，姚斌彬居然还能察觉到麻绳松了，居然还想把它重新扎上。他的赴死是多么镇定，又是多么心思缜密。他即使死了，也不愿意遭到收尸的人的嫌弃。

然而这点儿愿望实现起来又是如此困难：麻绳两次三番地被他用左手捡起来，又在捆绑的过程中从他的右手指间滑落。他有伤，右手大拇指无法起到支撑作用，只能用食指和中指勉强夹住绳头，颤颤巍巍地试图穿进左手扶稳的环扣里去。掉了又捡，捡了又掉，负责押送姚斌彬的两名武警也终于不耐烦起来。他们互相使了个眼色，同时弯腰，将胳膊重新插入姚斌彬的肋下，把他拎了起来。其中一个说："时候不早了。"

这时，杜湘东便走向了姚斌彬。他蹲下身去，捡起那条死蚯蚓似的麻绳，绕到姚斌彬的裤腿上，打了两个环，拉紧。做完这件事，他站起来，与对方对视了一眼。那一刻，姚斌彬的眼神仍是平和的，但杜湘东心下悚然，两耳轰鸣。

任务则在当天就完成了。杜湘东已经想不起姚斌彬他妈听到消息之后的反应了：她哭叫了吗，还是无声地落泪？抑或她连眼泪也没流，木然地接受了事实？时间仿佛在云里雾里滑了过去，而杜湘东之所以头脑恍惚，是因为他长久沉浸在震惊与疑惑之中。他自诩为一个大材小用的警察，但却在最后一刻才发现，自己很可能漏掉了姚斌彬与许文革越狱案件中最为关键的细节。对于公安机关和法院而言，那也许是个无用的细节，无法挽回姚斌彬的死；但对于杜湘东本人而言，那个细节却解释了姚斌彬为什么会死。杜湘东的脑海中还长久地回旋着姚斌彬诡异的、似笑非笑的表情。这表情他曾见过两次，第一次是在逃跑事件发生的那天，当姚斌彬把枪扔到地上束手就擒的时候，第二次则是在今天。姚斌彬的表情、遗言以及所有举动都指向了杜湘东的推测——只是为时已晚。

然而杜湘东却不能把他的震惊与疑惑告诉姚斌彬他妈。他理智尚存，知道自己如果说了，那女人大概会疯掉。正如同他无法向姚斌彬他妈转述另一个场景：他坐着武警的军车，跟随姚斌彬赶往了刑场。那地方离市区不远，山清水秀，全然不像杀人的场所。面积不大的一圈院墙，门口的木牌只标注着"高法××工程"。囚车进去，后面的军车却在墙根停下。过了很久，枪才响了。不是依序而是几乎同时，那七枪里，有一枪是姚斌彬的。

这拨儿死刑犯的运气都不错，只响了一次，没人需要补枪。

# 8

此后，日子就变快了，快得像狗撵。经历了短暂的心情黯淡与惶然，在一日千里和一拥而上的本能作用之下，人们又迅速亢奋了起来。似乎只有杜湘东还在漫长地憋闷着。

憋闷遥无止境，然而有时反思，他的憋闷也和别人的亢奋一样，有着与以往那个时代不同的质地。假如一定要说出不同在哪儿，大约是从云端跌落回了地面，从抽象还原成了具体，从恢宏分解成了细碎。恰好杜湘东现在又不是个单身汉了，一切问题都必须要进行务实的考虑，因此他对于看守所管教这份儿职业的衡量，也从它能否在价值上实现自己，转移到了它能否在价钱上养活自己。但那些期望都落了空。经过所长的推荐，杜湘东本人一度也曾被列为提拔对象，但却在最后一关被卡了下来——总会有人想起他的"污点"。由于他的失误，俩犯人越狱，如今一个被枪毙了，另一个依然在逃。

杜湘东和刘芬芳的婚姻生活也说不上幸福。过去想得没错，刘芬芳说到底是受到了八十年代情绪的蛊惑——嫁给追捕持枪逃犯的英雄，这烘托了她心里的浪漫。但几年过去，英雄永无翻身之日，浪漫成了一时糊涂，因此她的忧愁也像时代一样落地了，还原了。由于交通不便和家里事儿多，现在刘芬芳仍然城里乡下两头跑，平时住在宣武门内，到了双休日才坐上公共汽车来找一趟杜湘东。周末夫妻，小别重逢，按说是应该如胶似漆的，但刘芬芳往往一进门就冷着脸，略喝一口水，就开始抱怨。抱怨的内容包括她妈脑子糊涂，她爸是个甩手掌柜，她弟弟都是惹祸精，以及领导挑刺儿同事使绊儿单位的待遇越来越差，总之是抱怨自己命苦；还抱怨谁家买了吸尘器，谁家都快买车了，而她奔波几十里路却连黄"面的"都舍不得打，总之是抱怨杜湘东无能；乃至于以前从未留意过的细节也成了她抱怨的素材，比如杜湘东为什么吃饭要就辣椒酱，杜湘东为什么洗衣裳总是懒得搓干净，杜湘东为什么当初没挑靠操场的宿舍的而是挑了靠农田的，所以晚上蚊子这么多——最后又都会形散神不散地归结为自己的命苦和杜湘东的无能。刘芬芳的抱怨无异于对生活的再发现，让她认识了另一个杜湘东，也让杜湘东认识了另一个刘芬芳。

有时杜湘东会怀疑：这还是那个爱看席慕蓉和三毛，能说出"可惜明天又和昨天一样"的刘芬芳吗？她当然还是，或者说，现在的刘芬芳也许才是真实的刘芬芳，但从另一个意义上，杜湘东却又无法确定地感受到刘芬芳的真实。刘芬芳抱怨得太投入了，常常抱怨到周末的晚上，就没有了和杜湘东过性生活的兴致；又或者刘芬芳虽然还愿意履行那点儿责任，但杜湘东却被她抱怨得心灰意懒，从社会性的无能进入了生物性的无能，只好放弃了和刘芬芳过性生活的机会。一个难得能挨上肉的老婆，其真实性当然大打折扣。

不知是不是由于这个原因，他们几年都没怀上孩子。刘芬芳自然也把孩子问题列为了抱怨的保留项目，但杜湘东却对此不甚上心，甚至暗自里有几分庆幸。说来也是，以目前的条件，有了孩子又该怎么养，在哪儿养呢？再者，没有孩子尚且如此，一旦因为孩子而疼过累过，天知道刘芬芳还会生发出多少绵延不绝的抱怨，那样的话，杜湘东的脑袋就别想清净了，心情也别想踏实了。他现在觉得脑袋清净和心情踏实也成了一种奢侈。

在如今，他能够获得清净与踏实的地方，只有姚斌彬家。

隔一阵子就去看看姚斌彬他妈，这个习惯居然坚持了下来。去了先干活儿，俩人再说会儿话。这时也不说姚斌彬了，更不说许文革，聊的都是身边近况。厂里也开始推行"两不找"了，厂长和书记家的窗户都被工人砸了。还有些脑袋活络的人，不知怎么就富了起来。《新闻和报纸摘要》的口音没变吧？如今怎么广播里都是港台腔，哇哇哇，听取"哇"声一片。直说到太阳偏西，姚斌彬他妈眼里却含着一丝不知从何而来的温柔。这是一个孤立于时间之外的女人，然而时间到底还是给她留下了印记：她的头发大片地白了，皱纹愈发深刻，她的两腮凹陷，牙齿岌岌可危。有时杜湘东会恍惚觉得对面坐的是姚斌彬。这对母子太相像了，从长相到性格都像，如果姚斌彬能活到老，大概也是这般模样。

几年来，不时有通缉犯落网的新闻，有些听起来颇为传奇。比如有个悍匪改名更姓又和一个女警察结了婚，最后是被老婆在床上铐起来的。再比如有个贼头到外国整了容，又偷渡回来想看一眼孩子，结果孩子大喊有小偷，就被逮了个正着。而在一次又一次"清网"之后，许文革仍然音信全无。对于逃犯来说，这才是真正的传奇。他是怎么躲过那些"雪亮的眼睛"的？他如果离开了北京，又辗转去过哪些地方？
难道他已经死了吗？

那些谜底露出一角，还是经由姚斌彬他妈。时间是在越狱
事件之后的第六年，也是一个春天。礼拜五的晚上，杜湘东
回到家，还没进屋就见灯亮着。打开门，刘芬芳已经坐在屋
里，情绪似乎还不错，不仅挂着笑模样，而且做好了饭。桌
上摆了一只砂锅，砂锅里热腾腾地漂浮着猪下水——大概又
是从单位里"顺"的。

她一笑："先吃，吃完有事儿跟你商量。"

杜湘东有点儿含糊："要不先商量吧。"

刘芬芳说："不吃就凉了。你急什么，反正不是坏事。"

说完抄起勺子，给他盛下水。俩人就吃，吃时刘芬芳也没
开展抱怨，笑吟吟地继续卖关子。等吃完，都有些肉醉，进
而又有了肉欲，于是早早上床，先过了一回性生活。过时刘
芬芳侧着脸，用仍然还有点儿像吉永小百合的那个角度朝向
杜湘东，所以杜湘东就很激动，他觉得刘芬芳终究是恋着他
的。

并排躺了会儿，杜湘东才问："到底商量什么？"

刘芬芳就说："我二姐从南方回来了。在外面漂了些年，
她好歹还算有点儿人心，想补偿家里，尤其是想补偿我，所
以就问到了你。她说如果你愿意过去，可以在她们那个德国
公司干个物流部的小组长，工作也简单，带着人到码头点货
收货就行。她还说你有学历，人也踏实，公司又在扩大规模，
过不了几年保证升职。"

杜湘东还在含糊："你是说让我辞职？"

刘芬芳说："我已经替你——替咱们算计过了，你在看守所待着，什么时候是头儿啊？再熬几年就真熬老了，老了再后悔就晚了。还不如趁早过去，工资翻番儿不说，他们还给租城里的公寓。当初没解决的问题，这不就全不是问题了吗？"

杜湘东更含糊了："辞职不就得脱警服吗？"

刘芬芳进而咯咯笑了："铁饭碗不如金饭碗，何况你这还是个破饭碗。脱就脱呗。"

杜湘东说："让我琢磨琢磨？"

打着琢磨的名义拖过一夜，第二天，刘芬芳的脸色就变了。她的决策没有得到杜湘东的热烈响应，这让她感到他不识好歹，于是重新回到了抱怨的轨道上。抱怨的内容则紧紧围绕着杜湘东在看守所的穷、远和得不到提拔。说的都是事实，所以杜湘东理亏。而刘芬芳又撺撺打打起来，最后指着杜湘东的鼻子逼问："给句话行不行，你还是男的吗？"

杜湘东不但给不了一句话，甚而披上一件便装逃了出去。老婆一个礼拜才来一次，他却落荒而走，这要让所里的同事看见，谁知道他们会联想到什么。所以杜湘东贴着墙根，像尿急似的一路小跑出了看守所，来到那条荒凉的土路上。脑子还乱着，他只想清净一点儿，踏实一点儿。哪里才有清净和踏实呢？于是便坐上车，往姚斌彬家里来。

进门打声招呼，照旧扫地做饭。刚把粥摆上桌，却听见楼下嘀嘀按喇叭，还有人喊："各家取信取包裹了啊。"然后嚷嚷一串人名。原来是邮局的车来了。如今郊区的邮政条件也有所改善，换成了韭菜绿的微型面包车，不过仍是每周才来一趟，并且不管送信上门，只能下去自领。早先调查许文革的行踪时，刑警方面还专门问过邮局，得到的答复是姚斌彬家与外界并无信件往来。但此时，邮递员扯着嗓子又喊："崔丽珍，崔丽珍在不在？不在我可走啦。"

杜湘东抬头和女人对视一眼，说："您歇着，我去。"

说着拉开书桌抽屉，拿了证件。平时姚斌彬他妈上医院取药和到厂里领补助，只要赶上杜湘东在，也常由他代劳，所以放证件的地方他也熟。三步两步下楼，对已经很不耐烦的邮递员出示了两人的身份证，说明"代领"，便从人家手里接过了一张汇款单。汇款人写着叫"刘春粟"，汇款地址是山西某县某乡邮局，汇款金额是三千块钱。

杜湘东的脑子"嗡"了一声。他竭力平复呼吸，掏出警察证，在对方眼前一晃："特殊情况，崔丽珍有汇款这事儿，别再告诉别人，明白了吗？"

对方的脸就白了，忙不迭地点头。杜湘东转身回去，以镇定的姿态上楼，来到姚斌彬家门前，听见自己的心跳似乎过于响亮，又闭眼喘了两口长气，这才推门进屋。

他对姚斌彬他妈笑道："他们看错了，不是找您的。厂子里还有别人姓崔吧？"

女人似乎凝视了他片刻，又似乎随口应道："哦。"

也不知这个谎话编得圆不圆，但杜湘东背上已经冒了冷汗。这个中午仿佛比任何一个中午都要缓慢，直熬到两点多钟，姚斌彬他妈要午睡了，他才起身告辞。出了筒子楼，杜湘东两腿裹风，奔向最近的公用电话。他是要打给刑警队的同学。以前来姚斌彬家，契机是同学交代了一个任务，所以总得时不常地就这个任务的进展做一下汇报。过了这么久，案子成了悬案，同学也从警员升了探长，双方汇报和听取汇报的兴致便渐渐地淡了下去，尤其这两年，几乎音信不通。说到底，他们的性格还是有点儿"犯冲"。然而今天这张汇款单却让杜湘东重新想起了那个任务，他必须得找人商量对策。

刑警队周末也有人值班，但电话打到办公室，同学却不在。杜湘东便又打同学的传呼，号码还是刚普及 BP 机的时候对方给的。挂了电话就蹲在马路牙子上，那副样子像个焦急地等着领工资的农民工。直等了将近一个小时，电话才响起来。

同学还是傲慢的语调，和当年一样："你找我？少见呀。"

杜湘东没顾得上客气，低声说："那事儿有消息了。"

"哪事儿？"

"还能哪事儿，许文革呀。"

"哦哦，许文革。"同学俨然已经忘了，在杜湘东的提醒下才想起来。

杜湘东便把情况说了。他分析，姚斌彬他妈常年独居，除了和他自己，并未与机械厂以外的人有过联系，那么有谁会专门给她汇款，而且还不是一笔小钱呢？极有可能是在逃的许文革。又从汇款的时间和地点上推测，如果真是许文革，那么他目前八成还流窜在山西省大同地区，定位具体到乡镇一级。说这话时，杜湘东嗓音颤抖，伴随着咳嗽，仿佛被"逃犯""流窜"等字眼儿呛着了。

没等他理顺调门儿，同学就截断了他："知道了。"

那种轻描淡写的口气让杜湘东有点儿犯蒙："你们准备怎么办？"

"照章办。我会把你的线索转到'追逃办'，再由他们那边联系当地公安局。"

杜湘东叫起来："那怎么行？别人不知道你还不知道吗？许文革比一般逃犯有脑子，反侦查能力极强，所以才会通缉了这么多年都没抓到。而且基层的警力、装备都和北京比不了，说句不好听的，办案也没那么专业，如果这事儿还走常规程序，没准儿又会让犯人跑掉。跑了再抓可就难了。"

同学反问："那你说怎么办？"

杜湘东说："当然是从北京派人，最好你带队，立即去。到了地方暗中排查，慢慢收网，还得多做几种预案……"

"哟，你也知道人跑了就难抓了呀。"同学阴阳怪气地"刺儿"了一句，随后叹了一声，话竟说得难得地诚恳起来，"可你知不知道我们现在是什么工作状态，知不知道许文革那案子之后北京又出了多少事儿多大的事儿？前两天的报纸你也看了吧？七个外地女孩儿住在一套单元房里，一夜之间全让人捅死了，肠子绞在一块儿都分不清楚哪段儿是哪个人的了。为了这案子，我已经带人蹲了半个月，两天两宿都没合过眼——我们哪儿有人手奔到外地明察暗访？哪儿有工夫兴师动众地对付一个几年没音信的许文革？况且现在还不确定那到底是不是许文革，你不也只说了'可能是'吗？"

"那这陈年旧案就没人管了？"

同学嗫嚅了一下："我要再说什么'天网恢恢'那是糊弄你，咱们警察跟警察之间，就别来那一套了。我只希望你能理解我们——时过境迁，这世道变得太快。姚斌彬和许文革那案子，主管领导早调走了，案子的意义也跟当年不一样了。当年有当年的重中之重，现在有现在的当务之急。人都活在现在，能顾得上的也只有现在，对吧？"

"……对。"

"那我先忙。"

杜湘东挂了电话，木然半晌，突然朝面前的砖墙擂了一拳。墙纹丝不动，手却戳得生疼。

他脸色阴沉地坐车回家，到家时已近傍晚，宿舍楼都亮着灯，只有他家黑着。本以为刘芬芳负气走了，"回北京"了，但开门进去，却见她还在，只是歪在床上不理人。俩人也没了做饭的兴致，到食堂随便打一口吃了，又发了会子闷，说声"睡吧"，就铺床躺了上去。躺着什么也不干，各自望向深邃的天花板。发呆很久，刘芬芳才开口："琢磨得怎么样了？"

说的还是辞职的事儿。杜湘东实事求是地回答："没怎么琢磨。"

刘芬芳说："那你想什么去了？这都一天了。"

杜湘东说："想个案子。"

刘芬芳说："什么案子？"

杜湘东说:"好多年前,那俩犯人逃跑的案子。"

刘芬芳说:"我记得。跑了俩,你追回来一个带枪的。你当时知不知道他带着枪?"

杜湘东说:"知道。枪丢了,我只能先追那个带枪的。"

刘芬芳说:"你没想过可能会牺牲?"

杜湘东说:"当时那么急,哪儿想得到这个。"

刘芬芳说:"那你就没想到我?"

杜湘东说:"那时你不都要跟我掰了嘛。"

刘芬芳就扑哧一笑,笑完又说:"你也算对得起这身警服了。辞不辞职,现在你得给我个说法。我二姐说了,她们那边急,时间不等人。"

杜湘东便也沉默。片刻道:"不去了。我干不了别的。"

说这话时,杜湘东似乎并不为难,然而话刚出口,心里还是一痛:这意味着他失去了一个"机会",也意味着他和刘芬芳还得无限期地穷着,分居着。他又想起了下午与刑警同学的对话。人家不仅是在解释案子跟踪不下去的原因,更相当于在世界观的层面上启迪他,教育他。人都活在现在,能顾得上的也只有现在。而"现在"又是一个飞驰的、稍纵即逝的概念,一旦被甩下,就可能永远也抓不住了。这个道理同学懂,刘芬芳懂,他们这个时代的所有人几乎都懂,好像只有杜湘东一个人不懂似的。

然而心里的坎儿终究迈不过去。杜湘东的思绪飘浮,又回到了多年以前的另一个下午。在那天,姚斌彬入土为安。一个大活人被抓进去,回来的只有一捧骨灰,墓地上立上一块仅注明生卒年份的水泥碑。姚斌彬生于一九六八，死于一九八九，年二十一。刚入土的人，按理是该祭一祭的，姚斌彬他妈却没带着水果点心。她在坟前伏了片刻，从怀里摸出一沓纸来，划了根火柴将它们点燃。日光明媚，看不见火，只有一条黑色的痕迹在纸上不紧不慢地啃食。烧的是厂里给打的医药费欠条，都盖着大红章。姚斌彬挣的外快都变成了欠条，现在把欠条烧给他，这里面似乎蕴含着不可言喻的公道。

旧账一笔勾销，姚斌彬他妈都对杜湘东回头笑了："杜管教，你放心，姚彬斌是为我死的，我就算是为了他也得活着。"于是她活到了今天。

想到这里，杜湘东的心便安宁下来，像深不见底的夜空。愧疚感还是存在的，说一千道一万，只是苦了刘芬芳。而令他纳闷的是，当他已经做好准备承受刘芬芳的抱怨乃至咒骂时，刘芬芳偏又不做声了。她静静地躺在他身边，与他保持着谨慎的距离，连呼吸都是若有若无的。她睡着了吗？当然没有。她正在和他一样睁眼看天。

俩人干巴巴地躺了一宿。天快亮了，刘芬芳的语言能力才得以恢复。她说："杜湘东，你还不如那俩犯人。犯人还知道跑，你连跑都不敢跑。"

## 9

那天中午送走刘芬芳以后，杜湘东出了趟远门。

他对单位编造的理由是"姨病危甥速归"，所长批得很痛快，并未深究他妈有没有姐妹。临动身前，办公室的电话却响了。这两年看守所各部门都装了座机，不用大喇叭喊人了。杜湘东拿起听筒，打来电话的是刑警同学。听到那个略显傲慢又略显疲惫的声音，他却并不感到意外，好像早料到同学会唱上这么一出似的。

同学劈头就问："杜湘东，你还在北京呀？"

杜湘东就笑了，告诉同学："正准备出门。"

"去大同？"

"对。"

同学"哼"了一声，仿佛也早料到了杜湘东要唱哪一出，接着道："幸亏这个电话打得及时……我只问一句，你非得去吗？"

杜湘东继续笑道："假都开好了，也不能浪费呀。"

同学又"哼"一声："你要不是这个脾气，咱们当初也不会较劲。那行，就看在较过劲的分上儿上，我索性再为你犯一回忌。你到了地方，先去找个人，这人办案子也是老手，以前查一起跨省抢劫案的时候，我跟他共过事儿。"

说着强令杜湘东拿出纸笔，记录要找的人的地址电话。杜湘东听完，先诧异了一下：怎么就是个交管局收发室的接待员？在警察的序列里，这种身份简直比看守所管教还不如。同学解释，其实此人过去也是刑警，只不过前两年"摊上点儿事"，就被冷处理了，"再说你又不是领了钦命出京暗访，难道还得给你找俩特警当跟班儿吗？也不掂量掂量自己的斤两。总之有个'地头蛇'带着，要比一个人瞎跑乱撞强得多。"

听着同学夹枪带棒的贬损，杜湘东心里却是一暖。有时越是关系别扭的人，反而越比朋友懂得自己。带着对刑警同学的感念，以及对那位并不存在的姨的内疚，他在郊县的车站上了火车。车厢里人满为患，充斥着霉味儿、屁味儿和烧鸡味儿，颠簸了半个白天外加一个晚上，凌晨才抵达大同。杜湘东几乎一夜没睡，但也不敢歇脚，立刻去给同学介绍的人打电话。和所有单位的传达室一样，那里值班的也是一个老头儿。而此地人虽然也说北方话，口音却含混不清，说不明白就反问："咋？"

人家"咋"，他也"咋"，好容易讲清来意，老头儿说他要找的人还没上班，让他等着。杜湘东再三强调自己就在火车站的钟楼下，然后撂下背包，盘腿一坐。这一坐，困劲儿便泛滥上来，令人支撑不住，不知不觉迷糊了一觉。睡也睡不踏实，如同被吊在了钟摆上，一会儿滑到亮的地方，一会儿滑到暗的地方。他能够清晰地听见候车厅里有人大喊大叫，大概是丢了东西；断断续续地又做了个奇怪的梦，梦见自己才是逃犯，正在慌不择路地躲避追捕。将这两种意象拼在一处，却又衍生出了新的意象——那是小时候听过的一个笑话，讲的是一个捕快押着犯了事的和尚去见官，路上和尚跑了，临走前还把捕快剃了个光头。捕快醒来，总觉得少了点儿什么，摸摸行李棍棒牒文都在，那么和尚呢？一摸脑袋，原来和尚在这里。可他又想：既然和尚在，"我"又去哪儿了？

哦，原来"我"就是和尚。捕快想。

这得是个多笨的捕快啊。警察杜湘东想。

睁开眼，心下若有所失，几乎下意识地想摸一摸自己的头。再仰望头顶的大钟，已经过了中午十一点，要等的人却还没有出现。难道同学托付的人并不靠谱？正在急躁，面前就晃出一个人来，长得瘦而高，红脸驼背，一身警服脏兮兮的，好像一只蹦跶在土里的大虾米。大虾米般的警察不紧不慢地与杜湘东核对身份，然后绽开笑容，脸像干旱的土地咔然开裂："北京同志，您不用到得那么早，坐下午那趟车也是一样的。"

杜湘东按捺不住愠怒："你们几点上班？"

大虾米般的警察坦然地回答："他们八点，我不固定。"

说完就带杜湘东去吃饭，吃的是一种名叫"栲栳栳"的面食：将莜面盘成细密的卷儿，放在笼屉上蒸熟，再佐以三四种汤料蘸着吃。从早上就水米没打牙，杜湘东已经饿坏了，狼吞虎咽地送下去几笼。然后他略喘几口气，催着赶紧动身。

大虾米般的警察问："去哪儿？"

杜湘东说："当然是镇上。我看过地图，那里离城里还有二百多公里……"

大虾米般的警察又问："到镇上干吗？"

杜湘东差点儿又急了："我手里有个汇款单，汇款地址是……"

大虾米般的警察打断他："你要找个刘春粟对吧？这我知道，另一个北京同志已经讲过了。既然有汇款单，就得先到邮局核查一下，不过你以为乡下的邮局说查就给你查？你有介绍信吗？你有搜查证吗？现在基层办案也讲规范，或者说，只要人家嫌麻烦，就可以拿这些规范把你挡回去。所以这事还得在城里办。"

"那就办呀。"

"你还真急。"

杜湘东坚持付账，大虾米般的警察也不推辞。出了饭铺，坐车前往市中心的邮电局，径直来到办事大厅后面的办公室，由大虾米般的警察出面和一个干部交涉。双方明显认识，口音都像舌头底下压了个鸡蛋，只有一个"哑"说得清晰而嘹亮。啧啧有声半晌，干部虽然面露难色，但还是给镇邮电所打了个电话，请那边的办事员协助"处理一下"。在电话里，镇上的邮政人员表示，底单倒是有，查也能查，只不过查起来颇费时间。杜湘东他们只好等着，大虾米般的警察便熟门熟路地沏茶倒水，和干部聊天扯淡。耗了一会儿，他又转头问杜湘东，反正等着也是等着，要不要找个洗澡的地方搓一搓去。

干部也附和："是呀，越往下面效率越低，不知道什么时候有回音。"

杜湘东坚决地说："我是来办事的，又不是来洗澡的。"

这种态度几乎是故意做给大虾米般的警察看的。后者只好又让干部给镇邮电所打电话，再次敦促，以示郑重。杜湘东几乎能想象那个倒霉的办事员叫苦不迭的模样，但却又怀疑人家压根儿没理他们这茬儿。足足等了两个小时有余，电话总算响了。抢在邮政干部和大虾米般的警察之前，杜湘东一把抓过电话。

果然是镇邮政所的办事员："找着了，还真有个刘春粟。"

杜湘东心头一亮，问："身份证显示是哪里人？"

办事员说："河南新乡。"

杜湘东又问："这个刘春粟长什么样，是不是大高个儿，有棱有角的？"

办事员苦笑道："您这就为难我了，我是管寄信的，又不是管相面的。自从私营老板到我们这里开了煤矿，来汇款的矿工特别多，我怎么可能每个都记清楚。"

"你确定他是矿工？"

"我们这地方鸟不拉屎，除了矿上，哪还有别处招工。"

"煤矿离镇上远吗？"

"说远也不远，望山跑死马，而且不通车。"

杜湘东不厌其烦，接着打听煤矿的基本情况，诸如老板是谁、雇了多少人和作息时间等等。办事员的耐心终于被耗尽，大概又有人过来办事，浮皮潦草地搪塞两句，咣的一声就挂了电话。带着几分踌躇满志的神色，杜湘东转过头来，把大虾米般的警察拉到屋外。他宣布立刻动身，前往矿上，而对方如果嫌远嫌累，那就大可不必跟他同行了。反正帮他找到这条线索，也算履行了同学所托。

大虾米般的警察却又笑了："北京同志，你怎么去？"

"当然是坐长途车……到了镇上再想办法，找不到车就走着去。"

"真有劲头。那么到了矿上，你又打算怎么办？"

这就让杜湘东含糊了。如果前往的是国营煤矿，他可以像当初在六机厂一样联系保卫科，再对矿上的工人展开排查，但私营煤矿却是另一套架构，在雇用与被雇用的关系中，下面的人只对老板负责，跟他这种"吃官儿饭的"并不在同一条战线。又早就听说开矿的人常和黑道有瓜葛，万一有了摩擦，他可没有三言两语唬住对方的把握。

于是他只好说："走一步算一步。"

大虾米般的警察挤了挤眼："走一步算一步，那就是没计划。咱们都是当警察的，你的水平肯定比我高，应该知道行动之前最怕没计划。你着急我理解，但万一出了差池，事情办得成办不成另说，要是让你这个北京同志面临危险，我们地方上可担不起责任。"

话说得虽然软，却像个老警察在教诲后辈。杜湘东反问："这么说你有计划？"

"帮人总得帮到底嘛。据我所知，开矿的老板平时不去矿上，他们不是在大同就是在省里，就连住在北京的都有。所以咱们还是先洗澡吧，边洗边找人聊聊。"

几乎连哄带诓，杜湘东被对方拉上了出租车，三拐两拐开进一家不仅在大同，就是在北京也称得上豪华的宾馆院内。主楼侧面开着一家洗浴城，车停在旋转门前，早有服务员上前鞠躬。跟着大虾米般的警察走进大堂，杜湘东看了一眼价目表，正在暗自掂量身上的现金够不够支付两张门票，大虾米般的警察却相当轻浮地对一个经理模样的女人吹了声口哨，那女人就笑着迎上来，打了个哈哈又亲自对后面喊："贵宾两位。"

可见大虾米般的警察对这里熟门熟路，熟到了穿着警服进来也大摇大摆的地步。而他不避讳，人家却避讳，里面的服务员送了浴衣过来："您赶紧换上，要不都不方便。"

大虾米般的警察一瞪眼："我今天又不是来扫黄的。"

说完笑嘻嘻地脱了个精光，喊杜湘东一起进去。杜湘东却摇头，径自坐在了长条沙发里。他也不是恪守"一针一线"之类的原则，而是想着既然来这儿也和行动有关，既然行动就有出现突发状况的可能，那么他可不愿意赤裸着应对状况。难道线人跑了，他也得光着追到街上去吗？而大虾米般的警察也不多劝，似乎嗤笑两声，搭了条毛巾就进去了。休息室隔壁的浴池哗哗流水，还伴随着噼里啪啦的敲背声，几个男人舒服得直哼哼。

片刻，就有一个满胳膊刺青、挂了根金链子的汉子急匆匆地从里往外跑，后面传来了大虾米般的警察的暴喝："敢跑就别让我再见着你。"

吼得声如洪钟，四面八方都是回音。杜湘东条件反射地跳起来，却见金链汉子原地定住，脸上浮现出半哭半笑的表情，慢慢转身，夹着屁股走了回去。浴池仍然哗哗流水，噼里啪啦乱响，几个男人直哼哼。一会儿，大虾米般的警察走出来，腰间扎条浴巾，手里还拿着一部砖头似的大哥大。他已经被搓得浑身又红又亮，这时就不像是一只在土里蹦跶的大虾米，而像是一只刚出锅的大虾米了。他对杜湘东说："问清煤矿是谁开的了。也挺巧，那人就在大同，晚上还要到这里招待客人，咱们等着就行。"

　　说完穿上裤衩，披上浴衣，招呼服务员到楼上开个房间。楼上又是另一番天地：灯光是粉红的，窄小的走廊铺着地毯，两侧排列着十几个紧闭的房门，门里也传出噼里啪啦的声音，但就不止是男人在哼哼了。身处这样的环境，杜湘东自然觉得不自在，不自在却又来自于某种难言的躁动，于是只好用加倍的刻板和严肃来对抗躁动。好在服务员也算识相，进屋以后并没给他们推荐什么"服务"，只是端来了满满一托盘啤酒、饮料和点心。大虾米般的警察开吃开喝，间或耳朵贴墙，听隔壁房间的动静，还给人加油："使劲，使劲。"然后又拿起大哥大，开始打电话，拨的都是长途，不是陕西战友就是内蒙同行，通话内容主要是感谢人家的帮忙，说他虽然被"靠边站"，但托大家的福，总算没有丢掉公职；又说老婆在太原过得挺好，女儿还进了省里的重点学校。碎碎叨叨，颠三倒四。

　　聊够了，递给杜湘东："你也给家打一个？免费的。"

　　杜湘东又摇头。他并没有告诉刘芬芳自己出门了，所以不知道该和她说什么，更不知道该在这种地方和她说什么。枯坐着更加难受，只好打开房间里的电视。却没有中央台和地方台，只有宾馆的闭路，放的香港三级片，大概是助兴之用。今天这部偏巧是破案题材，讲的是一皇家警察正在调查一起连环强奸案，查得非常卖力，每遇到一个女证人就跟人家干一把，干爽了才能得到线索；另一边，那个强奸犯也在卖力地干着，干爽了就留下一条线索；俩人从铜锣湾干到尖沙咀，从叶玉卿干到叶子楣，最后终归是邪不压正：

"你有权保持沉默，但你所说的每一句话都将成为呈堂证供。"

杜湘东惊异于自己居然把这部片子看完了，甚而身体还有了比较强烈的反应。他只好侧了侧身子，扯过被角盖住大腿。而俩男人分坐在双人床的两端，沉默地、目不转睛地看着黄色录像，这个景象实在有些荒谬。好在没过一会儿，电话响了，大哥大的主人，就是那个戴金链的线人通知他们，煤矿老板已经洗浴完毕，上三楼了。

大虾米般的警察立刻弹起来，杜湘东也起身，一对临时结成的搭档硬邦邦地展开行动。他们穿过走廊，对楼梯口的服务员做了个"封口"的手势，然后三步并作两步爬了上去。三楼与二楼又有不同：一个宽阔的、空空荡荡的大厅灯火辉煌，中间有张八仙桌，已经摆了几样凉菜；大厅尽头紧闭着一扇雕花仿古双开木门。无疑，要找的人就在里面。走到门前，大虾米般的警察低声说："该下狠手就下狠手，那是个老油条，先得把他镇住。"

说这话时，全没了方才的懒散，眼里还流露出一丝杀气。这神态令杜湘东心里一惊，接着就见大虾米般的警察退后两步，道袍似的浴衣底下伸出一条白腿，一脚踹脱了门锁。露出来的是一个装修得古香古色的包间，居中的硬木条案上摆着一套工夫茶具，一个戴眼镜的男人正给一个秃顶男人斟茶。看见杜湘东他们进来，屋里的两个男人并不惊慌，秃顶男人两手在胸前一抱，抬头看天，一副事不关己的模样，戴眼镜的男人低喝了一声："人呢？"

人就从大门里侧的一扇小门里拥了出来，五六条汉子，都穿着清一色的黑西服。杜湘东拧了下身子，让朝他来的那条汉子扑了个空，然后脚下使绊儿将其放倒，凌空扣住对方手腕，顺势一掰一扭，猪腿般粗壮的胳膊就脱了臼。这种人身上都是带着凶器的吧，往腰间一摸，果然搜出一柄匕首——他反手握住，却不顾及其他人，几步冲过包间，一个腾跃跨过条案，一把按住戴眼镜的男人的肩膀，刀尖顶在他脖颈的大动脉上。一气呵成，只用了不到五秒钟。痛快，说不出的痛快。多年过去，他依然是一身本事一身胆量，只可惜实战的机会来得太晚。杜湘东几乎想要照搬警匪片里的那句台词了：你有权……呈堂证供。

但话却轮不着他说。大虾米般的警察吼出一句更加俗套的台词："都他妈别动，警察。"说完抖了抖肉隐肉现的浴衣，过去一屁股坐在了沙发上，伸手揽住戴眼镜的男人。后者长得斯斯文文的，看起来像个中学教师，身处刀锋之下却连眼都不眨，还从桌上抽了几张餐巾纸，仔细把溅出来的茶水擦干净了。可见类似的场面，人家司空见惯。当然，茶是没必要再喝了，他僵着脖子，朝秃顶男人拱了拱手："对不住，咱们改天再谈。"

秃顶男人不动，征询地望向大虾米般的警察："真是警察？我什么也没干，就喝了口茶。"

大虾米般的警察说："您茶都没喝。我们不是找您的，也没看见您。"

秃顶男人这才起身，对戴眼镜的男人撇下一句："再有这种事，我可不敢跟你谈了。"

说完不看人，迈着方步往外就走。这又是哪个级别哪个机关的领导呢？杜湘东却明白，还是别管那么多的好。他来，是为了许文革，没必要再生枝节。而秃顶男人留下的话却让戴眼镜的男人脸上挂不住了，他相当有气魄地拍了下大腿，对大虾米般的警察说："你们是市局的还是省厅的？别管是哪的，我都认识……"

大虾米般的警察打断他："不是我找你。这位是北京的。"

戴眼镜的男人这才看向杜湘东，唔了一声，挥了挥手，让黑西服汉子们退出去，把地上的那个也拖了出去。然后用两根手指敲敲刀背："有事说事吧。"

杜湘东便放下刀，和大虾米般的警察一左一右夹着这人，先问清镇上的煤矿确实是他开的，然后表示他们只是想到矿上寻个人。戴眼镜的男人问找什么人，杜湘东略微迟疑，和大虾米般的警察交换了一下眼神，说出了"刘春粟"三个字。

戴眼镜的男人一愣："他们家人把事情捅到北京了？还有完没完？我不是给钱了吗？"

说得杜湘东也一愣："你知道有个刘春粟？"

戴眼镜的男人说："当然知道，这人死了。不死我哪里记得他。"

杜湘东又一哆嗦："死了？什么时候死的？怎么死的？"

戴眼镜的男人说："两个月以前。塌方了，压在井下了。"

然后这人的表情反而坦然了，轻松了。他站起来，舒活了一下筋骨，接着侧过身去，从沙发背后拿出一只皮包来，又从里面掏出两捆钱，敦敦实实地摔在桌面上。刚从银行取出来的新钱，纸条还封着呢，每捆一万。

杜湘东问："你要干吗？"

戴眼镜的男人歪头想了想，又扔了一捆，然后说："北京同志，还有这位警察大哥，这是个私密地方，咱们也把话说敞亮了吧。你们领了什么人的指示来找刘春粟，我一概不知，也不想多问。不过有人盯着我，想'坏'我的生意，这我是清楚的。那个刘春粟确实死了，当初我看过尸体，还亲自和他家里人签了赔偿协议，从法律上说，这桩事情已经结束了，所以我也希望别的事情能在你们这里结束。这些钱是小意思，等到北京同志离开大同，我还可以如数再给你们一份。生意人讲究的是和气生财，但你们也不要以为我怕事。要是真撕破脸，不止你们，恐怕你们上面的人也麻烦。谁要让我头疼，我也会让他头疼。"

说完不再看人，摘了眼镜往沙发上一靠，仿佛在闭目养神。两个警察隔着戴眼镜的男人对视一眼，又把目光挪向了桌面，在那钱上蜻蜓点水般地跳了几跳。随后，三尊人像都活动起来。杜湘东和大虾米般的警察身上劲道一松，分别靠向了椅背，还一左一右地跷起了二郎腿。戴眼镜的男人反而坐直了，两手撑在膝盖上，往左看看，又往右看看。他的脸上浮出了笑，大概认为已经给了两位警察充分考虑的时间，接下来就可以进入谈生意的氛围了。他不紧不慢地拎起茶壶，给二人倒茶，同时问："怎么样？"

大虾米般的警察先开口："要不是北京同志在，我这警察不干了也得废了你。"

话音不大，杀气毕露。戴眼镜的男人一哆嗦，茶水又溅了一桌子。他刚撑起来的气势转瞬被打了下去，扭脸去寻杜湘东。

杜湘东的回答却温和得多："你的意思我理解。"

戴眼镜的男人赶紧说："理解万岁。"

杜湘东却又说："不过也请给我们行个方便，毕竟要对上面交代。"

戴眼镜的男人唯唯应道："与人方便，自己方便。"

然后，他探身将钱摞成一块方砖，往出送也不是，往回拿也不是。杜湘东突然意识到，自己活了这么多年，还是头一回见到这么多的现钱。感慨完，他便把手放在钱上，慢慢往戴眼镜的男人身前推了推："我们也得对自己有个交代。"

## 10

那天到了矿上，就是入夜以后了。

路上倒不辛苦，并未像杜湘东宣称过的那样，先坐长途车再靠两条腿翻山越岭。他们的交通工具是停在宾馆门口的一辆奔驰车，在那个年代被称为"虎头奔"。戴眼镜的男人没去，开车的是他的司机，也即诸多黑西装汉子中的一名。既然答应了刘春粟的事情到此为止，那么对方也必须配合他"到矿上看看"的要求，这是杜湘东和那位"很讲道理"的煤矿老板达成的协议。此时杜湘东知道，此刘春粟非彼刘春粟，一个刘春粟两个月前就死了，另一个多半是用了死人的身份证去汇款，这才变成了刘春粟。

出城以后，前一半路程都是国道。经过一片稀疏的灯火，大虾米般的警察蹦出一句："就是那个镇了。"车子随即拐了个弯，驶上一条高耸的盘山路，速度也慢了下来。路况变得很差，布满深坑，不时有托底的危险，碰到迎面而来的大卡车，还得小心翼翼地歪到道路外侧，才能勉强腾出会车的空间。直到这时，杜湘东才体会到了远行的味道——那味道是苍凉的，还有几分豪壮。不多时，绕过一块巨大的岩石，便在更高远处望见了灯火。密密麻麻的白光闪烁，如同在半空之中扎了一座营盘。司机告诉他，"矿上"到了。一定是事先打过招呼，当车子爬上最后一段坡路，矿厂门口已经有人迎接了。那是个留着寸头的中年人，倒是淳朴干练的模样。他与杜湘东他们热烈握手，还专门说："北京同志，您辛苦了。"

接着自我介绍，说他是副矿长，负责这片矿区的日常管理。副矿长又相当熟练地说出一番套话，大意是，本地在历史上是煤炭主产区，老国企观念旧，负担重，因而市里的领导锐意改革，引入了民营企业承包矿厂的新机制，使这个老大难产业焕发了活力。像他自己，就是从国企转轨过来的，刚开始有些"不适应"，但很快就见到了"实实在在的好处"，"干劲可比过去大多了"。场面倒像应付上级机关的视察。

杜湘东引开话头："那么工人呢，都是从外面雇的？"

"基本替换成了农民工……当然，对于原来那些下岗职工的安置问题和养老问题，我们相信组织上一定能……"

"农民工又是从哪儿招的，一般会在矿上干多久？"

副矿长终于脱离了套话的节奏："天南地北，什么地方都有。中国人多，开得出工资就不怕招不上来。长则干上一年半载，短则两三个月就走……流动性很大。"

说话间就进了厂区。四下灯光耀眼，照着足球场那么大的一片平地。平地一端的暗处，模模糊糊地立着一幢二层小楼，周围排列着若干简易工棚；另一端的亮处，则屹立着山包似的煤堆。都知道煤是黑的，但在强烈的光照之下，那煤山却像覆了层雪一般通体银白。杜湘东的心不由得往上提了提。他有两个忧虑：其一是怕许文革已然不在矿上，身为一名逃犯，在一个地方赚够了钱，很可能继续流窜；其二却是怕许文革就在矿上，自己这么大摇大摆地游逛，要是恰好被他看见怎么办？在这个猫与鼠的游戏中，先被发现的那一方就算输了。因此杜湘东下意识地躲着灯走，还故意把背佝偻得更弯。好在一路上没碰到人，副矿长又把他们引向那栋办公小楼，提议"先歇歇，慢慢谈"。

屋里居然设了宴，桌上还摆了一瓶汾酒。俩警察也不客气，径自坐下，吧唧吧唧开动起来，副矿长陪在一边，不住夹菜倒酒。正吃着，却听见远处——具体说是来自地底——传来了两声巨响，让人脚下一颤，仿佛站在了随时可能腾身跃起的巨兽的脊背上。一时间屋里灯影摇动，连斟满的酒都晃出了半杯。

大虾米般的警察打趣道："不用搞得这么郑重，放什么礼炮呀。"

副矿长笑道："我们这里需要爆破开采，响动是常有的，但从没出过事。"

杜湘东本想噎他一句：那么刘春粟是怎么死的？但又一想，跑题也没必要。再说往后还得需要这位"管事儿的人"配合呢。因此他只是问："工人现在还在井下？"

副矿长坦然回答："我们这里实行的是十六小时工作制。向时间要效益嘛。"

怪不得办公楼旁边的工棚都是黑的，一点儿人声没有。杜湘东又看了看表，目前还不到十一点半，假如早上八点上班，那么离下工的凌晨时分还有些工夫。他索性踏实下来，细嚼慢咽地吃起了饭。其间本想问副矿长要个花名册来看看，但又觉得多此一举。许文革要是用本名来应聘，那他可真是个弱智了。

终于又熬过半个小时，杜湘东便拍了拍手站起来，宣布："到矿里看看吧。"

副矿长就不情愿了。他嘀咕道："不是说转转就走吗？您二位到底要干什么？"

事到如今，也就没必要藏着掖着了。杜湘东直言以告，他怀疑矿上有个逃犯，因此需要副矿长做的，是以下两件事情：第一，把他带到矿工从井下返回地面的通道附近，再提供一个隐秘的观察场所，保证他可以辨认每一张经过的人脸而不被发现；第二，严格保密，切勿声张。而对方听完，并未露出多么意外的神色，只是响亮地嚓了几声牙花子，好像在害牙疼。对于运营煤矿有可能面对的各种麻烦，这位副矿长仿佛早已习以为常。他考虑的是如何渡过麻烦，或者暂时压住麻烦，哪怕是把眼前的麻烦变成以后的麻烦也行。

片刻，副矿长的脸上再次绽放了笑容："您早说呀，多大个事。"

然后话锋一转，又说到这家煤矿是政府的重点扶持项目，受到了各级领导的亲切关怀，投资煤矿的老板本人也刚刚当选为政协委员。作为煤炭行业的改革标杆，又岂能容忍流窜作案的坏分子破坏抹黑？因此对于"北京同志"千里迢迢地赶来清理工人队伍，他们肯定是热烈欢迎，大力配合的。这时套话就不是套话了，甚而套话从来不是套话。杜湘东明白，副矿长这是在向他讲明利害呢，意思和戴眼镜的男人说过的话大同小异：警察执行任务，没人敢妨碍，但大家都是有背景的，万一闹大了，谁怕谁还不好说。

而他也只能表态："职责之内的事我一定要做，但仅限职责之内。"

双方再次谈妥，分别起身。副矿长率先走到门口，颇具表演性地做了个"请"的手势，引着俩警察往矿厂的核心部位，也就是矿井的方向而去。踩着一地咯吱作响的煤渣子，沿一条干道穿过空地，又穿过另一道围墙铁门，远远就望见了巷道入口。四下也是灯火通明，衬托得那个大洞的内部更加黑暗，一条狭窄的铁轨从洞里通出来，也传出了大地深处机械作业的震颤与共鸣。越往近走，回声就越发浩大，好像地壳已被挖穿。砰砰又是两声炮响，比刚才听到的更加骇人，连山顶上的碎石都往下滚了几块。

洞口却有一个铁皮搭建的岗亭，大概是清点人数和存放物品所用，副矿长走了过去，对亭子里的监工说了几句，那人便出来，手里拎着一个麻布口袋。随后，杜湘东和大虾米般的警察便钻了进去，灭了灯，坐下来，透过黑黝黝的窗子看着洞口。这是个适于观察的有利位置，里面的人能将外面一览无余，外面的人却无法看清里面，就连大虾米般的警察那身脏兮兮的警服也不会暴露身份，更何况外面还有两人为他们吸引注意力。黑夜像一个谜，山岭像一个谜，洞口更像含着个谜。在等待谜底揭晓的那段时间里，杜湘东的心态竟然出奇地平静，反倒是大虾米般的警察呼吸沉重，似乎比他还要紧张。

外面的副矿长和监工也被悬念感染，干瞪眼望着铁轨。非常准时，刚过十二点，洞里传出了隆隆轰鸣，好像一个消化不良又喝了过多碳酸饮料的人正在没完没了地打嗝。一列矿车开了上来，前几节车斗里却没有人，而是满载着今天的最后一批，或者是明天的第一批矿产，随后的几节才坐着矿工。矿车在洞口之内停下，人先下车，排着松散的队列走出来。副矿长示意监工往更亮堂的地方站了站，又迎着来人吆喝一声，那条队列便朝他们所在的方向移动过去。一切不露形迹，也可见这位敬业的领导亲自查岗是经常的事。

在杜湘东的注视下，矿工们纷纷从劳动布上衣兜里掏出一枚塑料牌，投进监工手里敞开的口袋。这是一支面目模糊、好像由影子组成的队伍，人人沉默不语，脸上黝黑一片。但即使如此，杜湘东仍对自己的辨别能力充满信心。他相信许文革的身体轮廓、脸部线条乃至走路时的姿态都深深地印在了他的脑海之中。如果不是印得那么深，他也不会在多年以来如此憋屈。而现在，摆脱憋屈的时刻终于到来了。

第一个不是，太矮。第二个不是，太胖。第三个虽然身高体形相仿，但脸又太宽太圆，几乎像一张饼。第四个第五个第六个都不是。被杜湘东否定掉的人们记上考勤，却不离开，又折回矿车开始卸货。因为捎了半车煤，第一趟矿车的乘客只有十几个人，如果这趟毫无发现，就只能寄希望于矿车倒回去再开出来的第二趟了。但一转瞬，杜湘东的视线锁定在队尾的一个男人身上。一米八多，肩宽腿长，面部棱角令人联想到西方雕塑。与记忆中的许文革不同，那男人的背驼得厉害，弯成了一条夸张的弧线，但考虑到他所经历的日复一日的逃亡和劳累，这点儿变化也是理所当然的了。

于是杜湘东叫了一声。怎么叫也是早就设计好了的。一个老到的逃犯想必早已练就了听到真名也无动于衷的定力，因此他叫的是："姚斌彬。"

那个名字在暗夜的山岭破空而出，锐利得像一支响箭。不远处的黑影果然一愣，茫然地回过了头。几乎没有停顿，杜湘东就从岗亭里冲了出去，也几乎没有停顿，他的抓捕目标开始奔跑。两人绕着目瞪口呆的人群各自画了一条弧线，与此同时观察、预判着对方的步伐轨迹，随后一前一后跑进了巷道洞口。在不久之后，当杜湘东反复纠结于这次行动的种种细节时，才会疑惑于这样一个问题：许文革为什么没往开阔的、更有利于躲避的方向逃跑，而是一头扎进了矿井深处？这是他在情急之下出现了判断失误，还是另有什么企图，比如说打算把杜湘东引进去再下毒手？但在那个刹那，杜湘东和当年追捕持枪逃犯姚斌彬时一样，脑子里除了抓人以外什么都没想。他只知道时隔数年，许文革再次出现在了他的眼前，并且自己占据着绝对优势的位置，只要一鼓作气，就能瓮中捉鳖。

也许恰因为此，杜湘东没有留意周边的变化。他盯着前方那个背影，沿着越发黑暗也越发幽深的洞穴向地下冲刺。二十米，十五米，距离的缩短是逐渐的，稳步的，岩壁发出了几声脆响，像颌骨挨了一拳时脑子里的回音，大概是前不久放炮的余波导致的，应该也是"常有的事"。十米，五米，借着头顶间隔悬挂的矿灯，他看清了逃犯一头乱发之下那苍白的侧脸。而直到两块比酸菜坛子还要粗壮的碎石从斜上方坠下来，落在离杜湘东不到半米的跟前，他才似乎意识到了什么。咔然开裂的声响从四面八方包括脚下传来，越发密集，震耳欲聋，整条巷道都在扭曲变形，像把人吞进了一段蠕动不休的肠子之中。

然后杜湘东听到了喊声："塌了塌了塌了——"

然后他的胳膊被人拽住，往反方向拉着。直到此刻，杜湘东的身体还在前冲，甚至想要甩脱抓住他的那人。很遗憾或者很幸运，他没做到。对方使出了擒拿手法，并且比他所掌握得更加娴熟：一手扣住上臂，另一手夹住头颅，拖扯着他往洞外跑出去。

五米，十米，十五米，二十米，他与许文革的距离重新拉大。回头再望，那个黑影在巷道深处拐了个弯，令人绝望地消失不见。而当一个鱼跃沉重地摔在洞口之外，他才看清了强行把自己挟持出来的人，是大虾米般的警察。两人躺在地上喘气，像两条离了水的鱼。然后杜湘东又想跳起来，却被一个扫腿撂倒。

对方吼道："你他妈想立功想疯啦？"

杜湘东吼了回去："我他妈不是为了立功，你懂个屁。"

对方再吼："甭管为什么，搭上条命就是不值。"

吼完，大虾米般的警察却不再看杜湘东，站起身来走向一旁的副矿长。后者呆若木鸡地瞪着洞口，两眼凸了出来。大虾米般的警察推了他一把："打电话去。"

"现在不能。"副矿长摇头。

大虾米般的警察扬手抽了他一个嘴巴："你们还想瞒几回？"

出人意料，副矿长也抬起手，抽了自己一个更加响亮的嘴巴："你要打电话尽可以去打，没人拦你，不过打也没用。这矿随时会塌，如果真塌了，等外面的救援赶到，井底下的人早埋了。所以现在只能按我们矿上的办法来，你们警察帮不上忙。"

这时在俩警察眼里，副矿长好像换了个人，绝非不久前那个只会说套话的工头了。他阴沉着脸，转身去向几个老矿工询问情况，三言两语，可以得知：煤矿采用皮带传送和矿车运载两种方法结合，井下的最底层用皮带，将爆破开采的煤块运送到深约一千米的中转站再装进矿车；此时矿里还有二十多人，恰好正在那个中转站等车；因为离地面并不太远，这些人本来是可以沿着轨道爬上来的，但现在还没人影，估计是被震落的石块挡住了去路。综上所述，现在要做的，就是先有几个人带着工具下去，在矿井全面塌方之前开出一条生路。如果赶得及，井下的人或许还有救，如果赶不及，那么很可能连救人的也被压在底下。因此再开口时，副矿长的哑嗓子里好像含了块滚烫的铁，他环视那一圈黑黝黝的、只看得清两眼反光的矿工，问："谁没老婆孩子？"

沉默之中，便有两个人站了出来。片刻又出来两个。又有一人呜呜干号两声，也往前迈了一步。副矿长拍拍那人肩膀，脱了上衣往地上一摔，顺手抄起一柄钢钎：

"我也下过井，鬼门关上走过都是兄弟。出发吧。"

几条没家没业的汉子发一声喊，跟着他往矿井深处走去。等那支敢死队消失在矿灯照射不到的角落，巷道变得出奇的安静，只有偶尔飘出的细小的断裂声提示着人们悬念还在继续。而原本压在杜湘东心头的那个悬念则被囊括进一个更大、更紧迫的悬念之中，那是千钧一发，那是生死攸关。他连重新爬起来的力气都没有，像狗一样伏在地上望着洞口，手指抠进混着煤渣的泥土，似乎指尖所能感受到的最微小的震动都能让他肝胆俱裂。

大概过去了多久？五分钟还是十分钟？杜湘东腕上手表的秒针均匀地数着格儿，每一格所代表的时间流逝都像包含了人的一辈子那样漫长。大约在某一秒即将结束、新的一秒即将开始之际，他仿佛看到秒针顿了一顿，好像时间本身也犹豫了，踟蹰了。随后他才意识到那是地壳震颤导致的视觉错乱，在接踵而至的轰鸣中，他看到巷道里尘土飞扬，寥寥几盏矿灯像暴雨里的萤火虫一样坠落陨灭。石块无规则地落下，转眼埋住了洞口。身边的矿工纷纷跪了下来，捶胸拍腿地痛哭或者指天对地地怨骂。没救了，这是从常识以及人们的表现中得出的判断。这将是一起震惊全国的特大矿难，一口气吞噬了三十多条人命，其中包括原本被困的二十余人和六名前往营救的敢死队队员，以及一名逃犯。

直到次日清晨，上述事实在杜湘东的头脑之中还是事实。大虾米般的警察终于还是跑回办公楼打了电话，救援部队是在凌晨五点赶到的。来了两个连，一个连是工兵，就地开始挖掘，另一个连是武警，负责封锁现场。煤矿老板始终没露面，听说连夜去了北京，至于是去躲风声还是找门路，那就不得而知了。副矿长以外的几个工头被迅速"控制起来"，杜湘东和大虾米般的警察也被带到一个单独房间里接受问讯。从"有关部门"的口中，杜湘东也得知，本次矿难像许多追悔莫及的灾祸一样并非偶然，原因大致有三：第一，为加快开采进度，该煤矿在爆破中使用了高爆炸药，且装药量远远超标，每个工作面上的炮眼数量也超标；第二，为节省成本，该煤矿在建设过程中使用的钢梁规格不达标；第三，该煤矿于两个月前曾发生过一次塌方，还死了人，本该停业整改，但不知为何没有执行。矿上的人竹筒倒豆子，交代的内容几乎可以立刻形成材料上报，相比之下，来自警察的侧面印证倒显得无足轻重了。

一个工作人员这才想起来问："你一个北京警察，到矿上来干什么？"

杜湘东正待回答，却见一个军人急匆匆跑进来，对那人耳语两句。一瞬之间，在那张僵硬得平板一块的脸上，浮现出了也许是这个小官僚所能传递的最为复杂的表情：狂喜、惊讶、庆幸、难以置信、迷惑不解……而当对方把消息转告给他之后，同样的表情也在杜湘东脸上重演了一遍。没过多久，隔壁和走廊里各种身份的人们爆发出了连锁式的欢呼，尤其是那些矿工，他们再次号啕大哭起来。

然后全体集合，急行军赶往山的中段。昨天夜里坐车上来时，杜湘东并未看到上山的路还分出了一条岔路，更无从得知海拔位置比山顶煤矿低了几百米的地方，还有一处废弃已久的老矿。废矿入口早被堵上，好在只是堆了一层砖石，并未再浇水泥封铸，又好在工具设备一应俱全，井下的人就从那里破壳而出了。有人是自己爬出来的，有人浑身是血，是被同伴拖出来的。最惨烈的是个十七八岁的孩子，已经深度昏迷，左腿膝盖以下全成了一摊烂肉。这些从鬼变回人的矿工被阳光晒愣了，捂了半晌眼睛，这才开始呼喊，于是被高处的武警发现。当杜湘东跟着队伍赶到现场，第一眼认出的是副矿长。问明身份后，这人立刻被调查人员缉拿在案，但即使是亮晃晃的手铐也无法打消他那疯癫的狂喜。

当政府的人清点人数时，杜湘东也凑了上去。他近距离地打量着每一张沾满煤污或血迹的脸，几个伤员在被抬上救护车之前也早就辨认过了。共三十二人，反复点了几遍都是这个数字。而来之前，他已经知道被困在矿里的人数是三十三个。还有一个去哪儿了？难道死了吗？如果死了，为什么死的偏偏是他？杜湘东像魔怔了一样念念有词，反复穿梭着逡巡着。终于，他的行为让人们觉得碍事了，那个询问过他的工作人员走过来，试图把他拉开。

杜湘东一抡膀子，把对方甩了个跟跄。人们齐刷刷打量着他，而那位工作人员还想缓和气氛，谨慎地再次靠近杜湘东："这位同志，您别激动……"

杜湘东却失魂落魄地溜开，又在人群里乱窜起来。他开始询问每一个幸免于难的矿工，有没有在井下见到这样一个人—— 一米八几，肩宽腿长，棱角分明。见过？这人叫姚文林？妈的，怎么取了这么个名字，不过也对，"文林"就是从"斌彬"里拆出来的嘛。那么这个姚文林现在怎么样？还活着？跟你们一起出来的？出来以后就不见了？你们干吗不看着他？干吗不问他一句？矿工们被他搞得惶惑不已，大虾米般的警察抄到他身后，依然使出擒拿手法，把杜湘东的两臂牢牢箍住。但他仍然跳跃着，后仰着，嗓子眼儿里含含糊糊地挤出两个字来："搜山。"

"你说什么？"工作人员勉强笑了一笑，问。

"搜山，搜山搜山搜山。"杜湘东重复。

对方就从讪笑变成了冷笑。你也不看看这是什么时候？还有伤员等着救治呢，还有现场等着勘查呢，还有情况等着汇报呢，哪儿腾得出人手搜山。不就是少了个人吗，比起活下来的几十个，少了的那个算得了什么。你不就是个来路不明

的警察吗，就算真是北京什么重要部门的领导，也得考虑地
方上的现实困难吧？于是众人散开，没人再理他，各忙各的
去。杜湘东被晾在当地，仍被大虾米般的警察擒抱着。大虾
米般的警察在他耳边劝道："兄弟，你冷静点儿，人跑了还能
再找。"

杜湘东终于停止挣扎，后背蹭着对方的肚子和腿，缓缓坐
在了地上，头却仰望着四周的山峦。屎壳郎碰上拉稀的——
白来一趟。事到如今，北京人这句粗俗的歇后语真是再贴切
不过，至于一路上的执念、辛苦、惊心动魄，都变得不值一
提。这个念头让杜湘东古怪地笑出了声，咯咯，咯咯，好像
一只丢了蛋的母鸡。

那也是许文革在逃期间，杜湘东最接近于将其抓捕归案的
一次努力。

# 11

至于当天在井下发生了什么，则是那位副矿长转述给杜湘
东的。而这又得归功于大虾米般的警察。也不知他使出了什
么斡旋手段，居然说服政府的人，同意让杜湘东在车轮战似
的审讯间隙见了副矿长一面。见面时间是晚上，副矿长好像
没认出来的是谁，不等杜湘东开口，就喋喋不休地申诉起来。
对应着调查得出的矿难原因，其申诉内容也可分为三条：第
一，擅自使用高爆炸药和增大填药量是老板的决定，他本人
曾对这种违规行为提出过质疑，但质疑无效；第二，建矿期

间选用什么规格的钢梁也是老板任用的亲戚一手操办，他更插不上话；第三，两个月前发生塌方并导致矿工刘春粟死亡后，他曾在第一时间通知了老板并建议上报，但老板告诉他官司已被摆平，又严禁对外人提起此事。总而言之，他就是个打工的，在人家锅里吃饭，对人家的任何做法都无可奈何。

杜湘东安静地听完，这才提醒副矿长，对于矿难，自己并无调查权更无发言权。而他来，想打听的是另一件事：那个冒用了刘春粟名字的人，那个逃犯，有印象吧？副矿长相当失落地"哦"了一声，但神色却又变得更加亢奋，就连语调也夸张了起来。这种状态让杜湘东颇为诧异，他不禁暗自琢磨，副矿长究竟是在矿难中被震坏了脑袋，还是天生具有当说书人的潜质。话说那日，山崩地裂，矿井之下，危在旦夕。为了二十七名阶级兄弟，以副矿长为首的敢死队义无反顾，深入虎穴，众人手持开山打洞的器械，一路坎坷一路心惊，来到了千余米深的地下转运站，只见头顶钢梁歪斜断裂，倾覆下来的煤块和碎石堵住了去路。从缝隙中，却又听得煤块碎石的另一端传来了呼号惨叫之声，真是万幸，被困的人还活着。二话不说，就地开挖，又号召对面的兄弟里应外合，费尽九牛二虎之力，居然开出一条窄道。两支队伍会师，赶紧又往地面开拔，但说时迟那时快，矿井发生了二次塌方，这一回来得更猛，并且位置就在洞口，把去路也给堵了。别说工人，就连有着多年井下经验的副矿长都傻了眼。他心知塌方就怕连锁反应，有了二次就会有三次，再塌可就全玩儿完了。正没奈何，却见暗处闪出一个人来，此人身高丈二，虎背熊腰，生得好一副硬朗相貌。

"你道这又是谁？"副矿长问。

"您……没事儿吧？"杜湘东反问。

"没事儿，没事儿。你别打岔。"副矿长两眼放光，仿佛重温着那生死一夜的惊心动魄。来者不是别人，正是矿工姚文林。直到这天，副矿长才知道这人的身份是个逃犯，真是人心叵测，世事难料。这位姚文林或许文革或冒名顶替的刘春粟逃进矿井，也被一起捂在了地下，难不成老天爷要惩罚这个罪人，就把其余三十二人一起当了垫背的？那也太不公平了。但没承想，恰恰是该死的给该活的指了条生路。逃犯告诉副矿长，在矿井的一侧，还有一座废弃的矿井，那是二十世纪七十年代开采的遗迹，因为当时的技术水平落后，就没有进一步扩建。以前爆破开山的时候，曾把两座矿井之间炸通了，那个通道的位置他还依稀记得，往巷道深处再走几百米就是。这一说，就提醒了副矿长。矿底下还有一个老矿，这个情况他也是知道的，只不过情急之下没想起来。而眼下，要想从原路开掘回去已不可能，如果能进入老矿，再从半山腰钻出去，那几乎是唯一的生路。另外一点副矿长也有信心：老矿是国家修的，那时又刚发生过唐山大地震，因而建筑质量绝对超标完成，新矿塌了老矿也不会塌。

直到这时，杜湘东才恍然大悟。许文革之所以逃进矿井，并不是慌不择路，而是早有预谋。往开阔处跑，势必难以甩脱警察，而假如利用对地形的熟悉，神不知鬼不觉地从老矿脱身，那就相当于上演了一场经典的地道战。也许早在刚发现那个密道时，许文革就已经做好了这种规划。想到这里，杜湘东倒抽一口凉气。几年前的许文革冲动，鲁莽，不计后果，他能活下来靠的是运气，或者说是靠了姚斌彬的那一条命。但如今，长年的逃亡生活已经把许文革磨练得如此老谋深算。道高一尺，魔高一丈。

他满脸发臊，副矿长却浑然不察，兀自沉浸在对险情的回忆之中。当机立断，一声令下，矿工们往井下的更深处进发，去找两个矿井的连接点。一路上，副矿长都走在逃犯身边，不时询问那个秘密洞口的位置、模样。山的内部还在嘎嘎作响，再往下走，就连仅有的两盏手提矿灯都无法照亮前路了。而地面猛然又是一震，就在人们魂飞魄散地呼喊之间，副矿长却发现身边的逃犯不见了。他只得强令队伍停下，随后四下张望，眼睛不够用就拿鼻子嗅，像猎犬一样探寻着未知的黑暗空间。命悬一线之际被无限拉长。

终于，身后有人说话："都这时候了，你还敢回去？"

"怎么没把他想起来。"

"已经没气儿了吧……"

人们窃窃私语，像怕再一次惊动了摇摇欲坠的山体。说话之间，队伍自动闪开，从浓郁的黑暗里托出两个人来。一个正是姚文林，他背上还驮着个身材单薄的孩子，头耷拉在逃犯的肩膀上，已然昏迷不醒。再往下扫一眼，孩子的一条腿却成了破墩布的形状，条条缕缕往下挂着肉丝儿。副矿长记得这孩子叫刘秋谷，今年刚满十八。他还记得办理矿工刘春粟的赔偿事宜时，正是刘秋谷替他哥签字画押并承诺"永不上诉"，然后从老板手里接过了五万块钱。刘春粟死后，刘秋谷仍在矿上干。刘秋谷要是也死了，他家的这根独苗就算断了。从矿工们的慨叹中，副矿长又得知，刘秋谷和他哥刘春粟一样，今天也被塌方给砸了。当时刘秋谷吓蒙了，撅着屁股趴在地上，转眼就有一块巨石滚下来，和雨点般的煤块一起将他埋了。别人都没致命伤，偏偏是他再没声息。众人本来商量，要能活着出去，就把这孩子挖出来带上，带不走活人好歹也带个尸首，而随后的连锁塌方却截断了这个念头。光顾着去找出口，他们干脆把他忘了。但是姚文林不仅想了起来，而且专门为这孩子折了回去。他又是什么时候发现刘秋谷还活着的？是在刨开煤堆撬开巨石的过程中，还是在扛着这孩子追赶队伍的路上？总之从他带着三分小心的步态里，众人看出他背着的是个活人。那块巨石没有压在刘秋谷身上，只是砸烂了他的一条小腿，这个事实令人庆幸，也令人羞惭。

姚文林背着伤员，走向队伍前端，对副矿长说："没多远了。"

继续摸黑赶路，到达某个拐角停下，姚文林又说："就这儿。"

这也是逃犯对副矿长说的最后两句话。几条壮汉在放过炮的废墟里开凿，不多时打开了一片更加漆黑、泛着久远年代气息的空间。从山内的一个腔道钻进另一个腔道，用矿灯照见头顶锈迹斑斑但却结构完好的钢梁，副矿长和所有人都舒了口长气。背后的那个绝命矿坑里又传来了震动和巨响，但他们所在的位置已经基本上安全了。逃犯提供的逃生路线的确有效。然后就沿着国营老矿的巷道往半山腰里进发，路的尽头当然还是漆黑，但此时的漆黑已经不再令人绝望。人们有手有脚有工具，而且按照他们所信奉的朴素的人生哲学，但凡大难不死都是有后福的——就像逃犯背上的刘秋谷，他只要还能微弱地喘气儿，等待他的理所应当是几十年的好光景。于是不紧不慢地换班开挖，当第一缕阳光从某根钢钎的落点直射出来，人群里蔓延了海浪一般的叹息之声。又有更多的钢钎、榔头和铁锹涌向那个亮点附近，将黑暗的窗户纸捅得像个筛子，轰然一响，天日重现。人们反而肃穆地沉默了下来，没人往外走第一步。如果姚文林和他背上的孩子不先出去，他们都认为自己没有资格重返人间。

最先出去的正是姚文林，他又从狗洞大小的豁口里把刘秋谷拽了出去。接着才是其他人，先出来的立刻回身，在碎石中间乱掏乱摸，寻找着后来者的手臂。身处漫山遍野肆无忌惮的阳光之中，人们陷入了暂时的失明。副矿长是最后一个出来的，当他紧闭着汩汩冒泪的双眼，宣布后面再没有别人时，矿工们一齐对着苍天呼啸起来。那声响不是为了求救，甚而不包含任何明确的意味，但又是与远古人类一脉相承的宣告与象征。而当副矿长恢复了视觉，第一件事就是在人群里寻找姚文林。此时的他早不在意姚文林的身份，他找那人，只是觉得鬼门关里走过都是兄弟。但他没找到姚文林，只看到了刘秋谷。这孩子是此起彼伏的呼啸声中唯一安静的人，此刻正躺在一块平坦的草地上，身下漫了亮晃晃的一摊血。

仍是通过大虾米般的警察的关系，杜湘东又在医院见到了刘秋谷。这个号称年满十八，长相只有十五六岁的孩子是与许文革有过最近距离接触的证人，当时刚从重症监护室转入普通病房，虽然生命体征趋于平稳，但静静地平躺着的模样仍然让人想到一具尸体。他的脸惨白得好像被人潦草地涂去了五官，覆着棉被的左腿膝盖以下空空如也，那是截肢手术的成果。杜湘东问他知不知道是谁把他背出了矿井，他死鱼似的眼睛连转也不转。杜湘东又问起他哥刘春粟的身份证怎么就到了姚文林手里，孩子终于操着河南腔开了口："大哥，我啥也不知道，不过我倒想问你个事。为啥我老觉得那腿还在，想动弹又没了？"

杜湘东没法作答，刘秋谷便扭过脸去，再无声响。事到如今，杜湘东接受了一个理智的判断：凭自己是别想抓住许文革了。只要离开了矿山，顺便再改个身份，许文革就会像雨滴落进湖水一样隐没在人海之中。不过杜湘东还是又在当地"赖"了几天。这时搜集资料，就不是为了继续追捕许文革了，而是受到了一种古怪的感觉的驱使——好像许文革远在天边却又与他朝夕相处，好像许文革是他的敌人却又与他亲密无间，因此他迫切地想要了解今天的许文革。在其他矿工们口中，"姓姚的兄弟"可是个能人，有一次井下的传送带坏了，技术员都束手无策，他一个人这儿鼓捣那儿鼓捣，居然鼓捣好了。有个头儿听说这事，要调他去干维修，从此不必下井挣钱还多，但姚文林一口拒绝，还明说自己要不是急需用钱，才不愿给黑心老板卖命。渐渐地，这人反而在工人之中有了威信，尤其是死了的那个刘春粟，几乎要拽着弟弟刘秋谷一起磕头认他当老大。然而也许是太有本事了，这人性子也怪，前前后后在矿上待了半年，也没见他跟谁成了朋友，甚至对人故意爱搭不理的。刘春粟出事时，距离他也就不到两米，别人早吓得筛糠一般，他却极其镇定地查验了尸体，独自一人把刘春粟扛上了矿车，又带着一身血迹去通知在井上倒休的刘秋谷：你哥死了，找他们谈赔偿去吧。这时在众人眼中，姚文林就显得异常冷血了，于是大伙儿又都有些怕他。

以上种种，在外人眼里捉摸不透，杜湘东却认为理所当然。一个许文革这样的逃犯，难道不是本该如此吗？但随后搜集的两条信息，就出乎杜湘东意料之外了。第一件事也是矿工们讲的，说是许文革特别爱看书。本来看书也没什么奇怪的，毕竟曾经是青工里的技术能手嘛，但一个人在逃亡期间仍然手不释卷，这就似乎传达出了别样的意味。进而细想，许文革看书，是为了"解闷"还是"有用"？如果是"解闷"，说明他想要忘记现在，如果是"有用"，则说明他还惦记着未来。杜湘东让工人把他带向大通铺上许文革的床位，果然在床板下翻出了厚厚一摞书。书都很旧，封皮几乎没有完整的，内容除了工业原理和机械维修，居然还包括法律方面的入门教材。念念不忘老本行也就罢了，难道许文革还想当律师吗？

第二件事更让杜湘东震惊。当他把书摞在一旁，顺手翻扯着许文革的被褥时，一抬头却看见枕头上方的砖墙上，寥寥地排列着几行字。字迹歪斜，深邃而清晰，大约是不久前用锉刀刻上去的。杜湘东随即意识到，那话语分明就是诗句：

美人济贫

英雄济富

没有人上过梁山（此句来自于打工诗人陈年喜的诗歌《无题》）

在那一刻，杜湘东的头颅之内充满回响，就像滚雷掠过了焦土。这就是从逃犯的躯体里蜕变出来的、必须让人重新认识的许文革了。这个许文革不仅包括了过去的许文革，而且包括了死去的姚斌彬，一生一死之力在他身上混合催化，衍生出了义无反顾的气概。凭借这份气概，许文革当然不会畏惧杜湘东，他甚至不会畏惧任何事物。而也正是在那一刻，杜湘东却产生了一个新的预感，那就是他迟早还会再次见到许文革。

但那天来得实在有点儿晚，又是五年之后了。

## 12

接踵而至的五年，简直像打了个盹儿就滑过去了。再换个比喻，以前也说日子快，快得像狗撵，那么后来就像疯狗在撵了。好像除了"快"本身，生活已经不再值得感慨。

当然，这只是杜湘东的个人感受，因其过于主观，所以并不具有代表性。要是逐一盘点，他也必须承认这些年来的生活变化之重大。譬如变化之一，是刘芬芳下岗了。食品公司每况愈下，冷库里的猪头猪腿猪下水也在亏本经营，领导们关起门来一合计，索性来了个处理大包圆儿，连猪带人一块儿甩给了外商。而外商也不傻，表示猪可以要，人不能留。双方在谈判桌上打了很久的消耗战，等到敲定改制方案时，却又不约而同地采取闪电战。那天刘芬芳和她的姐妹们刚转移完猪腿，就被勒令去签协议，领买断工龄的钱。人家还告诉她们，再过不久厂子就没了，要是不签，连这点儿钱也领不到。

偏在这时，刘芬芳的一个弟弟急着结婚，另一个弟弟怕吃亏，也扯来个女的要结，兄弟俩瓜分了宣武区平房的里外间，便把父母送给了二姐。二姐房子宽敞还雇着保姆，再加上越有钱越对家里有愧，即便不是女儿的责任也应承了下来。这样一来，却显得刘芬芳多余了——没人需要她伺候了。她只好卷铺盖回了郊县，并且觉得自己是被厂里和家里榨干之后扔出去的，这也决定了她不会给杜湘东好脸色看。因此，杜湘东生活中的第二个变化虽然是与刘芬芳结束分居，但却感受不到夫妻团圆的喜悦。他必须时刻准备聆听刘芬芳的抱怨，抱怨的内容则直指第三个变化，即：他们已经沦为了标准意义上的"穷人"。

平心而论，如果纵向比较，他们的生活水平一直都在提高，筒子楼单间里添置了电视、洗衣机、窗式空调，算是基本完成了一间陋室的现代化。但这番现代化的进程却伴随着一轮又一轮的节衣缩食和忍辱负重。连单门冰柜都是刘芬芳她二姐用剩下的，为了把那个铁箱子搬回家，杜湘东借了辆板儿车，愣是从二环边儿上蹬出了城外。路上正好碰上城管查抄无照摊贩，看见他四脖子汗流的模样，还以为是个收旧电器的，二话不说把他连人带冰柜扔上了卡车。他挤在一群卖菜卖袜子的妇女中间，一直坐到看押点，这才申明自己是一警察。协管员连称"误会"，又哭笑不得地问："您怎么不早说呀？"

杜湘东回答："蹬累了，想蹭段儿你们的车。"

这桩误会的解决方案，是城管派了一辆小卡车，把板儿车冰柜一起送回了郊县。经过看守所正门，刚好遇到当班的同事们去吃晚饭，大家嘻嘻哈哈地笑看杜湘东如何智取城管。这时所里的人员构成也发生了巨变：老吴那代管教纷纷退休，接替上来的都是大学生，有许多学历比杜湘东还高。这些年轻人穿着与国际接轨的"九九"式警服，像当年的他一样身材挺拔，面露英气。车停下，两个小伙子绕到后面问："杜哥，帮您把东西抬上去？"

杜湘东却歪着屁股坐在车斗上，朝前方的后视镜里照了一照。刚才那一瞬间，他突然发现年轻同事们看他的目光是似曾相识的。在哪里见过呢？其实并没有"见"过，那是若干年前自己看待老吴的眼神：虽然亲热但又不屑，怜悯。现在人家也把他当老吴看了。微微鼓起的后视镜里映出了一张滑稽变形的脸，两腮深陷，被风吹乱的头发白了三分之一。除了牙齿尚在，他的面貌和做派都在活脱脱地向着老吴那个方向飞奔。

记得老吴退休时，反倒是扬眉吐气的。他在平谷的几间大瓦房喜迎拆迁，又利用老婆家在延庆的种菜大棚开了个采摘园。随着城市的大干快上，地广人稀的郊区冒出了一批土财主，他们举着小旗到国外豪迈地吐痰，他们开着进口汽车盘踞在村口拉黑活儿，他们在床底下藏了大摞现金以至于钱都长绿毛了，而老吴三生有幸地混成了他们中间的一员。对于故人，老吴是懂得藏富的，直到离开的前夕，他才对那些嘲弄过他鄙夷过他的同事宣布：

"我他妈跟你们才不是一个阶级哪。"

但与杜湘东告别时，他却仿佛流露出了一丝忧伤。在办公室里，老吴抄起窗台上的半瓶白酒，自己先吱溜一口，又把淡绿色的酒瓶递给杜湘东，杜湘东便也吱溜一口。吱溜完，老吴拍拍杜湘东的肩膀："这些年给你添麻烦了。"

杜湘东说："哪儿的话。"

老吴说："你好好儿的。"

杜湘东说："好好儿的。"

老吴又说："别想那事儿了。"

杜湘东说："不想了。"

没过半年，所长也离开了所里。倒不是退休，而是肩膀旧伤复发，一到阴天就疼得直打滚，上面体恤干部，给安排了个调研员的闲职。走时又赶上下雨，所以所长是用担架抬出办公楼的，只能躺着与同事们一一握手。握到杜湘东，所长格外加了把力，将他拽近了，颤巍巍道："耽误你了，我有责任。"

杜湘东说："您别这么说。没您保着，我还不知怎么收场呢。"

所长又说的话，却与老吴如出一辙："别想那事儿了。"

杜湘东再次保证："不想了。"

当年偷偷跑到大同，没抓着许文革又牵扯进了一起矿难，当地政府把电话打到了市局，一问才知道他是在管辖权之外私自展开调查，弄得上级很被动，还是所长求了局里，好说歹说才把对方的抗议搪塞过去。而既然两位老同志临走前都专门劝他，杜湘东便也决定"不想了"。他现在需要做的，是深入贯彻一种全新的生活态度。

比如那个单门冷柜，他就没搬到楼上，而是摆在了看守所大门正对面的河岸上。那里有个近两年才形成的小集市，做的是前来探监的家属的生意。又从传达室扯出来一截电线，下岗女工刘芬芳就可以守着冷柜奋发图强了。为了招徕顾客，刘芬芳还接了个音箱喇叭，循环播放的总是《从头再来》。这歌声不仅激励着她，好像也在激励着一墙之隔的犯人。而郊县现在也开始整治市容市貌了，城管一来，其他小贩望风而逃，只有刘芬芳岿然不动，杜湘东则带了几个小兄弟围坐在冷柜旁，都穿着警服，手里举着冰棍和啤酒，挑衅地面对执法人员。这点儿特权终于令她对杜湘东感到了欣慰："总算沾着你的光了。"

这么说时，杜湘东正坐在小马扎上发呆。现在他无师自通地学会了上班磨洋工，还把老吴的半瓶白酒继承了下来，吱溜到傍晚时分，常常已经高了。耷拉着脑袋，他好像没听见刘芬芳的话，只是望着夕阳下的河水。上游在开发旅游，这条河也得到了治理，景致变得颇为潋滟。逝者如斯，仿佛没人记得在那河床里，曾经有人亡命奔逃，有人冒死追逐。

刘芬芳又说："晚上多打香胰子去去味儿，我也让你沾个光。"

杜湘东仍然置若罔闻，眼皮上落了个苍蝇也不轰。

刘芬芳就有些气恼，掐了杜湘东一下："你是死人呀你。"

一激灵，死人就活了。杜湘东揉着脖子扭头，正待感谢刘芬芳的恩赐，恰好瞥见了驶向看守所的两辆汽车。一辆是蓝白条的警车，后面亦步亦趋的是辆硕大无朋的奔驰。两车停下，奔驰车里跳下两个男人，一个西装笔挺，手拎公文包，另一个年轻许多，染了一脑袋黄毛，走路却一拐一拐的。俩人紧赶几步来到警车旁，簇拥着第三个男人出来。那男人身材高大，因为背对着杜湘东，一时不能看清面貌。随即又有两名警察下车，按电铃催促所里的同事开门；小瘸子一直在跟身材高大的男人说话，哼哼啊啊地点头称是。

越过小瘸子金光璀璨的脑袋，杜湘东终于看清了高大男人的长相。和他一样，那也是一张未老先衰的脸：头发灰白，皮肤干枯，两眼像睡不醒似的往下耷拉着。不仅如此，那人连呼吸也不匀畅，说不到半句话就必须换口长气。都不年轻了，他们这样的人，注定要比一般人老得更快些。然而那棱角分明的脸形却还维持着原状，令人想起西方雕像。

杜湘东站起身来，痴了一般朝那男人走去。

看守所的小铁门已经打开，一名年轻管教与外面的警察简略核对，示意男人进去。小瘸子突然激动起来，抱住男人的肩膀呜呜两声，男人倒像有点儿尴尬，拍着对方的后背劝了两句。随后，他目不斜视地往里走去，那副熟门熟路的样子就像回家一样。

杜湘东终于叫出声来："许文革。"

许文革回头，隔着铁门与他对视，脸上浮现出似笑非笑的表情。那表情令杜湘东倍感熟悉，他随即反应过来，姚斌彬也曾对他这样笑过。

## 13

1989 年春，许文革因盗窃被捕，并与同案犯姚斌彬策划、实施了越狱。后姚斌彬被抓获，判处死刑，立即执行，许文革长期在逃。2001 年春，许文革归案。

自从再次见到许文革的那个瞬间，杜湘东就感到透不过气来。似有一团无形无迹但又可感可触的东西包裹住他的心口，步步紧逼地往里压迫着。他又憋闷了。那不是一种生理的症状，而是心理的暗疾，曾经在漫长的岁月里萦绕着他，折磨着他，近些年来，他似乎掌握了消解憋闷的方法，但伴随着许文革的出现，憋闷卷土重来了，而且比以前更加猛烈。许文革落网，这不是他洗刷前耻的唯一途径吗？他为什么会憋闷呢？

大概还是因为许文革的那个笑。姚斌彬式的似笑非笑。

那天夜里，杜湘东不仅没心情"沾刘芬芳的光"，而且失眠了。醒着似乎还在做梦，但梦又都是乱的。熬到凌晨五点，他早早来到办公室，先对着镜子披挂自己。大檐帽，风纪扣，板儿带，所有细节一丝不苟，镜子里的中年人却无法再现多年前的英武。即便如此，杜湘东也不允许自己消沉着、邋遢着面对许文革。他费力地挺直腰杆，像拉直了一段因为反复扭曲而随时会折断的钢丝，往监舍走去。

十多年过去，看守所早就大变样了。走廊不再阴森幽暗，节能灯将每一个角落照得通透，关键地方还悬挂着监控摄像头。新所长以前当过领导秘书，是个有魄力也有能耐的人，按照他的规划，以后的看守所不仅要在硬件上鸟枪换炮，职工待遇也会得到质的飞跃——最关键的一条就是把筒子楼宿舍统统推倒，建成正经八百的单元小区。如今北京的一套房，哪怕地处郊县，其意义也是不言而喻的，因此压根儿不用再做思想工作，大家都有了盼头，据说还有人托关系想往所里调呢。在一片高涨的心气儿里，杜湘东这种人就更显得多余了，多余得当他出现在应该出现的地方，反而把别人吓了一跳。

等待换岗的夜班管教是个年轻人，长得胖乎乎的挺喜兴，总会让杜湘东想起以前的警校同学徐胖子——偏巧也姓徐，偏巧也是哪个头头脑脑的亲戚。小徐胖子正翘在监舍走廊里的椅子上打盹，听到脚步声，忙不迭地跳起来，见来的不是领导，松了口气，但等看清来的是杜湘东，似乎又提了口气："杜哥，您有事儿？"

杜湘东回答："查监。"

小徐胖子笑了："您那俩屋我替您查过了，一切正常。"

杜湘东没笑："那你再帮我找个人。"

随后报了许文革的姓名、籍贯、年龄、体貌特征。而小徐胖子动也没动，仍在笑："的确有这人，不在一般监舍，来了就进'小号'了。"

将曾经的逃犯单独关押，这表明了所里对此案的重视，也是杜湘东赞同的处理方式。他说声"知道了"，绕过小徐胖子往走廊紧里头的禁闭室走去。但眼前一晃，小徐胖子却以在胖子身上极其少见的灵活后撤两步，重新挡住了他的去路，还把胸脯子挺得老高，警服胸襟底下好像鼓出了两个小乳房。

他的笑容也变得为难了："上面交代了，您不能见这人。"

"上面谁说的？"

"所长亲自指示的。"

"为什么？"

"说怕刺激您。"

"笑话。我一警察，要能被犯人刺激，早他妈别干了。"

"杜哥……"

"你们到底什么意思？"

"许文革是自首的。"

说出"自首"俩字儿，小徐胖子的眼皮垂了下去，嘴唇几乎没动，发音含糊不清。这孩子跟他关系不错，而且似乎所有胖人都自带一种画蛇添足的善良，帮不了别人的忙，却能体察到别人的痛楚。小徐胖子已经在担忧他，同情他了：从他手里跑掉的逃犯回来了，并且还是自己主动回来的，这相当于把一个恶意的玩笑开得更加不留情面。

杜湘东重复了一遍："自首的？"

小徐胖子只得再次强调："自首的。所长还说您得避嫌。"

眼前的小徐胖子几乎成了重影儿，俩乳房变成四个了。而杜湘东知道，跟对方纠缠下去是没有意义的，他啪地磕着鞋跟转了个身，去找下命令的领导。新所长是个精力充沛的工作狂，每天六点就会出现在办公室，连带着职能部门也必须提前上班。但当杜湘东走进办公楼，迎出来的却是管理科长，告诉他，所长到局里开会去了。那不要紧，下午再来。杜湘东回了办公室，干坐着挨到傍晚，重新去所长屋外候着。接待他的仍是管理科长，见面就一句："所长还没回来。"然而杜湘东刚才上来的时候，明明看见所长的那台"桑塔纳2000"正停在楼门口。可见人家料定了杜湘东会再来，也早定下了答复他的说辞。

硬闯自然行不通，如今的领导越来越像领导，要想见面必须预约，否则就算违反纪律。况且，管理科的两名小伙子正警惕地盯着他呢。杜湘东只好又回办公室。偏这时，一个电话又追了过来，管理科长告诉他："所长让我给你带个话儿。"

杜湘东道："他不是还在市里吗？"

管理科长没理会这句抢白："所长说，许文革这案子非常特殊，跟以前他跑的时候一样，上面又有大领导过问了。现在又是个特殊时期，所里的改扩建和集资建房正在审批的坎儿上，不能允许任何意外情况造成不利的影响……所以所长的意思是，你和许文革之间必须严格隔离，你最好先离开监舍，到别的岗位上待段日子。"

"你们是怕我再让许文革跑了，还是怕我把他杀了？"

"不是我们怕，是领导怕。领导定下的主意，我也只能传达。"

于是，杜湘东转岗去了内务组。对于这个安排，他倒没觉得有什么不公。真要按照条例的要求，他也早就不适合在监舍干了。公然酗酒，纵容家属摆摊儿，哪一条儿不够他再写十份八份检查的？而好也罢，坏也罢，作为警察，杜湘东再次有了一个目标，那就是许文革。并且他有预感，许文革是一定准备"做些事情"的，否则许文革就没有必要自首了，更否则，许文革也就不是许文革了。面对生活，许文革要比自己强悍得多，强悍者一旦证明了他的强悍，就会像被上天选中一样无所不能。但因为那道隔离令，许文革虽然重现人间，对于杜湘东而言却变得越发神秘了。这种状态让杜湘东既无法自拔又无法自处，因此也就怨不得他后来所做的那些事了。

内务组隶属登记处，其职责并非管理内务，而是检查在押人员与外界往来物品的隐晦说法。既然许文革来时有人陪同，那么收到包裹也不奇怪。转岗过来之后的连续几个礼拜，杜湘东都注意到了那个包装严密的纸箱。看着封条上的"许文革"三个字，他得默默地做上一番心理准备，这才拿起裁纸刀将它打开。露出的东西虽然不在"犯忌"之列，但又和一般犯人大不相同。首先是七条毛巾和七套内衣，都是纯棉加厚的高档货，这说明许文革的习惯是当日用次日扔，连洗都不洗。他一个逃犯，有那么爱干净吗？难道是那些年脏怕了，反而养成了洁癖？其次是几瓶药，喷剂，标签上写着外文，后来请教了所里的年轻人，才知道是增强呼吸系统功能的，通常用在哮喘和肺纤维化病人身上。

通过这些物品，杜湘东得以想象许文革的状态：他独居斗室，终日不见阳光，饱受呼吸不畅的折磨，但却神经质地保持着身体的洁净与精神的冷静。这个形象是孤独的、自闭的，同时还是诡异的。回来以后，许文革仍然像一个游荡在人群之外的幽灵。而杜湘东也意识到，利用如今这点儿可怜的职权，他仍然能够对许文革施加影响。

没跟任何人打招呼，他没收了全部毛巾和内衣。至于那些进口喷剂，他去咨询了一下狱医，得知许文革并无生命危险，服用药物只是为了"缓解症状"之后，便统统拧开瓶盖，将液体倒进了便池。可以想见，这些东西对于许文革而言都是必需品，否则不会巴巴儿地叫人送来，因此也可以想见，一旦断绝供应，许文革将有多么寝食难安。但杜湘东就是要折磨许文革，哪怕用的是他过去所不屑的"鸡贼"手段。

如今铁门里的规矩也变了，最有面子的不再是好勇斗狠的牢头，而是那些在外面能量无穷的人。在新规矩里，因为经济问题进来的商人还能遥控生意，酒后驾车肇事的富家子总能召见律师，最让人不忿的是，对于某些落了马的官员，没落马的同僚旧部还会专门打电话来要求"关照关照"。看许文革的架势，俨然已经混成了那些特殊犯人中的一员，面对物资禁运，他会有什么反应？是公然抗议还是找人求情？杜湘东拭目以待。

从小徐胖子嘴里听说，有时许文革犯病犯得厉害，平摊在地上，两手扒着胸膛，那模样就像被装进棺材里活埋的人。饶是如此，他从未申请过就医，关于药品的不翼而飞也没对人提及。在杜湘东看来，对方与其说是在忍耐，倒不如说是在示威：当你已经变成了一个下作的老无赖，我却还是一条硬汉。而杜湘东能做的，只有继续扣留、糟践那些物资。他不就是想让许文革感受到自己的存在吗？这个目的已经痛苦而漫长地实现了，但许文革的表态却令他变成了真正被折磨的那一方。杜湘东的酒喝得越来越多，终于，在一次"撅"掉了半瓶二锅头之后，他做出了一个老无赖所能做出的最下作的举动。他在便池前方倒掉喷剂，解开裤子，往写满外国字眼儿的塑料药瓶里撒尿。尿得不准，溅了一手，他却还没尿完就生生憋住，冲回办公室，将药瓶放进了写着许文革的名字、等待转交进监舍的纸箱。恰好赶上转运物品的手推车来了又走，杜湘东随之展开了一段遐想：许文革又快犯病了吧？最好立刻就犯，如此一来，他才能不分青红皂白抓起药瓶，把那些浓郁的、酒精含量超标的液体趁热喷到嗓子眼儿里去。那个味儿真是甭提了，那个场面真是太解气也太他妈的变态了。没错儿，变态。都说警察这种职业很容易患上心理疾病，那好，他杜湘东总算赶上了这个时髦。

然后，杜湘东折回厕所，打算把剩下的那半泡尿撒完。

然后，他在门外遇到了那个代表许文革来找他的男人。

那男人杜湘东见过，前些天从奔驰车里下来的就有他。此刻他仍穿着西装，腋下夹着公文包，神情不苟言笑："杜管教吧？我是许文革的律师。"

杜湘东以醉鬼特有的嘴脸睥睨对方："律师？律师找法官聊去。"

"但有两件事，还得向您说明。"律师仿佛没看见杜湘东按着裤裆的丑态，语调不急不缓，"第一件，在被看押期间，我的当事人有权接收衣物、日用品和药品。尤其是药，这是医生开具过处方证明的。但据我所知，上述物品都被您无故扣留，这给我的当事人造成了极大的痛苦。而您的行为不仅违反了相关条例，说得严重一些，已经涉嫌虐待。"

"那你告我去。"杜湘东笑了，"你不就是吃这碗饭的嘛。"

律师也笑了，笑容高度职业化："我确实提出过这个建议，但我的当事人拒绝了。"

杜湘东眉毛扬了扬："哟，许文革这是跟我卖好儿呢？"

"既然是许先生的意思，那么第一件事就过去了。我想着重说的是第二件。"律师说着，将腋下的公文包打开，取出两张打印纸，递给杜湘东，"您先看看这个。"

杜湘东抬起手，展示了湿漉漉的尿渍，于是律师只好平举着两张纸，照镜子似的让他看。醉眼蒙眬，人勉强认识字，字却不认识人，但等杜湘东把那一千多字的材料读完，他就尿意全无了。他的脑子里咔然作响，心脏也像注射了过量的肾上腺素似的狂跳了起来。他愣了许久，再开腔，就不是一个醉酒无赖的口吻了："许文革到底什么意思？"

律师向杜湘东出示的材料，是关于五年前那场矿难的，却与通常的调查报告不同，并未纠结于事故的原因与后果，而是主要叙述了亲历者之一许文革在当晚的所作所为。其中包括他带领三十余名矿工逃生，也包括他从井下把刘秋谷背了上来。

至于许文革的"意思"，律师做出了清晰的表述："许先生的案子，法院正在审理当中。他的罪名是盗窃和越狱，对于这些，我方并无疑义。但在量刑标准方面，法院也必须考虑到各种特殊情况。首先，现在距案发的1989年已经过去了十多年，这十多年里，关于他的盗窃金额是否可以被称为'特别巨大'，相关的司法解释已经发生了显著变化。具体说，许文革盗窃的是一台'皇冠'轿车发动机，当年的整车价格大约十万元，即使是核心零部件，估值也应该不超过两万，这在八十年代算是天价，但在今天如果还被列为重大案件，明显就不妥当了。其次，当事人的认罪态度和表现也将对判决起到关键作用。许文革是自首，这一点已经毫无疑问，而我方辩护的关键之处在于，他在逃期间还有立功行为——试想当时如果不是他挺身而出，其余三十多人很可能会，或者说几乎一定会……"

听到这里，杜湘东眼前的那些字就变成了活蚂蚁，黑乎乎地爬得满天满地都是。他瓮声瓮气地打断对方："你是想让我给许文革作证？"

"对。"

"这事儿找我干嘛？谁在井下找谁去。"

"我查阅过山西方面留存的资料，的确曾有一位副矿长和若干矿工提及，是一个名叫姚文林的人把他们带了出来，也说过姚文林是个逃犯。我们很想请那些当事人来北京作证，可该矿早就关停，一时半会儿没法找到他们。当年一起下井的人里，我们能见到的只有刘秋谷，但刘秋谷目前已经成了许文革的生意合伙人，属于利益相关方，所以只能回避。在这种情况下，如果要在开庭之前就许文革的立功表现提请法院重视，有效的证人也只剩下您了。矿难发生时，您就在矿上，而且不怕您介意，我还通过关系看过您当年写给上级机关的检查，那上面说，您几乎抓获了化名为姚文林的逃犯许文革……如果有了您的证明，那么姚文林立功就是许文革立功，那么再经过法院核实，许文革就可以获得适当减刑……"

说到后面，律师的口气也软了下来。他又从公文包里拿出另一张打印纸来，是份证明书，递到杜湘东面前。兹证明大同某某煤矿曾有雇用人员姚文林，系逃犯许文革化名。落款虚席以待。这些字样是用大号字体打印的，黑得更加触目惊心，在他眼里就不像蚂蚁而像甲虫了。许文革这是请他高抬贵手呢。作为一个警察，他没资格接近逃犯，逃犯却先把他查了个底儿掉，连他的检查都看过了。为了达到目的，他们还用私扣物品的事儿来要挟他。

杜湘东低下头，下意识的反应只想逃开："边儿待着去，我要撒尿。"

"您尿还挺多，我等您。"

"尿完也没工夫搭理你，现在是上班时间。"

"那就等您下班。反正我的费用是按小时计的。"

犯赖没用，人家比他还赖。杜湘东侧身撞开律师，重新往厕所走去。他还计划着如果对方追上来，那就在便池边上使个回马枪，滋丫一身。可那律师没动，甚至似乎没用目光追寻他，而是叹了口气，仿佛不知对谁感叹："许文革说，您也不容易。"

杜湘东蓦然站住，后脖颈子汗毛倒立。

律师继续道："衣服和药，还有我看过您检查的事儿，许文革其实都不让我跟您提。他本来还想亲自请您为他作证，可是你们见不着面，只能由我转达。干我们这行的，都会看人，我感觉他对您的信任比对我还深。说到您，他只有一句话：这是个好警察。"

杜湘东继续静立。许久，他才慢慢抬起头来，瞪着前方却像目无一物，这使得他的姿态如同一个听声辨位的盲人。此时是下午，身边有扇窗子，光线从偏西的背后投射进来，让他的影子往东南方向伸长，不易察觉地往墙上爬去。影子一颤，杜湘东便回过身，走到律师面前，接过对方递上来的纸笔。签完字，杜湘东再次转身，走向厕所，打算接着尿。但还没尿出来，他就跪了下来，头顶着哗哗作响的陶瓷便池，哭了。

## 14

不久以后，案件开庭审理。

1989年春，许文革伙同他人盗窃汽车发动机，又伙同他人于在押期间逃脱，此两项罪名成立。但对盗窃和越狱，1992年颁布的《刑法修正案》与1997年颁布的新《刑法》在量刑标准上均做出了新的规定，依据"从旧从轻"原则，不再适用1989年执行的旧标准。两罪并罚，通常可以判处有期徒刑五至六年，案犯主动自首，也可酌情减判。控辩双方的争论，集中在许文革在逃期间的表现。在矿井底下救了人，这与本案并无直接关联，是否可以算作立功？即使算立功，救人的过程并不翔实，证据也不充足，是否可以作为减判的理由？检察院方面提出如上质疑。一审法院采纳了检方意见，并不认可立功情节，遂将许文革的刑期定为五年。许文革一方不服，随即提起上诉。考虑到矿难有据可查，警察杜湘东又能证明案犯当时确在矿区，更高一级人民法院并未驳回上诉请求。择日再审。

这时杜湘东明白，他那份证明起到的作用，首先是拖延时间。利用重新开庭之前的一两个月，许文革的律师又在兢兢业业且效率极高地搜集其他证据。天知道他们雇了多少人，花了多少钱，动用了多少关系，终于在河南平顶山找到了当年那位副矿长。煤矿被封，老板跑路以后，副矿长也失了业，经亲戚介绍先去了陕西榆林，后又辗转去了河南，干的都是挖山开矿的活路。被找到时，他已经患有严重的尘肺病，许文革的律师立刻替他结清了医疗费用，把他送到北京，一边洗肺，一边作证。因为副矿长大部分时间都在特护病房，所以杜湘东并未与他见面，但据说那人的证词后来成为了审判的转折点。

也正是在此期间，案件开始受到媒体的关注。在那些报道里，许文革被描述成了一个"迷途知返、白手起家的成功人士"，还有一档名气很大的电视节目到看守所对他进行了专访，挖掘其"心路历程"。节目播出，反响愈发热烈，不仅法律界的相关人士，就连八竿子打不着的专家也都纷纷发表意见，各路人精儿选边儿站队，演变成了如下两种论调的激辩：第一，公平至上，资本是有原罪的，中国的资本家更是有原罪的；第二，效率优先，只有对那些"有能力的人"网开一面，社会经济才能快速发展。前者批判后者信奉"丛林法则"，后者讽刺前者要开"时代倒车"，大家离题万里，天马行空，各执一词。

这个插曲的受益者当然是许文革。把水搅得越浑，法院在量刑时，就越有可能采取折中方案：轻了不行，重了更不行。所谓"酌情"，酌的有案情、人情，当然也包括舆情。另一个间接受益者却是看守所——电视镜头里的监舍整洁明亮，管理有序，这相当于用事实回应了近些年来针对我国司法体系的恶意抹黑。上面因势利导，把单位树成了典型，新所长还得逢年过节带着一群眼泪汪汪的在押人员包顿饺子，以供宣传使用。

也是经由媒体报道，杜湘东才弄清了许文革的另一个身份：他已经是一家汽修企业的实际控制人了，厂子在南方，手下雇着百十号人。尽管奔驰车、一天一扔的毛巾内衣和按小时付费的律师都透露出了类似的可能性，但确切得知这个信息，还是令人倒吸一口凉气。当然，这其中的许多细节有待补充，比如许文革究竟是通过什么途径"发迹"的？再比如许文革既然是个逃犯，又是如何管理资产，运营企业的？

只不过除了杜湘东以外，并没有什么人真会关注那些疑点。人们需要的只是一个励志的传奇，一个暴富的神话。

两个月后，二审宣判。依据《刑法》，犯罪分子的"立功表现"是指"揭发他人或提供重要破案线索，并经核查属实"，因而在狭义上，许文革的救人行为不能算作立功；但按照最高人民法院颁布的《关于处理自首和立功具体应用法律若干问题的解释》，许文革具有明显的悔罪表现，并对社会做出了重大贡献，因此仍可参照相应的减刑标准处理。最后判处有期徒刑三年，立即执行。也就是说，上诉目的已经达到。

不管怎么说，这桩跨世纪的案件终于在法律层面上尘埃落定。许文革被移交给监狱的当天，刘芬芳提早收摊回家，炖了一锅猪下水。老所长和老吴也打来电话，如出一辙地问："不想了吧？"杜湘东回答他们："早不想了。"然后老所长跟他交流了养生，老吴则介绍了自己在东南亚几处海滩胜地的见闻，"都他妈大洋马，扒开屁股才能找着裤衩儿。"又过了几天，所里传达通知，杜湘东结束了短期轮岗，重新回监舍工作。

杜湘东却表示："我就留在登记处吧。"

新所长以为他还在闹情绪，安抚道："杜哥，工作离不开您。再说您当年不都是主动申请到一线、到困难的岗位上去嘛，这个传统得发扬啊。"

杜湘东说："当年是当年，现在就想图个舒服。"

他说的是实话。至此，杜湘东已经目睹许文革实现了他的全套计划：随着法制进步，当年的案子如能拖到今天再审，对罪犯是极其有利的，再加上自首和立功等因素，许文革只需要坐上不长时间的牢，就能以很小的代价洗白自己——而恰恰是因为"发了"，今非昔比了，许文革才无比迫切地渴望洗白。如果说许文革是一个幽灵的话，那么他是一个随时准备回到阳光之下的幽灵。这么想着，杜湘东仿佛又身处在矿井深处，和许文革一起经历着黑暗中的天崩地裂。他仿佛还看到，当井下所有人都在仓皇失措时，许文革的眼里却闪烁着孤注一掷的光芒。许文革早就开始设计他的计划了，并为此稳扎稳打，步步为营。而再反观自己，杜湘东却全然是一个懵懂的、被动的人，他只配被人牵着鼻子走。如果说当年的杜湘东只是承认了失败，那么现在，他还感到了彻骨的乏力。

于是他不仅从管教的位置上退了下来，进而还变成了这样一副形象：骑一辆破烂自行车，后座上斜插着一根劣质渔竿；如果离近了，能闻见他身上的酒味儿更浓了，还能听见他的怀里有只蝈蝈正在吱吱乱叫，听那五音不全的调门儿，好像也被熏醉了。如此全副武装的杜湘东从宿舍出发，或者找河边清静的地方下竿儿，或者到山脚下给蝈蝈挖野菜，或者去为下岗女工刘芬芳的冷饮摊上货，总之难得到所里照个面。对于单位，他有一种很公平的态度："我不烦他们，他们丫的也别烦我。"而现在，别说领导了，就连交情不错的几个小伙子也对他敬而远之。大家除了觉得跟他混在一起"影响不好"以外，仿佛还害怕从他那儿沾到什么晦气。人们对他的称呼也变了，从"杜哥"升级成了"杜爷"。这个"爷"当然不是

"爷爷孙子"的"爷",而是"北京大爷"的"爷"。定居郊县十几年,杜湘东终于混成了一个别人眼里的北京人。

"你堕落了。"另一个北京人刘芬芳抱怨道。

"我不早这样了吗?"杜湘东回答。

"那你就是越来越堕落了。"刘芬芳又说。

杜湘东不忿:"难道我就没有堕落的权利吗?"

听他这么反问,刘芬芳就没话好说了。也许她还在心里做了一番权衡:比之于奋发的杜湘东,堕落的杜湘东才是适合于当丈夫的。况且一个穷人,能在堕落这事儿上拥有多大的资本和想象力?毕竟不赌嘛,毕竟不养女人嘛,毕竟还知道给家里干点活儿嘛。那么堕落就何止是天赋人权,简直是值得提倡的了。而刘芬芳没话好说,杜湘东也就失去了对堕落进行深入阐述的机会。那种反思只能在暗地里进行:如果说以前堕落,是因为不知道许文革身在何方,那么现在堕落,不妨可以算是他为了适应"许文革回来了"这一现状所做的努力。表面上是同一种堕落,骨子里却有不同的内涵。

如此说来,即使到了今天这步田地,许文革仍然还在萦绕着他,纠缠着他,改造着他?这个发现将杜湘东吓出了一身冷汗。

而此后的两件事,让他不得不承认确实如此。

第一件事发生在半年以后。那天晌午,杜湘东照例出门,自行车后座的渔竿上挑了一只等待收纳战果的塑料袋,迎风一抖,如同旗帜,上书五个大字:维纳斯妇科。这阵子刘芬芳在闹妇女问题,小肚子疼,正好听说县城有家私营医院开业酬宾，免费门诊，便去看了一趟。杜湘东骑过看守所正门，忽听有人叫他，一歪头，就看见门前停了一辆"大切诺基"，车里跳下了那位上警校时总跟他较劲的同学。同学还在干刑警，因为破过几桩震惊全国的大案，现在已经升了某个城区刑侦支队的一把手了。这些消息也是在新闻里得知的。

杜湘东溜车过去，像狗撒尿似的一脚蹬在"大切诺基"的轮毂上，用同学当年的口气打招呼："哟，稀客呀。"

然后他才眨了眨眼，略感茫然。这位身居要职的故人怎么会来找他，并且看那架势，还是专程下乡来找他。而自从提拔到领导岗位，同学就学会了收敛傲气，或者说，反而没必要傲气了。他笑笑，和杜湘东握手，话说得既亲热又责备："打电话你不在办公室，找你们所长也不知你在哪儿。都什么年代了，你也不配个手机。"

杜湘东干硬地迸出几个字儿："你要干嘛？"

同学继续笑道："找你核实个事儿。那事儿你可能不想提，但也请担待着。当年为了那个叫许文革的逃犯，你不是跑过一趟大同嘛……"

杜湘东更加干硬地打断对方："那案子早结了。没结之前，你们不也撒手不管了吗？"

同学道："我想说的也不是许文革，而是你找许文革时，我给你介绍过一个当地的警察。他带你去查过线索，还跟你一同进过矿区。这人你还记得吧？"

杜湘东眼前浮现出一个人影。那警察瘦高驼背，满脸通红，浑身脏兮兮的，当初刚见面，他就自我介绍过，姓徐，不过后来竟忘了人家的称呼，只记得长相如同一只蹦跶在土里的大虾米。杜湘东这辈子唯一一次过了把刑警的瘾，正是在那个老徐的陪同下完成的。追许文革时，如果不是老徐把他拽出了矿井，没准儿命都送了。

见杜湘东迟疑着点头，同学就一股脑儿地说开去。他说老徐以前是省里有名的破案能手，门路广，脑子活，关键时刻反应奇快，不止杜湘东，就连他本人也承蒙老徐救过一命。当时是到山西抓一个抢劫犯，刑警同学在路边摊上看得真切，扑上去就要按人，没想到对方从怀里掏出一把鸟铳，顶住了他的脸。正在这个当口，一旁策应的老徐及时赶到，一把攥住鸟铳，把枪口抬向天上，不仅救了警察，也没伤及群众。只可惜这样一条汉子，却在最不应该的地方翻了船。他很早离婚，前妻和女儿住在太原，女儿升初中那年，因为没户口，得交一笔择校费，但穷警察又怎么交得起。恰好有个认识的生意人说能联系上省城重点学校的领导，还说择校费可以由他先垫着。虽然知道天上不该掉馅儿饼，但因为常年感到对不起女儿，老徐也决定把钱借了再说。没过多久，便发现那生意人身上还背着一起伤害案，是讨债时指示黑道把人手剁了。对方求老徐放他一马，老徐不答应，依旧抓人。到了牢里，那人就反咬一口，揭发老徐勒索、受贿。虽然打了借条，又是在不知案情的状态下拿的钱，但追究起来仍属犯忌，于是老徐被从一线调离，找了个闲职挂着。

这一挂，就挂了七八年。但却闲不下来，不光许文革这个案子，地方上再有什么棘手的案情，仍会抽调老徐帮忙。结果到了上个月，就出了事儿。铁路警方要端掉一个盗窃团伙，知道老徐熟悉地形，请他在大同段配合一下。但前两个站点收网过早，又没把人都抓住，余下的案犯被逼红了眼，刚看见身穿旧警服的老徐上车，就有一个十四岁的孩子迎了上去，照着肚子攮了一刀。老徐把眼一瞪，说声"小兔崽子，拳头还挺硬"，随后一头栽倒。等送到医院，发现肝脏被捅破了，又抢救了半个月，终于没救过来。

老徐死前，断断续续还有意识。这时上面想起来，还有一位得力干警正被"挂着"，于是位复原职，立功嘉奖。以前的领导赶到医院，把那份决议逐行逐句地念给老徐听，上面列举了老徐从警生涯的诸多事迹，倒像提前念了一份辉煌的悼词。刚念完，老徐便昏了过去，过了片刻又自己醒了过来，对领导说："还差一条呢。"

领导手忙脚乱地问："差哪条？"

老徐说："我还拒过贿。"

听到这话，领导就有点儿尴尬，问："还有这事儿？"

老徐就把何时何地拒过贿说了。听着同学复述，杜湘东也想起了当年他和老徐坐在洗浴城包间里的情形：俩警察一左一右，中间夹着煤矿老板和几沓现金。

刑警同学道："凭他以前破过的案子，足够当个省级以上英模的，但非要在材料里添上一条拒贿，就有点复杂了。没过几天，老徐就突发大出血去世了，所以这事儿算是他的遗愿，领导没法儿拒绝。可他又在钱上有过纰漏，而且当年告他的人还放出来了，怕就怕再咬起来，打了英模的脸也打了组织的脸，那样影响就恶劣了。最后上面给出意见，一定要对老徐的说法再做核查，只有证实了才敢往材料上写。他们省厅的人先找到了我，让我私下跟你了解一下，你们当年到底拒没拒过贿，当时老徐又是个什么反应……"

"我能证明。"杜湘东说，"有人行贿，老徐拒了。"

"你呢，也没拿？"

"他都凛然成那样了，我怎么好意思拆他的台。要不是他，我还真不好说。"

"你实事求是就行，不必……"

"怎么着，山西那边信不过老徐，你也信不过？"

"我说的不是他，是你。没必要再踩自己一脚，据我所知，你也不是那样的人。"

"那你看我是他妈哪样的人？"

杜湘东吼了一声，却不雄壮，好像掐着嗓子嘶鸣。他扒在轮胎上的脚还抽筋儿似的一蹬，大切诺基纹丝不动，屁股底下的自行车先歪了，令他一个踉跄翻倒在地。刑警同学没再出声，从大檐帽底下冷冷打量着他。杜湘东叉腿坐了片刻，跳起来，一边噼啪拍打屁股，一边要过纸笔，也不回办公室，趴在汽车鼻子上写了一份证明。世事真是一环套一环，跑了趟山西，还牵扯出了这么多案中案。他是第二次给人做证了，不过这次晚了。许文革活着，老徐却死了，还是死在一个小蟊贼的手里。杜湘东一边写，一边心就疼了起来。他还感到喘不过气，得不时抚着胸口往下顺顺。用了两张纸，总算把该说的话说清楚了。同学接过材料，替杜湘东把自行车扶起来，仍未言语，走了。

过了俩月，老徐的噩耗渐渐在他心里淡了下去，另一件事却接踵而至。

杜湘东仍保持着探望姚斌彬他妈的习惯。好像脑子里藏着一枚闹钟，走得不准，但却迟早要响，敦促他去例行公事。而最近几趟过去，房间里嗅到了别样的气息。先是每次进门，都觉得屋子干净了，其次是盛米的塑料桶、装菜的竹筐总会满满当当的，甚而还有水果，并且不是附近菜市场里的寻常货色，无论苹果橘子都大而饱满，打了一层锃亮的蜡。

对于这些变化，杜湘东向姚斌彬他妈打探过。回答是："他们送来的。"

这个说法无疑过于笼统，但也是标准答案。随着越发地老了，虚弱了，这半年来，姚斌彬他妈仿佛失去了辨人的能力和兴趣。从她嘴里几乎听不到完整的人名，而是用代词指称一切：我，你，他，他们。我还不饿。你来了。他把我的暖壶踢翻了。至于这里的"他们"，可以是厂子的工会，也可以是街道乃至区里的福利机构。跨了世纪以后，国家貌似从捉襟见肘的窘境里缓了过来，就连对于原先被刻意遗忘的困难群体，也能腾出手来照应了——可惜往往也就是一阵风，为的是配合什么检查什么活动。

当然，"他们"还可以是别人。杜湘东又问："他们是谁？"

姚斌彬他妈便吃力地歪着脑袋，半晌才答："他们就是他们。"

问也没用，再问就是故意逼人了。而杜湘东倒想看看"他们"还要怎么表现。横竖也没事儿，他去得更勤了。那天又是周末，骑着破车来到六机厂家属院，一进门，就见姚斌彬家的楼下停了一辆救护车。当年翻拣垃圾的老太太早不知哪儿去了，接替她的是个中年妇女，脾气倒比前任随和，看见杜湘东，点头招呼："来啦？"

杜湘东说："来啦。"说着瞥瞥救护车。

妇女意味深长地说："崔大妈命好。"

那一刻，杜湘东魂飞魄散。在穷人的语境里，死得痛快或者死得不破费，就算"命好"了。他不敢多问，三步两步上楼，便看见姚斌彬家门口围了一群人，正伸着脖子往屋里观望。掀开布帘子，又露出几个穿白大褂的医生护士，围着姚斌彬他妈或问询或安抚。姚斌彬他妈却安然无恙，见到杜湘东进来才开口："你跟他们说说。他们问的我都不懂。"

杜湘东既问姚斌彬他妈，也问医生护士："让我说什么？"

一个中年医生接口道："听邻居说，这些年来，你一直在照看她？"

"也是得空儿才来一趟。"

"请介绍一下她的生活情况吧。"

"很简单……睡觉起床，烧水做饭。吃的我都提前备好了，菜尽量买存得久的，土豆大白菜什么的。得按时吃药，所以我写了个纸条，贴在桌子上。以前她还自己去拿药，后来懒得动窝儿，我就得勤着点儿检查她的药瓶，快没了就替她跑趟医院。像上厕所和洗澡这些事儿，对她来说很麻烦，不过练了这么多年，基本上自己也能做了……我原先工作挺忙的，靠我一人肯定不行，还是多亏了邻居们。"

他说完，看看屋外，邻居们纷纷点头附和。然而问的人可不满意。一个护士撇嘴道："怪不得这么瘦，光吃土豆白菜了。"

立刻有人顶她："你查查我们的工资条儿，想吃鲍鱼你给买去。"

另一个护士说："老人身上都有味儿，估计半个月也洗不上一回澡。"

又有人说："别说她了，我们都这习惯。你闻闻我，我也有味儿。"

杜湘东把话头转向医生："你们又是哪个医院的，谁通知你们来的？"

对方回答，他们不是医院的，而是城北一家疗养院的。有客户预交了费用，让他们上门给崔丽珍做一次家庭体检。那家疗养院杜湘东也听说过，在电视和报纸上都打过广告，据说是按国际标准建的，价钱自然也是国际标准。医生又把杜湘东往屋角拉了拉，低声问："那么老人发病之前，您还观察到什么症状没有？"

杜湘东说："她是老病号儿，认识我之前就中风了。"

"我说的不是中风。"

"还有别的毛病？"

"对，我们怀疑她得了阿尔茨海默症。"

这个洋词儿把杜湘东唬住了，他严峻地看着医生。

医生解释道："也就是老年痴呆。当然，按照你的说法，老人不是还能基本自理嘛，这说明情况还不算太严重。不过她现在的生活环境……确实成问题，医疗条件也跟不上，很不利于进一步检查和治疗。说句不好听的，等彻底糊涂了就晚了。所以我的意见是，立刻让她到疗养院先住下，再由院方安排就医。"

"你们想把她接走？"

医生笑了："我们疗养院的门槛也挺高的，哪儿能说去就去。"

说完撇下杜湘东，靠窗去打电话。说不几句，转过身来："客户表示，费用不成问题。只要老人去了，我们就能安排陪护，还能组织专家会诊。咱们收拾收拾吧。"

杜湘东脑子嗡了一声："一个大活人，你们哪儿能说弄走就弄走？"

"瞧您说的，好像我们是个强制机构。其实听邻居说，您还是个警察吧？那我们就向您这位警察同志汇报一下。走之前当然得办手续，不是还有单位嘛，现在那位客户已经去找厂里了，只要厂里同意，就是符合相关规定的。而说到底，这一切的大前提，还得是老人自己同意过去……"医生说着又笑了，这时便有护士拿出一本宣传画册，平铺在桌前，向姚斌彬他妈展示疗养院的硬件和软件；而医生的口气又像是在探讨一个多此一举的话题，"崔阿姨，您想住到那里去吗？"

姚斌彬他妈把眼睛从画册上挪开，看向桌上的一副相框，没听见似的。

这时楼下传来了关车门的闷响。杜湘东探向窗外，便看见了那辆奔驰轿车，车上下来两个人：一个是秃顶，从上往下看去好像一只鳖，另一个满头黄毛，好像一朵菊花。菊花与鳖脚步急促，噔噔噔地跑上楼来。走在前面的秃顶男人大概是个领导，虽然厂子处在半停工状态，可编制还在，那么"班子"就得维持运转。邻居们见了他，纷纷撇嘴，而秃顶也并不指望受到欢迎，自顾自地表演起来。他先对姚斌彬他妈嘘寒问暖了一番，然后宣布，崔大姐去住疗养院，"这是一件好事"，虽然厂里"也舍不得"，但是"为了您着想，态度是十分支持的"。这么说时，他身后的年轻人却往杜湘东身边挪过来。这人穿得花里胡哨，两只皮鞋锃亮，步伐却踩出了对比鲜明的切分音。对视一眼，面无表情，但杜湘东认出了小瘸子，小瘸子也认出了杜湘东。其实早该想到的，小瘸子就是刘秋谷，许文革从矿井底下背出来的那个孩子。他截了肢，但又踩着一条假腿站起来了。除了这条腿，他从打扮到神色都是一副"小开"模样：轻狂，浅薄，在河南的底色上时着韩国的髦。

刘秋谷的目光在杜湘东脸上停留片刻，突然变得冰冷。随即，他故意忽略了杜湘东，转而和医生讨论起了疗养院的费用问题："大概多少，一年二十万？三十万？"

"差不多吧……基本费用三十万足够了。"

"有没有更高档的？我们掏双份儿，能再多几个人伺候着吗？"

他也在表演，不仅演给邻居们看，还演给杜湘东看。而在邻居们波澜荡漾的感叹中，在杜湘东的沉默中，姚斌彬他妈却突然说话了："我不去。"

医生以为自己听错了："您说什么？"

姚斌彬他妈重复："我说我不去。"

秃顶男人也替她着急起来："这算怎么话儿说的，您看……"

刘秋谷这才慌了神。把姚斌彬他妈"伺候"起来，这一定是许文革交代的任务，任务完不成，就是辜负了救命之恩。县城版的霸道总裁演不下去了，取而代之的是孩子般的委屈，他走近姚斌彬他妈，哀求道："婶子，别呀，咱再商量商量？"

姚斌彬他妈瞥他一眼："我不认识你，跟你商量不着。"

那么跟谁商量？众人又都看向杜湘东。杜湘东的心沉了沉，很想叹口长气。他也靠到桌前，俯身蹲下去，看着姚斌彬他妈的眼睛。

"这是许文革接您来了。"他梗着嗓子，轻声说。

女人似是一震，把手探过来，抓住了杜湘东迎上来的手："我知道我该去，老麻烦你，我也不好意思。但我就怕一件事。"

"您说。"

"我怕姚斌彬回来找不着我，着急。"

"姚斌彬他……"

"杜管教，不瞒你。"女人舔了舔嘴唇，"姚斌彬他有罪，跑了，去山西了。"

她虽然还记得姚斌彬和许文革，但脑子里的事实却都乱套了，张冠李戴了。也正是女人的这句话，让杜湘东不得不相信了医生的判断。他紧紧握了握女人的手："我还常来呢，碰见姚斌彬，就让他找您去。"

姚斌彬他妈就闭了眼，把身子往后一靠，一副任凭处置的姿态。人们松了口气，各自行动起来。床单被褥换洗衣服都不用带，疗养院里有现成的，只要把证件、药方等小件物品揣进一个牛皮纸袋，就算收拾停当。住了一辈子的地方，走时原来如此简单。叽喳忙乱之际，姚斌彬他妈和杜湘东一个坐，一个蹲，两人手还握在一起。

终于，女人被搀扶起来放进轮椅。她回头又找杜湘东："看我去，啊。"

杜湘东说："看您去。"

姚斌彬他妈被簇拥着推下了楼，门外的喧哗逐渐减弱，杜湘东却一动不动，还蹲在地上。十几年了，这间小屋几乎和他头次来时一模一样。因其不变，也就掩埋了那些深夜痛哭的悲声与皓首枯坐的身影。窗外起了风，阳光肆意横行，铺天盖地的流云的影子在水泥地上掠过。杜湘东心里突然起了个念头。许文革，老徐，他们都是扑在尘土里也身上带光的人，而在此前那些年里，他本人的存在价值仿佛仅仅是为了陪衬"他们"，以显示"他们"才是强悍的、磊落的、高尚的——所以他才会长久地憋闷，憋闷得让他忘了自己也是能发光的。现在，他必须做点儿什么了。他得换个角色，还得向他所处的世道讨个说法。况且他想干的事儿还不仅仅是为了他自己。杜湘东往身旁扫了一眼，看见桌子底下倒扣着一个简陋而古旧的相框。这东西一直摆在桌角，而方才走得仓促，落在地上竟无人察觉。相框里插着一张黑白照片，中间的女人四十多岁，面庞清秀，眸子闪亮，在她身后一左一右，站着两个身穿工人制服的稚嫩青年。姚斌彬死了，许文革还活着。姚斌彬的一条命，换来了许文革的重新做人。这公平吗？虽然姚斌彬毫无怨言也不可能再有怨言，但杜湘东还是要问，这公平吗？有了这句发问，杜湘东就不感觉自己是孤独的了，他还多了一个同伴，那人是姚斌彬。

他把照片从相框里抽出来，揣进上衣口袋。离开之前，他朝窗子的方向凝视片刻，点了点头。那透亮的虚空里，似乎有个姚斌彬对他似笑非笑。

# 15

杜湘东破天荒回了趟办公室，只做一件事，就是给当年的同学打电话。失联已久，许多人早就搬家了，更有些人连单位都挪地儿了，他只能通过找得到的询问找不到的，顺藤摸瓜地逐个儿串联起来。幸亏上学时人缘不错，同学们还愿意记得他，而面对杜湘东提出的"聚聚"，有人痛快答应，有人吞吞吐吐地搪塞，还有人表露出了情有可原的谨慎。毕竟大家都忙，更毕竟一些人已经坐上了相当敏感的位子。

令人欣慰，当他赶到上学时常去打牙祭的那家小饭馆时，就见门口停了好几个警种的车辆。最威风的当然是刑警支队长的"大切诺基"，经侦总队副政委的那辆"霸道"也不错，车里还候着个司机。在走进包间的客人里，杜湘东的模样无疑是最寒酸的，甚而带了三分滑稽。他歪戴着帽子，裤腿一高一低，后襟上沾了一块来路不明的油斑，怀里鼓出个包，居然是个蝈蝈罐子。他也纳闷为什么要带着蝈蝈进城，于是出门找了块草地，把那小虫放生了。

再折回去，推门进屋，一群警官正在热闹，拍着桌子互相说"老了老了"。看见杜湘东，齐声欢呼，"老了老了"更加不绝于耳。这才是同学聚会的气氛，谁也别挑剔地方，谁也别找理由挡酒，谁也别因为肩章上比人家多了一颗星一条杠就装大尾巴狼。干了？走着。悠悠岁月，欲说当年好困惑。酒量可以啊老杜，以前可没见你能喝。也是锻炼的结果，你们拿茅台练我拿二锅头练。说这个就没劲了啊。我没劲，我自罚。

桌上的酒瓶都见了底儿，恰好一个小高潮结束，场面陡然静了下来。有人脸红，有人脸白，所有人都垂了脸，用近乎慈祥的眼神看着杜湘东。

"有事儿就说吧，老杜。"开口的是刑警支队长。

杜湘东没言语，再次举杯，手一抖，洒了大半。

"大伙儿都不是闲人，今儿是为你来的，你就甭卖关子了。"其他人也道。

"那我就直说。"杜湘东把酒杯往桌上一蹾，"你们帮我查个人吧。"

"查谁？"

"许文革。"

场面更静了。片刻，还是刑警支队长说："这些年你的那些事儿，不光我知道，哥儿几个也听说了。大伙儿都想劝你一句，人不能跟自个儿过不去。"

"可我觉得事儿还没完。"

"法院都判了，你还想怎么着？"

"别跟我讲法，我他妈也是警察。但法律是法律，道理是道理。"

"话可不能这么说，要是都像你一样，社会不就乱套了吗？"

"要是都像他许文革一样，那才乱套了呢。"

"老杜，你这就有点儿轴了。人轴不完全是坏事儿，但要在不该轴的地方轴，那就真是坏事儿了。说句不该说的，我们也都觉得你挺可惜的，不过——"

"不可惜，谁也别替我可惜。我早想明白了，混得不好是我活该。你们是干大事儿的人，我就配当个臭管教，而且连个管教都当不好。我给咱们这帮同学丢人了，我都没脸来麻烦哥儿几个。但我心里憋得慌，那感觉比坐牢还难受……我没本事，我就是一废物，要没你们帮忙，我是真过不去这个坎儿了……"

说着，杜湘东就"出溜"到桌子底下去了。他的嘴里和鼻子里流出了混杂的汁液，拉着丝儿吹着泡儿，汩汩地淌进了脖领子。他兀自口齿不清，喃喃不止。他进而又左右开弓地抽着自己的嘴巴，噼啪作响，转眼让脸肿得像个猪头。同学们都来拉扯他，劝他"别介呀别介呀"，人堆儿底部的猪头却突然变成了一只鲸鱼，哇的一声，天女散花，酒精度数极高的呕吐物喷了众人一身。

这也是那天晚上定格在杜湘东眼前的最后一幕。次日在学校招待所醒来，他已经全然记不得头天说了些什么。然而没过多久，来自各个渠道的信息就陆续汇聚了起来。他相当于用鼻涕眼泪把在京公安系统粘在一块儿，展开了一次联合调查。用刑警支队长的话说："我们这些人，大枪顶脑门子上都不怕，就怕自己兄弟耍苦肉计。"

而他的同学不是领导也是老油条，都明白这样的调查应该被控制在怎样一个"度"里。一言以蔽之：违反纪律的事儿不能干，授人以柄的事儿不能干。但他们也告诉杜湘东，所谓的"度"往往又是微妙的，含混的，打打擦边球也不是不可以。话说到这个份儿上，大家心知肚明。杜湘东先到刑警支队长那儿报了个案，说姚斌彬他妈失踪了。失踪了自然要查，尽管没过几天就得知崔丽珍住在城北的养老院，但养老院是许文革授意安排的，而许文革又正处于服刑的特殊阶段，那么就势查一查这个人，也是有其必要性的了。

更得感谢这些年的技术进步，群众雪亮的眼睛早已进化成了由芯片、二极管和数据库组成的庞大的复眼结构，一个人再怎么隐姓埋名，只要还和社会有接触，他所留下的痕迹都会记录在案。信息汇总到杜湘东这里，又可以拼凑成一部许文革的发迹史。

大致分为如下两部分：

首先是在逃期间。当年许文革离开矿山，立刻南下广东。他先后使用多个化名，在各式各样的民营工厂干过活儿，但都不甚得志，最多也就干到了"拉长"。转机出现在跳槽到汽修行业之后。他本就是一名娴熟的技术工人，又对机械极感兴趣，刚一入行就显现出了过人的本领。什么车他都敢上手，什么车他一上手就能转，渐渐就在汕头一带闯出了名气，乃至于深圳、广州都有人专门请他去维修一些走私的豪华车。有老板想替他出资，怂恿他单干，但许文革都没答应，直到遇上了刘秋谷。

当时刘秋谷拖着一条腿，也来沿海地区讨生活，原打算用他哥的抚恤金做点儿生意，结果被人骗得精光，沦落在夜市里乞讨。许文革把他捡了回去，提议俩人合伙干，本钱自己出，却让刘秋谷出任法人。这么安排，当然有其目的，但刘秋谷一来走投无路，二来把许文革视为救命恩人，因此甘当逃犯的傀儡。此后，许文革展示了一个商人的才能和胆识。他跳出家用车市场，转而盯上了爆发式增长的物流业——几乎所有南方工厂的货物都得用大卡车源源不断地运往港口，但卡车一旦坏在路上，厂家的售后网点又辐射不到，常常会前不着村后不着店地耽搁许多天。许文革的"点子"恰好可以解决这个问题。他也不租门店，用全部积蓄招聘工人、租赁面包车，再加上言传身教，很快带出了一支过硬的维修队伍。他们像工蚁一样沿着货运线路游走，只要有卡车"趴窝"，一个电话就能迅速赶到，该修的修，修不好的拖到汽修厂，转手又能挣一笔介绍费。这种经营模式胜在机动性强、成本低廉，在那个年代绝对属于"一招鲜"，刚一试水就赢得了极好的口碑，进而说动了几个原先认识的老板入股投资。此后的几年，许文革几乎是在夜以继日地劳心劳力：发展加盟的维修站点，和卡车制造商洽谈专修授权，遇上特别重大或者特别棘手的情况还得亲自"出现场"……公司的规模也像滚雪球一样膨胀起来，业务扩展到了广东全境。

自然，无论是融资还是合作，抛头露面的都是刘秋谷，许文革只在背后操纵。

其次就是入狱以后。许文革的逃犯身份公之于众，股东们果然被吓了一跳，不过很快明白他自首是为了洗白，所以非但没有撤股，反而纷纷帮他介绍律师、疏通门路。生意人考虑的是钱，只要许文革能替他们盈利，那些人才不管他有没有前科。而许文革身在监狱，胸怀天下，又开始着眼于一个新的商机。这两年，随着山西、内蒙遍地开花的挖矿运动，西北方向已经取代南方沿海，成为了中国最为繁忙的交通运输线路，但山区地形陡峭，路况拥堵，卡车走走停停，刹车系统不堪重负，往往会酿成恶性事故。针对这种情况，许文革斥资买下了几项增强卡车制动力的专利技术，比如更换耐高温的陶瓷刹车片、加装稳定可靠的气动总泵等等，并且决定在北京设厂，建立起集制造、销售到改装、维修于一体的全产业链。他也明白，要实现这个目的，最可行的方法就是与国企合资，如此一来，既能利用对方的土地和厂房，同时也能获得政府的支持。于是他委托金融顾问与咨询机构，专程对一家经营不善的本地工厂进行了评估，据说即将进入实质性的洽谈阶段。

"哪家厂子？"听到这里，杜湘东问。

"第六机械厂。"负责转述消息的刑警支队长说。

杜湘东一阵发蒙。原来刘秋谷出现在六机厂，可不仅仅是为了安顿姚斌彬他妈。而急于"腾笼换鸟"的工厂在北京还有很多，许文革偏偏挑中了这一家。正在恍惚，刑警支队长又抛出了一个更加令他发蒙的消息：入狱不到一年，许文革即将保外就医。理由是他患有严重的哮喘，目前已经发展到了生活不能自理的地步。至于病因，可能是他曾经在井下干过重活儿，但也和长期以来的昼夜操劳、精神紧张不无关系。

好一会儿，杜湘东才接话："病情属实吗？"

刑警支队长道："许文革也算个名人了，就算想瞒骗，也没人敢给他行方便。"

"那他的生意呢，也没违过法？"

"经侦的兄弟看过他公司的纳税记录和财务报表，起码账面上没毛病。不过说句不好听的，咱们国家的生意人，就算发家靠的是脑子和力气，屁股上真能一清二白的也不多。尤其是许文革这个行当，水太深也太浑了，做大之前得跟人斗狠、斗心眼儿，否则随便哪个村支书和流氓团伙都能砸了他的摊子；做大之后又免不了和各式各样的头头脑脑'勾兑'，铺路全得用钱……就拿跟六机厂的合作来说吧，短短几个月就把方方面面上上下下都搞定了，你以为那些大红章是白盖的？谁的眼睛也不瞎，都能猜出是怎么回事儿。"

杜湘东的口气便兴奋了起来："经济犯罪也是犯罪。你们打算什么时候开始取证？"

刑警支队长却叹了一声，腔调衰颓了下去："杜湘东，你也是一把岁数的人了，怎么头脑还是这么简单。且不说许文革都在幕后主使，真查出什么端倪也未见得会落到他头上，就算坐实了他那个公司行贿、漏税、搞权钱交易，涉及的也不仅仅是经济犯罪的问题了。跟他接触的还有领导呢，跟领导接触的还有更大的领导呢，那些当官儿的我们'办'得了吗？况且盘活老旧企业，减轻财政负担，这是现如今的国家政策，许文革是顺势而为，我们要动他就是跟政策对着干，你以为上面会答应？既然说到这儿了，我也不怕你不高兴，再从旁观者的角度议论两句……你觉得警察是干吗的？有恶必惩那是理想状态，用这个标准要求谁，谁都没法儿活。许文革再怎么让人看不惯，毕竟还没伤天害理吧？说到底也是环境使然，如果只揪着他一个人不放，那不公平。"

杜湘东的声音低了下去："你真这么想？"

"想不通也只能这么想。"刑警支队长凝视他半晌，又道，"大伙儿帮你帮到这个份儿上，算是仁至义尽了。你不是说自己憋得慌吗？现在知道了吧，许文革也憋得慌。假如你觉得法律对他的惩罚还不够，那他病成这样，你也该解气了吧？"

杜湘东不语。同学突然揽住他的肩膀，和他脑门儿顶着脑门儿，用力晃了一晃。警察的性格都硬，刑警更硬，能有这么个举动，就说明真把杜湘东当成了兄弟。再想想以前和同学的较劲，想想经由同学介绍才认识的老徐，杜湘东也动了感情。然而即使鼻子已经酸了，喉头一哽一哽，他却还是想对同学说：兄弟，对不住，我辜负你了。

开弓没有回头箭，盯梢是从许文革出狱的当天开始的。

监狱也在南郊，但比看守所更靠近城里。那天上午，当铁门打开，杜湘东就站在马路对面的一棵树后。绕过树干，他目睹许文革蹒跚着缓缓移动，脖子像沉到水底的鹅一样尽力伸长，又被胸腔的剧烈起伏扯得一晃三颤。才坐了一年牢，许文革的腰背更加佝偻了，连那张棱角分明的脸都干瘪了下去，还氤氲着一团黑气，远看好像一根被晒蔫儿了的茄子。可见监狱的确是个折磨人的地方。奔驰车就停在街边，迎出来的还是一瘸一拐的刘秋谷，律师却不见了。两人略说几句，许文革从怀里掏出一只药瓶，往嗓子里喷了喷，上车。

杜湘东也动身。他的交通工具是一台带铁棚的"三蹦子"，棚上贴满了"开锁换锁"和"包小姐"之类的字样。这玩意儿是他托人买的城管罚没品，冒黑烟，颠屁股，随时还有再次遭到罚没的危险，不过已经比自行车能跑多了。又幸亏北京正在翻来覆去地"摊大饼"，原先的乡下地方也开始堵车，所以奔驰车一路且行且停，竟没把他甩掉。如此亦步亦趋，并不很久，便到达了目的地。那是一幢四层小楼，外立面贴满了瓷砖，如果不是围着院子，远看倒像个巨大的厕所。奔驰车开进院门，还没停稳，楼里的人已经拥出来了，高高矮矮七八个，都是身穿灰褐色工装制服的精壮小伙子。院儿外是条市场街，像所有城乡接合部一样嘈杂、污浊，杜湘东就把车停在几个摊位之间，灭了火，聆听那些手下对许文革进行汇报。他们不叫许文革"老板"，而是和刘秋谷一样称他为"许哥"：许哥，一楼的房间给您收拾好了；许哥，设备正在路上，明后天就到；许哥，金融公司的人又来了，说等着和您当面谈。许文革却未做答复，或者他说话了但却说得虚弱乏力，因此一墙之隔的杜湘东无法听到。又过了片刻，院儿门口响起一阵鞭炮声，大概是兄弟们要给许哥"冲冲喜"，但许文革反而被硝烟味儿呛得一边大喘，一边铿锵地咳嗽起来。听那歇斯底里的架势，恨不得肝儿都快从嘴里吐出来了。于是刘秋谷就骂人，接着铁门一关，院儿里诡异地安静下来。

其实从同学那里得知，刘秋谷还在城区东三环租下了一套正经八百的商用房，专供公司的财务部门以及一个高薪聘请的"职业经理人团队"使用，但杜湘东预感，许文革出狱以后不会去那里。现在看来，他的直觉无比准确。而之所以选择这样一个偏僻的地方落脚，原因恐怕只有一个：第六机械厂就在附近。顺着柏油马路面朝东，透过新世纪以来越发浓郁的雾霾，隐约就能望到厂区破败的主楼了。苏联式样的尖顶如同鬼船的桅杆，无根无据地悬浮在半空之中。杜湘东还记得，曾经有女工在那栋楼里合唱《山楂树》：

我却没法分辨，我终日不安，
他俩勇敢和可爱呀，全都一个样……
现在俩人一个死了，一个回来了。

从这天起，杜湘东的生活只剩下一项内容，就是窥探许文革。每天天不亮，他便会驾驶着突突乱响的"三蹦子"长途跋涉，来到那栋小楼院儿外。国营工厂早已一蹶不振，它的周边地带却呈现出了野蛮生长的繁荣。搞货运的，批发钢材电线的，出租工程车辆的，由此又带动了饭馆、旅社和百十块钱就能"爽一把"的小发廊。这种环境很利于隐蔽，当他把车往路边一靠，看起来完全就是一个"摩的"司机。出于谨慎，他又买了一顶能遮住下巴、只露双眼的毛线帽，干脆连面目也藏了起来。但这种形象又带来了一些小麻烦，常有人过来问他"走不走"，甚至连问都不问，径直往铁棚里一钻就不下去了。杜湘东本想拒绝，又一转念，开了这么一辆车却不载客，成天往院儿门口一杵，瞎子不都能看出自己正在干嘛吗？于是只好就范。好在路程都不远，不是去车站就是去镇上，顶多半个小时就能打个来回。回来以后，他继续发痴似的盯着那栋小楼。

如此持续了半年，但却成效甚微。这期间的几乎每一天，杜湘东都会把许文革的动态记录下来，写在一个空白本子上。那些内容是如此单调、简略而重复，诸如：

许文革没出门。刘秋谷买菜做饭。

许文革没出门。医生上门为他治疗哮喘。

许文革乘车，没上高速，前往当地派出所备案。

许文革乘车，上高速往北，应为探望崔丽珍。

许文革没出门。有访客两名，大概是商业伙伴。

……

假如一定要就此做出分析，那么结论是：除去履行法律规定的手续以及去养老院看望姚斌彬他妈，许文革保持着深居简出，连生意都完全在那栋小楼里进行遥控。相应于杜湘东变成了一个不像警察的警察，许文革也变成了一个不像生意人的生意人。

这份记录还有第二个人看过，是刑警支队长。那年春节，同学又来找过他一趟，名为拜年，实则是放心不下。两人坐在车里，自然说起了"调查"的进展。杜湘东知道瞒不过去，便把本子递了过去。刚开始，同学还一篇一篇地翻着看，到后来就唰唰一扫而过。他评价了一句"精神可嘉"，然后直言相告，就算许文革果真隐藏了什么犯罪行为，凭杜湘东也休想发现，更别提把他再次投进监狱了。原因很简单：杜湘东的调查手段太低级，太小儿科了。靠人力去盯梢，蹲点儿，这都是上个时代的套路，而现在甭管是侦查技术还是反侦查技术，都日新月异到什么地步了？就拿这满满一大本记录来说，还不如随便哪个电线杆子上的监控摄像头提供的信息多。

"我也没觉得自己能逮着他。"杜湘东回答。

同学就问："那你图什么呀？"

杜湘东反问："许文革这种人，难道不应该有人看着他吗？"

同学沉默半晌，说："我看你是魔怔了。"

杜湘东表示赞同："我还真是魔怔了。"

而在监视以外，也有意外收获。每次坐车的人给了钱，他都看也不看，顺手往随身带的挎包里一塞。等过完年，就觉得那包鼓鼓囊囊的挺碍事儿，打开一看，乱七八糟撑满了零钱。于是他拎过刘芬芳摆摊儿收钱用的纸箱子，打开挎包，让那些散票儿纷纷落落地倾泻出来，把他的收成和她的收成混在一处。他们这对穷人夫妻居然也拥有满满的一箱子钱了。

这么做，当然是为了安抚刘芬芳。自从杜湘东早出晚归，她对他的声讨也到达了一个新的高潮——有本事的人才不着家呢，你也配？什么活儿都丢给老婆，成天出去躲清闲，这还叫男人吗？不会挣钱，花钱倒挺在行，自行车换成了三蹦子，这样就能到更远的地方"浪"去了吧？而见到杜湘东的举动，刘芬芳便一愣，进而露出了恍然大悟的神色。

她问："谁给你出的主意？"

杜湘东说："什么主意？"

刘芬芳踹了一脚纸箱子，惊得两张毛票儿翻腾而起："拉活儿呀。"

杜湘东搪塞："也没谁。好多人不都这么干么。"

刘芬芳说："可你是警察呀。"

杜湘东笑了："我都快忘了，你倒想起我是警察了。"

刘芬芳突然眼圈儿一红。她这人就是这样，平时老觉得自己被亏欠，但只要想起杜湘东也在承受委屈，哪怕他的委屈其实和她无关，她也会立刻翻转过来，觉得自己才是亏欠了杜湘东。这是刘芬芳性格上的软肋，使得她既后悔不迭又心甘情愿地跟他过了这许多年。想到这里，杜湘东便叹了口气，伸手摸了摸刘芬芳的脸——那张脸的正面已经和红苹果毫无相像之处，侧面也看不出半点儿吉永小百合的影子了。这个举动很突兀，所以刘芬芳下意识地一躲，但她随即又把脸凑了上来。老夫老妻含羞一笑，决定晚上再炖一锅猪下水。

## 16

后来在杜湘东的印象里，几乎是刚吃完猪下水，刘芬芳就病倒了。其实也没那么快，而是又过了几个月，对许文革的监视超过一年以后。觉得快，只是因为生活太过重复，仿佛许多天都合并成了一天。那是个暮春的晚上，杜湘东骑着"三蹦子"回来，看见冷饮摊空着，电喇叭还在播放《从头再来》。他以为刘芬芳是回去取什么东西了，便跨下车，慢慢往家走去。开门拉灯绳，赫然见床上横着一具躯体，身下满满的血，把褥子都洇了一大片，整个儿人好像躺在了一朵艳丽的红花上。这时刘芬芳还有意识，她满脸煞白，眼睛瞪得撑大了一倍，颤声说："我这是怎么了？本来就想躺会儿，一躺就起不来了。"

杜湘东把她横抱起来，冲到屋外去喊人。七手八脚送到医院，刘芬芳已经昏迷不醒。折腾到后半夜，医生才从急救室出来，说是子宫肌瘤长得不是地方，引发了大出血。又劈头盖脸责备杜湘东："一个常见病，怎么拖到现在才来？她糊涂还是你糊涂？"这时杜湘东想起来，以前刘芬芳曾经说过小肚子疼，但因为图便宜，去了一家"免费门诊"的妇科医院，结果真正的毛病没查出来，反倒向她兜售五花八门的补药，还号召她做个吸脂隆胸。刘芬芳被那些价目表吓着了，此后疼也忍着，再不敢看病，就生生拖成了今天这样。

现在后悔也没用，人家说怎么办就得怎么办。医生建议切除子宫，"你们这个岁数也用不上了，对吧？"杜湘东满头大汗地签了字。没想到刚做完手术，刘芬芳又开始了更加汹涌的出血，直接被转进了ICU。昏迷，抢救，再昏迷，再抢救，半个月之内下了两次病危通知，最后总算捡回一条命来。陪床期间，杜湘东的脑子都是空的，但只要一闭眼，仿佛就看见刘芬芳已经死了，她的灵魂正坐在一朵巨大而鲜艳的红花上跟他告别。直到接到通知可以办理出院，他才意识到了一个比大出血更加迫切的问题：下岗职工刘芬芳是享受不到报销政策的，而重症监护室每天的花费就得上万，还有手术、护理、进口药……再掏出存折一看，两人的积蓄也许还不够这趟住院的零头。

身为一名穷人，杜湘东不免犯起了所有穷人都会犯的嘀咕。医院为什么没跟他商量过费用问题，难不成是专等着一并算总账？这两年类似的新闻很多，最夸张的一起是病人醒来一看账单，直接就从楼上蹦下去了。但不管怎么嘀咕，他这辈子也没欠过谁的，更何况人家毕竟救了老婆的一条命。杜湘东咬咬牙，满脸悲壮地走向结账窗口。那一刻，他几乎做好了跪地哀求的准备，求人家宽限一些日子，让他回家去凑，去借。

但和他的表情相反，收费的小姑娘一脸轻松："该出院您就出呗。"

"不是还得结账吗？"

"不是早就结了吗？"

杜湘东几乎怀疑自己幻听了。小姑娘怕他不相信似的，又找出一叠机打单据，从窗口递出来。林林总总上百项开销，总额比他估算的更多，已经超过了二十万。那么是谁交的钱？刘芬芳她二姐？自己单位？要不就是同学、同事、老所长和老吴？杜湘东做着假设随即否定了那些假设，窗口里的小姑娘却又补充说，在刘芬芳住院的第二天，她本人的那点儿押金就用完了，医院本想催促续费，替她交钱的人恰好来了。人家还留下话，费用不必担心，更不必为钱打搅病人家属。

这时杜湘东才想起一个常识。他再次翻开那叠单据，从里面抖落出一张银行刷卡凭条。签名栏上的字迹歪歪扭扭，稚嫩得像个小学生，赫然写着"刘秋谷"。

刘秋谷背后，当然是许文革。原来是许文革。居然是许文革。

但最让杜湘东惊愕的还不是许文革替他结账这一事实，而是：许文革又是怎么知道刘芬芳生病，怎么知道他们看不起病的？难道在很早以前，甚至早到了许文革出狱的那一天，他的行踪就已经暴露在了对方眼里？难道这一年来，当他监视许文革的同时，许文革也在监视着他？杜湘东的大脑艰难地转动起来，思考着上述推测的可能性——答案是肯定的。

他不是一块当刑警的料，面对的却是一个杰出无比的逃犯。但许文革不仅没有戳穿他，反而允许他作为影子缠绕在自己身边。在俯瞰他、揣摩他、戏耍他的过程中，许文革一定享受到了巨大的快乐。而和杜湘东那拙劣的监视相比，许文革的反向监视无疑要来得更加隐蔽，更加高效，也更加全天候。当杜湘东溜着墙根往小院儿里探头探脑时，他那副可笑的模样也许正被许文革用望远镜和摄像头窥视着；当杜湘东疲惫不堪地行驶在回家的路上，许文革的手下也许正在开车跟踪着他那辆同样疲惫不堪的带棚"三蹦子"。于是杜湘东那窘困的日常生活无处可藏，又被在第一时间汇报给了许文革。而刘芬芳这一病，就把许文革对他的俯瞰、揣摩和戏耍推向了高潮。在胜负已定的局面下，还有什么比施舍仇人更让人满足的报复方式呢？杜湘东甚至相信，当许文革授意刘秋谷去结账时，他会真诚地认为自己是高尚的。他们那个阶级的人就是这样，一旦拥有了钱能买到的所有东西，接着想要购买的就是那些没有明码标价的东西了——比如"高尚"。

不能让他——以及他们丫的得逞，杜湘东想。他虽然接受了自己的卑贱，却不承认许文革有资格高尚。他不需要墓志铭，也拒绝给对手颁发通行证。

几天之后，杜湘东再次出现在那座小楼院外。星期天上午是许文革难得出门的时刻，这个规律在为期一年的蹲守中从未失效，今天也不例外——当斜对面的那家小发廊拉开窗帘，更远处的几家饭馆乐声大作，眼前的铁门豁然而开。奔驰车缓缓驶出，在《两只蝴蝶》和《老鼠爱大米》的伴奏下开上了这片城乡接合部里唯一宽敞点儿的水泥路。根据以往的经验，如果它沿着水泥路拐上国道，那就别想追上了，所以杜湘东立刻也把带棚"三蹦子"的油门拧到了底。但他却不是从后方跟踪，而是划了个弧线，往奔驰车车头的方向包抄了过去。几秒钟后，市场街上的人们都看见了有惊无险的一幕：奔驰车正在提速，突然从斜刺里钻出一辆破烂无比的带棚"三蹦子"，它嘶吼着颠簸着，前座上的骑手还耸起肩膀，做出了冲刺的姿态，几乎要一头扎到汽车轮子底下去。紧接着是一声尖厉的急刹车，硕大无朋的奔驰车总算停住，车头距离"三蹦子"才不到半米的距离。奔驰车的司机开门跳下来，脸吓得煞白，火气倒挺大，他上前推了杜湘东一把："作死呢你？"

杜湘东一躲，顺势抓住对方的胳膊一扭，便让那个二十多岁的壮小伙子低头弯腰动弹不得。人是老了，总算功夫还在，所以这次亮相还称得上威风。他压着胸口的喘，尽量利索地从"三蹦子"前座上跳下来，这才推开司机："没你事儿，我找许文革说话。"

这么说时，他已经看见了从奔驰车后排座钻出来的许文革，还看见了从小院儿里飞奔而出的刘秋谷和一群小伙子——那些人手里都有家伙，有的拎着扳手，有的攥着改锥，有个快两米高的胖子居然扛着一副千斤顶。天知道这些家伙是正在修理机器还是准备修理人，但毫无疑问，如果再动手，饶是当年的杜湘东不出半分钟也得趴下。

然后，他听见许文革叫了一声："杜管教。"

杜湘东突然意识到，自从许文革 1989 年越狱，这还是他们第一次如此清晰地面对面相见。此前无论是在矿井还是看守所，许文革对他而言都只是一个难以捉摸的背影。为了让那背影还原成人像，最好的一段年岁已经被耗费了。他缓缓走了过去，经过那辆奔驰车，经过虽然被许文革喝止但仍对他怒目相向的刘秋谷那一群人。他直盯着许文革，许文革也直盯着他，当两人只有一步之遥，杜湘东抬起手来，插进兜里。这个举动让刘秋谷紧张起来，那眼神，就好像他将要掏出一把枪。杜湘东笑笑，在严阵以待众目睽睽之下，把一张银行卡塞进许文革的上衣口袋："密码是姚斌彬生日。"

"您何必呢？"

"甭废话。"卡里有二十多万，和医院账单上的数目分毫不差。钱是向刘芬芳她二姐借的，一家人明算账，作为抵押，他们白纸黑字地承诺，如果还不上，就把看守所宿舍那套筒子楼过到人家名下。二姐不差钱也不差房子，但杜湘东的表态和他此时告诉许文革的一样："该怎么着就怎么着，谁的便宜我也不想占。"

听到姚斌彬的名字，许文革脸色不变，眼底却有一丝微光闪动。但他随后的表现却让杜湘东始料未及。他突然咧嘴笑了，笑得亲热而诚恳，就好像杜湘东不是"杜管教"而是一位久别重逢的老朋友。他根本没再顾及兜里的银行卡，那意思很清楚——无论是二十多万还是与杜湘东互相监视这一事实，都不在他的考虑范围之内了。许文革现在仿佛只对杜湘东这个人感兴趣，他仿佛早就期待着与杜湘东重逢。

"赶得好不如赶得巧，"杜湘东的胳膊也被许文革揽住了，"带您去个地方。"

几乎是懵懂着，杜湘东坐在了奔驰车的后排。笑容绽放的许文革蕴含着某种令人无法拒绝的力量，完全符合他这种人在中年时代应该具有的特质：越是底气十足，就越证明了此前的那些苦没有白受。想到这些，杜湘东立刻后悔了，但车已经像艘大船似的稳稳开动了起来。司机回过头来，换上了一副恭顺的脸色："许哥，路线不变？"

许文革点头，又摇下窗户对刘秋谷等人挥手，让他们回去。此后他就陷入了浩大的咳嗽，每一声似乎都伴随着肺泡爆裂。幸亏他的身上和车上到处都藏着进口药，随手掏出一瓶往嗓子眼儿里狂喷，总算渐渐平复了下去。看着许文革痛苦不堪地忙活，杜湘东不知道是该象征性地帮他一把，还是该更加象征性地询问一下病情。最后，他只能选择安静地坐在许文革身边，连这趟被迫同行的目的地都没打听一句。

奔驰车拐上国道又往东行驶了几公里。沉沉雾霭之中，第六机械厂的大门出现在了前方。司机按了两下喇叭，立刻有个保安出来为他们放行。车子不急不缓但却熟门熟路，不久绕过主楼，停在一片厂房附近。都是几十年前的建筑，灰砖砌成，四四方方的像若干密不透风的盒子。杜湘东想到，他来过六机厂无数次，唯独没走进过这片厂区的核心地带。身为警察，他并不需要了解工厂是如何运作的。而这时，许文革便跳下车来，开始带领杜湘东在那些灰盒子之间穿行。经过一个地方他说："这是热加工区。"经过一个地方他又说："这是动力区。"此外还有仓库、装配车间、质检车间……总而言之，第六机械厂是个用机器制造机器的地方。许文革旁若无人地走在杜湘东身前，他挥舞着手臂，步伐变得轻快，连佝偻的身板都挺直起来。从这人身上，杜湘东突然感到一派天真，那感觉就像一个孩子正在向他炫耀什么复杂的玩具。这是一个他从未见过的许文革，和那个强悍的、决然的、满身戾气的、处心积虑的许文革判若两人。他们穿越了大半个厂区，来到一个和其他建筑并无二致的灰盒子门前。许文革又说了句"这儿以前是铸造车间"，脚步慢了下来。杜湘东随即反应过来，姚斌彬生前就在铸件车间工作，而许文革是维修班的。他跟在许文革身后，走到车间门口，看着许文革掏出钥匙打开铁门又拉下了电闸。咔然一响，呈现的是一副亮眼的景象：车间内部已经被粉刷干净，连头顶上都换成了这两年才普及的高压氙气灯；地面上铺展着一条杜湘东看也看不明白的机械生产线，在灯下静默地反着光。

许文革开始了更加滔滔不绝的介绍。他告诉杜湘东，铸件车间马上就不是铸件车间了，和厂方签署合资协议后，他立刻着手对这里进行了改造，准备用以制造专供重型卡车使用的耐高温刹车片。不仅是铸件车间，这片厂区里的大部分车间都将重新装修、更换设备，生产的将是和汽车相关的各种配件。他又告诉杜湘东，投资规模如此之大的工厂，对于他这家公司来说当然是一场豪赌，好在股东们都信任他，又拉到了一笔风险投资，所以钱是不用发愁的。他还告诉杜湘东，买卖人通常认为老旧国营工厂是个大泥潭，政策紧，插手的头头脑脑太多，还得养活一群吃闲饭的，但他是从厂子里出来的，他知道那些按照军工标准培训出来的工人才是最宝贵的资源。钱、设备、销路这些都是小事儿，只要以前的工人还在，他就坚信自己能让这家工厂起死回生……那些话杜湘东听懂了一些，但还有许多经济的、工业的专门词汇就像在听外语了。这时在他眼中，许文革的神色除了天真，又多了亢奋与激越，甚至有了纵横捭阖挥斥方遒的气象。而许文革把他带来到底是要干吗？

"我对你怎么挣钱不感兴趣。"杜湘东接了一句。

许文革这才如梦初醒，讪讪笑了。他似乎又要开口，但却再次喘息起来。经历了刚才那番过于忘我的表演，哮喘也发作到了前所未有的强烈程度，他哆嗦着蹲了下去，像动物一样两手扒地，脖子暴起上的青筋都快绷断了。崭新的厂房里回荡着惨烈的声响，有那么一个瞬间，杜湘东觉得许文革马上就要死在他面前了。他束手无策了好一会儿，这才想起对方身上是有药的，于是弯下腰去，从许文革怀里摸出瓶装喷剂，递了过去。

又喷，接着咳，接着喘。大半天的工夫，许文革才能勉强像一个正常人那样呼吸。杜湘东有些莫名的感怀，叹了口气道："我得走了。"

许文革却抓住了他的裤脚："我再给您看样东西。"

"我说过，我没兴趣。"

"那是赃物。"

趁杜湘东怔了一怔，许文革递上来一只手。杜湘东条件反射地递回给他一只手，许文革便攀扶着杜湘东站了起来，伸手指向车间门外。远处有一排矮旧的小平房，立在一片荒草丛生的空地边缘。在杜湘东的记忆里，以前厂区和平房之间曾经隔着堵墙，而现在墙已经被拆了。他想起了那是什么地方，也想起了当年自己曾经"搜查"过那里。时至今日，他仍能清楚地记得其中一间平房也就是许文革和姚斌彬的秘密车间里，摆放过哪些五花八门的物件：挂钟、水泵、收音机……两个年轻工人将它们一一修复如初。

许文革的手执拗地往门外指着，脚却不动。他连走路的力气都没有了。杜湘东只好侧肩，扛起他的一条胳膊，架着他往空地对面挪动过去。他们来到苔藓斑斑但却依然稳固的平房门前，无须费力辨别就找到了许文革他爸他妈生前住过的那一间。锁早换了，连门洞都拓宽了，还装了朝上的推拉门。看到许文革在身上摸索着掏钥匙，杜湘东不得不让他暂时靠墙，自己接过钥匙开了锁，把门哗然一响抬了上去。

和方才的车间一样，平房里也涌出一股刚刷完漆的味道。许文革又被呛得咳嗽了几声，对杜湘东说："就是这个。"

杜湘东已经看见了。如今屋里只有一样东西，却把空间塞得满满的。是辆汽车，老款进口"皇冠"。1989年，姚斌彬和许文革因盗窃这辆汽车的发动机被捕。几年后，杜湘东还在姚斌彬家的楼下见过这辆汽车，当时它仍在充当工厂领导的专车。而现在，这辆"皇冠"车如果停在北京街头，无疑会显得突兀而过时，但它却又保持着某种老派的庄重，周身上下一尘不染。给人的感觉，好像它自从出厂就没上过路，十几年来一直静静地停在这里。

许文革单手扶墙，慢慢挪到皇冠车的驾驶舱一侧，开门坐了进去。他又扯着脖子喘了几声，隔着前挡风玻璃对杜湘东招手。杜湘东迟疑片刻，也拉开门，钻上了副驾驶座。俩人并排而坐，肩颈僵硬，神情木然，从平房外面望过去，大概很像正准备上路出远门。车钥匙就插在仪表盘上，许文革颤颤巍巍地伸手一拧，"皇冠"车一颤，居然平稳地运转了起来。逼仄的房间弥漫起了尾气的味道。

在嗡鸣的车声中，许文革介绍道："1985 年出厂，六缸发动机，自动变速箱，四轮独立悬挂，前后立体声喇叭……当年能坐上这种车的，最起码也是个司局级干部，没想到我们那个厂也能捞上一辆。跟厂里谈判的时候，我问这车还在不在，他们说还在，不过早就没人用了。我就从他们那儿买过来，自己带人从里到外收拾了一遍。那年头小日本的机器特别皮实，只要更换易损件，开起来跟新的一样。"

杜湘东没搭茬。他扭头看了许文革一眼，只觉得这人目光悠远。许文革却又低头仔细打量起这辆车来。他的手还在方向盘和仪表上摩挲着，不知是在赞叹八十年代豪华车的工艺，还是在欣赏自己的修车手艺。房间里尾气的味道愈发浓郁，已经很不适于哮喘病人长待了，就连杜湘东都意识到了这一点，而许文革却直到再次陷入了撕心裂肺的咳嗽，这才想到应该将车熄火。然后找药，再喷再咳再喘，平复下去却比刚才耗费了更长时间。如果许文革也是一辆车的话，那么他的内部零件还不如这辆险些报废的老"皇冠"运转顺畅。

车里再次安静下来，许文革才又开口："您也知道，我和姚斌彬当年就是因为这辆车'进去'的。他们说我们盗窃，这当然也没错儿，所以我们从没喊过冤。但别人不知道，就连您也不知道——我们盗窃又是为了什么？如果光图钱，何必费那么大劲拆发动机呢？拆大灯拆音响不是更快吗，那样我们也许就不会被抓个人赃俱获了，姚斌彬的手也不会被砸成残废……我们拆这机器，其实不是为了卖，而是为了研究它。等把发动机里面的构造搞明白了，我们还会把它原封不动地装回去……"

说这些话时，许文革的声音仍是虚弱的，杜湘东却听到了自己胸膛深处的怦怦心跳。他意识到，假如他们是用二十年来打一副牌，那么许文革终于要揭底了。杜湘东也想起了扣在自己心里的那副底牌。谁的底牌更震撼，更有杀伤力？大概只有亮出来才见分晓。而两副底牌其实都握在姚斌彬手里，姚斌彬却死了。

杜湘东呼吸了一口仍然浓郁的汽油味儿："难道你们不是为了给……"

"给崔阿姨看病？"许文革截断他，同时抬起一只手挥了挥，像在请求他保持专注，不要漏掉自己的每一句话，"别说姚斌彬了，就连我也是崔阿姨养大的，她的身体是为了我们累垮的，我们当然得报答她。所以我们后来才会从看守所逃跑，哪怕出去就成了逃犯，但也有机会伺候她，给她寄钱，那总比在牢里听到她的死讯要强。说到底，那时候还是年轻胆儿大，我们居然没想过，如果没跑了或者跑了又被抓回来会怎么样……不过这又是后话了。再说回当初，我们拆这台'皇冠'车的发动机，其实是姚斌彬的主意。过去要是把这条儿说出去，他会被定成主犯，不过现在无所谓了。您应该也了解过，我和姚斌彬从刚进厂子当工人，就开始给外面搞维修。上面说我们干私活儿，隔三岔五地敲打我们，就连我都打算收手了，可姚斌彬才不管那一套。他这人看起来性子软，但骨子里比我可'轴'多了，外人都以为我一直护着他，其实大事儿我都听他的。姚斌彬告诉我世道变了，在新的世道里，人应该有种新的活法，活得和以前不一样，活得和我们的爹妈不一样。他还说我们得先做好准备，变成有本事的人。那年头安徽不是有个傻子瓜子吗？傻子卖个瓜子都能变成人上人，何况我们两个懂机器的工人？所以我们就从车床铣床上手，没过两年又开始琢磨汽车，不懂就找老师傅问，问完了还得没日没夜地下工夫。厂里汽车班的那几辆大'解放'早被我们偷偷拆了个遍，而这种事情是有瘾的，简单的弄明白了，自然就想尝试复杂的新式的……正好厂里来了辆'皇冠'，也是脑子一热，我们当天晚上就钻进了车库。"

说到这儿，许文革咯咯笑了两声。像是为了防备再喘，他又未雨绸缪地往嗓子眼儿里喷了喷药，这才继续往下说："后来的事儿您也知道了，我们被抓进去，逃跑，我活下来姚斌彬却死了。没错，我承认自己运气好，但这运气说来还是您给我的。当年我们往两个方向跑，如果您追的不是姚斌彬而是我，那么后来挨枪子儿的那个人就应该是我。刚开始不懂伪造证件更不敢坐火车，我还没跑出河北省就听说姚斌彬被处决了。如果说我在逃亡期间精神崩溃过，就是在那个时候。我觉得老天收错人了。我没姚斌彬聪明也没姚斌彬有志气，我就是个野孩子，十岁不到就没了爹妈，如果不是姚斌彬一家我早该进监狱了……一句话，死的应该是我，凭什么是姚斌彬？但也恰恰是因为姚斌彬，我才撑了下来。每当我想去自首或者随便找个地儿把自己弄死算了，我就会想起姚斌彬，想起他跟我说过的那些话。后来我冒着被人抓住的风险也要做生意，把身家性命都投进去也要开这个厂子，也是因为姚斌彬。我一个人背着俩人的命，得替他活成他想要的那副模样。要是就这么窝窝囊囊地算了，那我就算白活了，姚斌彬也算白死了，我们这两条命都没必要在这世上走一遭。"

许文革的神色又变了，仿佛陷入了痴迷。他把头靠向椅背，脸上笼罩着一团若隐若现的光晕。这人眼里也是有光的，虽然微弱但却一线长明，终于化作两滴眼泪，顺着脸颊流淌下来。许文革哭了，许文革也会哭。这就是许文革的全部自述了吧，杜湘东也终于有了开口的机会："可因为你，我够窝囊的，我他妈才是白活了。"

"杜管教，我对不起您，您是个好人。"

"骂我是吧？好人在你眼里可不值钱。"

"如果您觉得我应该怎么补偿您……"

"甭来这套。我是警察，说话以前注意咱俩的身份。"这么说着，杜湘东拉开侧门钻出车厢，想走但又站住，回头道，"许文革，你记着，咱们这茬儿人都不年轻了，往后的每一步都得走对了。我看着你呢。"

他抛下许文革和那辆"皇冠"车，朝厂区外走去。这就是他的答复吗？有点儿可笑，倒像个尽职尽责的老管教在勉励刑满释放人员。这辈子只干过一个行当，所以一张嘴就是这个套路。正如同许文革对他的评价，多年前是一句"好人"，如今仍然只是一句"好人"，此外再无其他。那么杜湘东的底牌呢？他和姚斌彬之间的那个秘密呢？继续压在心里吗？事实上，杜湘东已经决定缄口不言，但却并不感到遗憾。他突然发现，自己这些年来追捕许文革、监视许文革，其实怀着一种连他本人也没发现的目的。将逃犯绳之以法，这是冠冕堂皇的说辞，杜湘东真正想做的，是通过这俩犯人目睹一种"活法"。他依稀也想过那样去活，而许文革却替死去的姚斌彬活了出来。

# 17

从这天起，杜湘东结束了对许文革的监视。相应于法律上的结案，他在心里也替许文革结了案——但却无法一了百了。十几年的惯性还在，他仍会留意许文革的动向：许文革的公司与第六机械厂合资挂牌，新工厂顺利投产；我市摸索企业改革新机制，以原第六机械厂为例，大批下岗工人经过培训再度返厂，共创人生的第二次辉煌；企业家涉足慈善，资助工厂困难职工子弟上大学……最令人意外的一条是从娱乐新闻里看到的，狗仔队拍到一个女演员在酒店"夜会富商"，很快又有网友人肉出了那个进房之前"先往嘴里喷了半瓶神油"的老男人正是许文革。许文革也开始找乐子了，还是用他那种人的典型方式找乐子。刚学会用单位淘汰下来的"586"上网的杜湘东稍微有点儿不适应，随之而来却是轻松与坦然：一头扎进凡俗热闹的生活，这说明许文革学会了"和往事干杯"。

　　这也是杜湘东致力达到的目标。他回到单位，干的还是检查包裹的活儿。刘芬芳的冷饮摊却不开了。大出血过一次，她变得既怕冷又怕风，没法在屋外长待。好在下岗职工的政策又有变化，政府强制原食品公司的上级机关补交了社保，不光看病能报销，每月还给发放一些生活费。刘芬芳也闲不住，自学了打毛线，每天拢在被子里操持着两根棒针上下翻飞，那些家庭手工业产品居然能卖个不错的价钱。身为穷人，他们的日子倒也能过，甚而还有余力慢慢偿还外债。反正借的是亲戚的钱，有个态度就行。

　　还有一个不知能否算"可喜"的变化，也和态度有关。或许因为气血虚弱，或许是被漫长的卧床磨软了性子，刘芬芳丧失了对杜湘东进行抱怨的热情和斗志，却找回了早就丢到爪哇国里去的多愁善感。她现在特别爱看日本和韩国电视剧，经常边看边哭，并且还会把那些悲戚的柔情推而广之，施加在杜湘东身上。有时杜湘东下班回家先给刘芬芳冲一杯红糖水，或者周末搀着她出门去晒晒太阳，她的眼泪就下来了。一边抹眼泪儿，她还会在电视剧那莫名其妙的台词风格的催化下，说出像当年一样抽象的话来：

　　"有了今天，昨天和明天都是无所谓的。"

　　转变之大，几乎让杜湘东有点儿错乱。刚开始，他的回答是："你可别吓唬我。"

　　后来也顺着她说："每个昨天和明天都是今天。"

　　无数个昨天和明天都被今天覆盖，一晃又是五年。对于杜湘东，这五年的时间感受和前一个、前两个五年又有不同。

不能说它慢，也不能说它快，不能说它空，也不能说它满。总之，带着某种尘埃落定的踏实，世事就从眼前滑过去了。钱越来越不经花，连猪肉和牛奶都有毒了，奥运场馆竣工在即专等着万国来贺……大多数事情好像与他有关又与他无关。有兴致，跟着人家高兴或者担忧一下，没兴致，那些高兴和担忧就成了无的放矢。而说到对杜湘东的生活构成决定性影响的变化，似乎只有一个，就是看守所迎来了搬迁。

搬迁之前，消息已经传得满天飞。直到那年入冬，命令正式下来：在离城区更远的山沟里，已经建起了一座现代化的新看守所，老所全体员工和在押人员限期完成转移。听说这个大手笔的举动，是为了给一个"经济开发区"的规划扫除障碍，也像所有有幸被"规划"的城市边缘地带一样，附近几个村子早就上演了无数场悲喜大戏，有人发横财，有人喝农药，最后连坟都被推了个干净。而看守所是公家单位，连讨价还价的资格都没有，不过也算沾到了山乡巨变的好处——分房的承诺终于兑现，新所配套了一栋塔楼宿舍，人人有份儿。杜湘东也分到了一套客厅朝北的小两居。

全所上下都在兴致勃勃地搬家，他和刘芬芳却拖延了下来。新所按部就班地投入使用，但老所这边还有未竟事务，一些设备正等着拆走，按照旧地址寄来的公函和信件也需要查收。所里派了一个管后勤的副主任带领几名闲人留下来料理，其中就有杜湘东。而等这轮善后也结束了，领导又觉得既然拆迁队还没进驻，彻底甩手也不是个事儿，于是动员那几个还没搬家的职工，看谁愿意发扬风格，替所里把把门儿，站好最后一班岗。

杜湘东报了名："我留下得了。"

那位副主任有点儿不好意思："别别，这摊事儿我负责，该我留下。"

杜湘东解释："新楼味儿大，我老婆身体又不好，怕熏着她。"

这个理由也说得通。上面再一盘算，搬迁以后工作更忙，人手本就不足，留下的理应是个无关紧要的角色，那就非杜湘东莫属了。于是，他成了这座看守所里最后一位，也是唯一一位警察。他每天的任务就是沿着旧所围墙溜达一圈儿，再给新所打电话报个平安，如果犯懒，窝在家里不出来也没人管。到了晚上，家属院里漆黑寂静，只有他和刘芬芳的屋里一灯如豆，像被墨水浸透的纸上破了个洞。在这种环境里，两人便生出了与世隔绝的心态。

杜湘东觉得好笑：当年一门心思离开的是他，如今赖着不走的也是他。他究竟想要纪念什么，缅怀什么？而再过不长的一段时间，当那圈高耸的围墙在爆破声中轰然倒塌，也就意味着一段旧的故事终于讲完了吧。这故事他已经看到了尽头，就像电视剧的最后一集，虽然不能错过，但无论演员还是观众都早已陷入了疲沓。

然而杜湘东想错了。故事当然要讲完，却不是他默认的结局。

他也没想到，还会有人造访这座只剩了个空壳的看守所，并且都是冲他来的。

第一位访客是刘秋谷。那时冬天还没过去，早上从家属院出来，看守所正门外已经停着一辆奔驰车。杜湘东远远观望了一会儿，就见车门打开，只下来了一个刘秋谷，一瘸一拐地向他走来。几年过去，小瘸子似乎终于长成了个大人，一脑袋黄毛变回了黑色，下巴上布满了胡碴儿。靠近杜湘东，他点了下头："许哥让我给您带个信儿。"

杜湘东看到刘秋谷的胳膊上带着黑箍，心里明白了大半。

刘秋谷完成任务似的把话说完："崔阿姨去世了。二度中风，请了最好的专家做手术，还是没救回来。走时没受罪，昏迷了两天就没再醒。"然后他又说了姚斌彬他妈近年的状况。自从住进养老院，崔丽珍的老年痴呆越来越严重，很快就不认识人了。许文革去看她，她会笑眯眯地问："你是谁？"于是总得从头讲起。再到后来，就算磨破嘴皮子，崔丽珍也想不起许文革了。不仅如此，哪怕是许文革在医生的建议下故意提起姚斌彬，她也只是说："怎么听着那么耳熟呀？"这意味着她不再记得自己有过一个儿子，因而也就忘却了丧子之痛。说到这里，刘秋谷转述了许文革的评价："许哥说，这也是件好事。"

杜湘东心里闷然一痛，回答说："知道了。"

刘秋谷又说："明天崔阿姨下葬，许哥问您去不去。"

杜湘东说："难得他有心，还是算了。"

刘秋谷便又点了下头，转头往奔驰车走去。高一脚低一脚地走了两步，他突然又转头说："北京水太深，买卖不好做，也许过段日子我们就要去外地了。"

对于刘秋谷透露的这个信息，杜湘东联想到的是"商人的本性"。厂子已经开了很久，没准儿许文革现在又嫌北京地租贵，管得严了。也或许他本人对六机厂仍有感情，但公司不是他一个人的，如果背后的那些股东强烈敦促他去再当一把拓荒牛，恐怕也没法拒绝。而既然姚斌彬他妈已经去世，北京这地方对许文革而言，也就再没念想了。这样想着，杜湘东便对刘秋谷说："告诉许文革，甭管到哪儿去，都别再犯法。"

刘秋谷把眼一横，似乎还想说些什么，但终于还是默默走了。杜湘东便进了看守所，到办公室找了一只脸盆和一沓旧报纸，又折回到空荡荡的操场上，把报纸撕成纸钱的形状，放进脸盆里点燃。许文革想必会为姚斌彬他妈举行一场足够体面的葬礼，但对于逝者而言，也许倒是这种潦草的祭奠方式更衬她的心意。风从四面八方卷过来，吹得纸灰和火星遍地飞扬。杜湘东拍打着身上，仰头望望苍穹，叹了口气。

这事过去，转眼就过年了。杜湘东去和同事们开过联谊会，又用"三蹦子"拉着刘芬芳进城串了趟亲戚，仍回旧所待命。刚开春，第二位访客就来了。

又是在铁门外停了一辆黝黑的奔驰车，再一打量，却比许文革的那辆更新，号牌也不一样。车门打开，下来的人他也见过，是当初替许文革辩护的那位律师。这人还穿着西装拎着皮包，气度却变得大大咧咧："好久不见呀，老杜。"

杜湘东问："许文革让你来的？"

律师不接这茬儿，转而撒娇似的抱怨起来："我先去了你们那个新单位，找你找不着，这才又奔了回来。这破地方不是早就说要拆了吗，怎么还没动工？"

杜湘东又重复："是不是许文革让你来的？"

看到他僵着脸，律师便讳莫如深地笑了："那倒不是，不过也跟许文革有关。"

这么说着，律师回头瞥了奔驰车一眼，拉着杜湘东往墙根底下走去。车上的司机也相当识趣，不仅关紧车门摇上车窗，还播放起了震耳欲聋的劲爆舞曲。这就让杜湘东摸不清头脑了，他跟随对方站住，又道："甭跟这儿装神弄鬼。"

"那就明人不说暗话。"律师嘴上这么说，眼珠子却仍然四下滴溜乱转，好像怀疑围墙背后藏着个人似的，"听说前几年，您查过许文革？"

"早就停了。"

"有没有查到什么？"

"没发现纰漏。"

"究竟是没纰漏，还是有纰漏但您没发现？究竟是没发现，还是您发现了但却无法坐实？究竟是没坐实，还是坐实了又被人保下来了？这里面的区别大了。"

面对律师绕口令似的质疑，杜湘东更加生疑了："你到底什么意思？"

"您还没听明白？我也在查许文革。"

"你不是许文革的律师吗？"

"那是过去。"律师脸上再度绽放了职业化的微笑，"您也明白，干我们这行的跟你们警察可不一样。你们是国家机器，只有国家这么一个主子，我们呢，得随时随地各为其主。以前是许文革雇了我，我得把他捞出来，现在是想查许文革的人雇了我，我又得琢磨着把他送进去——据我所知，这也是您一直想干的事儿。您不是动用过私人关系，从经侦和刑侦的渠道都调查过许文革吗？现在我想要的，就是您掌握的那些资料。"

听着对方的话，杜湘东眼神就冷了："要真能查到什么，我们早动手了，也轮不到你。"

律师却仍锲而不舍："这您又不懂了。警察取证，都是从刑事的角度出发，民事方面的问题全都忽略不计，而同样的资料到了我们手里，只要操作合理，照样能让许文革吃官司……当然啦，让您白辛苦也不合适，既然我的工作是商业行为，那么也得遵守商业原则。您看这样行不行，那些资料算是您卖给我的，报价嘛……"

这么说时，律师的神色还是理直气壮的，甚而带着几分恩赐的意味。但正当他要说到自以为最关键、最有底气的那个环节，杜湘东就让他闭了嘴。一只手挟着风声向律师逼近，眼看就要掐住他的喉咙了，随即一变，换成一根手指顶在他的鼻子上。律师不由往后退了两步，杜湘东便"点"着那人道："刚才的话我要是录下来，进去的就是你了。"

说完，杜湘东把对方晾在原地，转身就走。脚步飞快，进了家属院，他才突然站定。这时他又想起了刘秋谷说过的那句话——敢情话里还有好多话。许文革得罪了什么人吗？还是他发财的同时挡了别人的财路？自从看守所搬迁，家属院的网线就被电信公司掐断了，因此这些日子里，杜湘东没再查阅过关于许文革的信息。而这天，他便把带棚"三蹦子"从楼道口里推了出来，突突乱响地开出几公里，终于找到一家网吧。输入几个关键词，若干条新闻便以时间顺序罗列了出来。半年多前还尽是好消息，许文革的公司生意兴隆，六机厂还新上了两条生产线；而这几个月来，就渐渐让人看不懂了，一边是厂子继续签合同接订单，另一边却是财经媒体爆出他资金链紧张，频繁受到"专项整顿"。最大的一条新闻，是厂里的工人也闹起了事，却不是针对厂方，而是冲击了区里的规划部门。因为影响恶劣，政府出动了防暴警察，最后许文革代表厂方做检讨，写保证，承诺此类事件绝不再发生。但至于工人为什么闹，新闻里又只字不提，只说大部分群众"情绪稳定"。

即使是一个生意场上的门外汉，杜湘东也能看出许文革的公司处于困境，甚至可以说是风雨飘摇。但了解了这个情况后，杜湘东便又开着带棚"三蹦子"突突乱响地回了家。刘芬芳还等着他熬腊八粥呢。他一度考虑过，要不要把律师找过自己的事儿透露给许文革，不过再一想，还是算了。许文革不是他的仇人，可也绝称不上他的朋友，习惯了与世隔绝之后，他最不想接触的人就是许文革。况且在许文革那个层面的纠纷与倾轧之中，他这个穷人、废物、看大门的老警察又能起到什么作用呢？掂清自己的分量吧。

然而杜湘东迎来的第三位访客，恰恰就是许文革。

当时已经是夏天了，滞留的日子即将结束，围墙上写满了巨大的"拆"字。杜湘东终于也要计划着搬家了，他把零碎物件装进了蛇皮袋，还到河北的家具市场订购了一套衣柜和餐桌。这天他又想起，登记处还扔着几个纸箱，正好可以收衣服，于是开了大门去取。

满头是灰地出来，迎面就碰上了一个人。杜湘东定睛看了两眼，这才反应过来是许文革。才几年工夫，许文革已经老得不成样子了，两眼深抠，颧骨突兀，一头短发几乎全是白的，如同大夏天落满了雪。相形之下，杜湘东反倒像个有钱人的模样了。为了给刘芬芳补身体，他没少变着花样给她弄吃的，刘芬芳吃不下只能自己吃，生生就把他塞圆了，塞鼓了。那沓纸壳子被他抱在怀里，又像摞在了他的肚子上。更让杜湘东诧异的，是许文革这次来，奔驰车也没跟着，铁门外停的是一辆蓝黄相间的出租车。

许文革叫了一声："杜管教。"

杜湘东瘪瘪嘴，蹦出一句："你来干吗？"

"跟您告个别。"

"要走？"

"要走。"

"什么时候？"

"今儿就动身。"

杜湘东手一松，纸壳子落到地上。他略微直起腰，继续望着许文革。许文革却走近几步，咧嘴笑了："您气色还行。"

"也老了……"杜湘东迟疑了一下又问，"去哪儿？"

许文革的眼睛往别处看看："还没定。"

"厂子不开了？"

"不开了。"

"出了点儿事？"

许文革又笑，流露出近乎嘲讽的神色："连您都听说了？"

杜湘东接不上话，便弯下腰去，重新把纸箱捡起来。许文革伸手替他分担了一些分量，两人各捧着一沓破纸壳子，沿着看守所围墙边走边聊。略问几句，就知道了许文革洗手不干的原因。自从这片地方要建开发区，他就被人盯上了。那些人的来头之大，连许文革这个当事人都无法指名道姓地说出他们究竟是谁：刚开始以为是几个商人组成的私募基金，后来又听说有外资和国资的参与，再后来才发现是个什么领导的什么亲戚在背后撑腰。对方找到许文革提出合作，并直言不讳地表示，他们对于工厂才没兴趣，六机厂那个国有企业的"壳儿"和地皮才是有价值的。利用这些资源，他们将会整合出一家地产公司再打包上市，此后连一砖一瓦也不用盖，到股市里迅速圈钱走人。作为回报，许文革可以跟在人家屁股后面分一笔账，比例虽然不大，却是"他这个级别的买卖人"这辈子也未见得挣得出来的。

比起苦哈哈地卖零件修卡车，这种玩儿法几乎就像变魔术，但许文革没答应。原因也很简单：如果六机厂的地皮改变了使用性质，工厂就没法儿开下去了。而他想干的只不过是开工厂。在常人看来，许文革算个聪明人，但在那些资本游戏的老手眼里，他就是个榆木脑袋了。谈了几次没谈拢，双方翻了脸，对方便又绕过许文革，去找六机厂的领导谈。

一蹴而就，一拍即合。接着"做实业"，盘活的无非是工人和厂房，只有炒地皮炒股票，靠近北京城区的地理优势才能无限放大。家有一口金锅，谁都不想拿它淘米做饭。这时对于"上面"而言，许文革就从救星变成了累赘，踢开他才是当务之急。于是厂方提出解约，又找出各种名目查许文革的账，那伙儿资本玩家也没闲着，雇了许文革原来的律师揭他的老底、抓他的把柄。而许文革也发了狠，发动工人去申诉请愿，保卫饭碗。一不小心把事情闹大了，又有上级机关介入调停，最后裁决：许文革还是得卷铺盖走人，但可以得到相应补偿；工人还是得二次下岗，但厂子上市之后可以享受分红。

处置稳妥，公平合理，许文革相当于被强制套了现。此后的日子，他都在忙于善后事宜：给南方的股东交割结账，又给刘秋谷和常年跟着自己的那些手下每人分了笔钱。厂子就这么没了，钱上却没吃亏，该庆幸还是该愤恨？但令杜湘东感到意外，在讲述的过程中，许文革的口气是漠然的、轻率的，仿佛他是一个事不关己的局外人。俩人缓缓走进家属院，把纸箱放在带棚"三蹦子"的后座上，许文革拍拍手，望着筒子楼："这儿也快拆了？"

"快了。"杜湘东顿了顿又说，"我老婆身体不好，就不请你上去坐了。"

"杜管教……"

"叫我杜湘东吧。"

"杜湘东。"许文革喉头跳了两跳，第一次称呼了杜湘东的全名，"临走前就想见你一面，见着了，心里也就踏实了。"

　　说完，他对杜湘东似笑非笑，随后默默离开。杜湘东看着那副空荡漏风的背影，心想，这是最后一次见到许文革了吧。这样也好。他上了楼，照常做饭，服侍刘芬芳吃了，外面的天就慢慢黑了下来。但也不知道从什么时候开始，他的心里就不安宁了，既躁得慌，又空得慌，好像被什么事儿扯着。同时，他还感到了憋闷，胸膛像压着一块铅。那种感觉已经淡了下去，却在这时卷土重来。忽然动了个念头，杜湘东就从桌前跳起来，火急火燎地冲下楼去，在带篷"三蹦子"的后座上翻找着。许文革替他拿过的那一沓纸壳子里，果然滑出了一张存折，密码写在背面，还是姚斌彬的生日。翻开一看，上面的数字把他吓得魂飞魄散。

　　刹那之间，杜湘东明白了许文革的用意。他的眼前又浮现出了许文革告别时的似笑非笑——姚斌彬也曾这样笑过，俩人的脸重合在了一起，让杜湘东对自己的猜测更加确凿。他冒了一脖子汗，身上的警服都湿透了。他的腿也在发软，差点儿一屁股坐到地上去。但他总算喘了几口长气，告诉自己：杜湘东，你得冷静，你也不是个没经过事儿的人。

　　因为没手机，他先跑向办公室去找到电话。110吗，我报案。有人要自杀。他叫许文革，人现在不知道在哪儿，也没跟我说过不想活了，但我确定他要自杀。我没开玩笑，我也是警察，你们最好……喂，喂，我去你妈的。他摔了听筒又抓起来，随即拨通的是刑警支队长的号码。同学总算没怀疑他在恶作剧，但也说："这种事儿可不能凭感觉。"

　　"我有证据，他给我钱了。"

"他以前不也给过你钱吗？"

"这次多。总之你们得赶紧出动……就算我求你帮个忙还不行吗？"

"你这些年整出这么多幺蛾子，我哪次没帮你？但你知道今天是什么日子吗？"

同学苦笑一声，似乎把手机举到了高处。听筒里便传出了车声、音乐声和鼎沸的人声。杜湘东反应过来，就在今天，此时此刻，奥运会即将开幕。真不知许文革是有心还是无意，偏偏挑了这么一个普天同庆的时候去死。那么同学此时正在执行的，大概是某个场馆的安保任务——也许就在举世瞩目的"鸟巢"。这不仅是北京的重要时刻，也是全国全世界的重要时刻，一点纰漏也不能出的。杜湘东只能靠自己了。

他跑回家属院，开上"三蹦子"，在闷热的夏夜里狂奔起来。许文革会去哪儿？在这片遍布工地的郊区，适合送命的地方太多了。许文革会不会已经死了？他为耽误了那么久才发现许文革的用意而后悔。风声浩大地从头顶掠过，眼前的柏油马路却仿佛是凝滞的，这让杜湘东想到了多年之前追击姚斌彬的那个下午。不知过了多久，那栋城乡接合部的四层小楼出现在了车灯劈出的亮处。四下漆黑一片，大概是为了奥运会，北京周边的外来人口都被暂时清理回家了，又或者为了建设开发区，那些一盘散沙的小本生意全被强行关了张。但建筑物内部却依稀有一丝灯光，外面的门也敞着。杜湘东跳下车，冲进楼里，狼嚎一般喊道："许文革，你给我出来。许文革，你可别死。"

喊了几句，他才意识到自己的举动真是蠢透了。一个寻死的人，哪会别人一叫就不死了，没准儿还会死得更着急了。然而他的喧闹却从楼梯拐角引出一个胖大的秃子，小背心下露出的皮肤上布满文身。这人打着手电，拎根铁棍，打雷一般暴喝："你他妈才想死呢。"但等看清杜湘东身上的警服，立刻扔了棍子开始揉肚皮："您瞧您，吓得我肝儿直颤。"

"你揉的那是胃。"杜湘东从他手里夺过手电，四下照着，"这儿就你一人？"

"对呀，我是房主。"

"以前的租客呢？"

"早走了。"

"你确定？"

"我都在这儿守了半个多月了，就防着那帮拆迁的。"秃子重新打量了一眼杜湘东，"这位警官，您不会跟他们是一伙儿的吧？要是那样我也只能跟您拼了。"

杜湘东将手电掖进后腰，也不顾秃子的狐疑和抱怨，出门开车就走。沿着土路拐上国道再走不远，就是六机厂，此时他只希望许文革去了那里。如果再找不着，那就真是大海捞针了。当路从窄变宽再从宽变窄，工厂的轮廓在夜幕里显现了出来，看起来却和以前不同——那栋苏联样式的主楼凭空不见了踪影。似乎是为了宣告胜利，工厂的新主人在整体动工之前，先行拆除了这里的标志性建筑。但这个决定也造成了厂区的管理混乱，当杜湘东撞开半掩的铁门呼啸而过，传达室里的保安几乎没反应过来。再往里开，就见以前的办公区外竖着铁皮围挡，附近还集结着若干奇形怪状的工程车辆。因为奥运会，昼夜奋战不休的拆迁队终于得到了休息，他们还在空地上支了台小电视，围坐成一圈儿观看开幕式。各国运动员已经入场，屏幕上充斥着花花绿绿的热带服装和大团黑亮的肉。工人们听到突突乱响的车声，扭头看到了另一幅奇异的景象：一个警察驾驶着一辆带篷"三蹦子"，以近乎漂移的速度和曲线呼啸而过，他的头发被风往侧后方拉扯着，脑袋像颗斜飞的彗星。

而此时，杜湘东眼前一片澄明。如果许文革要死，他会选择怎样一个死法？如果杜湘东就是许文革，他又最愿意到哪儿去死，最应该到哪儿去死？如同冥冥之中被人点醒，问题突然有了答案。杜湘东心里充满了孤注一掷的笃定，开车冲进了工厂车间所在的区域。这里总算还没拆掉，一栋栋灰盒子沉默地耸立着。夜更黑了，在一个拐弯处，"三蹦子"轧上了马路牙子，把前座的杜湘东甩了出去，车也歪歪斜斜地倒在了路边。顾不得受没受伤，杜湘东咬牙爬起来，开始奔跑。他的目的地是厂区边缘的那排平房。

空地对面，低矮的门窗如同一列熄了灯的夜行火车。距离越近，杜湘东便闻到了越浓郁的汽油味儿。那味道是从停放"皇冠"轿车的屋里渗出来的。他跑到简易车库门口，看见百叶门的下方没有上锁，但使出吃奶的劲儿也无法把它拉上去。果不其然，门从里面锁上了。杜湘东脱下警服上衣裹住右手，一个冲拳击碎了玻璃窗。汽油的味道扑面而来，发动机的声音也破墙而出。杜湘东从里面打开窗户，屏住呼吸跳了进去，开灯，在车里看见了许文革。

许文革端坐前座上，身体后仰，模样就像一个疲惫的司机正在打盹。而当杜湘东拉开车门，他便侧倾着滑了下来，头靠进杜湘东怀里。这种状态下的人自然是脸孔煞白，嘴唇乌黑，而对杜湘东来说，这个晚上最揪心的时刻才刚刚到来——他半蹲在地上，托着许文革的头，哆哆嗦嗦地伸出手去，探了探鼻息。有气儿。一股微弱得几乎无法察觉的温热从指尖传了上来，杜湘东浑身战栗，随之猛喘几口气，又被呛得天昏地暗地咳嗽起来。

于是，暗夜里出现了这样一幕：杜湘东背着许文革，在厂区空旷的干道上磕绊前行。这个老警察心里涌动着悲怆的豪情。他从来就不甘心当管教，一直想做个刑警，但直到今天才破获了有生以来的第一桩案件——不是为了抓人而是为了救人，救的还是他曾经最想抓住的那个人。颠簸之中，许文革渐渐恢复了意识。这人的命也真够硬的。杜湘东觉得耳边有人吹气，刚开始还以为是许文革的喘息，进而才听见是许文革在对他讲话。

许文革说："杜湘东，你何必呢？"

杜湘东反问："你又何必呢？"

许文革气若游丝，语调却是蛮横的："命是我的。"

杜湘东用更加蛮横的语调回答他："许文革，你他妈的说错了。"

他不管许文革是否在听，自顾自滔滔不绝地讲述起来。那些往事在他心里压了将近二十年，如今终于到了可以说出来，也必须说出来的时候。他甚至比刚才更加庆幸许文革还活着，因此他获得了亮出底牌的机会。杜湘东的讲述与许文革的讲述合并在一起，组成了一个完整的故事，姚斌彬的故事。

姚斌彬早就成了残废，并且知道自己的右手无法治愈。当年法医对杜湘东陈述伤情时，他在隔壁的办公室里听得一清二楚。一个废人跑出去也是累赘，因此在越狱的那一刻，他决定用自己来掩护许文革。也正是出于这个想法，姚斌彬抢了那把枪。枪放在他手里也没用，但他知道，假如两个人只能追一个的话，杜湘东也好，其他警察也好，都肯定会追那个带枪的。姚斌彬要让许文革替他伺候崔丽珍，替他学技术、做生意、开工厂……替他完成他想干而干不成的所有事。他把什么都算透了，因此他死了，许文革却替他活着。如果不是那个似笑非笑的表情，杜湘东也许永远都想不通一个右手残废的人为什么要抢一把枪，也不会相信真有人会把自己的一条命托付给了别人。四周充满了雷鸣般的寂静，许文革的呼吸似乎在杜湘东耳边消失了。而杜湘东还在怀疑许文革是否听懂了他的意思。他又说："你这条命不是你自己的，是向姚斌彬借的。借了人家的东西，就得替人家保管好了。"

他还说："许文革，你连死也不配，你活着吧。"

这时他的脖子后面一热，接着又是一热。那是许文革的眼泪。这男人的身体在他背上抽搐，嗓子深处呜咽着，却连放声一哭的力气都没有了。但杜湘东又感到对方垂在自己胸前的两条胳膊蜷了起来，环绕着自己的肩膀，像溺水的人搂住了救命的树干。

那条漆黑的路也被他们走到了头。前方就是工地，人们还在电视前聊天抽烟喝啤酒。杜湘东驮着许文革，朝那光亮处挪了过去，直到离那些工人的背影只剩下几步距离，他才轰然而倒。天旋地转之中，杜湘东看见了受到惊吓又一拥而上的工人，也看见那台电视机正在自己头顶不远的地方闪着光亮。电视里放着焰火，苍穹布满光彩。

男人战斗，然后失败，但他们所为之战斗过的东西，却会在时间之河的某个角落里恍然再现。在那一刻，杜湘东觉得全世界都在为他庆功。他还觉得不止许文革，就连自己的这条命也是借来的，向姚斌彬借，向许文革借，向刘芬芳借，向警察老徐和崔丽珍借，向这世上的所有人借。这么一想，那伴随了他多年的憋闷也在此时一扫而空。

《十月》2017 年第 6 期 《小说选刊》2018 年第 1 期

# 向西，向西，向南

【作者简介】王安忆，女，小说家。1977年始发表作品，迄今出版长篇小说《长恨歌》《启蒙时代》《天香》等十三部、《王安忆中篇小说系列》八卷、《王安忆短篇小说系列》八卷，以及散文、剧作、论述等共计约六百万字。曾获茅盾文学奖等多种奖项，并有英、法、德、意、俄、西、以、日、韩、越、泰等译本。现任复旦大学教授，中国作家协会副主席，上海作家协会主席。

# 1

其实，陈玉洁和徐美棠早在十年前即有过交集，那是上世纪九十年代初柏林，库当大街上，接近歌剧厅的街角，开一扇门，倚门立一个白衣白裤的亚裔男人，抬头看，门楣上方写几个汉字，就知道是中国餐馆。周末，向晚时分，白昼的跃动平息，夜生活尚未拉开帷幕，正在休憩的间隙。薄暮中，这条街仿佛被遗忘了似的，只剩下玉洁和这家中国餐馆。她与侍者对视着，忽觉得这并不是本族人，深目隆鼻，精瘦的骨架子，要知道，此地的中餐馆，不定是雇佣华工的。对方也在犹疑，不知道当她哪里人。最后，他们用英语打了招呼。走进店堂，临窗坐下，唯有她一个客人。这时间对本地人远不到饭点，他们都是夜猫子。男人送上菜单，看见汉字写的菜名，就有一种安心。点了什锦面，还回菜单，问道：会华语吗？男人眼睛亮起来：原来是中国人，还以为从英国来，英国过来的人比较多。几近雀跃地，一个转身，到楼梯口，仰头向上喊：老板娘，有中国人！楼梯上响起脚步声，老板娘下来了。

在中国人里，老板娘的身量算得上高大，亦因为中国人看中国人，才看出年纪在三十和四十之间，穿秋香绿色的裙装，袖口撒开，像鸟翼般，随动作起落。绕过空着的餐桌，走到玉洁跟前，双手支着桌面，问从哪里来。玉洁回答上海，对方自报来自青田。青田，知道吗？总归听说过青田石！这时候，什锦面上来了，罐头笋、猪肉、芥菜、甜椒，切成筷子粗细，很悭吝地放两株青菜，面和汤的味道与这些全不相干，显然来自现成的酱料。她埋头吃面，女人站着，眼睛越过头顶，望向窗外，继续说话。她的普通话带着口音，大约就是青田一带的吧，玉洁没去过那里，辨别不出来。话音流水般淌过去。视线与墨绿桌布上的那双手平齐，于是注意到这双手，硕大、丰润、骨肉匀停，能劳动，却不是苦作，所谓得心应手，大约就是指这样的。如此一坐一立，吃完了面，店堂还是只她一个客人，不禁出声道：生意冷清啊！女人被她的话唤醒似的，打住话头，低头看一眼，说：今晚比赛足球，都看球呢！德国人很奇怪，脑筋有毛病，我们和他们，完全是两种人类。她笑起来，结了账，推碗离座，道了再见。这就是玉洁和美棠的第一面，彼此都没有问名姓，连模样都是含糊的。

走出餐馆，天光依旧亮着，街上除她之外，多了一对情侣，忘情地接吻。夕照贴地而起，瞬间掠过去。歌剧厅前终于有了人迹，厅堂里已聚起些声气。检票与领票，前后照应，添几分动静。观众坐有半席之满，在足球杯的晚上，亦可称得上座了。剧目是芭蕾《吉赛尔》，乐池里传来定音的管弦声。

陈玉洁在外贸公司做公关经理，上海与汉堡是姐妹城市，两地往来频密。这一回是为一批货迟迟不能上岸，汉堡港的理由是中国货轮的外漆有几项环境指数不达标，装卸工人不能作业。玉洁在汉堡与各部门交涉，请求重新检测，再次审核，最后一关是工会，同意一定天数之后，才可接近货轮操作。汉堡有公司租赁的公寓，没有食宿之忧，只是寂寞得很。于是，周末便去柏林一趟。这个国家的工会拥有无限权力，休息日绝不允许工作，她也只好休息。白天去勃兰登堡门、柏林墙遗迹、美术馆、老教堂……最后的节目是芭蕾。她买的四等票，这一区域只有十来个人，散坐四处。前边有空位，可是没有人移动，这是一个纪律严明的民族。想起方才老板娘的话，德国人是一种奇怪的人类，就又要笑。场灯暗下，乐池里的光就仿佛夜航中的船舶，她呢，茫茫大海中的礁石。音乐响起，舞者在舞台上列成各种队形，奔跑、跳跃、旋转。因为座位的关系，大约还有心情，离她十分遥远，就像一帧镜框里活动的图画。有一时，她睡着了，被掌声唤醒。掌声很整齐，先期经过排练似的，什么时候起来，什么时候止住。然后，中场休息。出去走动走动，第一遍铃声后回座，每个人都在原位上，她依然独自一人。音乐奏响，她又沉入睡眠。

走出剧院，天黑下来，街上却一片亮，路灯、霓虹灯、广告灯箱、咖啡座、餐馆全开张了。热狗铺前排着队，麦当劳里满是人，汽车揿着喇叭，年轻人呼啸而过，高举彩旗和气球。电器商店橱窗里的电视机播放新闻，站一圈人看，她才知道，德国队进入决赛。走在人潮中，几乎迈不开脚，满目都是笑靥，互相叫喊，擦肩而过一伙人，竟然横过旗杆抽她一下，回头看，无数笑靥相迎。可依然是离远的，隔一层膜。走回旅馆，洗漱上床，窗外依然喧哗。铜管乐队在游行，其中一支小号特别高亢，随她入梦里。是这样的夜晚，使得其他一些细节变得清晰，留下印象，以至于许多年过去，换了场景，这两人互相都认出了。

汉堡的公寓，人称中国大厦，是由几家国资单位联合买下一幢旧楼，再翻倒重起，专供企业外派人员居住。风格与周边高层住宅无大异，那多是战后的建筑，平行与垂直的线条结构，与现代极简主义有关，更是从实效出发，用料经济，施工快捷。中国大厦是近年造成，就更新，更高，因此也变得孤立。那白色的塑钢框架的窗户格子，一行行，齐崭崭，要是望进去，内容就丰富多样了。房间里斜拉的铁丝，晾着毛巾、衣服，床上张挂的蚊帐，桌面立着热水瓶，电饭煲吐吐地沸滚，里面炖着猪蹄和鸡膀；窗台内侧的瓦盆里养着小葱，葱头抽出绿苗，其中一叶上缠着祈福的红丝线。过日子的劲头一股脑儿冒出来，中国式的日子，乱哄哄，热腾腾，与使领馆的中国式不同，那是官派的，这里却是坊间社会。

中国大厦的住客来自四面八方，你就可以听见各种方言在此交流：东三省、云贵川、江浙、山陕、闽广、两湖，最终又汇合成北方语系的普通话。有长住，有短留，长可至半年之久，短呢，落一下脚便转移。陈玉洁原本只一周计划，延宕到两周，事情办有六成，公司方面让她再坚持一周，索性彻底解决。不料余下的四成是为最琐碎困难，就又是两周过去，还看不到结束。一人在外，新鲜感维持半月已达临界，初始就有长久规划另当别论，她却是随事态演变，一日一日拖下来，难免焦虑心起，不耐得很，情绪变得低落。汉堡这地方，阴晴无定，云开日出时，眼前一派明媚，坐在湖畔，柳丝婆娑，微波荡漾，水面点点白帆，真仿佛仙境。转瞬间，天空沉暗，树丛密闭，湖中的天鹅呱呱地叫，鸽群呼啦啦盖顶而来，像是鹞鹰，豆大的雨点砸下。赶紧起身，回程中，乌云忽地破开，迅速向四围退去，湛蓝的穹顶越扩越广，万物晶莹闪烁。心情却鼓舞不起来了，鲜丽明朗的视野反而让人忧郁。

后来，非不得已便不出门，有时候，整天待在住处。白日里，客房都走空了，清寂中，动静声声入耳。清洁工开门闭门，说话嬉笑，吸尘器轰然响起，又轰然停止，修理工的击打，新入住的客人经过走廊，行李箱的轮子咯哒咯哒滚压地面，没有吵着她，却是让她安心，不自觉睡着。不知道过去多少时间，在一股饭菜的气味中醒来，恍惚以为是在公司的食堂里——饭点到了，窗户板推上去，大锅、小炒、米饭、面食，热气蒸腾，汹涌澎湃。雪白的四壁刺痛眼睛，闭了闭，方才想起身在何处。中国大厦的餐厅，中午不开张，少数几个客人，就直接到后面厨房，锅灶边上，盛饭盛菜，倒有几分居家的气氛。这一日，大师傅的媳妇从山西老家来探亲，下厨帮忙，做的是家乡饭猫耳朵。揉得十分劲道的面，揪成手指头大小的薄片，下在汤里。黑木耳、胡萝卜、西红柿、青芦笋、紫茄子、白山药，切成片，上下翻滚。大海碗，灶台上一字排开，老陈醋胡椒面，任意添。这一餐饭呀，吃得汗泪交流，痛快，亲热。

一同吃过猫耳朵，就有交情似的，由此，认识了来自沈阳的一个姑娘。她是通过熟人关系住进中国大厦，还是个学生，在波恩读商科，她带陈玉洁去到火车站的中国书店。书店门面不大，进深却几乎穿透一个街区，四层高。顾客多是中国学生，来淘减价的教科书，学生总是手紧，看的多，买的少。还有从火车站过来的行旅中人，为消磨候车的时间，也是买少看多。相比这有限的客流，书店显得过于宽敞。除了老板，一楼收银台后面的小个子广东男人，似乎没有其他店员。那是个寡言的人，甚至是腼腆的，偶尔在过道走个对面，头一低就过去了。但并不意味着性情冷淡，她很快注意到，书店仿佛是个中国留学生的服务站。临上火车需要办事情的将行李寄存这里，刚下火车的又推门咨询交通和住宿，自行车轮胎瘪了，进来借打气筒，再有借用电话和厕所，帮助收发留言消息。显然，中国人尤其留学生圈里人都知道他，一传十，十传百的。来自香港的他——沈阳女孩告诉她，并不像通常港台人那样，与大陆学生有隔阂，生成见。那时候，中国陆生留洋海外正在草创阶段，经济上，货币不能自由通兑；政治上，体制为对立两边；初度开放，人数少，根基浅，远没有形成自己的社会。与中国大陆亲近者，多是左翼知识界人士，而左翼运动发生地则以美国为中心，比如反越战，比如台湾学生的保钓。二战后的德国，正经历漫长的反省与疗伤，对于这个热爱思辨的民族，类似东方哲学的静修，难免是沉寂的。所以，来自社会主义中国的学生，呈孤军作战之势。后来，陈玉洁知道，香港人是一名基督徒。她开始进出书店，当那里半个驻地，港务局方面的业务亦顺利结束，她回国了。

## 2

回想起来，九十年代是个节点，上个周期完成，进入下一个。苏东解体，冷战告终，中国改革开放，经济腾飞，香港回归，美国"9·11"，中东战争，亚洲金融危机……世界资本主义体系一方面扩容，另一方面，介入异质成分。具体到中国大陆，由政府推行市场经济，进入全球化，同时筑起防火墙，可说旱涝保收，完身通过世界性危机，外汇储备激增，国库充盈，个人财富积累。在陈玉洁个人，二十世纪的最后十年就好比一夜之间，又像是几个世代，来不及后顾，一径地向前。从外贸公司买断工龄，自营进出口。大学毕业分配在政府部门的先生早几年已辞去公职下海，先是承包一家体育用品商店，赚第一桶金，然后与几个同学去南非购买金矿，再又掉转龙头，向内发展，到山西开矿和炼焦。这十年于他们五十年代出生的人，可说是原始的，又是最后的发展机会。就在他们奋起的同时，六十年代后生冲刺新型产业的前沿，时间越进两千年，就将是又一代风流引领。总算立定脚跟，不仅获得财富，更是在一波连一波的产业浪潮之间，占据衔接的一足之地。他们的事业起自计划和市场两种体制的狭缝，左右逢源，亦屈抑迂回，得尽先机，也种下后患，暧昧的受益最终造成身份的尴尬。

他们的孩子，一个女儿，在千金买醉的日子成长。陈玉洁至今记得，两千年世纪之交，一家三口乘豪华游轮夜游浦江。十五岁的女孩，穿一件珍珠白低胸露背礼服，那时候，真还不懂得怎么穿，将她往成年女性里打扮，更显得人小，比实际年龄更幼稚。手腕上套个珠包，踩着高跟鞋，站在大厅里，茫然不知所措。巨大的枝形吊灯从挑高的通顶上垂下，灯芯做成烛状，壁上也是烛状的灯，立在金银座的水晶盏里。无数彩带、气球、鲜花，玻璃珠子串在尼龙丝上，红灯笼也串起来。眼睛都不够用了，脖子也仰酸了。视线慢慢移下来，这就看见餐台，呈十字向四面伸展，冷食、热菜、烧烤、中式、西式、和式，蛋糕、水果、巧克力。女儿第一盘就直接奔甜品，各色小点心，粉红、淡紫、浅绿、鹅黄的奶油和咖喱，第二盘还是小点心。那颜色形状首先诱人，尤其诱惑女孩子，其次是香甜的口味，小孩子都是口重又嗜糖，平时受大人限制，从不曾饱足，此时敞开，非但不干预，还是鼓励的眼神。可惜到第三盘，便吃不动了，就这，还只是餐台上末梢的一点点，前菜和主菜丝毫未沾，都要哭出来。岂止孩子，大人不也是憾憾的？只不过能自持，不像孩子那般坦然不掩饰。接近子夜时分，餐台撤下，顶灯暗下，地灯点亮，一池莲花盛开，乐队和歌手仿佛是从地心升上来，音符从天庭降落，众人环绕起舞。父亲带女儿下了舞池，两人都不太会，基本就是走步，从这头到那头。看他们在人群中忽隐忽现，有几回女儿的脸正对她，表情十分严肃，好像接受成人礼，就觉得女儿正在脱去小姑娘的形骸，飞速地长大，长成那件珠光晚礼服里，真正的主人。舞池到处是这样的美人，衣袂飘兮，巧笑盼兮。她走神了，没注意人群哗动中倒计时的数秒，只听得最后一声，当！海关大钟敲响，彩带剪断，纷纷坠落，珠子漫撒开来，红灯笼亮了，原来里面都是电灯芯子。船正走到吴淞江口，调过头，外滩沿岸一带同时放起烟花。那游轮顶上的吊灯突然迸裂，露出玻璃穹盖，于是，一朵一朵烟花在深邃的夜空绽放，化成流星雨，缓缓垂落，时间就此走进二十一世纪。

女儿自小在祖父母身边生活，与他们聚少离多。在出生成长的十多年里，正是她和丈夫激烈打拼事业的阶段。他们都是上海普通人家，一条街上的邻居，就读同一所小学，又在"文革"中划地段分进同一所中学，是本地市民典型的婚配形式。中学毕业一个去崇明农场，一个留在上海分配工作，分得很好，在外贸局——照今天话说，就是办公室小妹。后来，崇明的那个凭一己之力考取大学，上海的，就是陈玉洁，由单位送外语学院委培商务英语，原去原回。那是个百废待兴的时期，机会很多，他们可说是得天时地利的一代。等两下里读成，都已是三十岁，这才生了孩子。上世纪八十年代，上海住房的紧张，全世界闻名，由此生出多少悲剧和喜剧。他们原是在公婆房间里隔出一条做婚房，两人上学各自住学校宿舍的几年里，丈夫的兄弟住进他们的房间并且生下孩子。这期间，他们夫妻的私人生活都是在周末和节假的宿舍，他或者她的同屋回家，让出空间，供他们享用。所以，住房局促是他们脱离体制自主创业的极大动因。挺着六七个月的肚子，肿着脚踝，去后勤部门索讨房子。局办公楼在外滩一座老建筑，殖民时代留下的，石砌的墙壁，天花板很高，动静都有回声，走在里面，是有压迫感的。当时不觉得，年轻，又是单位里最低阶职工，况且，大家不都一样？为住房、晋级、加薪、奖金，一趟趟跑领导办公室，赔着笑脸，叹着苦经，事后回想，却是很屈辱的。就这样，分来一间房，面积不大，朝向也不好，西北，是一套公寓里的一间。这套公寓不知出于何种历史原因，被拆分成三户人家，公用厨房和厕所。但无论怎样不便，住进公寓，身份就不同了，下一轮的争取和调配中，资本也不同了。很快，这一间加上丈夫单位增配的一个亭子间，二换一，换来新工房的一个独立单元。换房的经过，也是不堪回首。电线杆子上贴告示，房屋交易集市寻觅对象，所谓房屋交易集市就是马路边上，自发形成的几块地方。捎客一类的人物应运而生，他们手中掌握许多信息，从而串联上家下家。时间一久，陈玉洁自觉得也能成为业内一员，日后独立出来做贸易，是否从这里起念，只有天晓得。

这套一室半的单元房位处虹桥，其时还未开发，属城乡结合部，上下班需经过一条铁路。远远听见道口铃响，路障放下，挤进等待的自行车和行人里，一列火车吐着白汽驶过。倘是客车，就看得见车窗里的人，满脸旅途的劳顿，不知道在他们的眼睛里，自己是怎么样的。这条铁路横亘在面前，将新城区和旧城区隔开，他们被划分在新的一边，既是逐出，同时呢，又是纳入，纳入进另一种命运。

住进这一处房子，动荡结束，终于安定，将女儿接来。女儿已在市区一所重点小学就读，而这边且是草创，周边还很荒凉，学校的品质可想而知，决定暂不转学，每天由父亲接送，顺便可去看望婆婆。辛苦是辛苦，但一家人不必分住几处，算是团圆了。就在此时，方才发现，女儿与他们是生分的。跟阿娘长大，宁波人称祖母"阿娘"，阿娘们称得上是上海中等阶层的一个类型，她们精明、仔细、能干、豁辣——沪上人说，给宁波人做媳妇不易，可她们自己不也是从媳妇熬成婆的吗？她们带出来的小孩，尤其小女孩，都有一张刁钻的嘴和一副刁钻的性子。一上来，他们就感到棘手了。绿豆芽，要摘两头；鱼，只吃腮上瓜子大小两片肉；豆腐是要去皮的。穿衣服也很麻烦，一件套头衫，后领的商标一头脱线，她按惯例索性将那一头也扯下来，多年紧张甚至惶遽的生活将她磨砺得粗糙和简单，孩子却哭了，说应该缝上去，否则就分不出前后。鞋面上的浮尘不擦拭干净也是要哭的，马尾辫不是高了低了就是歪了。随身搬过来的几大包杂碎，她看也看不懂。那些花花绿绿的铁发卡，掰开，再按下，沿发际线扣一排；喝水的壶盖藏着机关，这里一揿，那里跳起来，吐出一个嘴；透明的小贴纸上的人物动物有名有姓，贴哪里也有名堂，而且重要……这些零件又不是阿娘的传统了，而是来自现代都市物质生活，阿娘家住在淮海路中心地段。有一次，她下班早，去学校接女儿，遇到班主任，说起往返路途的辛苦，老师惊讶道，不是就住在附近吗？原来女儿一直将阿娘家的地址报给老师和同学。小姑娘和同学走在前面，她推着自行车跟随其后，看那矜持的小背影，比同年龄孩子高一点，所以就在中间，一个挽一个胳膊，有些小妇人的风度。陈玉洁说不上喜欢，也说不上不喜欢，女儿长大了，却不是想象中的长大。这种复杂的心情一直潜藏在母女之间，到两千年的跨世纪晚会，再度浮出水面，却是另一番情景。这时候，作父母的，与女儿相处和谐，陌生感逐渐消弭，甚至有几分亲热。

偶尔地，她会生出怀疑，这样的改善是出于哪一种原因。血缘是一种，共同生活是一种，还有，是不是还有什么？她从国外公务回家，省下津贴补助买成礼品，最多的是女孩子的衣物，内心里多少有一些讨好的意思。她和丈夫总是讨好的，为补偿抚育的缺失，其实也没有那么理性，一家三口，本应是亲近的。女儿得到礼物，绽开笑容，一个返身，抱住妈妈的颈项。软软的小身子，贴在怀里，她有些羞怯呢！真希望不要长大，就这样。她喜欢女儿的笑脸，下眼睑很饱满，一旦开颜，便呈现两个窝，像猫咪，又像花。随年龄增长，圆脸变长脸，脸颊滑顺下去，笑窝不见了，显出少女的清秀，却又有一种凛然——不知道事实如此，还是心理的缘故，她始终有些怕她呢！这也是所有父母对长成的儿女的心理，生恐被遗弃似的。有时与朋友交流，彼此就像在攀比这种感受，很享用的呢！但内心深处，又觉着不像对方的单纯，在某个地方存着差别，而且是本质性的。生活在进行，不等她想明白，已经到下一个阶段。

他们买了商品房，先是四室两厅的公寓房。装修大半年，搬进去，住下两年。其中有一间北屋，从来不曾使用。紧接着就搬进另一套，复式两层。偏离开市中心，但后来居上，成高档地区，住户以日韩籍为众多。女儿进一家私立中学，和小学同学疏远往来，阿娘呢，也不常走动，这个老城区的孩子成了新人类。礼物和礼物激起的喜悦还在继续，却已不止是出国带回，且随时随地，量和质都在增加。整套卧室家具，钢琴、电脑、音响、万圣节的鬼装扮。这个街区已兴起万圣节，基本是自己和自己玩，没有讨糖和捣乱的小孩子，南瓜灯在店铺的玻璃窗里闪烁，少男少女们穿了吸血鬼的长袍在街上呼啸走过，其实显得很寂寥。最后，女儿高中毕业，直接去美国读大学，可谓人生大礼。因学业中等，就读一所设计专科学院，校址却是在纽约曼哈顿，学费和食宿极昂贵，有什么呢？钱已经不是问题。

因生意上的事暂时走不开，就由丈夫保驾护航送去纽约。看父女二人走进国际出发厅渐渐远去，女儿比两千年晚会上又高出半头，身着旅行装，双肩背包上垂挂粉红水晶的吊串，随着走步一摆一摇，就有一股跃动，欣欣然的。没有回顾，就这么径直走出视线，她们母女相处向来冷静，从不滥情。回到家中，推开女儿卧室的门，打算收拾整理，不料想，一下子撑持不住，坐倒在床沿。那是张童话里公主的卧床，高高的弹簧垫，白色床柱上托着金球，圆顶帐垂下来，珍珠纱上布着小朵玫瑰花。眼泪溃决，流了满面，这才相信"血浓于水"是千真万确。

# 3

多半的缘故是女儿在美国读书，还有就是寻找新商机。她
将德国方面的贸易收缩了，转移到纽约。然而，距离上的靠
拢并不使她们更亲近，分别初的那一段激情没再回来过，反
而是，平淡下来。女儿抽条的身子显得很纤细，穿低腰的撒
腿裤，长款的背心外面套一件横宽的背心，都是黑色，踩
一双夹趾草编凉鞋。学习设计的人总是从自己身上开始实
验，创造独特性。最终，很奇怪的，这些独特性又汇合成同
一种风格。看女儿走在街上，走在魁伟壮硕的外族人里，四
肢、身体、衣服、头发，一侧剪至耳上，另一侧，齐腮，垂
下来——仿佛在飘。不少男孩，也有成年人，被吸引目光。
这些目光，就像风，将她送得更远。偶尔地，女儿会挽着母
亲的肘弯，便感觉到纤细的手臂里的骨骼，不是小时的柔软，
而是坚硬的，有一股力度。

女儿租住的是一种称之为"工作室"的房屋，一大间，除
厕所和冲淋房，再无其他区隔，住户根据自己需要分配使用。
因为楼层很高，还可架成阁楼。这样的房型，得自于二战以
后的苏荷地区，废弃工厂车间被艺术家用作画室，渐变为风
尚，建筑商适时跟进，开发房地产市场。以此可窥见波西米
亚人走入布尔乔亚，嬉皮变雅皮的过程。所以，这间位于中
城的"工作室"其实相当中产化，玻璃幕墙、细木地板、牙
白色烤瓷漆的橱柜、后现代极简主义的灶具和卫浴，以及连
房屋出租的餐桌椅、工作台。这样的环境里，席地而卧的床

垫，东方图案的靠枕，随意摊放的杂物书本，反显出造作。她不懂设计专业是什么样的内容，从外部看起来，女儿无疑是业中人士的做派了。

在决定长住、计划买房之前，她都是住酒店。睡地铺起卧不方便还在其次，难以忍受的是无遮蔽全敞开的空间。不夜城的光，从窗帘叶片里透进来，躲也躲不开，好像当街躺着。女儿并不反对母亲住酒店，多少透露出迹象，孩子已经有自己的生活。一个不问，一个不说。有些私密的话题，至亲间反倒不易沟通，又尤其是她们这样亲中有疏的母女。有几次和丈夫同来，住的是中下城的老酒店。在美国，说老酒店不过是更欧洲化，代表新大陆居民来源地的历史。那都是狭小、逼仄的房间，自点早餐，到晚间，酒吧咖啡座上满满的，需挤过人堆，向柜台上领房间钥匙，沉甸甸的铜头钥匙放在柜台背板上的小格子里，射灯自上向下照着职员的脸，很像希区柯克电影里的一帧景。

丈夫喜欢这样的老酒店，女儿也喜欢，凡住这里，总是过来。换一种情形，就是她过去了。来到这里，多半是在底下酒吧消磨，单独的桌子永远不够用，于是，不相干的人凑在一长条大案子边上，各说各的。女儿显得格外兴奋，比平时话多，丈夫呢，捧着酒杯，缩着手肘，避免碰到邻座的人，脸上布着笑容。她却怀疑，他们实际上真的有表现出来的那般享受。看上去，更像是一种坚持，将"快乐时光"坚持到底。酒吧门口的招牌上，不都写着"快乐时光"的字样！酒店的"快乐时光"里，中国人极少，像他们一家三口的中国人，大概仅此一例。那实在不是个家庭聚会的场合，这三人未免显得不合时宜，可他们一坐就是半夜。送女儿去住处——步行即可到达，两人再返回。子夜时分的清寂里，藏着无数喧哗，那沿街的、一半沉在地面下的门扉，一旦开合，就涌上来，引起一阵骚动。

他们沉寂地走过一段，凛冽的空气驱逐了困盹，方才她可是困盹得很呢，此刻醒过来，开始说话。她说，要不要在美国买房？好啊！他说。女儿的房租加我们的酒店费用，差不多是一套厨卫的钱了。说到这里，他就正色道：不要考虑钱，钱不是问题。话里有一股豪气。他们这一路对话，都是有豪气的。倒退十年二十年，做梦都做不到。是啊，钱不再是问题，可也是个问题，就像上了发条，开关启动，自行运作，以级数增长，令人不安。想这世界上任何物质的总量都有限度，哪经得起如此递进生产。她有时会提议关闭生意，不要再赚了，一个人一辈子究竟能用多少钱？丈夫的回答是，你以为我们是净赚？不是，我们是和世界通货膨胀赛跑，趁脚力好，多领先几步，等脚力弱下来，就少落后几步。然后，丈夫便举出几个数据，证明通胀的速度和程度。按马克思政治经济学理论，通货膨胀是为解决危机，同时酿成新一轮危机，所谓搬起石头砸自己的脚——丈夫一旦打开话匣子，谁也刹他不住，所谓"马克思政治经济学"，在他们一代人，就是蒋学模的一本教科书，在世界冷战格局下，以共产主义为人类社会最终目标的前提下，诠释资本演变。现在人早不读它了，但里面不乏真家伙，也就是硬道理。丈夫继续道，二次大战以后，技术革命大爆炸，迎来第三次浪潮，似乎可能消化危机，事实上，只不过暂缓，将局部纳入总量——"总量"这个词出来了，正是陈玉洁的担心。你以为总量可无限增长？他问她。不能，她回答。增长的是缝隙，就像受过冻的萝卜，糠的，这就是泡沫经济，所以，我们必须和通胀赛跑！最后总结。这时候，他又变成虚无主义，不相信人类历史的进步。

他们走进酒店，"快乐时光"方兴未艾，领了钥匙进电梯，经过一条狭窄的走廊，推开房门，迎面是满壁墙纸的缠枝花，天花板顶线的雕饰，窗帘打着沉甸甸的结子，床幔垂下流苏，椅套、茶垫、桌旗，丝线经纬底下藏着隐花，门窗、家具、用品的边缘都是曲线，底足是弯脚，镶着金边，重重叠叠，是维多利亚时代的风尚。事实上，酒店不过开业于上世纪七十年代，酒店的典故，关于一名女演员的风流韵事，是百老汇款的。床垫很厚，很软，人卧得很深。听见枕边人的鼾声，不由哧地一笑：真会装！也不知道笑的是哪一个，然后，沉入睡眠。

她自己来，通常是住新泽西，真正的北美式标准间。遍布全中国，直贯县镇级的酒店模式就来自于它。宽敞明亮，自助式早餐，价格只到那类老酒店的三分甚至四分之一。越过哈德逊河看曼哈顿，不过上海浦东与浦西的距离。这酒店主要客源是旅行团，尤其中国旅行团，占一半以上，其次东欧和日韩，再有些本土的学生团体。她虽是散客，但因为常来，一住又是半月一月，甚至两三个月之久，所以店方就将她打包进旅行团，享受大折扣，价格又下来一截。虽说钱不是个问题，可是，不还要和通胀赛跑吗？收缩德国方面的生意，转向美国，一时上还摸不到门。多年来积累的经验和人脉，都是在欧洲方面，在此可说白手起家，从头开始。来美国之前，都说这里地大物博，制度自由，有许多机会。听起来，很像近代史上所写，冒险家的乐园上海，实地一看却大不以为然。近十年内，中国的人力物力，犹如水银泻地，充盈每一寸空间。大到并购企业，小至浙江义乌小商品市场的发圈发卡，工业有中型机械，农业有果蔬植种，几乎无一遗漏。于是又回到老本行，中国餐馆，购买老店，开张新店，华埠从曼哈顿飞跃皇后区法拉盛，迅速扩大。陈玉洁数次往返，一年时间过去，依然委决不下，往哪里开拓。她倒也不急，多年历练，磨出了耐心，只是出于勤勉的本性，不开源就必得节流，能省即省。

酒店里每天有一团团的中国游客进出，闹哄哄来，闹哄哄往。一个人住久，终有些寂寞，所以，并不嫌嘈杂，还以为有意思。那些常受指摘的大妈们，与她属同一代人，在匮乏和争夺中度过岁月，大堂里一个空位都不放过，即便只是出发前短暂的等候，她是理解的。有时候会主动搭话，提供咨询，解决语言沟通。有一回，一个老年团的旅客向她打听大都会博物馆的票价，她如实告之，从一元到二十五元，全凭自愿。对方顿时愤忿起来，这个团费以外的自选项目，导游收费竟每票三十。看他们气咻咻找导游论理的背影，便知引起事端不小，赶紧避开。这些闲嘴调剂了客居的生活，否则就太闷了。这个酒店，让她想起汉堡的中国大厦，住在那里的时候，独自一个人，但有公务在身，总是社会中人，多少有些刻意地回避交道，有大国企单位的骄矜，也有避免麻烦的用心，是一种自恃的寂寞，而现在，是真寂寞，仿佛游离在真空地带。

女儿从来没到过新泽西的酒店，静听母亲述说那些杂碎，似乎只是出于礼貌。她们母女间一直或者说越来越保持礼貌。这固然没什么不好，可也没什么好。有一回，听完母亲的大妈们的故事，大约觉得应该作出些反应，不至显得态度冷淡，女儿说出一句评价：老阿姨多半是粗鄙的。她顿生反感，回击道："老阿姨"这称呼就很粗鄙！母女极少起冲撞，她出言又过激，女儿不禁怔一下，然后笑一笑，过去了。还是年轻人更有礼貌。她却有些微的失望，心底积蓄着一股冲动，自己都无法解释的，就是想刺痛女儿，可此方矛头一出，彼方适时避让开，到底没交上火。

女儿真正的兴趣所在，是关于买房。在这里，议题变得具体了，不像她父亲，从务虚始，到务虚终。每一次去——住新泽西酒店，就总是她去女儿住处，每一次，都得到一批售房信息，从网络上搜索下来，也有她朋友推荐，全是曼哈顿岛，或中央公园周边，或苏荷，切尔西，抑或第五大道。许多中国人在那里买房，女儿说。她以商量的口气建议，为什么不考虑皇后区，那是中国人聚集的地方。女儿笑一下，这样的笑容，常会使她瑟缩，自觉得变成受教育的人。女儿笑一下，说，从投资角度出发，曼哈顿的地产有更大的增值空间。她嗫嚅道，法拉盛一带正趋向上扬。自知说服力不够，就又添一句，中国餐馆多，生活方便。女儿回答一句，曼哈顿也有许多中国餐馆，重要的是文化生活丰富，性价比更高。对话沿着买房的主题进行，倘若换成她父亲，每一个岔口都会旁出去，比如餐饮，比如乡谊，比如文化，都可激发谈兴，见仁见智。说的和听的，一概忘记初衷，不知道来自哪里，又去往哪里。当年，她便是被带入迷局，一去千万里，回头看，沧海桑田。难免感到庆幸，几回折转关头，都没出错招，尚还有歪打正着处。似乎有一条潜在的轨迹，引导他们的脚步。事实上，应该感谢那个时代，刚从计划经济走出来，选择是有限的，非此即彼。倘是另一种选择，道路不同，结果未必有大差别。草创的世界，各路英雄殊途同归。不像今天，机会很多，陷阱也同样多。但不论怎样说，丈夫确是性情中人。女儿不像父亲，那么就是像她，理性、清醒、冷静。这些禀赋在她，更多体现在谨慎，甚至一定程度的保守。女儿呢？似乎，她忍不住想，似乎缺乏热情。

环顾女儿的住处，有一种刻意的凌乱，大小靠枕东一个西一个，斜面长案上散放着绘图工具，形状莫名的雕塑直接立在地板，台灯、蜡烛、香熏、几盆水生植物，分布餐桌、茶几、料理台、上阁楼的木梯边缘。杂物的堆砌中，因为总体上几何线条的结构面，呈现肯定的秩序。女儿不在的时候，一个人待在房内，小心翼翼地走动，避免搅乱这些物件的摆放，她觉得，这间"工作室"公寓房，很像一个橱窗，第五大道上的奢侈品商店橱窗。她怀疑，这面橱窗的背后，还有没有日常性的生活。她想起她的婆婆家，终年散发着咸鲞和虾酱的腥气，那是宁波人家特有的气味，从八仙桌底下的坛子里蹿出来。小小的女儿，跪在椅上，操一双竹筷，吃海瓜子，一只一只送进嘴，然后划一大口泡饭，很快，跟前堆起一堆壳，透明的粉红的螺钿。那细细的颈脖子里，也有一股子海瓜子的咸味。现在，小姑娘长大了，身上的气味换成可可香奈尔的国际香型。

在女儿的安排下，她还见过一位房屋中介商，荷兰裔的美国人，会用中文说"你好""谢谢""恭喜发财"，古怪的发音里有一股油滑。介绍的房屋在公园西大街，原本是酒店，然后改成住宅。宽大的门厅、走廊，房间分走廊两侧排列，依稀可见昔日酒店的痕迹。推进门去，迎面满窗绿荫，正对中央公园。受限于原先的客房的格式，内部形制多少有不合常理处。比如原先的套间要成为独立的两卧，不得不横断空间，立一面墙，辟出玄关，重新开门，难免局促，厨房和浴室对于家庭起居也是逼仄的。她倒有点动心，因为想起上海的那种前厢房，而且，使用过的房屋有一股烟火气，是过日子的气息。她没有流露喜欢，但询问的仔细，让中介先生窥见成交的可能性，即便这一处不行，还有另一处呢，中国人可是购房的国际主力。往返对答，中介先生也判断出这个中国女人属理性消费人群，相当专业，正对他口味。他就是不怕专业，而对不专业生惧，在这法制社会里，对规则有共识，一切都好说了。

女儿在一旁静听，态度变得驯顺，使向来严峻的表情松弛下来，小时候的笑靥隐约又回来了。她温存地投去目光，想到小小年纪一人在外的诸多不易。这一天，母女间相处和谐。和中介先生告别，对方说了一句恰如其分的中文：后会有期！三个人都笑起来。然后，她们走进公园，挽着胳膊。早春时分，气温还很低，前一场雪未化尽，吸纳着正午的热量，空气凛冽，直入肺腑，身上起着轻微的寒噤。载客马车走过去，马粪味扑鼻，带着畜类的体温，在清冷中散播开。一个跑步的男人赶上她们，身上冒着热气，奇怪的，也有着同样的体味。女儿的手伸在肋下，使她想起很早以前，那软软的小身子，不由紧了紧臂弯。母女间的肌肤之亲向来很少，事实上，不是吗？她也是缺乏热情的母亲。

女儿说：那人好像怕你呢，妈妈！如何见得？她问，小心翼翼的，多少有点巴结。女儿做了个表情：转着眼珠，飞快地睃巡，就像一个猎手跟踪他的猎物，有几分神似。她发现女儿竟然是活泼的，并非表面的矜持。谁知道，也许在心里骂我们呢！她说。嗯？女儿停下脚步，困惑地看母亲的脸。怕和骂，是同一件事，她说。什么事？女儿问。我们的钱！她回答。哦——女儿吐出一口气，迈开脚步，手滑出臂弯，走到前面半步。绒线帽顶的毛球随脚步摇曳，留长的头发从帽底流泻下来，垂到黑呢大衣肩背。她想起自己的青春，在惶遽中度过，不曾流连，就远遁不见踪迹。那背影忽然顿住，转回身来，说：所以，妈妈，所以，我们要买房子，买给他们看！这孩子气的话里有一股凛然，她明白这凛然的来由，不在父母亲身边长大的孩子，总是缺乏安全感，于是，过度防卫。清寂的公园，四边楼宇远在地平线上，母女二人站在大块的天空底下，仿佛遗世孑立，心中就有苍茫生起。这是她的孩子啊，近不得，远不得，拿什么去爱你呢？

下一回再来，是与丈夫一起，在林肯中心对面新建公寓里，全款买下一套。其时，复古主义一改为现代主义，自有一套理论。他认为，酒店是幻象，住宅则是现实，前者是一时间，后者是长此以往，一是传奇，一是日常，彼此不可取代互换。而且，他强调，必须新建筑，不能二手房，前人的遗痕会成为魅影，打扰现在式的生活，那些幽灵的传说，逐渐在科学中显形，比如红外线，比如超声波，比如暗物质，现代物理学正在向东方神秘主义归宿……她的心情却正相反，一旦买定房子，反倒像是做梦，一个明晃晃的白日梦，说话起着回声，身影倒映在蜡光铮亮的地板。丈夫似乎也有些生畏，噤下声气，办完手续的次日，便丢下妻女，独自回国去了。

# 4

有时候，她不禁会想：为什么是我，为什么是我们？四周都是异族人的脸，忽然间恍惚起来，不知道自己身在何处。面对生活急剧的变化，女儿比她镇定多了，更像是知道要什么，并且向目标接近。搬进几件家具——这时体会到丈夫拍板买新公寓的正确，不需要装修，直接就可入住。几件家具虽不足以填充偌大一套房，但到底消除些空旷。她继续寻找开拓事业的方向。女儿临近毕业，是读硕士，保持学生身份，若不是，就要求职。学习设计的学生一大堆，尤其是中国学生。这是个暧昧的专业，什么都沾，又什么都不沾。所以，她需要将女儿的出路纳入她的计划。这一日，到唐人街买菜，一时兴起，走上威廉斯堡大桥，往布鲁克林去了。

布鲁克林正在兴起，大有飞跃的势态。可是，像她，一个谨慎的生意人，本能地对这种经济发生的模式持保留态度，那就是制造业衰退，以艺术家为主体的设计型产业进入——这类产业的利益链相当含糊，在资本市场的考验中，命运很不确定，或者淘汰，或者转变，抑或真如预期的蓬勃发展，然后又回到萧条。苏荷地区经历大半世纪走完的周期，如今越来越短促。省略发生过程的复制，总是缺乏自然的生命力。历史进入现代，复制又在加速。大约在机器诞生，再推远，人类掌握工具的时候，就已经注定的命运——她发现自己在沿着丈夫辐射型的思路，漫游开来，哑然失笑。天下着毛毛雨，威廉斯堡大桥的步道上极少人迹，城市在脚下搏动，桥面震颤，顶上是巨大的钢架结构。这城市定是在生产钢铁的年代建设，你能感受坚硬的程度。钢铁铸造一座城市，尚有剩余，于是流向战争。在地面看，威廉斯堡桥不过从东河这岸到那岸，走上去，可是漫长。引桥跨越几个街区，河面又出乎意料的宽阔。偶尔有人迎面走来，观光客和慢跑者。列车轰隆隆驶过，整座桥梁都在跳跃。太阳忽钻破云层，大放光明，雾气下沉，沃拉博特湾、曼哈顿桥、布鲁克林桥，一下子浮托起来，水鸟飞翔。只转瞬之间，云层闭合，光线收

起，景物又退下了，仿佛海市蜃楼。这地场真是大，开发
四百年，不过只是一个角。所以，就还有一股原始的野蛮力
量，从现代性中穿透出来。

计算一下，陈玉洁在桥上足走了有一个钟点，步道在引
桥中段向地面下去，穿过桥墩的钢柱，就站在了路口。停了
停，顺势一转，依街道数字排列，从小号码向大号码走去。
路上很清静，建筑多是陈旧和简陋，多少是破败的，犹太人
的"贝狗"店，还有中国餐馆，间杂着狭小门面的店铺，是
年轻人自创的品牌服装和小礼品，后现代设计型风格，稀奇
古怪，用途不明，显示出物质过剩时代生长的一代人的消费
理念。这样的小店，每一分钟都有无数间开张，又有无数间
关闭，不是作为单个，而是一个群体，维持着它们的存在。
然而，谁能就此下结论呢？在一整个街区的草根性中，这些
小铺子，却是华丽的眼，穿越到未来，那里兴许有传奇在等
着呢！时间已到午后两点，饭店都歇了，准备晚市开业。又
走过一个路口，看见中国字样"牛铃"，名字有一些新鲜的情
调，但招牌底下的门面，却是唐人街的旧俗，红灯笼，绿窗
棂，翘檐上的黄琉璃瓦，日晒风吹，再蒙上油垢，显得灰暗。
倒也让人踏实，因有一股柴米油盐酱醋茶的气息，透露出温
饱的人生。

店门侧边的街道，停一辆小型运货车，地面上的铁盖掀
起，露出一个男人精瘦的上半身，接着卸下的货物。她伸头
向店里张望，黑洞洞的，也是歇业的样子，正要退出，却听
一个女人的声音：吃饭吗？循声看去，门内酒柜后面原来有

人。她说是的，女人就说，随便坐。稍适应店堂里的暗，走进去，在临窗餐桌坐下。天光带着窗玻璃上的污迹，映在桌面。酒柜里的女人问：吃什么？声音远远传过来，更显得店堂的空阔。她看见桌上夹子里有一束菜单，懒得翻看，只简单说一声：炒饭！这是每个中国餐馆必备的速食。隐约感觉女人叹口气，走出酒柜，向后厨去了。显然，厨工们休息了，不得不亲自出马。小货卡卸车完毕，扣上挡板，路面的铁盖板放下，这些动静都是清脆的。后厨里的排风扇打开了，呼呼响，油锅哗哗炸开，葱花的气味就传过来，有一股居家的安宁。店堂里的暗将空间四合，人在里面，甚至是温馨的。她想，布鲁克林是个不坏的地方。排风扇停息下来，在惯性里当当响了两声，听见男人和女人的说话。不知道说什么，只是一些音节，短促地轻盈地来回。店堂和厨房连接处有一方亮，嵌着男人的身影。大约是搬运，推拉收放，动作生风，像是有功夫。女人端着餐盘出来了，未到跟前，已香气扑鼻。

葱青蛋白的炒饭上，覆着一层金黄，仔细看，是油渣，送进嘴，原来是炸虾米。女人并不走开，而是站在桌边，指导用餐，将虾米和饭一并入口，果然，米饭软有劲道，虾米松而酥脆，口感味觉受用无穷。好不好吃？女人问。好！她顾不上说话，只回答一个字。算你有口福！女人说，是我们家乡的饭食，从来不做给客人。家乡何处？她稍停下筷箸，问道。青田，女人回答，依然站在桌边，两只手支在桌沿。余光所见，是一双丰白的大手，就有些记忆回来。女人继续说：温州那一系的菜在外国打不开，洋人就认那几样，酸辣

汤、咕咾肉、宫保鸡丁、春卷，美国人的脑子有病！陈玉洁
忽然想起了，抬头看女人，女人不看她，眼睛平视窗外。有
汽车驶过，还有人声，零落的，这一处，那一处。洋人是一
种奇怪的人类，女人说，他们没有口福，从小到大，就吃那
些炸鸡、烤牛排、煎三文鱼，无论什么肉，都要做成一块一
块，用手抓得起来，然后再添加调料，所谓"沙司"，这"沙
司"又只是几味，翻来覆去的。说话间，盘子清空大半，她
的思绪已经跑开，听不到女人说话，却在一件事上盘桓。她
见过这女人，可是又无法断定，不相信如此巧合。正是不相
信，才更觉得是见过，因为非出于巧合，而更像是机缘。她
放下筷子，问出一句：老板娘从何处来到美国？女人吁出一
口气：说来话长。转身喊一声，男人即来到跟前，收走盘子。
然后拉开椅子，在对面坐下：我就不当你客人，老乡见老乡。
眨眼工夫，男人又到跟前，送上一壶茶两套茶具，腿脚进去
颇有架势。女人说：你看他像不像李小龙？陈玉洁笑：像！
女人正色道：练过咏春拳，拜师傅的！随后加一句：我男人。
男人一笑，露出洁白的牙齿，旋即离开，不见人影。

十六岁从家乡出来，我今年四十六，整三十年，半个甲
子。两人面对面，没有其他人，生出一股推心置腹的气氛。
陈玉洁说：我比你长四岁，半百。对面人说：还以为我长你
呢，真后生！谢了夸奖，心里推算回去，七十年代初，正是
革命时期，国门紧闭，一个十六岁的女孩子，有什么通道出
来？女人仿佛看穿她的心思，接下去的叙述正可为解答疑虑。
十六岁，个头这么高，女人伸手在一米多点的位置比画一下，

又瘦，自己都记不清，夹在什么人的胳肢窝里，搭车、乘船、走路，再搭车、乘船、走路，到了欧洲。她心里又是一动，定睛看过去——饱满的脸颊，眼睛周边略有些松弛，眸子却是亮的，短鼻梁，厚嘴唇，宽下巴，肤色稍显黑粗，但因为紧致，就有一层光，是个健康的女人。却又拿不定了，是那个人吗？其实连长相都没看清，仅一个轮廓，而眼前这个，具体，生动，于是，就不像了。陈玉洁小心翼翼地问：你的意思是偷渡？女人笑起来，抬手四下一扫：我们都是偷渡，他是游水，游到香港，然后——你们在哪里遇见的？她问道。女人做个制止的手势：还没到这一段呢！她被逗乐了，像不像的那回事扔到脑后，忘记了。

说出来怕你不相信，没有人相信，登岸头一站，意大利佛罗伦萨，竟然长个头了，身上阔出一圈，就是现在这样。确实让人不敢信，女人又一次窥到陈玉洁的心思，解释说：你知道为什么？她摇头。我们温州人是生在石头缝里的人，挤着手脚，好容易挤出来，砰的发开了，就像爆米花！两人都笑了。佛罗伦萨去过吗？她点头。你们是旅游，看的表面文章，不会知道内情——内情是什么？她问。对面人倾过身子，耳语般说：到处是我们的人。她不由也倾过身子，压低声音：真的吗？对面人点头：不止佛罗伦萨，罗马、巴黎、里昂、布鲁塞尔、阿姆斯特丹、柏林——她怦然心动：柏林？是的，到处是我们的人。哦！她说。再告诉你一个秘密，女人向她招手，示意靠拢，这样，就头碰头了。你知道，全世界的经济命脉掌握在谁手里？她回答：美国。不！女人摇头否决，犹太人。嗯？她离开些，看着对面人，那人狡黠地眨眨眼，说：温州人就是中国的犹太人。

　　光线移过来，从女人侧脸照过去，可能是用了一种植物染发剂，呈出红紫色，就像鸡冠，她忽然又觉着是同一个人，不是因为外形相像，而是某些潜在特征促成的机缘。女人自十六岁开始的阅历可够漫长曲折，难怪要话说从头。遭驱逐，买卖假护照，蹲移民监——移民监有什么呢？吃喝保证，还放电影，社工服务，心理疏导，还教英语，关键是要有人！女人强调。就这么一程接一程，一关过一关，后来到了柏林。又是柏林！她要插话，被制住：你知道我怎么到的柏林？我怎么知道？她反诘，两人开始熟稔。结婚！这倒出人意料了。也是青田人，早多年出来，已经入籍，在威斯巴登开餐馆，你不会知道，很小的城市。可是她偏偏知道，就在法兰克福近边。女人看她一眼：你倒是知道的不少！有些不满意讲述被打断。那一年夏季，威斯巴登举办美食节，市政府提供摊位三天，中国人的食亭总是春卷打底，青田人开车到阿姆斯特丹进春卷，阿姆斯特丹的春卷大王，上财富榜的，女人呢，正在那里打工，然后，就把人和春卷一起捎走，春卷送到威斯巴登，人带进柏林，那时候，还分东西两部，就在西柏林库当大街开出一家分店。她终于插进话去：我是不是去过你的店！然后说出时间、地点，以及老板娘的形貌，几可断定，就是你！对面人并不惊讶，在一个餐馆老板娘，阅人无数，不像她，会以为是传奇。有可能！女人承认，更像是敷衍，不忍让她失望。那时候，老头六十岁，我二十六，就是说，出来整十年，总算有了身份。

话说得轻巧，事实上，上世纪七十和八十年代，欧洲殖民地纷纷独立，移民潮涌动，人口激增，德国二战重建中的土耳其劳工尚未消化，合法居留谈何容易。具体到个人，六十岁的年纪阅历，一定还有家小，而且，很微妙的，不是居住威斯巴登，而是飞地柏林，其间一定有许多曲折。但在对面的人，什么没经历过呢？就也不在话下。她好奇的是，如何一见钟情。青田话呀！女人说，有多少人听得懂青田话？无论你说英语、德语、西班牙语，就算普通话、广东话、上海话，青田口音藏也藏不住，老头听我说话，眼泪就下来了。她质疑：不是说，到处都有你们的人！女人说：可是也要遇得到，比如，今天，你遇到我！她感觉到女人的机敏，机敏里不单是反应快，还有一点慧心。男人走过来，与女人说着什么，又退回去。大概是商量，什么放什么地方，什么又作什么用。你们说的什么话？她问道。他说福建话，我说青田话。说得通吗？她怀疑。女人大笑道：要看什么人和什么人！说罢，推开椅子站起身，知道是结束的意思，就要买单。女人说：看着给吧。她抽出二十元，压在茶碟底下，女人抬头示意，走来一个华裔女人，收走钱。又有一个墨西哥人，过来擦拭桌子，员工进来上班了。不知不觉中，过去半天时光。走出"牛铃"，心里还有许多未解的疑问，比如，福建人与青田人，也就是女人的"前夫"，不知道能不能这样称呼，他们如何交接班？显然，福建人还年轻，看起来是出劳力的人；又比如，为什么从柏林来到纽约布鲁克林？但又觉得这些疑问已经有解，这样一个女人，可能制造任何传奇。她没有继续在布鲁克林游逛，也没有按原路返回，而是走过两个路口搭乘地铁，回曼哈顿去。这半日的经历让她疲乏，又有一种满足，邂逅、美食、陌路的人生故事，仿佛跟随走了一程。都是计划外的遭际，集中在同一时间里降临，令她应接不及，倒把去布鲁克林的初始目的搁置了。

接下来的日子，变得忙碌了。女儿正式告知，要读硕士，于是，寻找学校、提交申请、报名、缴费，一连串的手续。其间，她注册的公司——其实是个空名，为的是签证与货币进入，此时，国内金融出台新政，汇兑额度有变——就需要打通关节，另辟路径，决定回国调停，买机票，定行程。可是，丈夫的合伙人来纽约度假，她当然有义务出面接待，于是推迟动身。这些到底也难不倒她，都在可控范围，冷静处理，乱麻中理出头绪。事情只要一件一件做，没有做不完的时候。客人到的这日早晨，先在电脑查到飞机准点信息，然后启用优步系统叫车，向纽瓦克机场去了。

虽然步步周到，接人却并不顺利，后来回想，其实是兆头。看起来，两件事情没什么关系，可大千世界就像一张网，网眼扣网眼，所有的事端都连在一起，所以，她还是视作预兆。飞机已降，却久久不见人出来。眼看着几次航班先后到达，依然少有人出来。打电话联络，对方不接听，等对方来电，她则手机故障，接不起来。特别通道出来三两人，问得的消息只不过是，海关处排长队，过关的效率低，窗口少，人越积越多。然后，又有三两人出来，再然后，就仿佛突破瓶颈，络绎成阵，却看不见要接的人的身影。她怀疑自己错过，因与这人所见不过几面，都不太想得起来确切模样，于是出门到出租车站上搜寻，忽又怕正巧这时人出来，掉头跑回去。往返梭行，焦虑得很，颇不像她一贯行事作风。好不容易，隔了玻璃门看见大腹便便一个男人，空着手，摇摇摆摆走来，已经看见她，远远地挥手。

## 5

合伙人一行四人，他、太太、太太的妹妹，再加一位助理。从行李车上一摞半空的箱子，就可知道，主要任务是采购。助理小殷兼任导游、翻译、拎包，陈玉洁并不必陪伴全部，为尽地主之谊，到的当晚，在哥伦布圆场边的一家米其林接风宴请，随后再视情形而定，随时准备提供服务，反正"全天候"，她笑道。合伙人姓戴，是丈夫大学里的同级，看年轻时照片称得上英俊，如今发福了，找不到原来的样貌，仿佛成另一个人。他们这一代成功人士，到此时多是急流勇退，享受胜利的果实，在戴先生，就是口舌之欲，所以养成现在的身形。经长途飞行，在时差的折磨里，照理没什么胃口，可戴先生的味觉依然能够分辨细微的差别。他说，和女士不同，他的任务是吃，因此，可不可以脱离团体，单独活动？眼睛看向太太，征询的却是陈玉洁的意见。小殷归购物团，陪吃就当另安排，方才不是说了吗？全天候。如此这般，以后的日子里，每到饭点，她就去到酒店，而戴先生已经在大堂等候。太太们早出发一二小时，甚至更早，天方亮，便驱车往长岛奥莱去了，然后，向晚时分，归来集合，一同去吃晚餐。她的计划是中午小吃，晚上大吃。前一晚就做功课，网上搜下菜单与图片，供作挑选，听多方意见，最后由她民主集中，作出定夺。

俗谚道：祸从口出。这话真就应验了。

要说她和戴先生，原本并不相熟，甚至可说生分。她和丈夫的事业，从头起就没有交集，各自的人际社会就也不重叠。晚饭好些，人多嘴杂，将时间分摊，各说各的，又总能说到一起，自然就热烈起来。中午一餐，单独相对，就受到冷场的压力。难免过度积极，一个没说完，一个就开言，形成争抢，为礼让一并打住，立时变得沉寂，又一并张嘴出声，彼此都是紧张和窘。这也被视作不好的兆头，如她的性格和历练，待人接物向来从容，这一回，却失态了。于是，话题泛滥，必要和不必要，该说和不该说，滔滔不绝，一泻几千里。说和听的都无法集中注意力，任其无度扩张弥散，其中多少挟带出一点实情。真正的端倪，是女儿识破的。

有二三回午餐，女儿与她同去，三个人，其中又有一个年轻人，气氛就活跃了，她也松弛精神，偷得几分悠游。每一次去，戴先生都会替女儿买礼物，每一次分手，就都提着大包小盒。回到家中，坐在地板上一个一个拆封，包装纸摊在四周，就像过圣诞节。她说：戴先生这么破费，真不好意思！女儿没抬头，忽然从鼻子里哼一声，戴——她这么称呼，"戴"，呈出一种客观的立场——戴送我礼物，爸爸送维维安礼物，总量上是平衡的。"总量"这个词是从父亲那里来，丈夫他，凡事都是从总量计。心里一惊，这才发现，"维维安"这个名字已经在说话中出现许多次，太多次，仿佛已经是个熟人。镇定一下，说：维维安是谁？与你有什么干系！女儿抬起头，望着母亲：别装了——说得不错，他们家的人都会装。别装了，女儿说，那是个小三，跟着爸爸到这儿，到那儿。是一代人的缘故，还是只是个体，女儿说话如此直接，直接到粗鄙。你爸爸的助理，自然要跟随左右。她辩护道，自己也觉着是软弱的。年轻人笑了：你听戴的口气，好像我们已经承认她，都没有一点遮掩回避。那更说明一切正常！她听见自己的声音变得尖利。女儿又笑：好，好，正常！她看着女儿的脸，那么年轻，美丽，同时，有邪恶。做小三的，正是这样的脸。她控制不住地，举手抽过去一个嘴巴，那脸上立时泛起一片红，眼泪下来了。女儿将礼物从膝上推下去，站起身回自己房间，重重关上门，砰一声响。她被自己吓坏了，站在原地，动弹不了。从来没有动过手，一直是小心翼翼，也很久没看见过女儿的眼泪。地上铺着礼品的包装纸、彩带、晶片、玫瑰花样的按钉，似乎铺到了地平线。这么大的房子里，只有她和她。

心跳得很快，却很奇异的，有一种类似愉悦的痛快，终于，终于发生了！发生了什么？该发生的。她想起戴——现在，她在私下也称他"戴"了，戴有一口头禅，"你知道"，凡陈述一个人一件事，必要说一声"你知道"，于是，维维安的存在，就都是"你知道"。她好笑地想：你才知道呢，我什么都不知道！

为什么是我？仿佛天问。为什么不是我？反过来又问了一句。她陪女儿读书，他打拼挣钱，这样的家庭模式，在他们的阶层已成普遍。同时的"普遍"还有，还有维维安。她其实一直在等待维维安现身，必须有一个维维安。正因为有维维安，才能相安无事，社会和谐。她静了静，然后拨打小殷的手机，表示道歉，晚上突然有事，不能陪大家吃饭，但餐厅已经订座，某条街某个号码。小殷说，没事没事，包在他身上了。听起来，对面的环境很嘈杂，小殷的声音破壁而出。关上电话，尝试将戴的出行换一种组合，由丈夫率队，维维安、维维安的姐妹，或者说是闺蜜，再加一个"小殷"。很好，四个人是最合理的人数，乘车一辆，吃饭一桌，可一并出动，又可分头并行，而他们一家三口，在数学上是个素数，物理上则不对称，总之，缺乏平衡的条件。

她做好简单的晚饭，等女儿出来，心里准备着道歉的措辞，承认女儿的判断有道理，以达成共识，然后，然后怎么样？要表态吗？是决裂，还是接受现实？事情来得太快，猝不及防，可是，事实上，她一直在拖延。戴的来到，从接机开始，到每餐饭没话找话的焦虑，都是预兆，预兆真相逼近。她几次起身走到女儿房间门口，欲敲门又作罢，本来就有畏心，如今这一时刻，更是不敢面对。她这才发现，她们母女被安置在这地方，多少有着受打发的意思。饭菜都已凉了，女儿走出房间，看起来，表情无异常。走到餐桌边，直挺挺坐下，说，已经给父亲发信，要去巴黎学艺术——维维安去得我去不得？说罢，捡起筷子，吃起饭来。她久久不动碗箸，有一种寒冷，原来，她不需要表态，谁都不要她表态，她这个当事人，结果成了最无关的人。

　　戴在纽约的余下几日，循事先安排顺利度过，购买与美食均超额完成任务。又添了两口箱子，戴的腰围似也扩出一周。送到机场，看他们走进海关，四个人的背影换成那四个人，想象中的组合，迅速转身离开。最初的冲动，是回上海，机票就在手里，只需签日期，但很快颓唐下来，去又如何？一进一退之间，丈夫那边来邮件，说去了香港。那么，她也去香港。香港是客地，这样处境和心情，实在凄楚得很，于是又迟疑了。时间在无所作为中过去，越发像是一种默认。她转而希冀丈夫来，买房至今，已有一年半，丈夫再没有出场，回想那一回走，难免有落荒而逃的迹象。近来，关于女儿去巴黎的事，照理应当全家一同商量，可都是父女两人邮件往来。女儿每一项要求，合理或不合理，父亲全欣然答应，不作深询。既像是还债，又像是敷衍。这段日子，生活费用以及女儿的额外开销，依然按月汇到，不知从哪里收集的汇兑额度，更可能是及早转到外汇账户，这意味着什么？意味他希望她们母女安下一颗心，住在纽约，衣食无忧——从这点说，并没有放弃责任，继而想起戴的一句话，他感慨道：这世界上有多少单亲妈妈！怎么说起来的？前后文想不起来了，反正聊天嘛，漫天漫地的海聊，又都喝了酒。心里一动：维维安会不会就是其中一个？她不禁血脉偾张，心跳加速。去香港的念头又生出来，而且无比强烈。她拿起电话，打给惯熟的旅行社，了解飞香港的航班。问答之间，情绪复又平定。这就是她，与外界交道总是冷静、克制、礼貌、矜持。于是，讨论到具体票务事项时候，冲动消失，她改了主意。放下电话，她兀自笑一笑，忽明白一件事，所以她想做这，想做那，最终什么也不做，其实就一个原因，她不知道该做什么！有谁能告诉她，她该做什么？这就又明白第二件事，那就是，异乡异地，她去了来，来了去，无论住多久，都是在过路，她没有朋友。

女儿转向去巴黎读书，撤销纽约学校的注册，索回部分学费，报名一个法语课程，小班授业，价格极昂贵，父亲照单全收。有什么可商量的，"维维安去得我去不得"！最初的狂怒过去之后，女儿找到维护权益的方式，就是花钱，于是安静下来。法语课也给生活制定纪律，每日上课下课，朝九晚五，散漫的时间归入河床，流向某个目标。余下她独自一人，仿佛在宇宙洪荒，无边无际，无羁无绊。她毫不怪罪女儿自私，在这样的年龄，成长本身就有无数困难，何堪外部的变故，能保住自己就很好。至于她，即便最消沉的时刻，也有一种自信，自信不会坠落，只是需要耐心，切勿慌乱。丈夫不再来电话，当然，她也不去电话。显然已觉察出什么，也可能，本来就是戴领了使命，有意露出口风。也好，她想，很好。她想，真是太好了！她继续装不知道，他也装她不知道，他们都会装。

天气好的时候，她出门走走。樱花绽开，一树一树。什么种植，到美洲新大陆全都变样了。亚洲的樱花，像"雾"，扑朔迷离，在这里却是确凿肯定。历经寒冬，春阳高照，人们涌上街头，无端地笑和叫喊。她却从欢欣的人群中辨出几张落寞的亚洲人的脸，不由猜测他们的身份、来历、生活。梅西百货里，每个专柜几乎都配备中国销售员，接待中国顾客，其中也有落寞的脸，在柜台间无目的地游走，她就是其中一个。有人往手里塞广告和试用样品，说些什么，她听而不闻，只看见嘴的翕动。在凹凸分明的异族人面相里，中国人脸显得扁平多肉，中国话也显得音节短促，声调突拔。不乏有年轻貌美的女孩，妆容精致，穿着时髦，表情傲慢，出手极为阔绰，大约都是维维安们。未曾谋面，就知道维维安的形貌，这已经成为概念，她，是另一个概念。怪不得，她想，怪不得美国人分辨不出中国人谁是谁，因为都是概念。有一只手，拉住她的胳膊，不禁吓一跳。是"兰蔻"品牌的销售员，中国人。当然是中国人，唯有中国人，才会动手拉人。这只中国手，按着她的胳膊，向下滑去，握住她的手。她并不反感，也没有挣脱，就这么留在销售员的手掌里。那是个中年女性，眼影和唇膏都洇染出边缘，就这样大妈型的女人，加倍会拉人。试试吧！大妈恳求道，不一定买，试试没关系！身不由己地，被按坐在椅上，椅背放下来，成半躺，合上眼睛，由一片清洁棉片在脸上擦拭。柔软的、清凉的棉片抚过脸颊，不防备的，眼泪涌出来。棉片擦去旧痕，新泪又下来了，她几乎哽噎。棉片湿透，又换干的，很快又湿透，再换一片。整个过程中，"大妈"始终静默着，直到做完清洁，试妆完毕，她还是买下一瓶粉底霜，方才说出一句：对自己好一点。

她惭愧起来，不回头地逃离"兰蔻"，走出梅西。

然而，这次际遇让她想起一个人，两回邂逅，称得上有缘，下一日午后，便出发往布鲁克林"牛铃"去了。她依然从威廉斯堡桥步行，走路可使心情平静，也可以消耗时间。也许是出发早了，还是脚下加快速度，或者是路熟，到地方，午餐供应尚未结束，正是热火朝天。老板娘亲自上阵，点单、下单、买单，托着菜盘餐桌间梭行。今天，换了一身白色衣裤，丝绸与化纤合成的材料，垂荡感很强，随动作起伏，前襟和裤脚上的彩绘花样时隐时现，有点像戏台上的女子。她茫然站在门口，牛铃一径地响，没人过来领座。有几度老板娘的眼睛掠过来，又掠了过去，似乎没有认出她。等了一刻，终于有人过来招呼，认出是上回管收账的华裔女人，将她领到中间一个单人小桌，靠着立柱，这样，更不易被老板娘发现了。女人快手快脚送上一杯水，从桌上夹子里抽出菜单放在跟前，旋即要离开，赶紧叫住，也不看菜单，就点一个炒饭，希冀唤起老板娘注意。一抬头看墙上的时钟，已过中午饭点，客流依旧汹涌，甚至排起等座的队伍。窗外街道上的人和车也比那日稠密，竟然有换了人间之感。不一时，炒饭上来了，不是上回的，而是所有中国餐馆里专对美国人口味，虾仁、鸡粒、葱段、蒜头，芥兰叶，盘边镶几片炸龙虾片。吃着炒饭，眼睛追寻老板娘的身影，立柱挡着视线，目标就常常消失踪迹。倒是后厨里的油烟一团一团送过来，仿佛看见那精瘦汉子立在灶火前翻着炒勺，铁铲当当地敲着锅沿。勉强吃下三分之一，再加把力，也为拖延时间，大约有一半光景，就招手打包和买单，起身向外走。她有意绕路，在餐桌间曲折往返，寻机会与老板娘照面。老板娘埋头在收银机前，她又加紧脚步过去，不等走近，老板娘却又离开了。推门的瞬间，她感觉到自己的荒唐，萍水相逢，何以解忧。这时候，身后伸来一只手，代她推开门，阳光扑面而来，几乎睁不开眼睛。是那个华裔女人，开口道：老板娘谢谢你，下回再来！不及回头答话，已被新进的客人从门边挤开。

阳光在地面流淌，这一条街就变得颜色鲜丽，忽然想起，这一日是周末，所以人多。她这一个闲人，早已经没有日程的概念，尤其这一段，作息制度瓦解，更失去坐标，仿佛回到混沌世界。走在布鲁克林的街上，路人中大半是游客，手里握着照相机，东拍拍，西拍拍。她也是游客，一个老游客，看惯了风景，却还不回家。无意中，跟着游人，走进小店，一踏入门，就听风铃一声响。店主和顾客都是年轻人，商品也是小孩子的喜好，就又走出来，继续向前。再进下一家，风铃又一声响，街上风铃声连连，呼应与唱和。终于折回头，上桥，向曼哈顿走去。桥上也比那一日熙攘，桥下的水面起着反光，闪闪烁烁。桥栏上零落挂着同心锁，胡涂乱抹的言语就离谱了。心情多少开解些，甚至还用手机拍了几张照片。走到引桥，曼哈顿的市声拔地升起，一片轰鸣，偶有电钻的锐响从中穿透，轰鸣又蛰伏下去。塔吊在半空中缓缓移动，好像巨兽在监控它的猎物。她，迎头过去，不是勇敢，而是没奈何。

**6**

　　事情一开头，就径直往下走。还是那个戴——自从戴来过，丈夫就不再与她直接通信息，这就更像是一个预先安排。戴和她通话，告诉说最近形势变化，她先生不便自己出面，所以托他转告。人事更迭，频繁出台新政，他们这些依凭国企背景的民企，本来身份暧昧，如今处境就十分微妙，所谓"拉一把过来，推一把过去"，无论过去还是过来，接下来的麻烦都很不少，正面与负面的拒斥力量相等。在草创时期，骑政策中线所为，到立法趋向完善的当下，几乎件件都是出轨，他们这一批创业者，可说是有原罪的人，蹚过污泥浊水，替世人顶着十字架——现在，她想，圣坛要出来了！耶稣也要出来了！说话人仿佛不是代言的戴，就是丈夫本人，远兜近绕，归纳起来，一个公式：抽象问题具体谈，具体问题抽象谈。她很知道，他们其实越走路越窄，尤其新一代的虚拟经济起来，他们的实体性经营方式就算走到了刀锋上，这才叫"拉一把过来，推一把过去"，过来过去都是下滑。生产和市场都是有限资源，又到了重新分配的时刻，危机随之来临。唯有丈夫这样的人，才会扯到"原罪"。对是对，可就是"扯"得很。她想着丈夫这个人，原来这么近，现在无比远。所以——戴说，现在，我们最好做隐身人，继续保持暧昧，留在模糊地带，回顾历史——历史也来了！她又看见丈夫的身影，回顾历史，这一片模糊地带比清晰地带宽阔，它处理了许多理论和实际的两难，总之——她打断戴的话：你的意思是——戴脱口说：不是我的意思！接着改口：也是我的意思。她不由一笑：你们的意思是什么？戴变得嗫嚅了，她忽然感觉，丈夫就在戴的身边，几乎听见他的呼吸声。戴期期艾艾道：就保持现状，一动不如一静。好的，她说，放心，我哪里都不去！对方沉默着，她也沉默，两边都等待着，等待谁先挂电话。是礼貌，在这里则成为一种对决。时间过去，对方到底没挨过她，挂了。她浑身颤抖起来，就像高热引起的寒战，不得不双手环抱，从一个房间走到另一个房间，从厨房走到浴室，从这个浴室走到那个浴室。这套公寓，简直成了囚室。她走遍每一个角落，来回穿梭，身上的寒噤稍平息些，才发现牙关咬得死紧。做着深呼吸，松弛肌肉四肢，心跳恢复正常，她能够思考了。

回想戴的电话，她以为国内正调整经济结构，许多企业主引退江湖，如丈夫这一行，涉及到能源，追究起来，难逃咎由，滞留香港，不失为权宜之计。他早申办香港居留，如今满七年，便是合法居民，可是，可是……如果没有维维安，一切顺理成章，现实却是有一个维维安。她想到方才的回答，过于斩截，至少应该提些建议，比如，他可以来美国，全家团圆。丈夫英语不好，是一个否决的理由，再说，女儿要去巴黎，就谈不上团圆。那么，她可以去香港呀！她设想的反驳是，美国新买的房子怎么办？卖了！她在心里说。然后，又会得到一大段全球经济的预测性论谈——这个问题可撞上他的强项了。如此自问自答，果然只剩下一条路，她哪里都不去。想象中的对诘十分聒噪，都听得见声音，自己一个人的声音，对方只是沉默。这沉默漫延过来，将她一并淹没。

陈玉洁在沙发里坐下，疲倦极了。公寓里依然只有最初添置的几件必要的家具，动静都有回音，仿佛一个巨大的空洞。许多时间过去，日光转移，房间暗下，将空洞遮蔽起来，她感到一点安心。朦胧听见门锁响，一惊醒，原来睡着了。一张年轻美丽的脸，凑得很近，就在她睁眼的瞬间，又离开了。女儿回来了。惶惶想道，没有做饭，让女儿吃什么？等着听女儿抱怨，却没有。自从有了维维安，很奇怪的，不是在他们父女之间，而是她和她，起了隔膜。有时候，她觉得女儿恨自己，恨她无能，让维维安插足。大概还恨她不是维维安，否则，父亲的爱就不会这样分裂。两千年的晚会上，父女俩跳舞的情景出现眼前。两千年，不是开玩笑的，真的，什么终结了，什么又开启了！

思绪弥漫，忽听见女儿的声音：吃饭了。方才还动弹不得的身体，这时腾地起来。女儿打开餐桌上方的灯，摆放餐盘，盘里冒着热气，是速成的意大利通心粉。她坐到桌边，有些惭愧地，低头捡起叉子。餐桌很大，足可以坐下十至十二人的大家庭，就像意大利人的家庭。现在只有她们两个，一头一尾，隔着一具枝形烛台，阻断双方的视线。她大口吃着，夸赞道：很好！自己都听出声音里的巴结。女儿说：谢谢。她们简直成美国人了，家人之间不停地道谢和道歉，这可以视作礼貌，同时呢，是不是也意味感情荒疏？停了一时，女儿说话了：法语课放假，我准备去上海，看阿娘。哦！她答应道，明天替你订机票。已经订好了，女儿很快回答。她抬头望过去，离得很远，在烛台的金属花枝后面，埋在灯影里的，绰约的脸，又长长的"哦"一声。明白了，女儿去的不是上海，是香港，她父亲出的机票钱。还是那句话，钱不是问题。不知道他们父女如何交割的，背着她，她已经出局了，没她的事。心里却另有一阵轻松——从女儿的示好，浮泛的、冷淡的示好，就可看出有事，现在知道是什么事了。女儿很快吃完，将空盘子留给母亲，事情说完，洗盘子的活就还给她了。

洗完盘子，收拾干净锅灶，对着厨房的窗口看一会儿。这幢公寓楼，兀自耸立，站在高层，就像身处云端。城市之光升起来，又将它托得更高。是装糊涂，还是为佐证猜疑，她走出厨房，到卧室里取了一叠钱，去敲女儿的门。等里面说声"请"，才敢推进去。女儿背对门，蹲在地上整理箱子，她说：把这钱交给阿娘。女儿说：有了。还是将钱放下，用镇纸压住。女儿没有回头，从背影看，似乎在哭，肩背微微颤动。纤细的娇好的身体，后颈里有一个浅窝。她都能感觉到这身子的体温和气味，还有哭泣。她想过去抱抱这身体，可明显感觉到一股拒斥。还有她自己，也在拒斥着接近。越是至亲的人，越是近不了。女儿在疏远她，事实上，她不也在疏远女儿吗？两个受伤人，各领一份伤心，合起来就是两份，情何以堪。她悄然退出，带上门。

下一日，她又去了布鲁克林。本还是决定走威廉斯堡桥，但中途改变主意，转为地铁。忽然心急起来，等不及要到"牛铃"，见到老板娘。见到又怎样？上回去，见到也像不见到，原就是陌路，又因为陌路，才可倾心相诉。出来地铁，时间才到午后一时，生意正忙碌。但不是周末，兴许好些，就直往"牛铃"走去。她可以等，等客流过去，老板娘闲下来。就像上上回，面对面坐在无人的店堂，听老板娘讲述。这回该轮到她讲，就扯平了。过几个路口，即到"牛铃"，推开门，果然不是周末的热烈，七成座光景。华裔女人一边送菜一边回头照应：随便坐！显然认得她。走进几步，在上回立柱后面的小桌坐下。华裔女人端着餐盘经过，放下一杯水在桌上，来不及说一声：炒饭，人已经走过去。四顾周围，没有老板娘的身影。华裔女人却又站到跟前，她想说炒饭，开口却是面条。什么面？女人问。牛肉面，她说。炒面汤面？汤面。这几句应答往来速度很快，方有结论，女人抄走菜单，又不见了。留心看店内形势，但见华裔女人和墨西哥跑堂，脚不点地，折返于前堂与后厨之间。后厨传出的声气亦有些两样，烟火吞吐不那么汹涌澎湃，铲勺砧板的敲击则显得零落。老板娘始终没有出现。汤面上来了，鲜浓异常，便知不是从食材中提取，而是来自现成的汤料，那几片牛肉是后放的，来不及煮滚，所以就半凉。有一种变故在发生。她慢慢地吃面，等待老板娘露面，或者说，等待事态水落石出。客人少去些，仅余几位，其中包括她。时钟指向两点，华裔女人立即挂出打烊的牌子，站到收银机前清点小费。看来，眼下由她掌管店内事务。

碗里的汤喝尽，墨西哥人已经换上自己的衣服，双膝敞着破绽的牛仔裤，白色 T 恤底下看得见硬实的肌肉，走过她身边，笑一下，露出洁白的牙齿。现在，她是最末一个客人了。推开碗，站起来，走到收银机前索得账单，按最高一档小费给付。慷慨的数字让华裔女人脸色变得柔和，她趁便问：

老板娘不在？对方含混地说"是的"两个字。她又问：去哪里了？回答依然是含混敷衍的：出去了。什么时候回来？她紧问一句，收银机后的人抬起脸，表情转为警惕：是老板娘的朋友吗？这句话将她问住了，顿一顿，说：是。女人怀疑地看着她，复又低下头去，不再回答。她仓皇退后，向门口去，自觉有落荒而逃的意思，反倒不甘心，镇静下来，说道：我们在柏林就认识。华裔女人一怔，猜不出眼前人什么来历，脸上又换一种表情：老板娘的事情，我们并不知道。

　　吃了个软钉子，多少有些悻然，走出来，茫然四顾，不知要往何处去。身后玻璃门里，有一双猜度的眼睛，想：这个女人是做什么的？她终于举步，沿街走去，街道渐渐开阔起来，也更加清寂，绿地和石阶上面，矗立一座犹太教堂。从底下走过，却进入一扇栅栏，浓荫蔽地，花枝扶疏，蜜蜂嗡嗡飞舞。想不到布鲁克林如此广大。她在石凳上坐下，不远处是儿童乐园，有母亲和孩子玩耍，话音和笑声散开来，轻盈地振动空气。她呼出一口长气，醺醺然的，仿佛有一股醉意袭来。小孩子走近跟前，仰头看她。黑亮亮的脸蛋，头发被红绿丝线扎成五六个小辫，朝天冲起。小孩将一枝花扔过来，她探身去牵手，却一个转身跑了。就这样，坐到太阳西移，该起身走了。掸去膝上的落叶，出公园，循来路回去搭乘地铁。经过"牛铃"，禁不住往里看一眼，这一眼分明看见一个人，在银台后面，不是老板娘又是谁？猛一推门，门里人倒是一惊。这时，华裔女人忽从店堂深处现身，说道：她等你好久！心中涌起感激，感激代她说出这句话。老板娘并不觉得有什么唐突，从银台后面走出，领她到临窗的餐桌，就是她们头一回谈话的地方，面对面坐下，女人已经端上一壶茶。其实，她这时意识到，老板娘早已认她作朋友，所以也就不问为什么事而来。积郁的情绪舒缓下来，倾诉的欲望也不那么迫切了，平静地看着对面的人，这就发现这人样貌有变。原本饱满的脸颊变得松弛，于是皱纹生出，不仅是面部，衣服里的身子也枯索了，肩袖处空落落的。华裔女人退出店堂，留下她们自己，就像那一天，可是不对，少了一个，在后厨入口处，光影里的身影。你男人呢？她问。病了！老板娘说。什么病？照理不该这样紧追，疾病属于隐私，她们中国人却大可忽略不计。再则，她们是有缘人。肝病。老板娘果然不瞒她，她却纳闷，肝病的人做大厨，可是大胆得很。医生怎么说？她接着问。换肝！对面扔过来两个字。有保险吗？那人苦笑一下：我们这样的人，都是自己保自己。她倒吸一口气，不知道说什么好。那人却奋勇起来，高声说：我可以把我的肝给他，切一半，可是，什么医学伦理法规，非亲属关系，不可捐供体。可是夫妻属于亲属关系，而且最密切的亲属！她说。对面的人奇怪地一笑：我和你说，洋人的脑子有毛病，他们相信文书，市政厅的注册，或者教堂里的誓言，戒指换来换去，你愿意我愿意，就不相信眼睛，这是一种有病的人类！她明白他们没有婚姻合法手续，倘现在办理，就有要增加审核手续。我的心肝！压低声叫道，将头埋在臂弯里，伏在桌面上，不动了。

本来是这一个说给那一个听，结果还是那一个说给这一个听。

　　精瘦、细长、腿脚有功夫、拜师学过咏春拳、福建籍的男人，柏林时候，是她餐馆的厨工，比她年少十岁，彼此有心，但因东家尚在。这东家于他们双方都是有恩，可说是收留他们的人，决不可辜负的。青田女人看着她，又奇怪地一笑：按洋人的脑筋，我没有义务。我和老头，既没去过市政厅，也没上过教堂，威斯巴登那边，老头家里，还有一大群人呢！她没问一大群人里有没有他的太太，有又怎么样呢？我们有人心！青田女人握拳捣捣胸口。老头是在柏林这边走的，没受罪，一觉睡下，再没醒来，积多少德，才有这般福气？也是个受苦人，跟伯父出洋，漂到欧洲，二次大战以后，德国战败重建，需要劳工，才有了身份。这时候，积攒了些钱，就在威斯巴登这地方，做中国餐业，起先是一个亭子，渐渐做大，又各处开出分店，柏林店就是其中之一。老东家过世，她电话通知威斯巴登，等那群人来到，接上手，便离去了。店、房子、家什、钱款，都留下了，就带走一个人。下巴向后厨方向一抬，后厨沉寂着。所有东西都在人家名下，平日里，老头没少给她，做人要凭良心！拳头又在胸口捣捣。两人离开柏林，来到这里，也是投奔老乡，不是温州人，而是福建人，反正，都是自己人！从柏林来到纽约，可真看不惯，就像国内说的"脏乱差"，你知道——青田女人说，德国人特别会收拾，脑子有病归有病，收拾东西却不得不服气，一大优点！她不由笑起来，多少天来，头一次展颜。不过，"脏乱差"有"脏乱差"的益处，就是活路多，脑筋坏得轻一些，比较好商量。两人笑起来，并且，一发不可收拾，前仰后合，直笑到眼泪出来，才渐渐收住。

好了，开出这间店，安下家，再生个孩子——青田女人看着她，正色道，你不要笑！我没有笑！她辩解。你笑我生不出来，上回报纸说，七十岁的老太太，还生下一对双胞胎。她不知道哪一张报纸登过这样的奇闻，面对这个女人，伤心欲绝，又野心勃勃，还能说什么？我身体好，生理年龄很年轻，例假正常，整日价想着和男人上床！两人又笑，止住笑又添一句：只想和我男人上床。话说回到这里，气氛沉寂下来，愁容浮起，方才脸上的光彩褪去，蹙眉道：按我们家乡话说，我这样的女人身上有毒，沾一个，灭一个。她心里一惊，有些被乡下人的迷信吓住，嘴上却道：没那样的事！对面的人忽昂扬起来：有这样的事，也不是我！头一个，是寿数有限，该当死的；这一个，还没死呢！我命好，罩得住他，你信不信？她点头说：信！

茶喝干了，什么时候，华裔女人进来店堂，坐在一隅，将筷子插进纸套，再又按桌摆放。到开业的时间了。隔着距离，主雇俩来回说着什么，用的是相近的方言，就知道华裔女人也是青田一带籍贯。她听出几个字，"后厨"和"前堂"什么的，大约人工不足，不是缺大厨吗？于是就要重新调配。都没想一想，冒然脱口而出：我可以帮忙！那两人都一怔。青田女人说：你能做什么？至少，她嗫嚅起来，至少，洗碗！青田女人说：我付不起你这一等的洗碗工。她想表示不要工钱，又怕人以为说大话，不如客观一点，就说：按市价就行。两人都看她，检验说话的真假，她红着脸，又嗫嚅一句：反正我也没事。这一句话比较能信服人，她确实有闲人一个，谁都看得出来。于是，她留下来，当然不是洗碗，洗碗太屈才了，青田女人说，做前堂。这样，自己可以掌勺，不必让小工上灶。华裔女人取出一件制服，紫红色的棉布做成中式斜襟立领，裤子倒是西式，裤脚上各有一个盘龙的印花，脚下是塑胶平地布面鞋。她为难起来，商量说能不能就穿自己的衣服，像你一样——她指指青田女人身上的荷绿裙装。女人说：我是老板娘！她只得换上，两人都忍着笑。老板娘忽想起什么：你找我有事？她回答：没有，我就是没事！一半是人手的需要，另一半是，好玩，就像小女孩扮家家的游戏，穿上制服的她，变了一个人。青田女人上下端详她一回，问：怎么称呼？她说出名字，对方也说出，陈玉洁和徐美棠彼此结交认识。

# 7

如此，陈玉洁过起一种上班族的生活。每天十时走出家门，搭乘地铁。纽约尖峰时段已经过去，人流稀疏下来，车厢里也空裕了。现在，她能够辨别出，座上客多有餐馆里的工人，表情既是漠然，同时又有一种自足。她虽然不像他们的职业化，可至少，也是有去处，知道要做什么的人了。十点三刻踏入"牛铃"——这是一具真正的牛铃，来自德国绿草茵茵的巴伐利亚州。华裔女人，她跟着美棠叫作阿初姐，已经在店堂，后厨里有人到，听得见砧板声响。美棠时在时

不在，视福建人那边需要而定，事实上，不在的时间在增
多，店内的事务基本由阿初姐掌管。这是个谨慎的女人，口
风很紧，从对店务的态度，陈玉洁以为或者是有投资，或者
就是恩情重。温州人以乡谊为契约，自成一个社会，内里的
规则外边人是无法谙透的。饭店照常营业，但仿佛有一种气
息发散出去，生意日渐清淡，小费收入减少，墨西哥人离开
了。陈玉洁的加盟就变得重要起来，甚至必不可少。她且格
外卖力，其中既有新鲜的成分，也有帮助美棠的原因，更主
要的是，这一段日子，她的心情在好转。女儿走了——确定
去香港无疑，女儿的信用卡是她的副卡，看得出消费地所在。
难免想象父女聚首的情形，他将如何介绍维维安？会不会引
女儿进他那个家——她确定无疑，那里有一个家，人是需要
有一个家的。女儿和维维安怎么相处，她们应该年龄差不多，
属同一代人，也许能做朋友。那晚，女儿饮泣的背影出现眼
前，她明白，女儿对即将发生的事情早有准备。一个人的公
寓，更显得大而无当，为摆脱四周空间的压迫，她将其余房
门都锁上，只在自己的一间里活动。当走过客餐厅去厨房的
时候，听见自己的足音，就觉得这种压迫追逐而来。于是，
将咖啡机、面包机、微波炉移进卧室，尽最大限度减缩活动
面积。

　　"牛铃"完全是另一个世界，这段时间的相处，阿初姐和
她似走近了些，称呼从"陈小姐"改为"玉洁"，还与她商量
店务。现在，没法和美棠谈什么事了，"魂灵走出了"，这是
阿初姐头一回向她评价老板娘。生意几近减半，阿初姐建议

做成自助餐，以低价招徕，后厨和前堂的劳动都可节省。陈玉洁则对自助餐的客源抱怀疑，只怕新客未来，旧客已走失，她的意见是减少菜式。事实上，她发现，客人经常点的也就那几味，大多只是虚设名目，装门面而已，但凡遇到促狭的客人点将，或是说无货，或是勉强凑合。如今的大厨是原来的小工，能将常用的几道应付下来已属不易，再要有额外之举，一定砸锅。阿初姐觉得有理，当场拍板。两人也不去问老板娘，自主改写菜单，送去打印压膜。次日的下半天，美棠来店里，对菜单的革新视而不见，一路走到临窗桌前坐下。这一回，是陈玉洁端上的一壶茶。因穿了服务生的制服，先没认出她，后又说：以为是阿初姐呢。又低头不语。两人一个坐一个站，沉默好一时，美棠抬起头，认真看她，她被看得发怵。过一会儿，那人开口了：原先他身体好好的，每日早起一套咏春拳，自从你来，就出这样的事！阿初姐在那头看着，身影显得紧张，怕她们起口角吗？她静一静，在对面坐下，说：我确是个有霉运的女人，但并不在这一路。哪一路？那人脸上浮起讥诮的笑容，问道。霉在桃花运上，她说。那人收起冷笑，暗处可见阿初姐的身影似也松弛下来，放心了。陈玉洁开始讲自己的故事，三言两语，交代完毕，自己也惊讶这样没有感情色彩。兴许，她说，你们夫妻和美，不定是借我的呢！美棠目不转睛地看着她，她接着说：无论什么事，总量不变——天哪，她也说出"总量"，这才叫不是一家人，不进一家门！总量不变，老天爷分配不同，这里多一点，那里就少一点。什么鬼话！对面人轻声道，脸上的愠怒退下去，换一种温柔的表情。

这一天，美棠在店里守到打烊。晚饭时，她亲自下厨，做一盘温州炒饭，端给陈玉洁。就是头一回来"牛铃"吃的，米饭炒到粒粒松散，珠润玉滑，覆一层金黄的油炸虾米。自己也不吃，就坐在对面，指导她如何将米饭和油渣合起，一并入口，直看她吃到盆干碗净，吁出一口气，起身说：走吧！

生意不可阻止地下滑，这就是个连环结。店堂越冷清，上客越少；上客越少，店堂越冷清。外卖还勉力维持原状，送外卖的人手，墨西哥人却走了。只有阿初姐自己送，陈玉洁路不熟，又不会骑摩托。她曾经想过开她的车来，可那是一辆迷你宝马，太不合时宜，就打消念头，镇日留守，于是，店务有一半归她处理。每天提早一小时出门，推迟一小时进门，这又有什么用呢？客人继续少下去，有时候，一个上午不上座。厨工坐在后门口用手机打游戏，阿初姐到美棠处帮助料理家事，美棠回中国老家，找一位大师指点，福建人一个人在家休养。陈玉洁现在店堂里梭行，餐桌摆得不能再整齐，碗碟洗得不能再干净，玻璃窗明晃晃的，如此的清洁，只让人觉得肃杀。要知道，布鲁克林是个闹哄哄、乱糟糟的地方，整个纽约就是个闹哄哄、乱糟糟的地方，所有人同时说话，为使自己的声音听得见，不得不吊着嗓门，你高过我，我高过他，他再高过你，最后谁也听不见谁。

美棠从国内回来的那一日，情绪高涨，大师的箴言极其鼓舞。大师说，福建人的星命是在西边，前半段他是顺势行，从香港到欧洲，到美国，不是一路向西？然而，在东岸滞塞久了，应继续向西，所以，就准备迁移。"牛铃"怎么办？玉洁问。美棠说出一个字"卖"。阿初姐声色不动，陈玉洁则是一惊：卖？美棠斩截道：卖！陈玉洁不由惘然，她已经将"牛铃"当成自己的家，若不是有它，每日晨昏如何度过？不要！她的声音带着哀恳。美棠避开她的眼睛：人命关天！说罢走到银台，打开收银机，又推上，再打开。事实上，心绪烦乱，不知从何入手。玉洁镇定下来，说道：卖给我！连阿初姐都吃一惊，可是，不谓不是个出路。开个价！她说。美棠的手停下来，转脸向她，忽怒从中来，说：知道你有钱，有钱人买幢楼就像买棵白菜，可是，你知道怎么经营？你会吗！玉洁说：我雇你做经理。美棠止不住笑出来，笑着笑着哭了，人朝后一退，坐倒在地上，双手拍着地面。她上前拉扯，被阿初姐止住，动不了。号哭声在店堂里回荡，其中夹杂着诉说，是青田话吧，没一句听得懂。

这一日，"牛铃"照常营业，美棠对玉洁说，饭店接手，一日不可停业，否则就少去一堆回头客，若要装修，只有夜间施工，懂吗？方才一场恸哭，将多日的积郁清空，脸色变得澄明。懂了！她驯顺地答应，心想阿初姐不让她上去劝是对的。那人接着说：留住现金，现金为王，所以，中午必收现金，晚上才刷信用卡。懂了！她说。中国话说，天网恢恢，疏而不漏，这个国家是法网恢恢，密而有漏，你知道区别在哪里？不知道，她谦虚道。读过的书白读了吧！一个是天网，一个是法网！那人得意地说。天网是全罩，法网只罩一半，我们是罩不住的那些人，所以这也不合法，那也不合法，动一动就犯法，但是，在天道里，都是入籍的人，这就叫"星命"——说到此，停下来，仿佛陷入茫然，不知该往何处去，顿一顿，又接下去——所以，我们要往西岸去。西岸什么地方？玉洁问。走一程算一程！"叮"一声响，进来客人，阿初姐赶紧迎前领座。那人却不肯挪步，当门站着，这才看清是个洋人，英语却说得磕磕巴巴。他说不是吃饭，是寻工。问他会什么，回答"拉面"。这三个人就都笑起来，他却很认真，说曾经在老家布拉格跟过一个中国师傅，学过两年"拉面"——"拉面"两个字是用中文说的，发音很准。美棠和玉洁互相看着，问：要不要？一个说：你是老板，你说了算。另一个说：没过户，你就还是老板！那洋人不知道她们说什么，来回看她们的脸，最后美棠做了个拒绝的手势，来人退出了。

如此搅扰一下，卖店的话题搁置了。又仿佛是一个谐谑的开头，剧情变得活跃。到下半天，忽然上客了。美棠到后厨掌勺，小工将砧板剁得山响，阿初姐的女儿，一个高中生，也喊来帮忙。看女孩伸开小臂内侧，稳稳搁一溜碗碟的手势，就知道在中国餐馆里长大，却不会说一句中文。热腾腾的气氛，像是起死回生，又像最后的晚餐。第二日上午，街区格外寂静，一夜狂欢之后，宿醉未醒的样子。生意回复平淡，美棠也回到时来时不来的旧况。阿初姐告诉说，在法拉盛找到一位中医，给开了方子，有几样药引很难得，老板娘正寻觅。这才叫病急乱投医！阿初姐叹道。陈玉洁倒有一时的心安，因暂时不会有变故，只期盼现状维持一日是一日。每到收工，与阿初姐一并结账，关窗闭火，两人在"牛铃"门前分手，一个驾摩托，一个步行往地铁口。周末的地铁，总是很乱，停开的停开，并线的并线，陈玉洁始终没有总结出规律，都是走着瞧。这日错了一条线，下在陌生的站点，站台上没有一个人，心里有些生畏，索性出站上到路面。远远看见新建的世贸中心，夜雾缭绕中，塔尖发出幽光。她辨别出方位，徒步往中城走去。

凌晨时分，城市在静谧中浮托起来，升高了，空气凛冽。她生出一种奇怪的分离，好像一个自己看着另一个自己，走过一条街，又一条街。红绿灯兀自转换，路口无车亦无人，只有她自己，穿行在楼宇之间的峡谷。她张开双臂，简直要飞起来，飞到楼尖上，俯瞰曼哈顿岛。

这一日，回到公寓，推门就见灯光大亮，上锁的房间敞开门，客厅地上桌上堆着东西，女儿赤着脚跑进跑出。她有一点激动，喊了一声，女儿转过脸，蹙眉看她，问道：哪里去了，这么晚！她说：上班。女儿转回头继续忙碌，似乎有一丝笑影掠过，笑她：你能上什么班！女儿看不起她，她很理解，转身回自己房间，女儿却又说出一句：看你过的什么日子！她站住脚，掉过头，看着女儿：我过什么样的日子，你们比较满意？她着重说"你们"，而不是"你"，话里有话，难免是刻薄的。她注意到女儿比走前略丰润，经历十多个小时飞行，竟然还很精神，看来这一个月过得不错。女儿瑟缩了，喃喃道：对自己好一点嘛！她心软下来，又一次听到这句话，由女儿说出来，到底不同些。她叹一口气，说：我过得很好。女儿低下头，将桌上一堆礼盒推向母亲：给你买的。谢谢！她说，看见包装袋上写着"崇光百货""金钟广场""太谷城"的字样，不是从香港来又是从哪里？女儿说：下月就去巴黎，已经找好一所学校，那人付了全部学费。"那人"是指父亲，一阵痛楚袭来，她让孩子失去父亲。事实上，父亲还是父亲。停一时，她问道：爸爸还好吗？这个问题真把人难住了，女儿停了更久的时间，然后回答：不知道。

这一夜没有睡好，临天亮方才入眠，一觉起来已是上午十点多，大叫不好，赶紧起床。公寓里静悄悄的，女儿的卧室门紧闭，里面藏着女孩子甜甜的睡眠，几乎听得见纤细的鼻息声。她忽然想到，女儿走了，她又将是一个人在这公寓里，四壁空空，邻里老死不相往来，难得见面，需用外国语寒暄。禁不住悲从中来，冲出门去。电梯下到底层，穿过大堂，站在楼前的合欢树花影地里，静了静，将眼泪吞进肚里。

到"牛铃"已经中午，料想不到，美棠在店里，正和阿初姐说笑，看上去心情不坏，大约药引子觅到了。两人都注意到玉洁神色有异，阿初姐装没看见，美棠的眼睛一直追着，就晓得放不过她，不如照实说了。其时，心情平静下来，却如死水一潭。美棠的眼睛还在她脸上，仿佛看得穿她，说：你这样不行！陈玉洁不明白了：这样是怎样？美棠说：这样的就是这样！陈玉洁无心纠缠，不予理会。美棠的手搭上她肩膀，硬是扳过身子，这使她想起梅西百货里的那个兰蔻女人。中国同性间不忌惮肢体接触，这是多么好的文化啊！美棠扳过她的身子：你要学会崩溃！这倒出乎意外得很，转过眼睛，直看着对面的人。崩溃呀！美棠说。陈玉洁想起这青田女人坐在地上呼天抢地的情景，要是也能来那么一下，或许会轻松很多。可是，她真的不行！美棠继续启发：你看外国电影，洋人碰到屁大点事情，就尖起声音大叫，撕扯头发，然后到洗手间，拉开柜子，翻找药瓶子——哗啦啦撒一地！美棠学着电影里女人的疯狂动作，陈玉洁笑起来。要崩溃，才能救自己！美棠说。看她还是笑，便叹气：你可真能熬，那还怕什么呢？牛铃叮一响，上客了。

## 8

女儿索性不回来，她也就撑持了下去，可一来再一走，情况就不同了。公寓里又剩她一个人，形影相吊。她想，儿女就是让人软弱的一样存在。她很羡慕美棠能够崩溃，崩溃也要有能量不是吗？像美棠这种元气丰沛的女人，才可如火山爆发，岩浆奔腾。她显然热力不足，也是受文明毒太深，异化了本能，自持的结果就是自伤，一日一日萎缩。美棠说，跟他们一起去西岸，地方都定了，圣迭戈。为什么是它？从中国回来路上，在芝加哥机场转机，遇到一个台湾老太婆，说是老太婆，也就六十来岁，在圣迭戈开餐馆，抱怨儿女都不生孩子，不让她做祖母，说一旦有第三代，立马卖掉餐馆，专司喂养。美棠说，要卖就卖给她。虽是戏言，但两人认真交换通信方式。美棠向玉洁说着这段路遇，眼睛烁亮，在日渐消瘦，瘦成长条的脸颊上，有一点叫人害怕。这梦呓般的憧憬并不鼓舞，反是沮丧。事态不可逆地颓圮，越来越加速，越来越不祥。这两人各在迷局，头脑已经糊涂，单阿初姐一人清醒，照管店务。实在忙不过来就遣女儿来帮忙，有时小姑娘还带来意大利籍的小男朋友，两人唧唧哝哝说着情话，交臂而过抽空亲个嘴，难免打翻碗盏，或者上错菜点，轻佻的举止不合当事人的心境，但也调节了"牛铃"里的阴沉空气。

这一天的中午，依然小猫三只两只，帮工的小男女在学校上课，陈玉洁和阿初姐两人对付，尚有余裕。叮一声铃响，进来的是美棠，脸色平静，并不说话，径直走过店堂，向里走去，通往后厨的过道口一转身，不见。陈玉洁寻到跟前，见地下室楼梯上，有人影一闪，随即也下去。暗中几条光线，从顶盖的金属板缝隙透进来。她磕绊着循动静迈步。空气中充斥一股咸腥辛辣的气味，由脱水的鱼鲜和肉类合成，是唐人街特有的，一旦走近，便扑面而来。她想起第一次来到这里，远远就看见，盖板翻起来，精瘦的福建人，半个身子探出街面，接货放货，行动生风。她叫了一声，纸箱后面传出回答：让我崩溃一下。她不做声了，等待有惊天动地的事情发生。时间在沉默中过去，什么都没有发生，但是，她又分明感觉到一种坍塌，先是一角，再是一面，然后一层一层陷下来。灯啪地打开，地下室一片通亮，却更像是夜晚。阿初姐的声音在头顶响起：你们在做什么？上客了。她振作一下，转身上去，留美棠自己，崩溃吧！她在心里说，按物质不灭的原理，收拾收拾，再做一个人。

方从地下室上来，不禁让地面上的光明眩了眼睛，今天是个好天气。她依阿初姐指点，去到窗边桌上，放下一杯水，客人屈指叩两下桌面道谢，然后将手点在牛肉汤粉一栏。这一位先生，亚裔的脸，从形状看，大约是香港人。她忽觉得面熟，仿佛见过，又不知在哪里。客人双手插在短夹克的口袋里，安静等待上餐。看不出年纪，似乎是中年，因发顶稀薄，面上也见沧桑，但却有一种单纯，让他显得年轻，就像一个在校的学生。汤粉送来，他自己从桌上调料瓶倒出辣椒酱，覆在碗上，筷子一搅，还未进口，额上已冒出汗气。从吃口看，也像广东一带的人籍。牛铃响一声，进来人，隔一条街上修路的南美人，每回都是同样，一块猪排，炸成两面黄，一勺米饭，几朵绿菜花，最后浇上酱汁。近些日子，他们成为中午的主要客源。吃饭带打尖，可消磨一整段休息时间。没什么赚头，但有他们在，店内就显得不那么萧瑟，客引客的，也带进少许生意。香港人还在吃，头埋进汤碗，顶上稀发受了热，竖起来，看上去有点滑稽。顺道时，她替他添了茶，手指头又叩两下桌面。她想，他要是发声说话，也许就想起来是谁。可他一直不张口，于是，那一点模糊的印象消失了。

南美人离座上工去了，香港人这才招手买单，临走终于开口，问道：老板娘不在吗？她犹疑一下，回答：老板娘很忙。哦，他说，然后走过店堂，推门出去。声音和姿态都是温和的，是个有教养的人，陈玉洁收拾起碗盘，心里想。中午营业过去，她们几个已经吃过，美棠方才从地下室上来，脸上没有泪痕，甚至相当平静，这平静是崩溃之后还是之前？她暗忖道。阿初姐下厨做一碗汤饭，拣几样咸菜放在面前，走开了。陈玉洁站在桌边，看徐美棠用餐，这情景使人想起初次邂逅，但是反过来，这一个坐，那一个站。她告诉说，方才来个客人，问起老板娘。美棠"哦"一声。她继续描绘客人的形象，也是没话找话，气氛不至太消沉：身量不高，黄黑皮肤，态度谦和，口音里——这就吃不准了，因为客人惜字如金，说话极少。美棠说：知道了！再找不出话题，就枯站着，看美棠吃下一碗汤饭。饱食使神经放松下来，方才的平静更可能是极度紧张。此时，脸上浮出红晕，显得十分慵懒。抬头看她一眼，说：那人也是从德国过来，原先在汉堡开书店——她这就想起为什么面熟，那个沉默的书店老板，搬着半人高的书走上走下。书店呢，盘给谁了？陈玉洁问。盘给谁谁要？赔本的买卖，拿老爹的钱不当钱，早晚一回事，关门大吉！美棠仿佛很来气，说出一大串。刚才应该叫你的，玉洁颇有遗憾。千万别！美棠举起一只手挡在脸前，我怕他。她纳闷着，想不出怕他什么。举起的手捂住眼睛：我怕上帝，他是上帝派来的。美棠的手久久不放下，看不见手掌后面的脸，她拾起空碗，走开了。

　　这天夜里，福建人走了。阿初姐电话给她，约好次日一早去吊唁。美棠的家在布鲁克林福建人集居的街区，不晓得是哪一代的唐山客过海到这里，买下地皮，翻造房屋，出租给同乡人。纵横的街巷，墙上用中文和注音写着：同安道、南平道、泉州道……大约以籍贯命名。美棠所住莆田道，一条狭街尽头搭起灵棚，两行花圈排到街口。一是入乡随俗，二也是生计繁忙，丧事免去繁冗，一切从简。遗体直接从医院送去殡仪馆火化，然后送回，停放在本乡人的祠堂，一间独立的二层小楼。灵棚里只设一张相片，相片中人很年轻，也是精瘦，不笑，严肃地看着祭奠的来客。她和阿初姐各点三炷香，送上白包，就赶回"牛铃"，饭店照常开业，正如美棠说的，停一日，拒一批回头客。吊唁的人群里，看见前日来店里的香港人，听见有人与他招呼，称他潘博士。

三天之后，美棠来到"牛铃"。前一日里，新聘的大厨上工了，也是福建籍，但来自不同的县份，早几日就找下了，碍着美棠，等尘埃落定，这时才进店。他称阿初姐老板娘，陈玉洁并不以为意，很快发现，"牛铃"已然易主。其实，自福建人得病，美棠就一直向阿初姐出让她的份额，终于，所剩无几。等福建人走了，其余的全部脱手。这一切，都是在陈玉洁不知情下进行，她到底是局外人。美棠不在"牛铃"，她也就没理由在了，最后一次来到这里，一是向阿初姐道贺，二也是，怎么说呢？前后几个月相处，她总要道别一下吧！阿初姐将她们安顿在临窗的桌上，她们总是在这张桌上，面对面。阿初姐一道一道地上菜，很快铺满餐桌，留下她们自己说话，不再作陪——都是自己人，阿初姐说。这一日，最忙碌，进货、卸货、与新厨子交涉、又有应工的面谈。美棠双手抄在胸前，合目养神，她不敢打搅，沉静着。只听牛铃"叮"一声响，又"叮"一声响，再"叮"一声响时，进来了那个香港人，潘博士，看着她们，犹豫一下，走到立柱后面桌前坐下，与两人隔一段距离。

他又来了！她轻声说。谁？美棠合目问。潘博士，她说。美棠笑一笑。请过来一起坐？她问。美棠没回答，就知道至少是不反对，于是立起身过去请人。潘博士受她邀请，没有意外，站起身随后跟来。阿初姐眼明手快，立刻将他的茶盅碗盏收拾起，几乎同时摆开在她俩桌上。现在，他与她坐一边，面对合目不动的美棠。有了第三人，气氛就活泛一些，她说：曾经见过你，在汉堡的书店。他当然记不得，抱歉地笑。她又说：那时候，中国学生往你书店好比跑娘家。他欲开口说话，结果还是笑而不语。她觉出这人的有趣，说：书店关门，中国学生没地方跑了，会感到寂寞的！潘博士这才说出一句：今非昔比。这一句可解释中国学生的处境，也可用来解释他自己的，称得上言简意赅。怎么来美国的？她问，自觉得像是审讯，但好奇心迫使，还因为此人的厚道天真，所以就不怕失礼，放肆了。他依然笑着，低下头，惭愧的表情。美棠却在一边出声道：传播福音来了！陈玉洁想起当时就有人告诉，这是个基督徒。美棠说：把老爹的钱造完了，只剩下福音了！她想拦住话头，这话既是渎神，又是伤人。他却接了过去：书店很难经营。美棠睁开眼睛：要我说，所谓福音，就是诅咒，是不是？我男人已经见好，遇上你，掉转身坏下去，坏到底！这是美棠一贯的逻辑，起先不还把她当灾星，如今转到这一位身上，是出于迁怒，但也可能是一种怪力乱神论。他强辩一句：他到上帝身边了！美棠冷笑道：

上帝是谁？我们不认识，他应该在我身边的，在那里——她的手指向后厨——在那里炒菜。后厨里的油烟涌出来，仿佛呼应她的话。美棠！陈玉洁叫起来，不要再说了！她真有点害怕，怕说话人会受罚。美棠转向她：起先还有些信呢，去教堂听讲经，听到什么"尘归尘，土归土"，就坐不住了，分明一个大活人，怎么就变尘土了？晓得这不是讲道理的时候，陈玉洁还是竭力劝阻：生死由命，不是潘博士的事！命？凭什么规定生死，是谁给它的权力？美棠态度很好，摆出一副讨论的架势。老天！陈玉洁乖乖地回答，就像受了魅惑，跟随走去。不还是上帝吗？美棠微笑着看对面两个人。她挣扎道：癌症是目前的科学尚无解决的难题。对面的人歪着头：科学出来了，到底上帝还是科学有决定权？这样就进入有神论和无神的命题。陈玉洁认真起来：上帝有决定权，但它要借用一双手去实施，科学就是这双手！徐美棠问：为什么是科学的手，而不是你我的手？她说：你我太渺小了，一个人的时间也太短促，要经过许多许多代，才能发出一点光芒，科学之光！对面人说：这话我不能同意，照这样说，我们都是白耗时间，浪费生命？潘博士被她们的对话吸引，兴奋起来，几次插话，企图发表意见，都被挡回去。他哪里是她们的对手，一个有强悍的性格，另一个则是知识的力量。但他的笑容，那么谦逊和惭愧，更好像一切都是他的错，于是又显得无辜。他只能不断扶一扶杯盏，它们在双方激烈的手势底下，差那么一点点就倒翻到桌子底下去。

三人走出"牛铃"，已是薄暮，这一餐饭，从午前到午后，再到晚间营业时间。阿初姐送到门前，嘴里说着"再来再来"，事实上都知道不会再来了。三个人都有些醉，无端地高兴着，走在街上。抬头看见电线杆上高高吊着一只靴子，原来是修鞋铺招徕生意的广告。美棠说：洋人的脑筋很有毛病！潘博士弯腰拾起几块石头，瞄准了向靴子投射，终于有一块射中，靴子动了动，玉洁说：它接受了福音。三个人在威廉斯堡桥口分手，各往各处去。她走上大桥，引桥在布鲁克林上空盘旋，离河面老远老远，等她走到桥中心，灯光亮起了，在心里喃喃说一声"科学之光"，继续向前走。

后来，陈玉洁和徐美棠真的去往加州圣迭戈，西岸的南部。那个台湾老太婆出售的餐馆还要向南，临墨西哥边境的一个小城，到摘采草莓的季节，就有大批的墨西哥人过境到农场做工。这里的墨西哥人比纽约的温和，应该说，所有族裔的人都比纽约的温和、安静、亲切、友善。大城市将人磨砺成一种坚硬的材质。这餐馆是当地唯有的两家中国餐馆的一家，已有四十年历史，那老板娘用它养活了三男二女，终于，第三代出生，便收官退休，享含饴弄孙的天伦之乐。她信守诺言，将餐馆出让给徐美棠，严格说，是徐美棠的朋友陈玉洁。按先前的立约，陈玉洁做老板，徐美棠任经理，经理兼大厨，老板负责前堂。原来的一个厨工，一个跑堂，还有一条大狗，一并留下来。那狗太老，不能承受迁徙的动荡，似乎自知无法跟随旧主，很认命地趴在窝里不动。临别时，泪眼对泪眼，很久很久，无奈门外车喇叭一径地催，方才一拍两散。

餐馆总共十来种菜式，编号排序，无论鱼肉荤素，一律都是滚水中汆一汆，然后浇上预先调好的酱汁——老板娘称之"打沙司"，不惜赐教，如何配料，打出味厚色浓的"沙司"。出于恭敬，一一应道，心里却不以为然，决定另开新路，往精细清淡方面发展。来客对盘中物流露出谨慎的态度，几天时间过去，一个人也没有了。只得因循老板娘积几十年经验创立的路数，方才渐渐回来客人，生意重又兴隆起来。餐馆没有申请酒牌，不设酒吧，晚上收市比较早。总体上说，小城的夜生活相当节制，只有公路边上的一家餐厅，通宵营业。尤其周末，聚集着年轻人，电子乐的低音，咚咚地敲击，空气起着震荡。从纽约那地方过来，多少会觉得沉寂，可两个人互相作伴。打烊以后，坐在厨房灶头边，做两个温州家乡菜，烫一壶日本清酒，电视机里播放着美棠所说"脑筋有病"的节目，有当无的，半个晚上过去，剩下的便是酣畅的睡眠。她们的睡眠都改善了，公路上疾驶而过车辆，从梦里穿行，使人不至于彻底坠入虚空。

即便是这样平淡的日子，也会有意外发生呢！有一日早晨，门敲响了，里边人还没开业呢。敲门声止住，过一时，又响起，来回几番，终于耐不住，开出门去。这一开门不要紧，一声尖叫冲上天。陈玉洁以为发生抢劫，大白天的，竟还有这大胆的事，跑出来，也是一声尖叫。面前站着一个人，谁？潘博士！风衣上蒙一层土，身后一架租来的车，也是一层土，垂手提一个旧背囊，腼腆地笑着，不好意思抬眼。两个高个子女人，一人一边架着胳膊，脚跟离地提进门去。问他怎么会来？他不回答，也不需要回答，管他怎么来，总之，他就来了。

潘博士住了三天，重又上路了。他出身香港一户富商人家，父亲指望他参加家族事业，攻读商科。他对经商一无兴趣，但也听从父命，来到德国读经济。第一年就被高等数学击败，转读哲学，为此和家庭决裂。终究是自己骨肉，父亲给出一笔钱，从此不再负担，无论生活还是学业。另有一笔存于托管基金，结婚成家时方可支付。他用到手的钱开出汉堡的书店，书店终于关门，便到教会做义工，挣些吃喝。因他始终没有结婚成家，所以名下的第二笔钱便不得动用。逐渐地，他发现自己，最适合的生活是，做一名游僧。开车行驶在西部的沙漠，仙人掌一望无际，太阳照耀大地，前方是地平线，永不沉没。

《钟山》2017 年第 1 期　《小说选刊》2017 年第 3 期

大乔小乔

【作者简介】张悦然，女，毕业于新加坡国立大学，2012年起任教于中国人民大学文学院。 著有长篇小说《茧》《誓鸟》《水仙已乘鲤鱼去》《樱桃之远》，短篇小说集《葵花走失在1890》《十爱》。作品被翻译成英语、法语、西班牙语、意大利语、日语、韩语、德语等多国文字。

# 1

上瑜伽课前，许妍接到乔琳的电话。听说她到北京来了，许妍有些惊讶，就约她晚上碰面。电话那边沉默了片刻，乔琳用哀求的声音说，你现在在哪里，我能过去找你吗？

她们两年没见面了。上次是姥姥去世的时候，许妍回了一趟泰安，带走了一些小时候的东西。走的时候乔琳问，你是不是不打算再回来了？许妍说，你可以到北京来看我。乔琳问，我难过的时候能给你打电话吗？当然，许妍说。乔琳总是在晚上打来电话，有时候哭很久。但她最近五个月没有打过电话。

外面的天完全黑了，她们坐进车里。照明灯的光打在乔琳的侧脸上，颧骨和嘴角有两块淤青。许妍问她想吃什么。她转过头来，冲着许妍露出微笑，辣一点的就行，我嘴里没味儿。她坐直身体，把安全带从肚子上拉起来，说能不系吗，勒得难受。系着吧，许妍说，我刚会开，车还是借的。乔琳向前探了探身子，说开快一点吧，带我兜兜风。

那段路很堵。车子好容易才挪了几百米，停在一个路口。许妍转过头去问，爸妈什么时候走？乔琳说，明天一早。许妍问，你跟他们怎么说的？乔琳说，我说去找高中同学，他们才顾不上呢。许妍说，要是他们问起我，就说我出差了。乔琳点点头，知道，我知道。

车子开入商场的地下车库。许妍拉下手刹，告诉乔琳到了。乔琳靠在椅背上，说我都不想动弹了，这个座位还能加热，真舒服啊。她闭着眼睛，好像要睡着了。许妍摇了摇她。她抓起许妍的手，放在自己的肚子上，低声说，孩子，这是你的姨妈乔妍，来，认识一下。

在黑暗中，她的脸上露出微笑。许妍好像真的感觉到什么东西动了一下。像朵浪花，轻轻地撞在她的手心上。她把手抽了回来，对乔琳说，走吧。


许妍捂着肚子蹲在地上。明晃晃的太阳，那些人的腿在摆动，一个个翻越了横杆。跳啊，快跳啊，有人冲着她喊。她用尽全身力气站起来，横杆在眼前，越来越近，有人一把拉住了她……她觉得自己是在车里，乔琳的声音掠过头顶，师傅，开快点。她感到安心，闭上了眼睛。


许妍已经忘记自己曾经姓乔了。其实这个名字一直用了十五年。

办身份证的时候，她改成了姥姥的姓。姥姥说，也许我明年就死了，你还得回去找你爸妈，要是那样，你再改成姓乔吧。从她记事开始，姥姥就总说自己要死了，可她又活了很多年，直到许妍在北京上完大学。

许妍一出生，所有人听到她的啼哭声，都吓坏了。应该是静悄悄的才对，也不用洗，装进小坛子，埋在郊外的山上。地方她爸爸已经选好了，和祖坟隔着一段距离，因为死婴有怨气，会影响风水。

怀孕七个月，他们给她妈妈做了引产。据说是注射一种有毒的药水，穿过羊水打进胎儿的脑袋。可是医生也许打偏了，或者打少了，她生下来是活的，而且哭得特别响。整个医院的孩子加起来，也没有她一个人声大。姥姥说，自己是循着哭声找到她的。手术室没有人，她被搁在操作台上。也许他们对毒药水还抱有幻想，觉得晚一点会起作用，就省得往囟门上再打一针。

姥姥给了护士一些钱，用一张毯子把她裹走了。那是个晴朗的初夏夜晚，天上都是星星。姥姥一路小跑，冲进另一家医院，看着医生把她放进了暖箱。别哭了，你睡一会儿，我也睡一会儿，行吗，姥姥说。她在监护室门外的椅子上，度过了许妍出生后的第一个夜晚。

许妍点了鸳鸯锅，把辣的一面转到乔琳面前。乔琳只吃了一点蘑菇，她的下巴肿得更厉害了，嘴角的淤青变紫了。

怎么就打起来了呢，许妍问。乔琳说，爸在计生办的办公楼里大吼大叫，保安赶他走，就扭在一块了，不知道谁推了我一把，撞到了门上。许妍叹了口气，你们跑到北京来到底有什么用呢？乔琳说，我只是想来看看你。许妍问，那他呢，你为什么就不劝一下？乔琳说，来北京一趟，他俩情绪能好点，在家里成天打，爸上回差点把房子点了。而且有个汪律师，对咱们的案子感兴趣，还说帮着联系"法律聚焦"栏目组，看看能不能做个采访。许妍说，采访做得还少吗，有什么用？乔琳说，那个节目影响大，好几个像咱们家这样的案子，后来都解决了。许妍问，你也接受采访吗，挺着个大肚子，不觉得丢人吗？乔琳垂着眼睛，抓起浸在血水里的羊肉扑通扑通扔进锅里。

过了一会儿，乔琳小声问，你在电视台，能找到什么熟人帮着说句话吗？许妍说，我连我们频道的人都认不全，台里最近在裁员，没准明天我就失业了。她看着乔琳，是爸妈让你来的吧？乔琳摇了摇头，我真的只想来看看你。

许妍没说话。越过乔琳的肩膀，她又看到了过去很多年追赶着她的那个噩梦。上访，讨说法。爸爸那双昆虫标本般风干的眼睛，还有妈妈磨得越来越尖的嗓子。当然，许妍没资格嫌弃他们，因为她才是他们的噩梦。

她爸爸乔建斌本来是个中学老师，因为超生被单位开除了。他觉得很冤，老婆王亚珍是上环后意外怀孕，有风湿性心脏病，好几家医院都不敢动手术，推来推去推到七个月，才被中心医院接收。他们去找计生委，希望能恢复乔建斌的工作。计生委说，只要孩子活下来，超生的事实就成立。孩子是活了，可那不是他们让她活的啊。夫妻俩开始上访，找了各种人，送了不少礼，到头来连点抚恤金也没要到。

乔建斌的精神状况越来越糟，喝了酒就砸东西，还总是伤到自己，必须得有人看着才行。虽然他嚷着回去上班，可是谁都看得出来，他已经是个废人了。王亚珍的父母都是老中医，自己也懂一点医术，就找了个铺面开了间诊所。那是个低矮的二层楼，她在楼下看病，全家人住在楼上，这样她能随时看着乔建斌。乔琳是在那幢房子里长大的。许妍则一直跟着姥姥住。在她心里，乔琳和爸妈是一个完整的家庭，而她是多余的。乔建斌看见她，眼睛里就会有种悲凉的东西。她是他用工作换来的，不仅仅是工作，她毁了他的一切。王亚珍的脸色也不好看，总是有很多怨气，她除了养家，还要忍受奶奶的刁难。奶奶觉得要不是她有心脏病，没法顺利流产，也不会变成这样。每次她来，都会跟王亚珍吵起来。她走了以后，王亚珍又和乔建斌吵。这个家所有人都在互相怨恨。没有人怨乔琳。她是合情合理的存在，而且总在化解其他人之间的恩怨。那些年她做的最多的事，就是劝架和安抚。她在爸妈面前夸许妍聪明懂事，又在许妍这里说爸妈多么惦记她。她一直希望许妍能搬回来住。可是上初中那年，许妍和乔建斌大吵了一架，从此再也没有踏进过家门。

许妍骑着她那辆凤凰牌自行车经过诊所门前的石板路。乔琳从二楼的窗户探出头来，朝她招手。快点蹬，要迟到了，乔琳笑着说。许妍读初中，她读高中，高中离家比较近，所以她总是等看到了许妍才出发。有时候，她会在门口等她，塞给她一个洗干净的苹果。

许妍的手机响了。是沈皓明，他正和几个朋友吃饭，让她一会儿赶过去。许妍挂了电话。面前的火锅沸腾了，羊肉在红汤里翻滚，油星溅在乔琳的手背上。但她毫无知觉，专心地摆弄着碟子里的蘑菇，把它们从一边运到另一边，一片一片挨着摆好。她耐心地调整着位置，让它们不要压到彼此。然后她放下筷子，又露出那种空空的微笑，说刚才是你男朋友吗？许妍嗯了一声。乔琳说，你还没跟我说过呢。你什么都不跟我说，从小就这样。他是干什么的？许妍说，公司上班的白领。乔琳又问，对你好吗？许妍说，还行吧，你到底还吃不吃？乔琳说，有个人让你惦记着，那种感觉很好吧？

餐厅外面是个热闹的商场。卖冰淇淋的柜台前围着几个高中女生。许妍问，想吃吗？乔琳摸了摸肚子，好像在询问意见。她趴在冰柜前，逐个看着那些冰淇淋桶。覆盆子是种水果吗，她问，你说我要覆盆子的好，还是坚果的好呢？那就都要，许妍说。我不要纸杯，我想要蛋筒，乔琳笑着告诉柜台里的女孩。

那是九月的一个早晨，许妍升入高中的第一天。乔琳撑着伞，站在校门口。见到她就笑着走上来，你怎么不把雨衣的帽子戴上，头发都湿了。她伸出手，撩了一下许妍前额的头发说，真好，咱们在一个学校了，以后每天都能见到。放学以后别走，我带你去吃冰淇淋，香芋味的。

路过童装店，乔琳的脚步慢下来。许妍顺着她的目光望过去，亮晶晶的橱窗里，悬挂着一件白色连衣裙。发光的塔夫绸，胸前有很多刺绣的蓝粉色小花，镶嵌着珍珠，裙摆捏着细小的荷叶边。乔琳把脸贴在玻璃上，说小姑娘的衣服真好看啊。许妍问，你希望是男孩还是女孩？男孩吧，乔琳说，如果是男孩，说不定林涛家里能改变主意。许妍问，他后来又跟你联系过吗？乔琳摇了摇头。

汽车驶出地下车库。商业街灯火通明，橱窗里挂着红色圣诞袜和花花绿绿的礼物盒。街边的树上缠了很多冰蓝色的串灯。广告灯箱里的男明星在微笑，露出白晃晃的牙齿。乔琳指着他问，你觉得他长得像一鸣吗？许妍问，你这次来联系他了吗？乔琳说，我没有他的手机号码了。许妍沉默了一会儿，说快到了，我给你订了个酒店，离我家不远。乔琳点点头，双手抓着肚子上的安全带。

于一鸣走过来，坐在了她和乔琳的对面。他 T 恤外面的衬衫敞着，兜进来很多雨的气味。空气湿漉漉的，外面的天快黑了。于一鸣抹了一把脸上的水，冲她们笑了。他的下巴上有个好看的小窝。

到了酒店门口，乔琳忽然不肯下车。她小心翼翼地蜷缩起身体，好像生怕会把车里的东西弄脏。许妍问，到底怎么了？乔琳用很小的声音说，别让我一个人睡旅馆好吗，我想跟你一起睡……她抬起发红的眼睛，说求你了，好吗？

车子开回到大路上。乔琳仍旧蜷缩着身体，不时转过头来看看许妍。她小声问，旅馆的房间还能退吗，他们会罚钱吗？许妍说，我只是觉得住旅馆挺舒服的，早上还有早餐。

乔琳说，我知道，我知道，对不起。

车窗起雾了，乔琳用手抹了几下，望着外面的霓虹灯，用很小的声音念出广告牌上的字。直到车子开上高架桥，周围黑了下去。她靠在座椅上，拍了拍肚子，说小家伙，以后你到北京来找姨妈好不好？许妍没有说话，她望着前方，挡风玻璃上也起雾了，被近光灯照亮的一小段路，苍白而昏暗。

乔琳盯着于一鸣，说你的发型真难看。于一鸣说，我知道你剪得好，可我回去两个月不能不剪头啊。乔琳揽了一下许妍说，来，认识一下，这是我妹妹，亲妹妹。于一鸣对乔琳说，走吧，该回去上晚自习了。乔琳说，你先去，我跟我妹妹坐一会儿，好久没见她了。于一鸣说，咱俩也好久没见了，说好去济南找我也没有去。乔琳笑了，明年暑假吧，我跟我妹妹一起去。于一鸣走了。许妍说，别跟人说我是你妹妹行吗，非得让所有人都知道家里超生的事吗？乔琳垂下眼睛，说知道了。许妍问，你们在谈恋爱？乔琳说没有。许妍说，别骗我了。乔琳说，真的，他来泰安借读，高考完了就走了。许妍说，你也可以走啊。

乔琳笑了一下，没说话。

## 2

许妍找到一个空车位，停下了车。刚下来，一辆车横在她们面前，车上走下一个戴着黑框眼镜的男人。他说，又是你，你又停在我的车位上了。许妍认出他就住在自己对门，好像姓汤。有一次他的快递送到了她家，里面是一盒迷你乐高玩具。她晚上送过去，他开门的时候眼睛很红。她瞄了一眼电视，正在放《甜蜜蜜》。张曼玉坐在黎明的后车座上。

许妍说，我不知道这个车位是你的，上面没挂牌子。她要把车开走，男人摆了摆手，说算了，还是我开走吧。他钻进车里发动引擎。

乔琳笑着说，他一定看我是孕妇吧。现在我到哪里都不用排队，一上公交车就有人让座，等孩子生下来，我都不习惯了。

许妍打开公寓的门。她的确没打算把乔琳带回家。房子很大，装修也非常奢侈，就算对北京缺乏了解，恐怕也猜得出这里的租金一般人很难负担。但是乔琳没有露出惊讶，也没有发表评论。她站在客厅中间，低着头眯起眼睛，好像在适应头顶那盏水晶吊灯发出的亮光。

过了一会儿，她回过神来，问许妍，你主持的节目几点播？许妍说，播完了，没什么可看的。乔琳问，有人在街上认出你，让你给他们签名吗？许妍说，一个做菜的节目，谁记得主持人长什么样啊。她找了一件新浴袍，领乔琳来到浴室。乔琳指着巨大的圆形浴缸问，我能试一下吗？许妍说，孕妇不能泡澡。乔琳说，好吧，真想到水里待一会儿啊。她伸起胳膊脱毛衣，露出半张脸笑着说，能把你的节目拷到光盘里，让我带回去吗？放心，不告诉爸妈，我自己偷偷看。

乔琳的毛衣里是一件深蓝色的秋衣，勒出凸起的肚子。圆得简直不可思议。她变了形的身体，那条被生命撑开的曲线，蕴藏着某种神秘的美感。许妍感觉心被什么东西蜇了一下。

电话响了。沈皓明让她快点过去。听说她要出门，乔琳的眼神中流露出恐惧。许妍向她保证一会儿就回来，然后拿起外套出了门。

许妍睁开眼睛，看到自己躺在病房里。墙是白的，桌子是白的，桌上的缸子也是白的。乔琳坐在床边，用一种忧伤的目光看着她。许妍坐起来，问乔琳，告诉我吧，我到底怎么了。乔琳垂下眼睛，说你子宫里长了个瘤子，要动手术。子宫？许妍把手放在肚子上，这个器官在哪里，她从来没有感觉到它的存在。乔琳说，你才十七岁，不该生这个病，医生说是激素的问题，可能和出生时他们给你打的毒针有关。

……医生站在床前，说手术很顺利，但瘤子可能还会长，以后可以考虑割掉子宫，等生完孩子。但你怀孕比较困难。他没说完全不可能，但是许妍知道他就是那个意思。

医生走了，病房里很安静。许妍望着窗外一棵长歪了的树，岔出去的旁枝被锯掉了。乔琳说，我知道我说什么都没用，可是我以后真的不想生孩子。不知道为什么，想想就觉得可怕。

许妍赶到餐厅的时候，沈皓明已经有点喝多了，正和两个朋友讨论该换什么车。上个月，他开着花重金改装的牧马人去北戴河，半路上轮轴断了，现在虽然修好了，可他表示再也无法信任它了。

他们有个自驾游的车队，每次都是一起出去，十几辆车，浩浩荡荡。许妍跟他们去过一次内蒙，每天晚上大家都喝得烂醉，在草地上留下一堆五颜六色的垃圾。有一天晚上，许妍和沈皓明没有喝醉，坐在山坡上说了一夜的话。他们两个就是这么认识的。许妍跟所有的人都不熟，是另外一个女孩带她去的，那个女孩跟她也不熟，邀请她或许只是因为车上多一个空座位。到了第五天，许妍坐到了沈皓明的那辆车上，他们一直讲话，后来开错路掉了队。两个人用后备箱里仅剩的烟熏火腿和几根蜡烛，在草原上度过了一个难忘的夜晚。

回北京那天，许妍有些低落，沈皓明把她送回家，她看着车子开走，觉得他不会再联系她了。她知道他是那种有钱人家的孩子，周围有很多漂亮女孩，只是因为旅途寂寞，才会和她在一起。也许是玩得太累了，第二天她发烧了。她躺在床上，觉得自己像一根就要烧断的保险丝，快把床单点着了。她感到一种强烈而不切实际的渴望。帮帮我，在黑暗中她对着天花板说。每次她特别难受的时候，就会这么说。

傍晚她收到了沈皓明的短信，问她要不要一起吃晚饭。她摇摇晃晃地从床上爬起来，化了个妆出门了。那不是一个两人晚餐，还有很多沈皓明的朋友。她烧得迷迷糊糊的，依然微笑着坐在沈皓明的旁边。聚会持续到十二点。回去的路上，她的身体一直发抖。沈皓明摸了摸她的额头，怪她怎么不早说，然后掉头开向医院。在急诊室外面的走廊里，他攥着她的手说，你让我心疼。她笑着说，大家都挺高兴的，这是个高兴的晚上，不是吗？

那个夏天，沈皓明时常带她参加派对。那些派对在郊外的大房子里举行，总有穿着短裙的女孩带着她的外籍男友。直到夏天快过完，她才确定自己成为了沈皓明的女朋友。那时她已经学会了自己卷头发，并且添置了好几条短裙。到了九月末，她和几个从前要好的朋友坐在路边的烧烤摊，意识到自己以后也许不会再见他们了。来北京八年，一直在认识新朋友，进入新圈子，那种不断上升、进化的感觉，给她带来一些满足。

你想去莫斯科吗，沈皓明扭过头来看着她，春天的时候咱们开车去莫斯科吧？好啊，许妍说。她想到旷野上的星星，以及那些因为喝醉而感觉自由一点的夜晚。

饭局散了，许妍开车把沈皓明送回他爸妈家。当初租房子的时候，他是准备跟她一起住的。后来觉得上班太远，多数时候就还是住在他爸妈家。那边有好几个保姆伺候，饭菜又可心。他爸妈也不希望他搬出来，好像那样就等于认可了他和许妍的关系。

你表姐安顿好了？沈皓明忽然问，明天我妈让你来家里吃饭，喊她一起吧。许妍说，不用，她自己有安排。沈皓明说，后天律师所没事，我可以陪你带她转转，买买东西。许妍说好。

回到家已经是凌晨一点。乔琳还没睡，正靠在床上看电视。她好像在哭，抹了抹脸，对许妍笑了一下，说你看过这个节目吗，把一个城里的孩子和一个农村的孩子对调，让他俩在对方的家里住几天。结果那个农村孩子把城里的"爸妈"给她买早点的钱都攒下来，想给农村的奶奶买副新拐杖。许妍说，都是假的，节目组安排好的。乔琳说，怎么会呢，那个农村孩子哭得多伤心啊。

许妍换上睡衣，在床边坐下，说你怎么会失眠呢，孕妇不是应该贪睡吗？乔琳说，我每天睁着眼睛到天亮，看什么都是重影的，好像那些东西的魂全跑出来了。许妍问，去医院看过吗？乔琳回答，说是精神压力大，可他们不让吃安定。许妍沉默了一会儿，问你后悔吗，把孩子留下来？乔琳笑着说，怎么会呢，我把衣服都买好了啦，白色的，男女都能用。


半年前乔琳打来电话，说自己怀孕了。男的叫林涛，比乔琳小两岁。和她在同一家商场当售货员。他父母一直告诫他，不能跟乔琳谈恋爱，沾上她爸妈，一辈子都别想安生。得知乔琳怀孕，他吓坏了，休假躲了起来。乔琳厚着脸皮找到他们家，林涛的母亲给了一些钱，让她把孩子打掉。乔琳爸妈说，怎么能打掉，就去林家闹，还跑到商场去找乔琳的领导。乔琳把工作辞了，跟她爸妈说，你们要是再闹，我就死在你们面前。

那段时间，乔琳常常给许妍打电话。她在那边问，为什么我的生活里总是有那么多的纠纷呢？


十月的一个早晨，两个女生在学校门口拦住了她，说你就是乔琳的小跟班吗，最好离那个狐狸精远点，别沾得自己一身骚。许妍不算意外。她已经发现乔琳在学校里非常有名，追她的男生很多，背后说闲话的也很多。

放学后她和乔琳碰面，没有提起这件事。走到大门口，那两个女生又来了。她们低着头，哭丧着脸说，我们说错话了，对不起，你千万别放在心上。乔琳皱着眉头，一言不发。

她们又去了冷饮店。于一鸣很快也来了。乔琳瞪着他，你的眼线挺多啊。于一鸣说，怎么了？乔琳说，别装傻，你让王滨去吓唬李菁菁了？于一鸣说，太嚣张了，不给她们点颜色看看怎么行。乔琳说，你要是真拿王滨当哥们，就别让他干这种事。他身上背着两个处分，再有一回就得开除。于一鸣说，我绝不允许她们这么败坏你。乔琳笑了笑，我才不在乎呢。


许妍对乔琳说，如果我是你，大概会把孩子打掉。乔琳显得很惊恐，说怎么可能，它是个生命啊。许妍说，这个世界上有很多错误的生命，生下来只会受苦。乔琳说，别说了，我绝对不能那么做。

许妍很清楚，乔琳不能那么做是因为爸妈。他们最初是反对计划生育，后来变成连堕胎也反对。特别是王亚珍，成为了这方面的斗士。她经常守在医院门口，拦截去做流产的女人，讲各种怨灵的故事，还去吓唬医生和护士，让他们放下手术刀到寺庙里超度。有那么几个女人听了她们的话，没做流产，生下孩子以后拍的满月照片，被王亚珍扩印得很大，拿在手里到处宣传。她还爱讲自己的故事：我的小女儿，当时被他们逼着流掉，又打激素又打毒针，我有心脏病，差点死在手术台上。可孩子不是照样健健康康地活下来了吗？你们现在什么困难都没有，有什么理由不要孩子？她以后一定也会把乔琳当成单亲妈妈的典范。至于乔琳该如何抚养那个孩子，她根本不去想。这几年一直都是乔琳在养家，现在她还没了工作。

她们的不幸，最终都会变成爸妈上访的资本。就像许妍子宫里生瘤，也被他们到处宣扬，无非是为了多要一笔赔偿金。许妍心里的愤怒，如同休眠的火山，这时又燃烧起来。所以或许并不完全是为了乔琳，更多的是想反抗爸妈的意志，给他们沉重一击，——她又给乔琳打了电话。乔琳有点受宠若惊，说你从没给我打过电话。许妍说，你最好再考虑一下，留下这个孩子，一生可能都完了。乔琳说，可它是活的啊，在我身体里动，真的很奇妙，那种感觉你不会懂的……许妍冷笑了一声，是啊，那种感觉我不会懂的。以后你的事我也不会再管了。

乔琳没有再打来电话。许妍偶尔想起来，会在心里算算月份，想一想孩子还有多久出生。


乔琳坐在操场的看台上，咬着一根棒冰，嘴上都是鲜艳的色素。许妍走过去，说你躲到这儿有用吗？乔琳不说话。许妍问，你是不是特别喜欢看男生为了你打架？既然你不想跟他们谈恋爱，为什么还要对他们好，让他们围着你团团转呢？乔琳说，可能害怕孤独吧，她抬起头，咧开橘色的嘴唇笑了，你是不是很讨厌我这样的女孩？

　　许妍在床上躺下，伸手关掉了台灯。但黑暗不够黑，窗帘的缝隙间夹着一道颤巍巍的光。她正犹豫是否要去消灭那簇光，乔琳的手穿过阻隔在中间的被子，找到了她的手。她说，你还记得吗，从前姥姥生病我把你领回家，咱俩挤在我那张小床上。许妍说，那是很小的时候，上了初中我就没再去过。

　　乔琳握紧了她的手，说我知道上回我说错话了，一直想给你打电话，可是真怕你再劝我把孩子打掉……许妍说，承认吧，你现在后悔了。乔琳说，没有，我想通了，不管我给这个孩子什么，给多给少，他都是奔着他自己的命去的。你小时候受了不少苦，现在不是也过得挺好吗？许妍问，你自己呢，你是奔着什么命去的，干吗非要背那么重的担子呢？乔琳在黑暗中笑了一声，我爱逞能，老觉得没我不行，其实我有什么用啊？她捏了捏许妍的手心，上访的事我早都不抱希望了，就是跟林涛呕一口气。当时他说，你家里要真是讨到了说法，再也不闹了，我就娶你。其实怎么可能啊，人家肯定早交了新女朋友。

　　许妍翻了个身，闭上眼睛。她感受着乔琳滞重的呼吸。如同一艘快要沉没的船。一个显而易见的却一直被她忽略的事实是，她的姐姐过得很糟，而且也许再也不会好了。她能帮她做什么吗？

　　她能。沈皓明自己就是律师，而且热心，爱帮朋友。他爸爸又有很多政府关系。

她不能。她根本无法开口。从一开始她就隐瞒了家里的事，说爸爸走了，妈妈死了，她是跟着姥姥长大的。这不是撒谎，她对自己说，只是出于自保。谁能接受一对不停闹事，总是被保安驱逐和扭走的父母呢？不过，既然她一直说乔琳是她的表姐——是不是可以让他们帮一帮这个表姐呢？但是也有风险，她爸妈曾在采访里提到过小女儿的名字，还说她现在在北京生活。一旦那些资料被翻出来，她的身份就掩饰不住了。

许妍勉强睡了几个小时，天快亮的时候醒了。她感觉到乔琳在耳边呼吸，嘴巴里的热气涌到她的脸上。她睁开眼睛，乔琳在曦光中望着自己。她一时想不起来从前什么时候，她也是这样望着自己，用那双圆圆的大眼睛，好像明白了什么重要的事要告诉她。但是她并没有开口。

你看我也是重影的吗？许妍问。

乔琳说，不，我看你看得很清楚。


于一鸣站在她的教室门口。他说乔琳三天没来上课了。许妍说，我爸把腿摔断了，她得照顾他。于一鸣说，我知道，快考试了，这样下去不行。你带我去找她。

外面下着雪，马路结冰了。他们推着自行车往前走。风很大，雪乱糟糟地降下来，天空像个马蜂窝。于一鸣的头发又长长了，他的脸很白，下巴上有个好看的小窝。他神情凝重地说，帮我劝劝乔琳，让她好好复习，跟我一块儿考到北京。许妍说，她不想走。于一鸣说，她在这里没有出路。许妍问，北京什么样？于一鸣说，北京的马路特别宽，到处都是商店，还有很多咖啡馆。你好好学习，两年以后也考过去。许妍问，我？于一鸣说，是啊，我们在北京等你。

许妍怔怔地看着他。他口中呼出的白气在空中上升，然后散开了。

<h1 style="text-align:center">3</h1>

第二天，许妍录节目到下午五点，然后匆匆忙忙赶去买甜点。那家蛋糕店是从巴黎开过来的，最近上了不少时尚杂志。她每次都为带什么礼物去沈皓明家而伤脑筋。

小巧的纸杯蛋糕陈列在玻璃柜里，上面镶着翻糖做的高跟鞋和花环，像是一件件奢华的珠宝。价格当然也贵得离谱，她最终决定买四个。这时乔琳打来电话，问她什么时候回来。许妍说，冰箱上不是有外卖单吗，你先叫东西吃啊。乔琳说，我不饿，你家门怎么锁，我在屋子里喘不上气，想出去走走。许妍把门锁的密码告诉她。她重复了一遍，说要是我等会儿忘了，能再给你打电话吗？

挂了电话，许妍扫视了一圈玻璃柜，目光落在一个有跳舞小人的纸杯蛋糕上。小人单脚支地，抬起双臂，好像正准备起跳，飞离地面。我要这个，她跟柜台里的女孩说。

许妍听到乔琳在身后喊自己。她追上来，把手里的布袋递给许妍，说裙子我帮你借好了，领子有点大，你别两个别针就行了。许妍说，我真的不想主持了。乔琳说，你要是不主持，我就也不跳舞了。晚会咱俩都不参加了。许妍问，干吗要费那么大力气帮我争取呢？乔琳笑了，大乔小乔要一起出风头才好。当时在学校已经有很多人知道她们是姐妹，并且叫她们大乔小乔。

保姆开了门，要帮许妍拿东西。许妍捧着蛋糕盒说，我自己拿到客厅吧。三个女人坐在客厅的沙发上喝香槟。其中一个短发女人笑盈盈地看着她，对另外两个说，皓明就喜欢这种瘦瘦高高的女孩。旁边披着披肩的女人说，现在的男孩都喜欢这种身材。

一个八九岁的男孩跑出来，是沈皓明的弟弟沈皓辰。他手里牵了一只短腿腊肠狗。那只狗穿着蓝色羽绒坎肩，背后有个帽子，跑快一点帽子就扣过来，盖住了它的脸。沈皓辰把狗拽到沙发边，向大家介绍，它叫贝利，有点感冒了。挑高细眉的女人问，你上次那条狗呢？沈皓辰说，送走了，妈妈嫌它老翻垃圾桶。短发女人说，你妈一开始可是爱它爱得不行啊。男孩耸耸肩，我妈妈是个很难捉摸的女人。三个女人笑起来。披着披肩的女人说，皓辰，过来，让阿姨抱抱。男孩勉为其难地向前走了两步，把头转向一边，阿姨，我也感冒了。披着披肩的女人摸了摸他的后脑勺，都那么大了，真是有苗不愁长啊。挑高眉毛的女人放下香槟杯说，后悔了吧，当时都劝你跟于岚一起去，还可以做个双胞胎。

谁在说我坏话呢，我可是听到了，一个矮胖的女人走进来，穿着深蓝色香云纱裙子，腰部有一朵白色荷花，是沈皓明的妈妈于岚。你儿子，短发女人说，他说你是个很难捉摸的女人。于岚笑起来，对男孩说，宝贝，你昨天不是还说我不用开口，你都知道我要说什么吗？男孩说，我知道你要说什么，但我不知道你在想什么。挑高细眉的女人说，你儿子是个哲学家。

男孩抬起头问于岚，我能让许妍姐姐陪我去玩吗？于岚说，好啊。她笑吟吟地朝许妍走过来，说我都没看到你来了。许妍微笑着说，我买了甜点，饭后可以吃。太好了，于岚说，那我就不让大李再去买了。许妍在心里飞快地算了一下，四块蛋糕，自己不吃，刚好她们四个女人一人一块。

她跟着沈皓辰来到后院。那里有几簇假山和一个凉亭，前面是一小片结冰的水塘。沈皓辰问，你说贝利能在上面滑冰吗？许妍说，不行，它会掉下去。玩点别的吧，我陪你去插乐高。沈皓辰摇摇头，我想陪着贝利，它太孤单了。许妍说，它感冒了，需要休息。沈皓辰说，都是我妈，非让它睡在花房里。许妍问，为什么不让它到屋子里去？沈皓辰说，我妈说我们还不了解它的脾气，要观察一段时间，惠惠姐姐刚来的时候，她也不让她跟我们一起吃饭，说她嘴巴臭，可能有胃病。

许妍通过这个男孩知道了他们家不少事。包括沈皓明刚和她在一起的时候，于岚还给他介绍一个银行行长的女儿。没准他们见了面，她没问过沈皓明。以后恐怕还有律师的女儿，医生的女儿，她显然不是理想的儿媳，不过他们也没公然反对。有一次沈皓辰说，我妈说哥哥带什么女孩回来都没所谓，谈谈恋爱又不是当真的。许妍相信沈皓辰不至于蠢到不知道这些话不该讲给她听，他是故意的，好让她心里难受。他也会把他妈妈讲保姆小惠的话告诉小惠，然后站在门外听小惠在房间里偷偷哭。这是一种什么爱好，许妍不知道，用沈皓明的话来说，他弟弟是个内心阴暗的小孩。

他们相差十八岁，沈皓辰叼着奶嘴的时候，沈皓明已经系着领结跟爸爸去参加慈善晚会了。他对弟弟没太多感情，一开始甚至忘了跟许妍讲。后来有一次随口讲到他，许妍惊讶地问，为什么？什么为什么，沈皓明问。许妍说，为什么能生两个孩子。沈皓明说，哦，我爸妈都入了加拿大籍。其实不入也可以，罚点钱就是了。

沈皓明推门走出来，对许妍说，我到处找你呢。他冲着沈皓辰的屁股拍了两下，别老缠着别人，你就不能自己玩会儿吗？沈皓辰哀求道，我们等会儿出去吃冰淇淋吧。沈皓明不理他，拉着许妍走了。

沈皓明的爸爸沈金松和几个男客坐在偏厅的沙发上。沈皓明带着许妍走过去，把她介绍给两个没见过的客人。他爸爸说，皓明，给你李叔叔拿支雪茄来。走出房间，沈皓明咕哝道，他怎么还有脸来。你说谁，许妍问。沈浩明说，那个戴鸭舌帽的男的，做生意把周围的朋友坑了一个遍，大家都不跟他来往了。沈皓明返回偏厅的时候，许妍拉住他，说笑一下。沈皓明皱着眉头，干什么？许妍说，你的怒气都写在脸上，让别的客人看到不好。沈皓明勉强露出一个微笑。许妍也给他一个微笑，进去吧，我去问问你妈妈那边有什么需要帮忙的。

许妍回到大客厅，发现又来了两个女客人。蛋糕不够分了，她有点不安地盯着桌子上的白盒子。开饭了，于岚对她说，我们过去坐下吧。

这种家宴是沈家的传统，每个星期都有一两回。客人彼此相熟，不会感到拘束。许妍环视四周，低声问沈皓明，高叔叔没来？沈皓明说，他开会，晚点来。披着披肩的女人问，皓辰呢？于岚说，让他跟保姆吃，那孩子絮絮叨叨的，大人都没法好好说话了。

戴鸭舌帽的男人挨着女人们坐，一直保持沉默，每当那碟花生米转到面前的时候，他都会夹起一颗。你的古董店还开着吗，旁边的女人问他。没有，他回答，停顿了几秒说，不过我正打算重新开起来。女人问，还在原来的地方吗？啊，对，他说。一个男客人笑了笑，你确定吗，那一带盖了新楼，租金涨了四五倍。所有的人都看向戴鸭舌帽的男人，屋子里一时很静。许妍觉得自己所分担的那份尴尬比其他人更多。她理解那个戴鸭舌帽的男人，他一定很渴望成功，只是运气差了点。

饭吃到一半，高叔叔来了。许妍也弄不清这个高叔叔到底在政府做什么工作，只知道他权力很大，帮人铲了不少事。戴鸭舌帽的男人忽然来了精神，一直看着高叔叔，听他跟周围的人讲话。他们笑起来的时候，他也跟着笑了。

晚饭结束后，大家移到偏厅喝茶。沈金松和高叔叔去了另外一个房间，戴着鸭舌帽的男人也跟了进去。沈皓明对许妍说，他肯定有事要让高叔叔帮忙。许妍问，他会帮吗？沈皓明说，不知道，我们去看电影吧？许妍说，早走了你妈妈会不高兴。沈皓明说，管她呢。许妍笑了一下，你可以不管，我不能不管。她拉着沈皓明来到客厅，女人们正坐在那里聊天。沈皓明听到她们都在谈论衣服和包，就说我还是去男士那边吧。

许妍在于岚旁边坐了一会儿，发现桌上的水果又不够，就起身去拿。让佩佩把甜酒打开，于岚在她身后说。经过走廊，她看到沈金松他们还在那个房间里，好像在说什么房子的事。

她拿着叉子从厨房出来，听到旁边的房间里传来奇怪的声音。好像是干呕，伴随着细小的嘶叫声。她敲了两下，推开门。是沈皓辰，正仰面躺在地上哭。那间屋子长期闲置，空荡荡的，只有一只书柜立在墙边。她蹲下来，说你可真会挑地方。沈皓辰不理她，闭上眼睛继续哭。许妍问，就因为没陪你去吃冰淇淋？沈皓辰抹了把眼泪，说我早就习惯了。许妍问，为什么不叫你的朋友来家里玩呢？沈皓辰说，你要是整天转学，还会有什么朋友吗？他摇了摇头，说这个家里没有一个人真的关心我。许妍说，不要对别人有什么期望，你自己得变得强大起来。沈皓辰撇了一下嘴，我还是个孩子呀。许妍说，孩子怎么了？沈皓辰哀求道，你能让我自己静一会儿吗，我不想回房间，惠惠姐姐像只鹦鹉，一直说个不停。

许妍带上了房间的门。她确实没想过沈皓辰会有什么痛苦。生在这样的家庭，不是应该从梦里笑出声来吗？但是现在看起来，他或许也是一个多余的孩子。他爸妈要他不过是为了装点生活，其实已经没有耐心再陪他长大一遍了。于岚不能放弃太太们的聚会和旅行，沈金松不能放弃打高尔夫和应酬。沈皓辰总是和保姆待在一起。一任又一任保姆。他满意的他妈妈不满意，他妈妈喜欢的他不喜欢。

许妍回到客厅，她的蛋糕盒子打开了，摊在桌上，里面的蛋糕一个也没有动。有两个上面的花蹭在盒子上，变成了一坨红色烂泥，只有立着跳舞小人的那个仍旧完好。小人踮着脚尖，好像正从一堆废墟里往外爬。

戴鸭舌帽的男人出现在门口，咧开嘴冲着于岚笑了笑，说我来跟你说一声，我要走了。于岚点点头，让司机送你一下？男人说，我叫了辆车，司机好像迷路了。于岚说，坐下等一会儿吧。鸭舌帽迟疑了一下，走过来坐在沙发上。许妍把自己那杯没有动的甜酒放到他跟前，对他笑了笑。

快去把你的貂皮大衣拿来！短发女人把手搭在于岚的肩上。还有那个绝版的蜥蜴皮，挑高细眉的女人说。于岚去取了灰蓝色的貂皮大衣，还有几只包。女人们走上前，有的试穿大衣，有的摆弄着包。只有许妍和鸭舌帽坐在沙发上。鸭舌帽探身向前，目光呆滞地盯着茶几上的东西。他忽然伸出手，拿起那个有跳舞小人的纸杯蛋糕，整个塞进了嘴里。

乔琳走到舞台中央，射灯的光不偏不斜地打在她的脸上。她天生知道光在哪里。她趋着步子，荡着纤长的腿，将裙摆转得飞快。每次她双脚离开地面的时候，许妍都感觉到心里一紧。她不知道自己是在担心，还是在希望发生点什么。直到乔琳平安地弯腰谢幕，她才松了一口气，然后忽然难过起来。她想，很多年后，台下的人不会记得是谁主持了这场晚会，但他们一定记得乔琳跳舞的样子。

十点过后，客人陆续离开。许妍帮保姆收酒杯，被沈皓明堵在厨房门口。他搂了一下许妍的腰，眨眨眼睛，说不如今晚你就睡在这里吧？许妍挣脱开，一脸正色地说，跟我说说，你是从多大开始，留女生在家过夜的？沈皓明耸耸眉毛，十七？你爸妈也答应吗，许妍问。沈皓明笑着说，他们到我房间来了好几次，我估计是想看看有没有准备避孕套。你准备了吗？许妍问。沈皓明收住笑容，神情变得凝重，我想向你坦白一件事……其实我有一个……年轻时候总会犯些错误对吧……他低下头，双手捂住脸。许妍想把他的手拉开，他拼命躲闪，直到迸发出笑声，他一边笑一边摆手，我实在是憋不住了……许妍推了他一下，自己还觉得演得挺像是吧？沈皓明笑着问，要是我真从外面领回来个孩子，你帮我养吗？许妍说，那得看长得好不好看了。沈皓明说，好看，比我还好看。许妍说，养啊，为什么不养，省得自己去生了。沈皓明伸出双手兜住她，不行，你至少还得生两个。许妍望着他，笑了笑。她说，我还是回去吧，表姐一个人在家。沈皓明说，好吧，我明天陪你们，给你们当司机。许妍说，不用，她脾气怪，你在她会不自在。

许妍穿上外套，拢了一下头发，转过身来问，对了，刚才那个人找高叔叔什么事？沈皓明说，前些年他在郊区找了块地盖房子，当时和乡政府签过合约，但是不作数，现在地要被收走了……许妍问，这事难办吗？沈皓明说，嗯，不过高叔叔去想办法了。许妍说，所以还是会帮他？沈皓明说，不然呢，他住哪里呢？

回去的路上，许妍在心里掂量，是鸭舌帽拆房子的事难办，还是她爸妈的事难办。他既然连那个名声不好的人都愿意帮，是不是也意味着他可以帮她呢？不，不是她，是她的表姐乔琳。再找机会吧，她想，应该多和高叔叔见几面，让他觉得自己是沈家的一员。

许妍回到公寓，发现乔琳坐在楼下大堂的沙发上。她抬起头，抱歉地冲许妍笑了一下，我把密码忘了，你的手机关机。许妍问她坐了多久。她说没多久，我一直在院子里转悠，把开着的小商店都逛了一遍。这里真好，人都很和气，还借给我厕所用。

许妍看着她，乔琳，你能别把自己弄得那么惨兮兮的吗？


乔琳从三轮车上跳下来，笑着对她说，我把写字台给你拉来了，反正我以后再也不用学习啦。许妍打量着那张写字台，桌腿上的贴画已经斑驳，她还记得贴画刚贴上去的时候，上面那张明艳的赵雅芝的脸。她确实觊觎这张书桌很久。姥姥在窗台上搭了块木板，她一直在那上面写作业。

许妍问，成绩出来了？乔琳吐了吐舌头，连那个破烂煤炭学院也没考上。她们把写字台搬下来，乔琳拍了拍手上的灰，说我已经找到工作啦，明天就去华联商场上班，以后你买"美宝莲"都是员工价。她的手指上涂着藕粉色的指甲油，穿着低腰牛仔裤，长头发在胸前甩来甩去。她身上的美丽还在增加，但她好像并不把自己的美丽当回事。那股潇洒的劲特别令男孩着迷。

# 4

第二天，十点不到她们就出门了。往常的周末，许妍会和沈皓明在床上赖到十一点，然后去吃个早午餐。但是这一天，天刚亮许妍就醒了。失眠大概传染，她就没见乔琳闭过眼睛。但是乔琳坚持说自己睡了一会儿，还做了梦，梦见自己生了个罐子人。罐子人？许妍皱起眉头。对，乔琳说，就是那种马戏团里的小孩，养在罐子里，手脚都萎缩了，只有头特别大。她打了个激灵，跳下床，说我去做早饭了。

厨房里传出葱油的香味。乔琳用平底锅烙了两个葱花饼。这是小时候最熟悉的食物，许妍来北京以后就没有再吃过。要不是再闻到这股味，她已经忘记世界上还有这种食物了。

许妍想带乔琳先去景山，那附近有一段红墙她很喜欢。街上的车不多，她们静静听着广播里的歌。乔琳抿着嘴唇，似乎很悲伤。许妍说，别想了，那只是个梦。乔琳点点头，知道，我知道。没事的，我在等汪律师的电话，他说今天会打给我的。许妍觉得乔琳在把某种压力传递给自己，这令她感到很烦躁。

车子剧烈地震了一下，许妍回过神来，猛踩刹车，可是已经撞上了前面的车。乔琳拱起身体，护住了肚子。前车的女人对着许妍一通抱怨，然后给交警打了电话。交警来了，许妍把车上翻遍了，也没找到行驶证，只好给沈皓明打电话。过了几分钟，沈皓明拨过来，说在家里找到了，上次司机修车取出来，忘记放回去了。沈皓明说，我给你送过去，你在哪里？许妍沉默了几秒钟，说出了自己的位置。

她回到车里。乔琳头靠着车座，双手还放在肚子上。许妍说，我男朋友正赶过来，我跟他说你是我表姐，你不要提爸妈的事。乔琳点点头，知道，我知道。许妍还想交代几句，见她闭上了眼睛，就没有再说。

沈皓明到了，处理完事故，他坐上驾驶座，侧过头来冲乔琳笑了笑，表姐，我开车可稳了，你安心睡会儿吧。

已经过了十一点，沈皓明提议先去吃午饭。他把车开到附近的购物中心。三楼有家粤菜馆，于岚常约人在那吃早茶。沈皓明把菜单交给乔琳，让她看看想吃什么。乔琳看了一下，又把它递给许妍。许妍低头翻菜单，总觉得乔琳在看自己。一屉虾饺上百块，显然不是白领能负担的。乔琳大概早就把她识破了，借来的车，租的房子，一切都充满破绽。她抬起头来的时候，乔琳微笑着说，我吃什么都可以，辣一点就行。

我就知道许妍得撞，沈皓明说，不撞个两三回哪算真会开车？可是车上坐着你，不能有半点马虎。我早就跟她说今天我来给你们当司机……乔琳笑了笑，已经很麻烦你了。沈皓明说，她以前不也常麻烦你吗，她说上高中的时候你很照顾她，给她买雨衣，陪她打吊针……乔琳淡淡地说，那不算什么。沈皓明说，有时候表亲反倒更亲，我和我表姐的感情就比跟我弟好……乔琳问，你有个弟弟？沈皓明说，对啊，一个爱哭鬼，烦死人了。乔琳说，怎么能生第二个孩子呢？沈皓明笑了，你怎么跟许妍问得一模一样，我爸妈拿了加拿大护照。乔琳喃喃地说，哦，外国人……沈皓明说，以后我跟许妍至少生三个，你的小孩不愁没人玩。乔琳点点头，好啊。许妍埋头吃着刚上来的石斑鱼。生三个？她似乎听到乔琳在心里暗笑。

乔琳的手机响了。许妍很怕她会在沈皓明面前接起电话，但她站起来，离开了桌子。许妍对沈皓明说，下午你不用陪了，我就带她在后海逛逛。沈皓明说，我跟任国栋吃晚饭，上次他女儿百天不是没去吗，没事，五点出发就行。

乔琳回来了，脸色凝重，失神地盯着面前的盘子。她不吃，许妍也不劝。直到听到沈皓明说，那我们走吧，她站起来，驱着腿往外走。沈皓明喊住她，把落在椅背上的羽绒服交给她。

乔琳跟在他们后面，双手抓着她的羽绒服。里子朝外，破了个洞，钻出一簇羽毛。许妍简直怀疑她是故意的，想要他们给她买件新大衣。沈皓明说，我是不是应该给任国栋的女儿买点东西？买什么呢？他们绕着商场走了半圈，沈皓明忽然停住脚步，指着橱窗说，就买这个吧。小小的白色纱裙被云彩簇拥着，跟上回许妍和乔琳看到的那件一模一样。应该是连锁店铺，橱窗布置得也一模一样。沈皓明问乔琳，知道你的宝宝是男孩还是女孩吗？乔琳摇摇头。沈皓明说没事，转身进了那家商店。

乔琳立即告诉许妍，汪律师说他接不了这个案子。她咬了咬嘴唇，又说，他去开会了，我等会儿再打个电话求求他。许妍说，别这样，乔琳，你以前不这样。乔琳眼泪涌出来，说我真没用，什么事也办不成。沈皓明拎着纸袋走出来，把其中一只递给乔琳，说我买了个礼盒，里面什么都有，白色的，男女都能穿。乔琳把头扭到一边，抹着脸上的眼泪。沈皓明尴尬地拿着纸袋。过了一会儿，乔琳才回过头来，挤出一个微笑，说谢谢，真的谢谢你。

他们到后海的时候，天已经很阴。空气中零星飘着一点凉丝丝的小雪。河面结着厚实的冰，是青灰色的。沈皓明说，出来走走心情是不是好点了？乔琳点点头，说谢谢你们。许妍转过脸，朝河的方向看去。河中央有一辆鸭子形状的船，冻住了，船身倾斜，鸭头望着天空。

乔琳说，我们那里也有一条河，叫奈河，比这个还宽。沈皓明说，我以为你们那里都是山呢，我还跟许妍说什么时候去爬一次泰山。乔琳说，小时候有一回，我和许妍亲眼看到一个放风筝的小孩掉到水里，淹死了。他妈妈在岸上大哭，围了很多人。许妍说，我不记得了。乔琳说，你站在那里，我怎么拽都不肯走。一直等到人都散了，你用竹竿把那个孩子的风筝挑下来，拿着回家了。沈皓明问，那个小孩是她朋友吗？她想要那个风筝作纪念？乔琳笑了笑，她就是想要那个风筝。许妍盯着乔琳的脸。乔琳没有看她，好像还沉浸在回忆里，说那孩子的妈妈后来每天在岸边哭，抱着经过的人的腿，求他们去救她儿子。再后来岸边的树都砍了，盖起一排楼房。她沉默了一会儿，对沈皓明说，许妍想要什么是不会说的。沈皓明说，对，她什么都憋在心里不说。乔琳说，不要紧，只要你一直在那里，默默支持她就行了。

许妍看着面前的湖。午后的太阳照着水面，淬起一片金光。于一鸣放下桨，让他们的船在水上漂。乔琳忽然开口说，我看见过水怪。有个放风筝的小孩掉到河里，水面上升起一团白烟。那团白烟朝我们这边飘过来，我吓坏了，拉起许妍的手就跑。可她好像定住了似的，站在那里一动不动。我就也没跑，挽住了她的胳膊，心想要是水怪过来，就把我们一块带走吧。乔琳俯身向湖面，撩了几下水说，于一鸣，什么时候教我们游泳吧。

雪越下越大，河显得更灰了，冻住的鸭子船在身后变小，拐了个弯，看不见了。路边有间咖啡馆，他们决定进去坐一会儿。推开门，里面都是人。沈皓明说，嘿，整个后海的人全都躲到这儿来了。许妍付了钱，在等饮料的地方排队。做咖啡的男孩像是新来的，把热牛奶打翻了。沈皓明从背后戳了戳许妍，说你表姐把手机落车上了，我陪她去拿一下。许妍说，等买了咖啡一起去吧。沈皓明说，没事，很近，然后转身走了。

隔着玻璃窗，许妍看到他们朝来的方向走去，乔琳好像在说什么。她烦躁地看着那个做咖啡的男孩，把手中的收据折成小块，又摊开。

乔琳也许是故意的，汪律师不帮她，她就慌了神，觉得沈皓明没准能帮忙，就想跟他说一说。许妍气恨地用力一挣，把收据撕成了两半。

做咖啡的男孩拿过撕碎的收据，仔细辨认着上面写的是什么饮料。你们连基本的培训都没有吗，许妍气呼呼地问。她把咖啡放在桌上，拉开椅子坐下。乔琳会跟沈皓明说什么呢？事情万一败露了，她应该怎么解释呢？她脑袋一片空白，什么说辞也想不出来，只是不断去按手机，看时间的数字变化。

他们终于回来了。乔琳没坐下，她看了许妍一眼，说我再去打个电话。许妍看着沈皓明，想从他的表情里读出一点信息。但他一直在低头看手机。许妍碰碰他的胳膊，拿起桌上的咖啡递给他。他喝了一口，皱起眉头说，真难喝。乔琳回来后，脸色依然凝重，她喝了两口水，捧着杯子发愣。沈皓明看了看外面的雪，对许妍说，你就别开了，我让司机来接你们。

车来了，她们先坐上，沈皓明去取了先前在童装店给乔琳买的东西，让司机放在后备箱。他凑到车窗前对乔琳说，表姐，这两天你要是不走，到我家来玩。乔琳点点头，一直望着沈皓明走过去，钻进车里。他人真好，乔琳对许妍说。

路上她们没有说话。司机拐了个弯去加油。发动机熄灭，广播里的音乐停止了。乔琳望着窗外纷飞的雪说，我明天就回去了。许妍说好。

太阳从头顶移开，风吹着湖面，水的气味升起来。船从午睡中醒了过来，一点点动起来。许妍、乔琳和于一鸣不约而同地向后靠，蜷缩着腿躺下去，仰脸望着天空。也许是在等晚霞出现，但是渐渐地不重要了。许妍合上了眼睛。湖水像一双温暖的手臂环绕着自己。它的脉搏一起一伏，节律微小而有力。船在缓慢地动着，可他们没什么地方要去。不去对岸，也不回去。他们三个好像可以一直那么待着，谁也不会离开。

好像什么都不重要了。许妍松开了眉头。她不再计较他们到底有多么爱彼此。她只是知道她爱他们。那股强烈的感情使她觉得自己并不是多余的。她是他们当中的一员，即便是微不足道，可以被舍弃的，她也不在乎。

她睁开眼睛的时候，晚霞已经来过了。只有几块很小的云彩挂在天边。湖面一片金色，望不到尽头。但只是一瞬间，湖水转眼就开始变灰。当她转过脸去的时候，看到乔琳正望着湖面，似乎已经注视了很久很久，又好像是她的目光使湖面暗了下去。于一鸣还没有睁开眼睛，嘴角带着一丝淡淡的笑意。不要睁开眼睛，许妍在心里这样祝福着他。因为随即他会发现太阳已经落下去，船要往回开了。他们的旅行结束了。

晚饭许妍叫了外卖。乔琳没怎么吃，她说想去床上躺一会儿。许妍吃完看了会儿电视。她到卧室的时候，乔琳正坐在床上发呆。许妍走过去拉窗帘。路灯下，有个穿着羽绒服的男人在遛狗。是对门那个姓汤的邻居，他仰起头看了一会儿月亮，从地上抱起狗，夹在胳膊底下，走进了楼洞。

　　许妍听到乔琳在身后轻声问，沈皓明能帮上咱们吗？许妍转过身来看着乔琳，说你自己没问他吗，你们两个去拿手机的时候。乔琳摇了摇头，我什么也没跟他说，他问我想不想来北京工作，他可以安排，我说不用了。哦，许妍应了一声。乔琳说，他是律师，又认识挺多人的，没准还能托上政府的关系……许妍问，你怎么知道他是律师的？乔琳说，他自己说的，我真的什么都没问。她低下头，看着拱起的肚子，汪律师不接我的电话了，电视台那边也没回信，我实在没有办法了。这事折腾了那么多年，总得有个了结……许妍笑了一声，你为我考虑过吗？你是不是觉得我想要什么就有什么，过得很容易？你想过几天安稳日子，我不想吗？你小时候至少有个完整的家，我有什么？她的眼圈红了，这么多年了，你们就不能放过我吗？乔琳也哭了，对不起，对不起，我不该来打扰你……她仰起脸，吸了几下眼泪说，你没看到爸妈现在什么样子，爸早晨醒了就喝酒，手抖得已经拿不住筷子，妈整天守着电脑，到各种论坛发帖子求助，隔一会儿发一遍，那些人骂她是疯子，把她踢出去，她就重新注册了再发……我真的管不了了，我的身体垮了，在街上晕倒过好几回……她停住了，定定地看着前方，好像要把什么东西看清楚。

　　桌上的台灯照着乔琳，但她的脸是暗的，腮颊被阴影削去

了。许妍望着她，她容貌的改变令她感到惊讶。那些青春时
的光彩消失了，这也许是必然的，可它们好像从来没有存在
过。没有人可以通过这张脸，想象出她少女时代的模样。许
妍仿佛从二楼教室的窗户里看到那个总是微微扬起脸的长腿
姑娘正穿过校园，她从那扇大门走出去，然后消失了。她去
了哪里？

　　许妍走到床边，握住乔琳的手。那只手很烫，热量从指缝
间汩汩流出来。乔琳的手指很长，这肯定不是许妍第一次注
意到这一点，或许在漫长的青春期的某一天，她偷偷打量过
这双手，暗暗惊讶于它们的美。但是现在，她第一次意识到，
这双手很适合弹钢琴，要是它们能在童年的时候遇到一个钢
琴老师的话，他肯定会这么说。要是那时候遇到一个舞蹈老
师，可能也会说她适合跳舞。这具承载着苦难的身体，或许
同时蕴藏着某种天赋。但是天赋不重要，对有些人来说，一
生中没有任何一个时刻，会有人坐下来讨论一下她的天赋。
许妍想起大三的时候，她得到了去电视台实习的机会，后来
被留下了，那个频道的主任对她说，我并不觉得你很有当主
持人的天赋，知道为什么选你吗？因为你身上有股劲，想从
人堆里跳起来，够到高处的东西。

　　许妍握着乔琳的手，坐下来。她感觉自己在靠它取暖。但
屋子里很热，地板也是热的，一点都不像十二月。她说，我
答应你，我会去问问沈皓明。具体怎么说，我要想一想。我
这么做不是为了爸妈，只是为了你，你明白吗？许妍攥了一
下她的手说，给我一些时间好吗？乔琳点了点头。

十点过后，沈皓明打来电话。他说你猜怎么着，礼物拿错了，给你表姐的那袋才是给任国栋女儿的裙子。许妍夹着手机打开纸袋，解掉奶油色的缎带。那件缀满珍珠的小礼服折叠着，静静地躺在盒子里。要我现在送过去吗，她问。不用，沈皓明说，反正给你表姐买的礼盒任国栋女儿也能用。我打赌你表姐生女儿，他在电话那边笑起来，我买的裙子肯定能派上用场。

## 5

从北京回去不到一个月，乔琳就生下了一个女儿。比预产期早了一个多月，但是孩子很健康。她发过来几张照片，小小的一团，手脚却很长。沈皓明看了两眼说，跟你长得有点像。

那个月许妍很忙。台里在筹备一个新节目，过年的时候开播。每天连着录十来个小时，一段话反复说。这期间她去过沈皓明家一次，沈金松没在，只有于岚和几个太太在打麻将。许妍替了几圈，输掉六千块。临走时于岚说，咱们过年再打。许妍想这倒是个讨于岚开心的法子，于是许妍说服沈皓明过年不去苏梅岛，而是留下陪他爸妈。到时没准还能在家宴上遇到高叔叔。

许妍接到电话的时候是傍晚。还有三天就过年了，下午她和沈皓明去买了一堆烟火。回来的路上有点下雨，据说到了后半夜会转成雪，气温降十度。此前一些天北京都很暖和，让人有一种春天来了的错觉。

手机响了，跳动着一个陌生的号码，当时她正站在沈皓明家的花房里，指挥保姆把兰花搬到屋里去。沈皓辰也被喊来帮忙，许妍觉得让他干点体力活有好处，至少没那么多时间胡思乱想。他撇了撇嘴，说这些花可真丑。她双手叉腰看着他，你觉得什么花好看？假花，他回答。她让沈皓辰把面前这一盆搬到客厅，然后接起了电话。

是她妈妈。在那边大声号哭，告诉她乔琳自杀了，晚上一个人出门，跳进了城边的那条河。还在抢救吗，还在抢救吗，她连着问了好几遍。她妈妈说是昨天的事，人已经没了。许妍挂断了电话。

周围一片寂静。她搓了搓手上的泥巴，搬起一盆兰花往外走。

天气湿漉漉的，好像已经下雪了，仿佛有些凉飕飕的东西，带着爪子，紧紧地揪住了她的头皮。她伸出手，想触碰到空中的雪花。砰的一声，花盆跌落在地上。瓷片在地上打转。嗡嗡，嗡嗡。

沈皓辰走过来，看着她脚边的花盆。哈哈，他有点得意地说，假花就不会摔成稀巴烂。走开，她冲着他喊，蹲下把兰花从碎瓷片里捡起来。沈皓辰吓坏了，站在那里没有动。许妍敛起兰花磕了磕土，抱着它们走了。

她把花放在旁边的座位上，驶出了别墅区的大门。窗外是呼啸的大风，雪花如同决绝的蛾，砸在挡风玻璃上。她紧握方向盘，浑身发抖。泪水在眼眶里转悠，她蹙着眉头，盯着前面的路。为什么乔琳要这样做？她感到很愤怒，在北京的最后一个晚上，她不是答应得好好的，回去等着她的消息。她为什么就不能等一等呢？

车子冲下高速，擦着一辆卡车开过去，横冲直撞地拐了几个弯，在一片空旷的停车场停住。她狠狠地砸着方向盘，喇叭发出尖锐的鸣响，她不是说会想办法的吗，为什么不相信她呢？她靠在椅背上，大声哭起来。

手机在旁边座椅上响了好几遍，是沈皓明。她坐在黑暗里，等屏幕最终暗下去的时候，才对着它喃喃地说，我姐姐死了。

她没有回去参加追悼会。

除夕夜下着小雪。她站在院子门口，看沈皓明点着了烟花。她仰起头，望着光焰绽放，坠落。天空又黑了下去。几片雪落在她的脸上。

她给家里打了个电话。她妈妈一直在哭，不停地说，乔琳为什么那么狠心抛下我们？那边传来婴儿的啼哭，还有她爸爸的咒骂声，盆碗掉在地上，发出叮叮咣咣的响声。她妈妈问，你到底什么时候回来啊？这好像是她第一次对许妍表达需要。再过几天吧，她回答。你永远都别回来！她爸爸吼了一声，电话挂断了。

许妍一直没有回泰安。她心里有股怒气无法消退。她觉得乔琳不理解她，不相信她，甚至根本不希望她过得好。她这么做是为了让她永远感到内疚。在很长一段时间里，这股怒气有效地抑制了悲伤，使她可以正常入睡。

四月的一天，她去沈皓明家吃晚饭。那天只有他们自己家的人，吃了巴黎运回来的生蚝和新西兰鳌虾。于岚抱怨生蚝没有上次的新鲜。你下个月不就去巴黎了吗，沈金松拿着遥控器换台，屏幕上出现了一个穿白色西装的女主持人。她看了一眼手中的稿子，抬起头来：

"一九八八年，在泰安的一家医院里，患有风湿性心脏病的王亚珍生下了第二个女儿。她没有一丝做母亲的喜悦，只是感到很恐慌。在她的身旁，那个只有三斤八两的女婴睁开眼睛，好奇地打量着这个世界。那一刻她是否知道，这个世界等待她的不是温暖的祝福，而是无情的责罚呢？手术室的门外，乔建斌坐在长椅上，一夜没有合过眼。在经历了辗转于计生委和医院之间的几个月后，他已经疲倦不堪。然而他们家的厄运才刚刚开始……"

许妍盯着屏幕，一只手攥着毛衣领口，感觉自己就快要窒息。

这个"聚焦时刻"有时候还能看看，沈金松说。于岚说，有什么可看的，不是钉子户就是超生。妈妈，妈妈，沈皓辰说，你算超生吗？于岚说，宝贝，生了你加拿大政府还给我奖励呢。

"……记者来到乔建斌家。乔建斌被开除以后，全家人就以这家诊所维持生计。现在门口依然挂着'平安'诊所的招牌，但是已经好几年没有来过一个病人了。一楼的诊断床上堆满了各种保健药。有的早已过了保质期，王亚珍就留给家里人吃。她拿起一瓶药给记者看，这个是帮助睡觉的，我大女儿老睡不着，我就让她吃……在过去二十多年里，乔建斌和王亚珍一直通过各种途径寻求帮助，希望单位能恢复乔建斌的工作……"

镜头掠过他们家。角落里的蜘蛛网，桌子上油腻的桌布，泛着黄渍的马桶，最后停在墙上的照片上。那是一张他们全家的合影，可能也是唯一一张。当时许妍大概四五岁，站在最右边，乔琳的手搭在她的肩膀上。

许妍感觉所有人的目光好像都朝这边涌过来。她几乎就要从座位上弹起来，冲出房间了。

随后，主持人讲述了这些年乔建斌家的生活，也讲到那个超生的小女儿，因为早产和用药的原因导致不孕。但她的去向并没有提及。也没有提到乔琳的女儿，只是说乔琳这些年，一直在为这件事奔波，导致恋爱失败，也失掉了工作。两个多月前，有天晚上她像往常一样，哄孩子睡了觉，然后离开家走到河边，跳了下去。

画面切回演播室。女主持人说："就在自杀的前一天，乔琳还给本节目的编导发过一条短信。在短信里，她这样说：'陈老师，我恳求您给我们做一期节目。这不是我们一家人的问题，很多家庭都有类似的遭遇。我相信节目播出以后，一定会引起很大的反响。如果还需要什么材料，您随时找我。给您拜个早年！'"主持人垂下眼睛，停顿了几秒，"我们将这期迟到的节目献给乔琳，希望她能安息。同时，我们也希望热心的律师朋友能跟乔建斌一家联系，帮助他们走出困境。感谢您的收看，我们下期再见……"

沈皓明气呼呼地说，这也太操蛋了。于岚看了他一眼，你想干吗，这种案子又不是你管的。沈皓明说，我可以去问问我同学，说不定有人愿意接。沈金松说，犯不着打官司，这种事找对了人，就是一句话的事。于岚说，有捐款电话吗，直接给他们打过去点钱就是了。

保姆端上水果。电视里已经在播连续剧，但许妍不敢去看屏幕，仿佛先前的画面下一秒就会再跳出来。她缩着肩膀，低头盯着面前的盘子，直到听到沈皓明说，我们走吧，就站了起来，跟随他走出大门。

她抱着自己的包坐进车里，身体一直在发抖。你的外套呢，沈皓明问。她才发现忘记穿了，别回去拿了，她几乎用哀求的语气说。车子停了，她走下来，发觉自己在一个空旷的院子里，周围都是深红色的砖墙。她打了个寒战，问这是哪里？沈皓明说，苏寒有个生日派对，我不是跟你说了吗？

屋子里很吵，拼起来的长桌两边坐满了人。除了苏寒，她一个都不认识。沈皓明挨个介绍，她一直点头，却记不住任何一个名字。这是方蕾，沈皓明指着右边的女孩说，她跟我在英国一个学校，也读法律，算是我学妹。女孩笑了，你没念几天就转走了，也好意思自称是学长？沈皓明说，嘿，学校的校友录可是有我。女孩耸耸眉毛，那是为了让你捐钱好吗？沈皓明笑起来。许妍也跟着笑了一下。笑意在她的脸上一点点消失，泪水突然涌出来。

乔琳拉着她的手往山上走。许妍说，快下雨了，回去吧。

乔琳说，你要去北京了，我得给你求个护身符。许妍说，可是摆摊的都回去了啊。乔琳说，再往上走走看嘛。

大雨降下，她们跑进一座庙里。两人抖着身上的雨水，乔琳长头发上的水珠溅在许妍的脸上，她咯咯笑起来。许妍说，严肃点，菩萨会生气的。乔琳收住笑，环视了一圈大殿，低声问，这个庙是求什么的啊？

许妍支起手肘，托住腮悄悄抹去眼泪。沈皓明正在问那个叫方蕾的女孩，你什么时候搬回来的？方蕾耸耸眉毛，你怎么知道我搬回来了呢，我看起来不像是回来度假吗？沈皓明摇了摇头，我才不信你在英国待得下去呢。

她们并排站在大殿中央。菩萨的脖子伸进黑暗里，看不见脸，但许妍能感觉到，有一簇白光从上面照下来。

乔琳小声问，你说那么多人来求她，她能帮得过来吗？许妍说，只帮她喜欢的人吧。乔琳笑了，说那她肯定喜欢我。当时我一直盼着妈妈能把你生下来。而且我还说，想要个妹妹。你瞧，菩萨就把你给我了。许妍说，当时你才两岁，就知道求菩萨了？乔琳说，我说不出来，但心里想的东西，菩萨一定能知道。许妍说，你要是知道后来发生的事，当初就不会那么希望了。乔琳说，我还是会那么希望的。我从来都没觉得不该有你，真的，一刹那都没有，我只是经常在心里想，要是我们能合成一个人就好了。她握住了许妍的手。她的手心很烫，仿佛有股热量流出来。

给我们拍张照片好吗？许妍听到有人在喊自己。是苏寒，她正站在方蕾和沈皓明的身后。许妍接过手机。苏寒笑着问沈皓明，还记得吗，那阵子每个周末我们三个都开车到郊外BBQ。后来过了一个暑假，回来大家都变得很忙，就没有再聚。也可能你们两个聚了，没有叫我。方蕾斜了她一眼，你说对了，我们在瞒着你谈恋爱。沈皓明点点头，后来她把我踹了，我伤心欲绝，就回国了。苏寒笑起来，小心你女朋友当真，回头跟你吵架。沈皓明说，她才不会呢。

大殿里飘过几丝凉飕的风，雨好像停了，有个人靠在门边看着她们。那人穿着一件破袄，逆光里看不到脚，还以为是坐着，后来才发现，脚被袄盖住了，他是个矮人。很老，布满皱纹的脸像一团揉搓起来的废报纸。她们往外走，他在一旁开口说，你们想知道自己的命运吗？她们对望了一眼，没停下脚步。他说，不收钱，我就当给自己解闷。

他走到她们跟前，仰起脸盯着乔琳，说你早运不顺，有一些坎，三十岁以后越来越好。乔琳问，怎么个好法？他回答，儿孙满堂，有人送终。乔琳笑起来，有人送终就算是好吗？矮人没回答，把头转向许妍，你啊，想要什么东西，都得跟别人去争。许妍问，那最后能争赢吗？他摇了摇头，说我不知道。许妍问，你也有不知道的事啊？他点点头，有一些。

苏寒用手指戳了戳沈皓明，说你可得劝劝方蕾，她现在是个愤怒少女，什么都看不惯，整天批判社会。沈皓明说，这叫回国综合征，过一段就好了。方蕾问，就像你吗，坦坦荡荡地做着你的沈家大少爷？沈皓明有点激动，说别把我想得那么麻木不仁好吗，我一直都想做点事啊……

然后他讲起出门前看的电视节目来：有对夫妻意外怀了二胎，按规定应该打掉，忘了为什么拖了好几个月，反正不是他们自己的责任，七个月才去引产，孩子生下竟然活着……苏寒感慨道，命可真大。沈皓明说，可是这算超生，男的丢了工作……讲到乔琳自杀的时候，方蕾摇头，这是我觉得最可悲的，因为上一辈的问题，子女的一生都毁了。苏寒说，这个故事有意思的地方是，合法生的姐姐死了，不合法出生的妹妹倒是活下来了。现在他们不就只有一个孩子了吗，还算超生吗？

许妍离开座位，走进洗手间，反锁上门。

乔琳不是不相信她，而是对世界不抱什么希望了。许妍记得最后一次乔琳打来电话，是一天清晨。她说，我今天出月子了。许妍问，你的奶够吃吗，现在能睡着觉了吗？乔琳没有回答，只是说，都挺好的，我就是跟你说一声，你去忙吧。她的声音淡淡的，没有高兴，也没有悲伤，只是有种解脱的感觉。她好像一直在等这一天。等孩子出生，等她过了满月……她那么迫切地希望解决爸妈的事，不是期盼能过什么新生活，只是希望有一个让自己心安一点的结果。如果没有，她也不能再等了。她已经松开了双手。

外面的人在不耐烦地敲门。许妍拧开水龙头，把脸伸到水柱底下。外面的声音消失了。好像沉入了河中，耳边只有汩汩的水声。我就是想来看看你，乔琳转过脸来笑着说。那双有点发红的眼睛在黑沉沉的水底望着她。然后熄灭了。

许妍回到座位上，跟沈皓明说自己可能着凉了，想先回去。沈皓明说，我们一起走吧。在车上，他说，方蕾听我讲了新闻里那个事，也挺来气，说她有几个从国外回来的律师朋友，没准有谁愿意接。我回头再给高叔叔打个电话，让他跟泰安那边的人说一下。这事反响很大，不解决一下，他们自己也难交代。许妍怔怔地望着他，这是乔琳拿命换来的，她想，眼泪掉下来。沈皓明很惊讶，这是怎么了？他抓住许妍的手，你不会是当真了吧，以为我和方蕾谈过恋爱？我们在开玩笑啊。许妍摇头，没有，没有，我只是有点感动，你真的心肠很好，她望着沈皓明，伸过手去，摸了摸他的脸颊。他拿下巴蹭了蹭她的手心，笑着说，我忘刮胡子了。

## 6

五月初，许妍回了一次泰安。学校已经给乔建斌恢复了工作，按照退休教师的待遇发工资。据说那期"聚焦时刻"惊动了北京的大人物，出面给计生委打了电话。但是乔建斌和王亚珍对结果并不满意，因为赔偿金的事没有落实。他们还在继续上访。

自从节目播出以后，他们接受了不少采访。乔建斌的口才练得越来越好，见到摄影机镜头，眼睛就放光。他有些得意地告诉许妍，那些记者都挺佩服我的，觉得这个社会就缺我这种有点儿轴的人。王亚珍开了个微博，在上面写这些年他们家的遭遇，被几个有名的记者和学者转发了，很多人在下面留言。王亚珍每条留言都会回复，有的谈得来的，还加了QQ。

这些外界的关注使他们一天到晚都很忙碌，暂时缓解了丧女之痛。但是一旦他们回到眼前的生活，意识到乔琳永远不在了，情绪就会再度崩溃。家里的灯坏了，没有人修。冰箱里臭烘烘的，还放着乔琳买的蛋糕和酸奶。桌上的婴儿奶粉敞着盖子，已经结成了疙瘩。一到天黑，蟑螂就变得猖狂，在桌子上到处爬。于是王亚珍又哭起来。乔建斌的情绪比较两极。有时候安静地坐在那里，对着桌上的酒瓶发呆。有时候暴跳如雷，大骂乔琳没良心，白白把她养到那么大。王亚珍哭完了，就在那台陈旧的电脑前坐下，开始写微博：

"你们不知道我的大女儿有多好，长得漂亮又懂事，性格活泼，所有的人都喜欢她。我难过的时候，她总是安慰我说，妈妈，都会过去的。这个世界上没有过不去的事……"

她写着写着又哭了起来。许妍走过去坐在她的旁边。她转过身，搂住了许妍。许妍轻轻拍着她的背，让她安静下来。电脑发出叮当一声，王亚珍从许妍的怀里坐起来，抹了一把眼泪，有人回复我了，她说，连忙握住鼠标点击了两下。

回来的最初两天，许妍住在附近的旅馆里。第三天晚上，乔琳的孩子有点发烧，她留下来照看她，睡在了乔琳的床上。枕巾没有换过，上面还有乔琳没带走的香波的气味。许妍枕着它，想起小时候的愿望，从未被她承认过的愿望，那就是她可以睡在这张床上，不，不是和乔琳一起，而是她自己。这个破烂不堪的家，对她有一种吸引力，她渴望自己能作为一个合法的女儿，住在这幢房子里。在漫长的童年和青春期，她见过不少优秀的女孩，富有的，美丽的，聪明的，可是她一点也不想成为她们。她只想成为乔琳。她想取代她，占有她所拥有的东西。即便那些东西包含痛苦和不幸，也没有关系。因为她觉得那是本来应该属于自己的东西。如果没有乔琳……她无数次这样想。小时候她和乔琳站在河边，一样的太阳照着她们，可是她感觉到乔琳在阳光里，而自己在阴影里。如果没有乔琳……她可以向右挪两步，走到阳光底下。

小时候的愿望是如此真挚和恐怖，被她一直揣在心里，缓缓向外界释放着毒素。很多年后，它实现了。乔琳不在了。现在她睡在乔琳的床上，作为爸妈唯一的女儿。许妍把脸埋在枕巾里，失声痛哭。她可以撤销那个愿望吗，这一切是否会有不同？乔琳会幸福一点吗，而她是不是能长成另外一个人？乔琳不在了，她并不能走到阳光底下。她将永远留在阴影里。

婴儿发出响亮的啼哭。许妍抱起了她。黑暗中，孩子皎洁的脸上没有泪痕，也没有难过的表情，好像先前发出的哭声只是为了把许妍从痛苦里拉上来。她静静地看着许妍。小巧的眼仁里像是蓄满宽广的海水。许妍想对着它忏悔，但更想把所有的祝福都给它的主人。如果她的祝福也像她童年的愿望一样有法力，她希望她能得到自己和乔琳永远无法得到的幸福。

　　许妍从于一鸣身旁醒来，时间是凌晨三点钟。旅馆的窗户关不严，寒风钻进来。立冬了，北京很冷。许妍约于一鸣吃了晚饭，然后又去喝酒。快结束的时候，乔琳忽然在他们的谈话中消失了。许妍记得于一鸣怔怔地望着自己。随后的记忆一片模糊。许妍不记得自己说了什么，于一鸣说了什么。他们有没有接吻。她好像有点疼，也可能没有，只是她觉得自己应该有点疼。

　　她把于一鸣叫醒了。他从床上翻下来，抓起地上的衣服。女朋友还在家里等他，喝醉之前他就强调过这一点。他一边穿衣服，一边对许妍说，我知道是因为你刚来北京，有点想家，过些日子就好了。

　　走到门口，许妍喊住了他，拿起背包伸进手去掏索。他问怎么了。许妍说，乔琳有个东西让我带给你。他站在那里等了一会儿，她还是没有找到。他说，我真得走了，以后再说吧，然后拉开门走了。

　　那支钢笔一直放在书包的隔层里，许妍前两回见于一鸣总是忘记给。也许是想有个和他再见面的理由。但是现在，她非常想把那支笔给他。她打开灯，把包里的东西倒在地上。

　　乔琳的孩子特别安静。在度过最初那段离开母亲的日子之后，她很快适应了新生活。每次喝完奶就睡着了，醒来只是轻轻哭几声，然后安静地等着。许妍抱起她来的时候，孩子把头贴在她的胸口，好像在听她的心跳，脸上露出一丝微笑。每次放下她，她都会嘤嘤地发出两声，许妍心里一紧，又把她抱了起来。

外面已经很暖和，她抱着孩子走到太阳底下。槐花开了，地上落了厚厚的一层花瓣，被风吹着，散了又拢到一起。她走到河边，在石阶上坐下，想让孩子睡一会儿。但是孩子不睡，和她一起注视着面前的河。你闻到你妈妈的味道了吗？她问孩子。孩子笑起来。

孩子叫乔洛琪，名字是乔琳取的，但是好像没有人记得她的名字，爸妈都管她叫孩子。乔琳的孩子。他们好像仍把她看作是乔琳的一部分。她的圆眼睛和乔琳很像。有时候望着它们，许妍会有一种想和乔琳说话的渴望。但她不知道该说什么，她想说的乔琳应该都知道。现在乔琳知道世界上所有的事。知道许妍回来了，知道她和孩子在一起，知道她很想念她。

离开的那天清晨，许妍又抱着孩子出去散步。路过火车站，她对孩子说，这里面有火车，呜呜呜，汽笛拉响，然后哐当哐当开走了。以后等你长大了，坐着它去找我，好不好？孩子没有笑，静静地看着她。她心里一紧，攥住了孩子的手。她无法想象孩子如何在那样一个破败的家里长大。

回到家，许妍把晾在门口的婴儿衣服叠起来，放在柜子里。她看到了那只纸盒，压在柜子最底下，露出一个角。打开盒子，那件白色连衣裙和她记忆里的样子不一样，塔夫绸没有那么硬，荷叶边也没有那么复杂。她给孩子穿上，把她抱到窗口。阳光照在胸前的那些小珍珠上，像雀跃的音符。你知道你很漂亮吗，她小声对孩子说。孩子软软地趴在她的肩上，用脸蛋蹭着她的脖子。

许妍坐在火车上，听到鸣笛声一阵心悸。她合上眼睛，想睡一会儿，但是耳边都是嗡嗡的噪音。她心烦意乱地拧开水，咕咚咕咚喝下去，然后盯着窗外飞快掠过的树和房屋。她一点点安静下来，并且做了个决定。回去以后，她要把所有的事都告诉沈皓明。他早晚有一天会知道的。她想跟他商量，等孩子大一些，把她接到北京住。要是有可能，她想收养她。

司机在车站等她，接她去吃晚饭。沈皓明订了一间日本餐厅。刚谈恋爱的时候，他们来过一回，从榻榻米包间的玻璃窗望出去，能看到小小的日式园林，但是现在天色太晚，覆盖着青苔的石头都变黑了。喝点酒吧，她跟沈皓明说。我正想说呢，沈皓明拿起酒单翻看。

清酒端上来，盛在圆肚子的蓝色玻璃瓶里。她和沈皓明碰了一下杯子。沈皓明问，片子什么时候播？她怔了一下。沈皓明说，这次出差拍的片子。她说，哦，下个月吧，还不知道剪出来什么样。然后她问沈皓明，你妈妈去巴黎了吗？沈皓明说，没呢，下周走，她们非要坐徐叔叔的私人飞机。许妍说，挺好，她们四个可以在飞机上打麻将。沈皓明撇了撇嘴说，无聊透了。

窗外园林的轮廓被夜色吞噬，只剩下灯光照亮的一角，石头发出幽绿的光。许妍喝了一杯酒，抬起头看着沈皓明，说你知道吗，我一直觉得你身上有很多可贵的品质……她笑了笑，说你知道我不擅长表达，可我真的觉得你特别善良，有正义感……沈皓明问，你干吗要说这个呢？她说，而且你对我很包容，我们的家庭情况不同，生活习惯也不一样，我身上肯定有很多地方让你不舒服……沈皓明打断她，别说这种话行吗？许妍又给自己倒了一杯酒，把发烫的脸贴在杯子上，说我十八岁来到北京，谁也不认识。课余时间我当家教，做导购，帮人主持婚礼，赚了钱给自己买衣服，去西餐厅吃饭。我就是想过体面一点的生活，你明白吗，我小时候家里什么都没有，连写字台也没有，要在窗台上写作业……我特别珍惜现在的生活，珍惜你，所以我一直……许妍哭了起来。沈皓明蹙着眉头望着她，她心里一凛，不知道怎么说下去。

服务员送进来甜点。两人默默吃着。沈皓明给她倒了酒，又把自己那杯添满。许妍喝了一口，鼓起勇气说，我表姐，冬天来北京的那个……沈皓明啪的一下把杯子放在桌上。许妍愣住了。他沉了沉肩膀，说我这两天，在方蕾那里过的夜，嗯，他又倒了一杯酒，说我本来想过几天再说，可是你把我说得那么好，让我很惭愧，我没打算瞒你，你知道我最讨厌骗人的。许妍茫然地点点头。她攥住酒壶，想再倒一杯酒，但始终没有把它拿起来。瓶壁上有很多细小的水滴，像一种痛苦的分泌物。她轻声问，你们俩的事是刚开始，还是已经结束了？沈皓明不说话，点了一支烟，白雾从他的指缝里升起来。许妍用手臂支撑着从榻榻米上站起来，说我先走了，等你想清楚了，告诉我你打算怎么办吧。

她拉开门向外走，沈皓明追出来，把外套披在她身上，说你又忘了穿大衣。然后他张开双臂拥抱了她。这是最后的告别吗，她一阵心悸，推开他跑到路边，拦下一辆出租车。

回到家，她发觉自己浑身滚烫，好像在发烧，就设了闹钟，吞了两片药躺下来。帮帮我，她在黑暗中说。外面天空发白的时候，她感觉乔琳来了，背坐在床边，扭过头来望着自己。她的目光并没有应许什么，却使许妍平静下来。

闹钟响了很多遍，她挣扎着坐起来，看了看另外半边床，很平整，没有坐过的痕迹。她洗澡，烤了两片面包。手机上跳出一条短信。她没有看，走过去拉开窗帘，外面下雨了。她把杏子酱涂在面包上，慢慢吃起来。吃完才拿起手机，点开短信。

沈皓明：我们还是分手吧，对不起。

她喝光杯子里的牛奶，拿起伞出门了。

请假十天，积压了很多工作，她一口气录了三期节目。中场休息的时候，编导进来跟她聊节目改版的事：活泼一点，别死气沉沉的行吗？要是收视率再这么低，节目就得停播了。许妍说，那我就去主持一档新闻节目。编导朗朗地笑起来，"聚焦时刻"那种吗？真没看出你身上还有社会责任感。

许妍换了一套衣服，坐在镜子前补妆。她问化妆师，你觉得我剪个短发怎么样？化妆师说，嗯，挺好。别再留齐刘海了，挡着额头影响运势。许妍笑了笑，说听你的。

回家的路上，许妍拐进一家美发店。从那里走出来，天已经黑了。夏天的风吹着脖子，很凉爽。她去便利店买了两个面包，然后往家走。路边有一家酒吧，或许是新开的。她朝里面张望了几下，有很温暖的灯光。她推开门走进去。

酒吧很小，只有一个男人趴在角落里的桌子上。她坐上吧台，点了一杯莫其托。角落里的那个男人走过来，要添一杯威士忌。是对面那个姓汤的邻居。他冲她点了点头，然后回到自己的座位。

店里放着喑哑的电子乐，像是有什么东西发霉了。喝完第三杯，她觉得自己应该醉一次。她从来没有试过，交过的几个男朋友都很爱喝酒，她必须保持清醒，好把他们送回家。有人在敲桌子。她抬起头来。店主面无表情地说，我要关门了，我女朋友在家等我呢。然后他走到角落里，把她的邻居叫醒，站在那里看着他把口袋里的钱摊在桌上，一张张地数着。

许妍坐在姥姥家门口。明天就要动身去北京，箱子已经装好，还有很多小时候的东西要处理。她把纸箱拖到外面，坐在门槛上慢慢挑。乔琳朝这边走过来，手里举着两个蛋筒冰淇淋，融化的奶浆往下淌。她坐在许妍的旁边，把香草的那只递给她。

乔琳说，我买了支钢笔，你帮我送给于一鸣。她们默默吃着冰淇淋。一个住在隔壁院子里的小男孩走过来。约莫十来岁的样子，站在那里看着她们。乔琳指着冰淇淋说，下回我给你买一个，好吗？男孩没说话，仍旧站在那里。地上散着从箱子里拿出来的乱七八糟的玩意儿。装风油精的瓶子，雪花膏的铁皮盒子，一块毛边的碎花布……这些不成为玩具的玩具，曾是许妍童年最心爱的东西。乔琳说，雪花膏盒子好像是我给你的。许妍说，我拿纽扣跟你换的。什么纽扣，乔琳问。许妍说，那是我最喜欢的纽扣，你竟然不记得了。她把蛋筒塞进嘴里，起身进屋洗手，忽然听到背后发出叮咣一声响。

隔壁的小男孩从地上那堆东西里拿起一只风筝，转身就跑。乔琳对她说，走，我们把它抢回来！

男孩到了胡同口，转了个弯，朝大马路跑去。她们给一辆车拦住，落下了很远。但她们还在往前跑。乔琳脚踝上的链子发出丁零零的声响。她的长头发在风里散开了，许妍闻到香波的气味。小男孩消失在马路的尽头，但她们没有停下。头顶上翻卷着乌云。许妍恍惚发现这一会儿的工夫，把小时候整天走的那些街都走了一遍。如同是快进的电影画面，一帧帧飞过，停不下来。乔琳拉了她一下，伸手指了指天空。在天空的最远端，一只绿色的风筝，正在一点点升起来。

许妍停下来，和乔琳仰头望着天上。那只风筝垂着两条长长的尾巴，像只真正的燕子。它在大风里探了个身，掠过低处的黑云，又向上飞去。

许妍和她的邻居站在酒吧的屋檐下。邻居说，好像又下雨了。她笑着说，有什么关系呢。邻居说，我希望下雨，这样土能好挖一点。许妍晃了晃她的短发，你说什么？邻居说，我的狗死了，我等会儿去埋它。它现在在哪里，许妍哈哈笑起来，你不会把它冻在冰箱里了吧？邻居的脸抽搐了一下，说我真的不想回家，我们能再喝一杯吗？许妍说，好啊，我家里有酒。邻居问，你男朋友呢？许妍说，分手啦。邻居说，遗憾。对了，什么时候能尝尝你做的饭吗，经常在走廊里闻见，特别香。许妍说，也可能是外卖。邻居说，不是，周围所有的外卖我都吃过。许妍问，你没有女朋友吗？邻居说，我喜欢的都不喜欢我。许妍说，你肯定有很多怪癖。邻居想了想，喜欢在浴缸里泡澡的时候吃橙子算吗？

雨下大了，他们跑起来。许妍踩到一个大水洼，雨水溅了一身。她笑起来。来到屋檐底下，邻居抖了抖身上的雨水，转过头来问，对了，你的表姐怎么样了？她的孩子好吗？许妍不笑了，望着他。

他说，有天晚上我下来遛狗，拿着手电乱扫，结果忽然在灌木丛边看到一个女人，躺在那里跟死了似的。我刚想喊保安，她睁开了眼睛，说没事，我只是晕倒了。我想扶她起来，但她说想再躺一会儿。我也不好意思丢下她，就坐在旁边，陪她聊了一会儿天。许妍问，她都说什么了？邻居说，忘了……哦对，她说，我肚子里的小家伙好像很喜欢北京，不想离开这儿，我就跟它说，你很快会回来的，你以后会在这里长大的……嗯，你表姐还说，让我到时候别忘了带我的狗和她玩……

许妍哭起来。乔琳从未说过要把孩子托付给她。然而她却知道孩子会来北京的，大概是笃信自己和许妍之间的感情，并且因为她了解许妍是什么样的人，也许比许妍自己更了解。那颗在掩饰和伪装中裹缠了太多层，连自己都无法看清的心。

许妍看向天空，好让眼泪慢点掉下来。她点点头说，孩子很快会来的，跟你的狗一起玩……

邻居说，狗死了啊，我今晚要去埋它……

许妍喃喃地说，你不知道那孩子有多乖，一点都不吵，你一逗她，她就咯咯笑个不停，是个女孩，很漂亮，眼睛圆圆的，穿着白裙子，像个小公主……

邻居说，哦，那我再养一条狗吧……

雨声淹没了他的话。许妍站在楼檐底下，静静听着外面的雨。她不知道能否照顾好孩子，以后会不会为了前途想要抛弃她。她对自己完全没有把握。可是此刻，她能感觉到手心里的那股热量。有些改变正在她的身上发生，她的耐心比过去多了不少。也许，她想，现在她有机会做另外一个人了。

《收获》2017 年第 2 期 《小说选刊》2017 年第 5 期

摩擦取火

# 1

凡事需要上天来证明的，那基本就是谎言。

# 2

整整五年了，这是陈元第一次迈出大铁门。

陈元出门后，听到身后吱咛一声再哐当一声，已经走出十米开外了，他摸了一下自己的光头猛一回头，目光碰到大铁门的时候，像碰到一块冰一样打了一个激灵。

在里边的五年时间，他无数次地想象过大铁门一开再一关的声音。他曾经想让提前出去的狱友告诉他那大铁门一开一关究竟是什么感觉。有一次，陈元跟第二天就要出去的大胡子说了自己的想法，谁料想，被大胡子给骂了个狗血喷头。大胡子把拳头顶到陈元的鼻梁上，说，你什么意思？陈元说，没什么意思啊。大胡子说，你是在咒我吗？陈元说，怎么会呢？我就是想知道大铁门一开一关的时候，会不会像刀子捅进去再拔出来的感觉。大胡子正好是因为动刀子而进来的，于是骂道，妈的，要不要我像当年一样再捅你一刀试试？这是监狱，又不是婊子房，你觉得我还会回来吗？陈元说，当然不会呀。大胡子说，我不回来，又怎么告诉你呢？陈元说，那还是别麻烦你了，我争取早点出去自己体会吧。

陈元发现这种声音并没有传说的那般刺耳。大铁门吱咛一声开了，而后又十分轻软地关上了。若真要他陈元打个比方的话，大铁门一开一关并不像白刀子进红刀子出那样的凶猛，倒像是一把手术刀在做一场手术，切开了经过麻醉的腹部，是缓慢而麻木的，甚至有点明亮的快慰。

陈元站在外边，打量着隐隐作痛的大铁门——大铁门漆黑漆黑的，虽然刚刚刷过了油漆，还是可以看出一点锈迹在努力地朝外透着。大铁门与大多数的门都是一样的，中间照样有一条缝，刀子一样的一条缝。陈元真想走近一点，从缝隙朝里看看，到底会看到什么。但是他一点儿也迈不开步子，因为里边的一切在他的脑海里已经扎根了，已经被放大了。比方说，院墙下边的一棵小草，在他的眼睛里，通过五年的时间，早已长成了一棵畸形的大树。

陈元是陕西丹凤人，来上海已经十年了，前五年是在外边度过的，后五年都是在里边度过的。在外边的时候，他刚刚过不惑之年，自己却迈进一扇大铁门，等他再迈出这扇大铁门的时候，没有想到他马上就知天命了。他在外边最后的身份是小学校长——上海市大沙镇菜场农民工子弟小学的校长，而在里边的时候，他的身份却是"那种人"。那两个字实在说不出口，他总觉得用那两个字定性的，不是他陈元而是他的孪生兄弟。

陈元想，妈的，我是那种人吗？在这个世上有谁知道我是那种人呢？又有多少人知道我不是那种人呢？恐怕绝大多数人，比如菜场小学的师生，大沙镇的居民，还有陕西老家的乡亲们，包括老婆屈爱琴、儿子陈改朝，都认定他就是"那种人"。

相对来说，明白他不是那种人的人，恐怕只有三个了。

一个是田老板，一个是仅有一面之交的不满十四岁的小丫头黄丽。第三个就是他陈元自己。自己明白自己，那相当于一百乘以零，结果还是等于零。

应该还有一个人明白他不是那种人，那就是苍天。

苍天明白自己，结果会不会也是等于零呢？

陈元想到这里，抬头看了看，此时的天空很蓝很蓝，蓝得似乎动一指头就会破碎一般。冬天的天空本来就应该这么蓝，并不是因为自己终于出来了而蓝的。他又摸了一下自己的光头，先是嘿嘿地笑了两声，而后再也笑不出来了。他清楚，在这个世界上，到处都是人，有几十亿的人，能证明他不是那种人的，可怜得仅仅只有两个，或者是三个——陈元还无法确定，那个办案的民警邢小利，是不是明白自己不是那种人。

为什么连他自己与苍天，都无力证明他的清白呢？

陈元从耳朵上取下一支烟，这是刚刚离开的时候，王管教送给他的临别的礼物。王管教扔过来一支烟，对他说，不能再干那种傻事儿了啊，不仅丢人，而且蛮亏的，以后脱裤子之前，问一下人家有没有满十四周岁吧！我再给你普及一下法律吧，为了加大对未成年人的保护，最近国家对刑法进行了修订，如果未满十四周岁，如今像你这种"未遂"的，全部都是要重判的。

陈元没有正面回答王管教。在五年之中许多狱友像王管教一样，都拿那件事儿取笑过他，他开始还会说一句，我是清白的。人家就哈哈大笑地说，你未遂嘛，当然是清白的了。后来，他发现自己的辩解很无力，一是清白的人怎么会在里边呢？二是他写过的几封申诉信都石沉大海了。万般无奈，他干脆把那种人想象成了自己的孪生兄弟，予以漠视。

陈元笑了笑说，你也快了吧？王管教说，我和无期徒刑差不多，这辈子算是耗在里边了。听上去，王管教似乎不是管教，而是罪恶更加深重的人。陈元想，王管教除了领了一份薪水之外，与他陈元不一样的地方并不明显。

陈元把烟叼在嘴上，打量着四周。有位大妈清扫完了落叶，放下手中的大扫帚，靠在马路边上的一个角落里，掏出打火机先给自己点燃了一支烟，然后远远地问陈元，你想借火吗？

陈元说，我有，不需要。

正好风刮了起来，她的打火机就熄灭了。

陈元走向了大妈。其实他走向的不是大妈，而是大妈靠着的一面墙壁。

陈元撕开棉衣的袖子。这身黑色的棉衣是新的，是出来前王管教送给他的。陈元像往常一样，从棉衣袖子里掏出一小撮棉花，放在手心搓成了一根棉花条子。他蹲下去，脱下一只鞋。这是一只布鞋，也是王管教送给他的。这么多年从来没有人给陈元送过东西，于是在出来之前，王管教就送了他一身衣服，还安慰了一句，等你回去了家里人就原谅你了。

陈元用那只布鞋，把那根棉花条子压在一面墙上，开始上上下下地摩擦着。那种动作有点像在磨刀，而且越磨越快。这是刚进去的时候，他发明的取火之法。刚进去的时候有烟，但是没有火。火保管在王管教的手中。王管教害怕他们生事，把火都给没收了。在外边的时候，陈元除了是校长之外，平时还是一名物理老师，他懂得摩擦起火的原理，就是一个物体与另一个物体紧密接触、来回移动的时候会产生一种力，它的大小与物体表面的光滑程度和重量有关。在这种力的作用下，物体的内能不断增大，温度会越来越高，最后就达到了着火点。在进去的第七天晚上，他利用这种原理，从光秃秃的墙上帮大家取到了火，从而成为神一般的人物。从此，他们撕开自己的棉衣，用一只鞋压住棉花，在墙上猛烈地摩擦。夏天不穿棉衣，那就撕开被子。棉衣和被子总是被他们撕得越来越薄。尤其是四面墙，被他们摩擦得油光发亮，像打磨出来的一面镜子。

相比之下，外边的水泥墙粗糙多了。

陈元仅仅摩擦了几分钟，棉花条子就燃烧起来了。

他从棉花条子中间轻轻地吹出了火苗，把自己的烟点着了。

大妈并没有走开，吃惊地凑过来说，你这招在哪学的？陈元说，当然是在里边了。大妈说，你从里边出来的？还以为你是过路的呢。陈元回过头，再次看了看大铁门。门缝里边的世界像一把一指宽的刀子，被磨得闪闪发亮。里边很安静，大部分事物都隐没其中，似乎偌大一个地方什么也不存在。

陈元有些窒息。他是真真切切地进去过了，而且是真真切切的五年。

五年前自己是清白的，经过日日夜夜的洗刷自己仍然还是清白的吗？

到底是谁夺走了他这五年的时光？这些时光到底都流到哪里去了？在邢小利那个民警那里，在姓田的那个超市老板那里，还是在十四岁不到的小丫头黄丽那里呢？

陈元觉得，他有必要去找找他们，看看能不能找到他白白流走的含着屈辱的时光。

# 3

陈元蹲在大铁门前边吸完了一支烟。

他迷茫地问大妈，大沙镇怎么走呢？

大妈说，不远，你坐地铁九号线吧，九号线全线都开通了。

陈元记得十分清楚，地铁九号线二期遗留站是自己进去的前一年开通的。开通那天陈元十分兴奋，因为在菜场小学的背后设有一个出入口。有老师问他，你高兴什么呢？上海不是你家的，地铁站也不是你家的。陈元说，它不是我家的，却是咱们菜场小学的，它是菜场小学给我这个校长配的专车！他本来是没有任何事儿的，但是那天，他对着所有的学生说，你们还没有去过徐家汇吧？走，坐我的专车，咱们去徐家汇拜一下徐光启，再逛一下清朝的那个藏书楼。于是，他把学生全部组织起来，排着队，举着小红旗，唱着《我们是共产主义接班人》，坐着地铁九号线来了一场体验之旅。

大铁门外边，是一条并不繁华的大路，大路上边建起了高架桥，显得有些凌乱和荒凉。两边的梧桐树叶子已经落光了，却还有一些没有消融的雪花。原来这座城市下雪了。自己在外边待过五年，都没有下过一次雪。在里边待过五年之后，一切就面目全非了，很少下雪的江南也开始下雪了。

前往地铁站的时候，路过一家理发店，陈元一下子钻了进去。当他坐在一面镜子前边的时候，突然发现自己不应该理发。自己的头发已经很短很短了，而且大面积地谢顶，和光头是没有什么差别的。有一个小丫头走过来说，大爷，你要剃光头吗？陈元说，我现在不是光头吗？小丫头说，你这不算光头，你还是剃光头吧，说得不好听一点儿，你这不清不白的，让人感觉很不舒服。

陈元一边退出门一边问，我怎么不清不白了？

小丫头对着他的背影说，你这个头呀，头发吧又不长，剃吧又没有剃光，有点像犯人。

陈元回过头说，你从哪里看出来我像一个犯人？

也许因为做不成生意，小丫头就恶狠狠地说，不仅是头发，还有感觉，彻头彻尾像个犯人。

小丫头似乎是一个未成年人，还带着稚嫩的腔调，让陈元忽然想起了小丫头黄丽。他在心里又骂了一声，妈的，我怎么就成犯人了呢？犯人是凭着感觉的吗？当年他们就是凭着感觉把我逮起来的吗？陈元毅然决然地离开了理发店。他希望自己的头发瞬间就长出来，长成他原来的一头披肩长发——没有进去前他留着一头长发，每次和人说话的时候都会朝后甩一下，那是多么潇洒啊。

在九号线的地下通道，陈元看到了一间小店，是卖假发的小店。他不管三七二十一，就挑了一个假发。他戴上假发，对着镜子凝视着。假发有原来那么长，也是又黑又亮，但是戴在自己头上，味道完全不一样了。或许是自己老了，脸上的皱纹多了；或许是假发就是假发，它永远不可能成为身体的一部分，像他身上曾经背负的所谓的罪名。

他还是愿意戴着假发。戴着假发起码给人的感觉不再像个犯人了。

不是他想逃避什么，是因为他根本就没有犯过什么。

陈元坐上地铁九号线，半个小时就到了大沙镇。从地铁大沙镇站二号口出来，前边就应该是菜场小学了。陈元顺着四周找了一圈，那所自己办起来的菜场小学已经不见了。院墙，几座平房，一个小操场，一根篮球架杆，一点痕迹都不见了。四周全部变成了高楼大厦，只有小操场的位置和原来一样空旷，确确实实地建起了一个菜市场。

陈元钻进了菜市场。已经过了采购的高峰期，菜市场人并不多，地面上污水横流，里边掺着血水、鱼鳞和菜叶。几个摊主懒洋洋的，有人问，大妈，你要萝卜青菜吗？冬天多吃萝卜青菜不容易感冒。有人说,大妈,割点肉回去吧,马上过元旦了,而且北方下大雪了,说不定要涨价了。

陈元扶了扶自己的假发。同样是披肩长发,年轻的时候从没有人把自己误会成女的,如今为什么人人见了他,都叫他大妈呢?

陈元低头看了看,污水中的自己确实像个大妈。

陈元想辩解一下,张了张嘴还是作罢了,是大爷还是大妈对别人对自己有什么关系呢?

陈元在一个大妈的摊位前,犹豫了一会儿站住了。他觉得这个大妈不太一样。不太一样的是大妈有点眼熟,似乎原来在大沙镇遇见过。让他眼熟的,其实也不是大妈的面孔,而是大妈眉心上的一颗黑痣。有豆子那么大的一颗黑痣。但是,他站了几分钟,大妈并没有任何反应。

大妈说,你是要西红柿吗?

陈元说,嗯,来一斤吧。

大妈挑拣了几个西红柿,陈元执意要付钱的时候,大妈说,我不收你的钱。陈元说,为什么?你认识我吗?大妈说,我不认识你,但是我看你不像个买菜的。陈元真想问,自己怎么就不像买菜的了?他不明白什么样子的人才像买菜的。是指有家的人,还是指一日三餐有着落的人呢?

陈元离开的时候,还是没有忍住,回头问大妈,这里原来好像不是菜市场吧?大妈说,你原来在这里住过?这里确实不是菜市场,最早是一个纸板厂,后来办了一所学校,农民工子弟学校,农民工子弟学校关掉后,有段时间成了屠宰厂,杀猪杀羊杀鸡，什么东西都杀，再后来发生禽流感，屠宰厂也被关掉了，把旁边盖成了居民小区，居民闹腾了好长时间，说是没有地方买菜，就建成了这么个地方，这个菜市场刚开张不久。

陈元摸出一个西红柿在袖子上擦了擦，咬了一口。

陈元一边吃一边说，为什么关掉了呢？

大妈说，你是指纸板厂还是小学？

大妈拉了一条板凳，让陈元坐下聊。大妈说，当时大沙镇有很多工厂，有制衣厂，有五金厂，有建筑公司，外来打工的都住在这里。每年夏天有好多孩子，从全国各地赶到这里看望父母，假期结束的时候，孩子们个个都哭着闹着不愿意回去，有的抱着大树，有的抱着电线杆，想留在父母身边，但是根本没有地方念书，好多孩子干脆辍学了，留在大沙镇上打工，小小年纪，有的进了理发店，有的进了商场，有的拾垃圾。其中有个陕西来的小丫头为抢一个空瓶子，被另一个孩子推到小河浜里，活活地淹死了。

陈元两口下去，连柄也没有留下，就把一个西红柿给咔嚓掉了。

他的眼睛湿润了，在他模糊的眼睛里，那一幕幕再次浮了上来。

当时，他随着一家大型建筑公司来到了上海大沙镇。他是一个中专毕业生，在学校学的是工程监理，按说学历不高，在硕士博士成群的上海，是没有他立足之地的，但是他文笔不错，而且会写一手不错的毛笔字。他到建筑公司打工之后，除了负责监工之外，还兼公司的宣传与文案，比如写写"安全就是生产力"之类的标语。有一年，他的女儿来上海度暑假，眼看着假期就要结束了，但是女儿哭哭啼啼地央求他说，爸爸，让我留下来吧。陈元说，留下来干什么呢？女儿说，留下来念书啊，关键是我回去的话，别人欺负我怎么办？陈元说，不是有妈妈和哥哥吗？女儿说，哥哥和妈妈，一个是小麻秆儿，一个是小麻雀，保护不了我呀。陈元说，那你是什么呢？女儿说，我是一片小树叶子，也保护不了自己呀。陈元说，我也想让你留在爸爸身边，这样就有人给爸爸做饭了。

女儿十二岁，只比桌子高出半个头，但是已经会下厨做饭了。女儿说，我留下来的话，天天给爸爸做好吃的。陈元说，你能做什么好吃的？女儿说，多着呢，面条、锅盔、葱油饼，我还会蒸大米饭。最后一个晚上，陈元从工地回到宿舍的时候，发现桌子上已经摆好了饭菜。一盘西红柿炒鸡蛋，一盘醋熘土豆丝，一盘腊肉炒青椒，还有一盆西红柿鸡蛋汤，两只碗里盛上了大米饭。建筑公司有食堂，陈元基本是吃食堂的，但是公司里的兄弟们，来自天南地北，大家对饭菜的要求不一样，有的喜欢吃甜食，有的喜欢吃辣椒，有的喜欢吃又甜又咸的，所以总是那么不合口味。于是他空闲的时候，还是自己亲手烧饭。

女儿说，怎么样？陈元说，米饭特别香。女儿说，这是我的绝招。陈元明白，她的绝招是从她妈那里学的，淘好米之后，在锅里放一点盐，再放一点油，蒸出来的米饭不仅粒粒不粘，而且香喷喷的。女儿说，你没有发现问题吗？陈元说，没有啊，都是我喜欢吃的。女儿委屈地说，爸爸不老实，你没有发现西红柿炒鸡蛋与西红柿鸡蛋汤重样了吗？陈元说，不呀，一个是炒的，一个是汤，怎么会一样呢？女儿说，爸爸喜欢，我以后天天给你做，我有几个拿手菜还没有亮出来呢。

陈元低下头只顾着吃饭，真不知道再说什么好了。为了女儿，白天他去过附近的几所学校，也去过大沙镇教育部门，打听下来的结果是，像他这样没有上海户口，没有居住证，四处流动的建筑工人，子女根本不可能留在这里上学。陈元吃完了饭，女儿又忙着洗碗。陈元说，爸爸对不起你，马上要开学了，你明天还得回去。

那天晚上，父女两个坐在一片荒凉的工地上。这个工程是一个居民小区，地基已经打好了，墙已经砌出了两米高。他们两人坐在墙头上，静静地看着远处的灯火和天上的星光，一直坐到了凌晨四点。

陈元说，四点了。

女儿说，那走吧。

陈元与女儿回到宿舍，收拾了一些行李，准备送女儿去汽车站。大沙镇那时还没有通地铁，陕西丹凤也没有通火车。女儿必须坐大巴到河南南阳，再转车回家。陈元带着女儿来到恒丰路汽车站，女儿在进站的那一刻突然回头说，爸爸，如果我迷路了怎么办？陈元说，你怎么会迷路呢？来的时候也是你一个人呀。女儿说，爸爸，若我被人贩子拐走了呢？

陈元说，我给司机交代过了，他会帮你转车的，你听他的话就行了。

女儿检完票之后，她猛然回过头，一下子冲了出来。女儿坐在汽车站外边的广场上，紧紧地抱着一棵梧桐树不放。女儿说，我还不想走，明天走吧。陈元说，那车票就作废了。女儿说，我有钱，我挖药赚了好多钱，就为了来看爸爸的，如果作废了我还你。陈元说，爸爸不是这个意思，你要回去念书。女儿说，我不想念书，我只要爸爸。女儿说着，又哭了起来。陈元也哭了起来。无奈，陈元把女儿又带回了工地。

陈元的老婆屈爱琴打电话来催了，说是要上六年级了，学校马上就要报到了，怎么还不见女儿回家呢？陈元说，明天就回去，或者是后天就回去。女儿抢过电话说，我不回去了，我在上海念书了。屈爱琴说，上海除了楼房高，学校有什么好的？女儿说，当然好了，不但上语文数学英语，还会教我们打排球呢，我以后说不定就像郎平阿姨一样，成了铁榔头。屈爱琴说，你就吹吧，小心变成了铁疙瘩，不过你留在那里也好，可以盯着你爸爸不要让他花心。女儿说，你说什么呀？我爸爸想花心，怕也没有机会。屈爱琴说，堂堂大上海，十里南京路，怎么没有机会？你可不能跟你爸爸一起糊弄你妈妈。

女儿说，爸爸待的地方，除了砖头就是水泥，你就放心吧。

第二天一清早，陈元就出门了。他买了几条中华烟，去了附近的那所学校。他想找校长再谈一谈，希望让女儿进去。

没有桌子，哪怕自己买张桌子；没有地方，哪怕在教室的拐角上站着；如果连站着都不行，那就让她坐在窗子外边。总之，他必须让女儿上学。让他最为悔恨的，就是自己书念得少。如果自己不是中专毕业，而是大学本科毕业或硕士博士毕业，那他绝对不会活成现在这个样子。起码有一点，可以在上海落户，或者办理人才引进类居住证，有了户口或居住证，自己就成了上海人，能享受上海人的待遇，女儿自然也可以留在上海上学了。

但是与过去一样，陈元刚刚靠近学校大门，还没有开口说话呢，就被保安给撵走了。保安说，你为孩子上学这事儿来的吧？别做这个梦了，除非你是居民、镇长或流氓，如今开学报到已经结束了，镇长和流氓恐怕说话也不算了。

第二天一清早，女儿也出门去了。女儿给陈元的说法是，与工地上的几个小伙伴一起出去玩玩。女儿晚上回来的时候，手中提着一把韭菜、半斤五花肉、几个土豆。女儿洗了一把黑乎乎的小手，说是要烧晚饭了，做土豆焖肉给爸爸吃。陈元说，你去哪里了？玩得那么疯？女儿从身上掏出四十块钱，神秘地塞到陈元的手中说，我可以帮爸爸赚钱了。陈元把钱狠狠地摔在地上，很生气地说，谁要你赚钱了？有本事你给我赚四万块回来！你这么大孩子，为什么不听话呢？你现在最重要的是什么？是念书！是回去念书！

第三天一清早，陈元去工地上班，想在午休的时候再去另外的学校试试。女儿照样提着一个塑料袋子出门去了。她与几个同样辍学的孩子约好了一起去拣饮料瓶子，一个饮料瓶子可以卖两毛钱，一天下来每个人可以拣几百个瓶子。

那天，陈元正在刷写标语。上边来检查安全质量前，工地上都是要刷写标语的，无非还是"欢迎领导莅临指导"等，当陈元把一条横幅刚刚写好，正在朝工地上悬挂的时候，眼睛突突地跳了几下。正好这时他接到了一个电话。电话是民警打来的，事后才知道这个民警叫邢小利。

邢小利说，你是不是有个女儿在上海？陈元说，你谁呀？邢小利说，我是派出所的。陈元说，派出所也管孩子上学吗？陈元以为自己这几天跑来跑去，终于有人被感化了，要安排女儿上学了。

邢小利说，上什么学？到哪里上学？你快点过来吧，过来就明白了。

当陈元赶到一条小河旁边的时候，那里已经被围得人山人海。大家让出一条通道来。陈元不明白为什么大家会让出一条通道，他从来没有受到过如此尊重。陈元有点茫然。当时他已经是一头披肩长发了。他从人群的夹缝中穿过的时候，不停地朝后甩着自己的长发。在小河边的草地上，躺着一个人，确切地说是一个孩子。她身上的衣服湿淋淋的，紧紧地贴着瘦小的身体。双手、大腿和脸上糊满了污泥，像一个还没有捏好的泥人儿，是看不清面目的。

没有一个人吱声。

陈元说，怎么回事？

有个民警上来说，我是邢小利，你辨认一下，这是不是你家的孩子？陈元再次细微地看了看，他看到她下巴旁边的一块红色的胎记，看到左胳膊上的一道褐色的伤疤。她手上紧紧地握着一个瓶子，瓶子里没有饮料，而是灌了半瓶子泥水。陈元说，妞妞，怎么睡在这里了？妞妞是他女儿的乳名。

他要上前摇醒她。

但是邢小利说，她已经停止呼吸了。

陈元迷茫地望了望旁边的人。有个护士说，是的，我们赶到的时候，她已经停止呼吸了；有个穿着靴子的男人说，我们把她从水中打捞起来的时候，已经停止呼吸了，掉到水里二十多分钟呢，谁有这么大的本事还活着呀。

陈元像一个聋子似的，大声地问，你们说什么？

旁边有两个工人，是工地上的工友，陈元是认识的。一个工友说，她和我们家的孩子一起，在这里拾饮料瓶子，另外一帮孩子不让，说这是他们的地盘，就把她逼到了河边，然后，然后，她就掉下去了。另一个工友说，什么掉下去了？是被推下去的！

有两个孩子在瑟瑟地发抖，他们哭着点了点头说，我们是一伙的，所以不是我们推的，是那个孩子推的。

这里不得不向各位交代一下田老板了。

田老板当年五十来岁，也不是上海本地人，但是他张口就是"阿拉"，闭口就是"伊们"，其实他只会阿拉和伊们几个词，所以没有人知道他是哪里人，都以为他是上海本地人。田老板胸口刺了一条龙，远远看上去，怎么都不像一条龙，而像半根霉烂的草绳子。有人问，这刺的是什么呀？他啪啪地拍着胸脯说，是龙呀！阿拉是龙的传人。有人说，龙头在哪里？依我们看，倒像一条蚯蚓。他赶紧把衣服敞开说，有句古话怎么说的？见头见尾不见身！我这条龙啊，是见尾见身不见头，侬就不懂了吧？说完，他会自己解释说，龙尾龙身都刺好了，一只眼睛都刺好了，仅仅剩下一个龙头了，但是那个痛呀，太他妈的难受了，所以真是太遗憾了。田老板之所以叫田老板，是因为他在大沙镇开了一家超市，规模还是比较大的，里边不仅有服装鞋帽和日用百货，还有蔬菜瓜果、食品香烟和安全套避孕药。

把陈元女儿推下水的，就是田老板的孙子。田老板的孙子不可能外出拾饮料瓶子，即使是拾饮料瓶子也不会为钱。他们当然不缺钱。可是那天，田老板的孙子在那里玩耍，看到陈元的女儿在那里拾瓶子，就上前问，你拾瓶子干吗？女儿说，拾瓶子卖钱呀。孙子说，你要钱干什么？女儿说，买东西呀，还要买菜呀，我要给我爸爸买条鱼。孙子说，买条鱼干什么？女儿说，还能干什么，当然是做晚饭了。孙子说，瓶子是你能随便拾的吗？这些都是我的，我就住在旁边，别说几个瓶子了，就是地上的毛毛虫也是我的。于是两个人追着，就跑到了小河边。

事后，在民警邢小利主持调解的时候，有人说是被田老板的孙子推下水的，有人说是陈元的女儿自己滑下水的。邢小利说，不管怎样，人已经死了，除了赔钱还有什么办法呢？我提一个数字，就六十万元吧。田老板说，一个乡下小屁孩子，哪值这么多啊？陈元说，我给你六十万元，买你孙子一条命怎么样？田老板说，侬能拿出那么多吗？反正阿拉是拿不出来的。民警邢小利说，拿不出来也得拿，你不是还有一家超市吗？田老板说，阿拉孙子还是孩子，这个情况也得考虑进去吧？民警邢小利说，你孙子多大？若超过十四岁了，还要负刑事责任的，属于故意杀人你明白吗？邢小利又对陈元说，按照相关规定，农村人与城市人，确实是同命不同价的。

最后，田老板赔偿了三十五万元。陈元拿到三十五万元之后，却一分钱都不敢花。每花一分钱好像都是在出卖他女儿的命。所以思来想去，他就想到了那群辍学的孩子。到了第二年春天，附近一家纸板厂倒闭了，陈元就盘下了那块地方，准备办一所农民工子弟学校。申请开办小学的时候，陈元见人就哭诉自己女儿是如何如何想留在上海，是如何如何被人推到河里淹死的。也许是被感动了，也许是农民工子女不上学，在大街小巷四处晃荡，毕竟是一种社会隐患，所以就得到了当地政府的支持。

因为学校门前有一条马路叫菜场路，陈元干脆给这所迷你型的学校起了个名字叫"菜场小学"。陈元自己亲自担任校长，从外地招了几名一心想到上海发展的老师，又在旧厂房里添置了一些桌椅板凳和教学用具，还在操场上树了一根旗杆和一根篮球架杆，学校很快就开学了。

这些都是旧话，按下暂且不提。

大妈从自己摊子上，抓起一个西红柿，也啃了起来。大妈说，纸板厂倒闭之后，这里开了一家农民工子弟学校，办学校的钱说是校长的又不是校长的，其实是一个姓田的老板卖掉自己的超市赔给校长的。可惜好景不长，校长出事儿了。可能是冤家路窄吧，有一天田老板报案，说干女儿被人给那个了。那个校长姓什么来着？如今记不得了，就被抓起来了，被判了整整五年。为什么被判五年？说是干女儿未满十四岁，不管怎么样都是犯法的。

陈元浑身一阵颤抖，忽然站了起来。

大妈说，校长被判刑之后，学校自然就关门了。

陈元说，那些学生呢？大妈说，本来就没有多少学生，据说通过报纸和电视台一报道，政府怕事儿闹大了影响不好，特事特办，不管是外地的，还是哪儿的，也不讲什么条件了，统一安插到附近的公办学校念书去了。前几天听说，有些孩子明年初中毕业，照样不能在上海上高中，要想继续念高中考大学，还得回老家，老家都没有人了，这些孩子怎么回去？大家都念着那个校长，若那个校长不进去的话，他们的孩子恐怕连初中都上不完，现在毕竟是初中毕业，也不算文盲了。

陈元又掏出一个西红柿咬了起来。

在里边的五年中，他多少次猜测过农民工子弟学校的命运，什么结果都想过了，想到了关门，想到了被别人接替继续办着，唯独这个结果是自己万万没有想到的。自进去之后，这是第一次接收到让自己有点欣慰的信息。

陈元在准备离开的时候问，你相信校长是那种人吗？大妈说，我们普通人，相信不相信有什么用呢？这得听警察的吧？那个田老板，把大超市赔进去了，不排除他设计圈套，来打击报复校长。我当时在那家宾馆当服务员，虽然在眼皮子底下，也没有亲眼所见，什么都是猜测的，所以这是是非非，再怎么想也是白想。

陈元说，你做过宾馆服务员？

大妈说，是呀，在那个红星宾馆，田老板超市的隔壁，你在那里住过吗？当时我在那个宾馆当服务员，而且那天晚上还是我值班，当警察跑过来的时候，我才知道出事儿了。

陈元忽然意识到，他之所以对大妈那么眼熟，就因为当时在红星宾馆的前台，他向她打听过宾馆内部的保健按摩房在哪里。她告诉他就在宾馆二楼的时候，顺便提醒了一句"我们的按摩房是正规的"。陈元在上楼之前还拿她眉心上的那颗黑痣开过玩笑。陈元说，你是斯琴高娃吗？她说，如果我是斯琴高娃的话，我就去韩国把这颗黑痣给祛掉。陈元说，那可是一颗福痣，祛掉你就当不成明星了。

想到红星宾馆，陈元又开始窒息了。他从身上急忙摸出一支烟，从撕开的袖子里掏出一撮棉花，搓成一根棉花条子，然后脱下自己的布鞋。但是菜市场的墙似乎是塑料板或光滑的预制板，地板上到处都是水渍与垃圾，根本容不得陈元进行摩擦。

大妈从另一个摊子上借过来一个打火机。

陈元说，不需要，我有火。

大妈接着说，出了那种事儿之后，红星宾馆因为生意冷清就被拆迁了，我也下岗了。你别看在宾馆当服务员，那可是国营宾馆，食堂随便吃，空闲的房间随便住，电话也是随便打，工资不高，但是全部都落下了。我常在想，若没有发生那件事儿，宾馆会不会倒闭呢？若不倒闭的话，大沙镇现在是迪斯尼板块，酒店的日子是不是更好过了？我会不会当上经理了？如今我摆的这个摊子，肯定是赚钱的，可惜它不是我的，我是给人家老板打工的。

陈元不想再说什么了。

他必须到外边去，找一堵能摩擦取火的墙。

他向大妈询问了一下大沙镇派出所的位置，知道派出所还在当初的那个地方。

正是中午休息时间，陈元坐在派出所对面的一家小饭馆里要了一碗面条，一边吃着一边看着派出所那排低矮的房子和像杂货铺一样的院子。只有这些地方，可谓铁打的衙门。菜场小学倒闭了，红星宾馆倒闭了，田老板的超市也转让了，唯有派出所还那么破旧地设在那里，不会受到任何人的命运的牵连。

# 4

陈元去大沙镇派出所，就想找民警邢小利。

他出的那件事儿也是邢小利一手经办的。他想看看在他进去的五年时间里，那些人最后的情况都是什么样子，其中包括那个狗日的田老板、不知轻重的小丫头黄丽，当然还有邢小利本人。只有这三个人，或者只有前边的两个人，是他那件事儿的主人公。

陈元吃完一碗面条，围着派出所转了一圈。当初为了女儿的事儿和自己那件事儿，没少来这家派出所。其实，他为女儿的事儿来派出所的次数比较多，为自己那件事儿只来过一次，就那么一次，便彻底给交代过去了。

陈元记得，派出所背后那条巷子比较深，七拐八拐地一直通往稻田，穿过稻田就到了女儿出事儿的小河浜。有一位大爷，在巷子宽大一点的拐角处，摆了个自行车修理点。大爷叼着一支烟，正在低头补胎，见陈元站在旁边不走，便问，你要补鞋吗？陈元说，你不是修自行车吗？大爷说，自行车都能修，修鞋还不是小菜一碟？陈元本来没有什么要修，还是拉过一条板凳，把鞋脱下来扔给了大爷。大爷看了看说，哪里烂了？

陈元说，没有。

大爷说，那补什么？

陈元说，你看着补吧。

大爷笑了笑说，你偏脚，鞋底子要垫一垫才好穿。

陈元说，从这里朝前走，是不是一块稻田？大爷说，是啊，原来稻田里长稻子，现在稻田里开始长房子了。陈元说，再往前是不是一条小河浜？大爷说，原来叫小河浜，如今叫景观河，不过再怎么变，流水是不变的，照样是可以淹死人的。陈元说，没有设栏杆吗？大爷说，没有栏杆的时候，是被别人推进去的，现在设了栏杆，都是主动跳进去的。陈元说，跳进去洗澡吗？大爷抬起头说，洗澡？在臭水里洗澡，岂不是越洗越脏？陈元说，那干什么？大爷说，是寻死，也就是自杀。经我的手捞起来的，有七八个了，最小的那个，是陕西的，才十二岁，是被推进去的；最大的那个是一个姓田的老板，都五十多了，是自己跳进去的。

陈元说，他那么大把年纪了，为什么要跳进去？大爷说，是活腻烦了吧。那天我去小河浜里钓鱼，听到扑通一声，以为有人落水了，我跳下去把他给拉上来了，你知道拉上来之后出什么事儿了？陈元说，死了？大爷说，哪死了？活着呢！是我救上来的唯一一个活着的，而且是唯一一个不想活的。

哎哟，妈的。大爷似乎被手中的刀片削破了，手指头在流血。

大爷说，谁知道救人还救出麻烦了。陈元说，这是做善事儿，他们理应谢谢你。大爷说，还谢呢，救了那么多人，连根烟都没有抽上过。陈元当时确实没有问过是谁把女儿捞上来的，也没有说过一句谢谢。

陈元抽出一支烟，递给了大爷说，我要谢谢你。大爷说，你是谁呀？我又没有救过你。陈元真想告诉大爷，那个陕西的孩子是自己的女儿，就是他给捞起来的，好像大爷还说过，他捞了半个小时。如果陈元说出这些，会引出自己后边的事儿。虽然后边的事儿都是莫名其妙的，因为没有人证明是莫名其妙的，所以那种羞耻依然储存在别人的眼睛里。

大爷说，田老板胸脯上刺了一条龙，当我把他拖到草地上，他竟然拍着张牙舞爪的胸脯指责我不应该救他。我说，你又不是一头畜生，我怎么能见死不救呢？他说，我就是畜生，一心想死的畜生，是你让我没有死成。我说，那你自己再跳下去吧。他说，水那么深，想跳就能跳啊？这需要勇气的！他缠住我，非让我把他给推下去。你说说，我敢把他推下去吗？他有个大超市，孙子把人家女儿推下去，赔了三十五万元，如果我把他推下去，我拿什么赔人家？恐怕只有光屁股了。

陈元说，他寻死，不会是因为赔钱吧？大爷说，有关系，但似乎又没有关系，当时大超市已经转让掉了，连第二个案子都发生了。第二个案子牵扯到的还是田老板他们两个人，所以各种各样的猜测就非常多，有人说他们上辈子就是冤家，也有人说他们都上了别人的圈套。反正田老板非得让我把他推下水去，不然就不准我离开。

大爷说，我那时还在派出所上班。

大爷朝着派出所的屋顶瞄了一眼，屋顶上有一根不高的烟囱。已经过了午饭时间，所以并没有冒烟。不冒烟，或许因为那个烟囱已经不是烟囱了。

陈元说，你在派出所干什么？大爷说，厨师，他们临时雇的。我正急着回去给派出所做午饭呢，但是田老板抱着我死活不放，我赶紧给派出所打电话，副所长邢小利赶了过来。陈元说，邢小利不是民警吗？大爷说，是刚刚升任副所长的，可能一连办了两个案子，所以立功了吧。

大爷又"哎哟"了一声，另一个手指头也被刀片削破了。

有个小伙子推着自行车来修，大爷说，我这是补鞋的，不修自行车，工具都在那里，你需要的话自己动手吧。陈元笑了笑说，你怎么又变成补鞋的了？

大爷说，生气啊。我回到派出所的时候还不到十二点，比平时开饭也就晚了半个小时，结果你猜都猜不到。当我洗完碗，刚解下围裙呢，邢小利就来通知我，让我第二天别来了。我问，别来了是什么意思？邢小利说，我们要另请厨师了。我说，不就晚了半个小时吗？又没有饿着谁，何况我是见义勇为去了，不是我的话田老板就死了。邢小利说，他死不死与你有什么关系？何况他这种人多一个少一个有什么影响吗？我说，好歹也是一条命吧？邢小利说，反正你的行为影响了本职工作，辞退你也是经过派出所研究的。我说，你跟谁研究的？我在这里做了十几年饭，你刚刚升任一个小小的副所长就把我开除了？邢小利说，开除了又怎样？我说，你恐怕居心不良吧？邢小利说，你说说看，我怎么居心不良了？我说，感觉你希望田老板死。

大爷又抬起头，朝派出所那边的屋顶瞄了一眼，而后低着头嘿嘿地笑了。

陈元说，后来呢？他们给你说法了吗？大爷说，食堂是邢小利分管的，不就他一句话吗？他让我走，我能不走吗？当天离开派出所后，我变成了无业游民，有阵子在这里开过冷饮摊，可是从这里经过的，要么是报案的，要么是犯事儿的，都是火烧火燎的，哪有心情坐下来喝一杯呢？尤其到了冬天，一根冰棍也卖不出去，万般无奈我就摆了这个摊子，说实话这个摊子也不怎么样，原来骑自行车的人还挺多的，现在大部分换成小汽车了。

陈元又想用棉花取火了，但是大爷已经修好了鞋。大爷说，你试试吧。陈元穿上鞋试了试，果然走起路来平稳多了，不再歪歪扭扭的了。

陈元说，多少钱？

大爷说，不要钱。

陈元说，为什么？

大爷笑了笑说，我这是自行车修理点，补鞋只是义务的。

陈元看了看天，晴朗的太阳有点偏了。陈元便辞别了大爷，拐到了派出所的大门口。保安拦住陈元说，你报案吗？陈元说，我找人。保安见陈元有点迟疑，便说，最近风声紧得很，如果找人办私事儿，我劝你还是省省吧。陈元说，我想找邢小利，副所长邢小利。

保安说，你是他什么人？陈元说，什么人都不是。保安说，你在这里有案子？陈元说，也不是。保安说，那到底是什么？陈元说，我亲自和他说吧。保安说，他已经不在这里了。陈元说，我真没有什么事儿，找他就是想看他一眼。保安说，你们是朋友吗？陈元说，算是吧，所以你就没有必要骗我了。

保安说，我没有骗你，实话告诉你吧，他现在在城西监狱里。

陈元一愣，那不是自己刚刚出来的地方吗？

陈元说，他调到那里去了？保安说，调？什么叫调？他是服刑去了，他犯法了你不知道吗？人家躲他都来不及，你还主动往上贴呀？陈元说，犯什么法了？保安说，除了杀人越货，现在能犯法的，不就是贪污受贿吗？我一年前来当保安的时候，他已经进去了，据说除了受贿之外，还有侵占他人财产。陈元说，判了多少年？保安说，具体我也说不清楚，大概是五年吧。陈元说，没有带出别的什么案子吗？保安说，你是指同伙吗？同伙倒是有一个，是他手下的一个民警。

陈元心想，肯定没有牵连出自己的事儿。若自己的事儿有了转机，他应该早就被放出来了。

陈元对邢小利一下子失去了兴趣。即使邢小利没有进去，如今见到了邢小利，他又能和邢小利说什么呢？告诉他自己出来了？继续告诉他自己是被冤枉的？问一问是不是他邢小利设下的圈套？那又能怎样呢？现实是，邢小利也进去了，很有可能就是因为自己进去的，而且与自己一样判了整整五年。

保安对着陈元的背影说，你们真是朋友的话，就去菜场路七十三号看看他老婆吧。

陈元朝着菜场路走去。他不是有意要去看看邢小利的老婆。邢小利的老婆又不认识自己，而且和邢小利本人还是不一样的。陈元之所以朝菜场路走去，是因为那是地铁九号线大沙镇的那一站。

陈元在离大沙镇地铁口还有五十米的地方，一抬头不经意间就看到了七十三号。那里是一个居民小区，一楼全是临街的门面房，七十三号门面房安装着玻璃门。正是下午时分，大白天依然开着灯，是粉红色的霓虹灯。灯光下摆着一张红色沙发。沙发上坐着一个女人，看上去已经不太年轻，应该四十多岁的样子，但是一副小清新的打扮，身上穿着一条白纱裙，低胸的，半透明的，可以清晰地看到桃红色的胸罩兜着半个被挤压的乳房。裙子特别短，稍微动一下，就露出了水红色的三角内裤。

陈元从门口经过的时候，她没有把陈元误会成一个女的，或者她根本不在乎男女，一边嗑瓜子一边朝陈元勾了勾手，还撑到门口，贴着玻璃门说，进来吧，进来玩玩吧。陈元原来遇到此情此景，肯定会大大方方地摆摆手，如今莫名其妙地心虚起来，最后一慌张就钻进了隔壁。

隔壁是一家正规的理发店。陈元并不知道这是正规的理发店。当他走进去的时候，凭着那亮亮堂堂的灯光，还有服务员"欢迎光临"的口气，他觉得应该是一间正规的理发店。一位年轻的小伙子拉出一把椅子，直接告诉陈元说，我们是正规的理发店，请问你要理发吗？陈元说，不理发。小伙子说，那你要烫头吗？陈元说，也不烫头。小伙子有点迷茫地重复说，我们是正规的理发店。

陈元说，你看着办吧。

小伙子说，我看你头发挺长的。

陈元说，头发是假的。

小伙子有点意外地说，这样啊！那刮刮胡子吧？

陈元说，我这胡子能刮吗？

小伙子说，当然能刮了，你又不是女的。

小伙子把椅子调平，开始给陈元刮胡子。陈元说，你怎么发现我不是女的？小伙子说，女的也长胡子，但是没有这么硬，而且你喉结那么大，女的是没有喉结的。陈元说，你老家是哪里的？挺聪明的嘛。小伙子说，老家是河南南阳的，聪明有什么用，念书少，只能待在这种地方。

陈元说，为什么念书少？小伙子说，外地的呀！上到初中毕业，就不让考高中了，若不是有个校长，恐怕连初中都上不了。陈元说，哪个校长？小伙子说，我也不知道，我那时候年纪小，但是听我爸妈说，有个人自己出钱，建了一所农民工子弟学校，我在那里上了一段时间，后来学校关门了，就转到正规学校去了，这些天我爸妈还在念叨，说那个校长应该快出来了。

陈元心想，虽然大家忘记他姓什么叫什么，总算还有人是惦记着自己的，甚至是感激自己的。但是惦记自己、感激自己有什么用呢？是丝毫也无法证明他不是犯了那种事儿的人的。

小伙子说，你不去隔壁是对的，老实说隔壁很脏的。我给你讲个故事吧，前几天有个同性恋，泡了一个娘娘腔，带回家干完事儿之后，又有一个老男人跑过来，说那个娘娘腔是他的女朋友，逼着同性恋拿出八千块钱。同性恋没有那么多钱，只好交出银行卡和密码。趁着娘娘腔拿银行卡出去取钱的机会，老男人又把同性恋给那个了。同性恋一气之下就报案了，警察把娘娘腔和老男人都给抓起来了，在被逮捕之后，给老男人体检，发现老男人患了艾滋病！

陈元说，都是隔壁发生的？

小伙子说，当然不是了，是从电视里看到的。但是隔壁那个女人，谁知道带着什么病呢？传染上了可就毁掉了。而且你不知道，那个女人可不简单，她老公原来是派出所的副所长。据说，她当副所长老婆的时候威风得很，整天开着汽车在大街上乱窜，手上提着的包包都是上万块的，穿着的裙子人家说像只花蝴蝶，我看啊，蝴蝶的翅膀也不见得有那么漂亮。有人说副所长被抓起来，就是她和别人联手举报的，之所以要举报自己老公，是副所长在外边有花头了。为了那个花头，副所长在大沙镇盘下了一家超市。不管谁是谁非，副所长进去之后，家里人都劝她和副所长离婚，但是她死活不肯。她不离婚，也不去里边看他，就开了隔壁的理发店，理发店里就她一个人，既当老板，又当小姐。她那个理发店，与我们不是一样的，我们这个理发店是真理发，而她那个理发店什么都有，就是不理发。大家以为她为了钱，人家说不为钱，就为了报复副所长。

小伙子说，大叔，对不起啊。

陈元说，为什么对不起？

小伙子说，只顾着说话，我一失手，把你下巴刮破了。

陈元才意识到下巴在流血，有一丝火辣辣的痛。

陈元起身要结账的时候，小伙子说，我不收你的钱，因为我把你的下巴刮破了。

陈元出了理发店，本来还想在大沙镇逗留两天，比如去自己曾经打工的建筑工地看看，比如去找找田老板和他的那间超市，比如去看看红星宾馆拆迁后都建成什么样子了。但是，一切都在五年前开始拐弯了，像一条路突然拐向了让人看不见的方向。他不忍心多看一眼那间粉红色的门面房，还有那个对着路人不停招手的有些沧桑的女人。他立即转过身，钻进了地铁九号线的入口。

目前他最想的就是回家，回陕西丹凤的那个家。

如今他无法预料自己的老婆屈爱琴和儿子陈改朝会朝着什么方向拐去。

# 5

陈元仍然选择先到南阳，再转乘前往西安的大巴。

前往西安的大巴会经过陕西丹凤。这是自己以往回家的线路，也是女儿当初来上海度暑假时逆向而行的线路。陈元心想，五年时间，也许从上海到丹凤已经开通了直达的班车，但是他不愿意直达，他希望转车。如今转车还是不一样了，原来从上海到丹凤，有一大半路是走国道的，会遇到一个个小镇，比如叶子镇，比如太阳镇，在那些小镇上，大巴要停下来，一边上人，一边让大家吃口饭撒个尿，有时候还会在小镇上住一夜，回到家基本需要三天两夜。如今全成了高速，陈元在车上迷瞪了一下，醒过来的时候已经到了南阳。在南阳等候了两个多小时，转了车，再迷瞪了一下，中午十二点就到了丹凤县城。

陈元的家在塔尔坪村，离丹凤县城还有七十里。每天下午的时候会有一趟班车前往庾家河镇，并不经过陈元的家乡塔尔坪，所以中途下车还要步行十多里。陈元不愿意坐班车，也许是嫌班车还要等几个小时，也许是嫌班车开得太快了，也许是怕遇到一些熟人。能坐这趟班车的人基本都是镇上的，即使不是镇上的，起码也是经常到镇上走动的。虽然过去了五年，陈元变化很大，还戴着一顶假发，但是不排除有人会认出他。即使不认识他了，他身上的那件事儿，应该是人尽皆知的。

陈元决定全部步行，七十里路对他来说算不了什么。七十里路，要翻过两座大山，不出意外的话，路上会有积雪，陈元若慢慢走，回到塔尔坪的时候应该正好是天黑时分。

陈元实在太饿了，在半路上推开一户人家的门。虽然午饭时间已过，但是大妈还是给陈元烙了锅盔，下了挂面。陈元好久没有吃到锅盔和挂面了，严格意义上是五年没有吃上锅盔和挂面了，所以他像一个吸毒的人突然拿到了一堆白粉。大妈看他吃得那么香，便说，你是哪里人啊？陈元说，我去塔尔坪。大妈说，走亲戚吗？

陈元说，去看看。

大妈说，我怎么不记得有这么个地方了？陈元笑了笑。

继续往前走的时候，路上遇到了两个人，陈元装作问路的样子，问人家塔尔坪还有多远或塔尔坪怎么走。人家都摇摇头说，是寺庙吗？好像没有听说过呀。真是奇怪了，塔尔坪再小，再不出名，它毕竟是一个村子。何况村子里的一个女儿还淹死在上海，村子里的一个父亲还出过那么丢人的不清不白的事儿。是那些事儿在如烟的时光中根本不值一提，还是都被人给遗忘掉了？

正如陈元所预料的一样，他是在暮色苍茫的时候，看到了那棵熟悉的大核桃树，看到了那棵大核桃树上的一个鸟巢，有几只乌鸦站在树顶上有气无力地哇哇着。

所以，塔尔坪还是存在的。

陈元想等到天黑才进村，于是坐在那条无名的小河边。

老婆屈爱琴还是老样子吗？还剪着齐肩的短发吗？还喜欢穿着碎花的棉袄吗？脸上还涂着双生花牌雪花膏吗？还会莫名其妙地眉开眼笑吗？此时，她是否系着围裙在喂猪呢？冬天了，栏上的猪应该两百多斤了吧？到腊月是杀了吃肉呢，还是卖钱？她见了他，还会不会像过去一样，他一进屋就被她给抱住了，而后稀里哗啦地把他剥个精光？

陈元骂了自己一声"妈的"。他怎么就把儿子给忘记了呢？陈元进去之前，儿子陈改朝刚刚订婚。儿媳妇她爸在另外一个村当村长，她在另外一个村办小学当代教，模样儿十分水灵。有人问儿媳妇，家里条件那么好，为什么看上了陈改朝？儿媳妇说，因为他有一个爸爸在上海，以后到上海去旅游都不用住宾馆了。儿媳妇有一半是开玩笑的，有一半是大实话。陈元在堂堂的上海工作，在建筑公司写写画画，这是多么让人羡慕。虽然陈改朝没有考上大学，还是一个农民，但是在大家眼里，有个厉害的老爸，迟早是要被安排工作的，而且肯定是在上海。

可惜的是，在儿子订婚之前，陈元没有机会见儿媳妇。她应该和儿子陈改朝结婚了吧？应该有孩子了吧？是孙子还是孙女呢？陈元突然发现，自己忘记带礼物了，没有给老婆屈爱琴买双生花牌雪花膏，也没有给儿子买几包红双喜，给孙子或者孙女买几包大白兔奶糖。过去他回家的时候都会大包小包地带着这些东西。如今若是带着这些东西回来，会不会显得十分奇怪？自己是被放出来的，又不是光荣退休了。

陈元突然想抽烟。

他从袖子里掏出一撮棉花，可是四周没有墙。有山，山上有积雪；有树，树已经枯干；有草，都是荒草；有一条小路，没有铺水泥。陈元拾起两块石头，像古代人一样碰撞，一下两下三下四下，整个山谷都回响着敲击的声音。最后石头都被撞碎了，还是擦不出火花。

天真的黑了。

陈元感觉有点毛骨悚然。

他一回头，看到背后站着一个人，对着他嘿嘿地笑。

虽然天黑了，光线十分暗淡，陈元还是认出了这个人。他是塔尔坪有名的老光棍，长得一表人才，而且心灵手巧，会制猎枪，会修收音机，会织毛衣。他不仅织毛衣自己穿，还织毛衣送人。曾经送过两件毛衣给陈元的老婆屈爱琴，一件是水红色的，另一件还是水红色的。不过，一件是高领的，另一件是鸡心领的；一件胸口有一朵花，另一件什么花也没有。关于老光棍为什么变成了光棍，说法比较多，有人说年轻时家里穷，有人说是挑花了眼，也有人说他一直在暗恋陈元的老婆屈爱琴。

老光棍的名字叫马青。

马青说，你躲什么呢？

陈元说，我没有躲呀。

马青说，你躲到哪里我都会找到你的。

马青对着河边的一棵杨树轻轻地踢了一脚，说你以为你躲到树里边，我就找不到你啦？从杨树上落下一片叶子，也许是最后一片叶子。马青从地上拾起叶子，朝着它吹了一口气，而后说，赶紧回家吧。

陈元感觉，马青像是在和自己说话，又不像是在和自己说话，而是在和自己背靠着的那棵杨树说话。陈元喊了一声，马青。马青说，谁叫马青？这片树叶子原来就叫马青啊？陈元说，你认识我吗？马青嘿嘿一笑说，你是谁？不可能是屈爱琴吧？屈爱琴比你漂亮多了。

陈元有种不祥的预感。

照着马青说话的语气，马青可能疯了。

在自己没有进去前，就有人说马青有点疯，不过并不彻底。

马青说，跟着马青快点回家吧。

陈元跟在马青背后，向村子里走去。路上没有一个人，整个村子也没有一点光亮。每从一户人家门口经过，马青都会上前，扣住人家的门环，把人家的门敲得哐当哐当地响。他敲敲汪家的门说，准备好了吧，要赶班车的话，应该出发了；他敲敲方家的门说，快点起床吧，天都大亮了，应该下地收苞谷了；他敲敲马家的门说，快点放炮吧，小媳妇马上就到了，要拜堂成亲了。他的话也不全是颠三倒四的，当年汪家开了一个小卖部，卖点油盐酱醋和针头线脑，经常要搭班车进城进货；方家是个懒汉，要睡到太阳晒屁股才起床，经常地里的庄稼都顾不得收；马家有一次结婚，新娘子都进门了，迎亲放炮的人竟然喝醉了。

无论他敲谁家的门，门上都挂着一把大锁。

陈元明白，大家应该进城打工去了，或者迁移到开阔的地方去了。

终于到了自己家的院子外边，院门是半开着的。马青还是一样，走上前去，敲了敲门说，屈爱琴啊屈爱琴，你梳妆打扮得怎么样了？你们家的男人从上海回来了。陈元不明白，马青是认出自己来了呢，还是随口说说的。马青不等有人来开门，就把门给推开了，而后回头对着陈元说，跟着马青快点回家吧。

陈元进了院子，马青再轻轻地把门给掩上了。

陈元一下子又要窒息了。

原来的三间大瓦房不见了，成了一块平地。

从前摆着香案和祖宗牌位的位置如今长着一棵树。

陈元认不清是一棵什么树。因为是冬天，树上没有一片叶子，枝丫显得无比的瘦，像核桃树，又像柿子树，还有点像梨树。陈元以为走错了地方，在塔尔坪总共十几户人家，大多数人家的院子是一模一样的。比如马青家的院子和陈元家的院子，无论大小进深不仅一模一样，而且还在隔壁。

陈元说，这是你家吧？

马青说，是你家。

陈元准备退出来的时候，被马青给拉住了。马青拉来一张凳子，让陈元坐下来。陈元坐下来后，再朝院子后边的山看了看，又回头朝院子前边的山看了看，他感觉自己并没有走错，这确实就是自己的家。自己的家为什么不见了呢？是自己在做梦，还是老婆屈爱琴与儿子陈改朝在别处，比如在镇上盖了新房，全家一起搬走了？

陈元说，我老婆呢？

马青说，在那里呀。

陈元说，现在呢？我说的是现在。

马青说，她躲起来了。你以为你躲到一棵树里，我就找不到你了吗？

陈元仔细地辨认了一下，长在废墟上的那棵树确实是核桃树。塔尔坪的人喜欢种核桃树，因为核桃树寿命长，而且可以结核桃，所以在房前屋后，坟头坟脑，都会见缝插针地栽种核桃树。

陈元认为马青是真的疯了。

陈元出了院子，在整个村子又转了一圈，还是没有发现一个人，大多数房屋破败了，有些房屋已经倒塌了，到处都种着核桃树，有的已经合抱粗了，有的还是小树苗，把整个村子打扮得像森林似的。马青跟在陈元的身后，每到一家，他仍然上前敲门，敲完了门，又上前去敲树。他把一棵棵核桃树敲得嘭嘭响，而后一声声叫着，你们快点开门吧。

陈元说，我得走了。

马青说，门马上就开了。

马青跟着陈元离开了塔尔坪。陈元不知道自己要去哪里。

他觉得自己应该先去镇上，镇上应该是有人的，他要打听一下老婆屈爱琴与儿子的下落。当马青把陈元送到一个山顶的时候，马青塞给陈元一个纸卷，陈元以为是马青自己卷的一支烟，就接了过来，夹在自己的耳朵上。马青掏出一个打火机，要给陈元把烟点上。

陈元笑了笑说，不用，我有。

但是四周一片漆黑，根本不知道哪里才能摩擦。

陈元摸索着赶到庾家河镇的时候，已经是晚上十点多了。陈元在镇上上过两年初中，那时仅有一条一百米的石板街，弯得像个"V"字。如今石板街已经没有了，全部改造成了水泥，而且两边全是小洋楼。可惜的是，小镇毕竟是小镇，一点儿都不繁华，街上不时有人经过，也有一两对男女没边没沿地溜达着，但是店铺基本关门了，四周显得一片漆黑。

陈元在街角的一座桥头，找到了一个摊点，是做烧烤的，还亮着灯。有一个人，没有坐在摊子上，而是坐在桥上，背靠着栏杆，独自在那里喝酒。摆烧烤摊的，是二十多岁的一个姑娘，梳着马尾辫，穿着绛红色的棉袄。

姑娘说，你想吃什么？鱿鱼，鸡腿，羊肉，什么都有。陈元说，随便吧。姑娘说，你是大妈吧？陈元笑了笑说，有关系吗？姑娘说，当然有关系，大爷爱吃羊肉，大妈爱吃鱿鱼。陈元说，随便吧。姑娘说，你要几条呢？陈元说，还是随便吧。姑娘说，那就先烤两条，不够了再添。

姑娘说，你不是本地人吧？陈元说，你看我像什么地方的？姑娘说，听口音，我看像南方的，冬天来我们这小地方，怕是收药材的吧？陈元说，你哪里人？姑娘说，我是本地人，又不是本地人。

陈元说，你知道塔尔坪吗？

姑娘说，那个地方，我知道呀，听我堂姐说过。

陈元说，你堂姐是谁？她怎么知道的？姑娘说，我堂姐就是我叔叔家的女儿，她险些就嫁到塔尔坪去了。陈元说，险些是什么意思？姑娘说，快结婚了，听说我姐夫他爸是个大流氓，所以就泡汤了，当时我才十几岁，具体我也说不清楚。陈元说，大流氓是你堂姐说的吗？姑娘说，她呀，一句话没有，都是别人瞎掰掰的。陈元说，你们信吗？姑娘说，据说人被抓起来了，法院都判了，信不信又有什么意义呢？

姑娘把鱿鱼架在炉子上，一边烤着一边说，当时我堂姐在一个村办小学教书，事儿很快就传到学校了，无论老师还是学生见了她，都是指指点点的。她一站到讲台上，底下一片沉默，不提问，也不发言，都直直地盯着她。有个学生考试成绩差，两门功课不及格，我堂姐通知家长来谈谈，哪知道家长一进学校就大吵大闹，说这么流氓的老师怎么能教出好学生呢？校长说，人家一个姑娘，怎么就成流氓了？家长说，她的公公是流氓，公公的儿子肯定是流氓，她嫁给这样的流氓，不是流氓是什么？校长说，不能这么推吧？家长说，她是教数学的，这叫等量代换明白吗？我堂姐无脸再进学校，第二天就辞职了。后来，婚事就泡汤了，据我叔叔说，不是他们薄情寡义，是我姐夫主动提出取消婚约的，不取消婚约怎么办呢？他不敢上我叔叔家的门，也不敢带我堂姐出去。

姑娘叹了口气说，我堂姐多漂亮啊，眼睛像两个桃子，粉扑扑的脸蛋像红富士大苹果，苹果都没有她那么水灵。现在二十七八了，还没有嫁出去呢。

鱿鱼烤好了，陈元却一点胃口都没有。他只想取火抽烟。

姑娘说，我姐夫与我堂姐分手后就离家出走了，开始说是在外边打工，后来有人在陕西铜川煤矿遇到了他，说他在洛南县某个村里，当了上门女婿。我姐夫离开塔尔坪后，就剩他妈一个人了。据说他妈去了一次上海，在上海待了几个月，最后是一边要饭一边回到塔尔坪的。回到塔尔坪后，她就再没有出过院子。我堂姐去看望过她，但是无论怎么敲门，她都不开。村子里任何人敲门她都不开。她在院子里待了将近两个月，直到第二年春天，有个疯子翻墙跳进院子里，想强行把她拉出来，发现两间屋子已经垮掉了。可能是被那年的一场大雪给压垮的。那年的雪下得太大了，把好多大树好多电线杆都压垮了。她躺在仅剩下的一间屋子里，尸体已经发臭了，头发已经全白了。其实她从上海回来的时候，头发已经全白了。

在桥头喝酒的人醉了，把一个酒瓶子扔进了河里，发出一声破碎的声音，而后摇摇晃晃地离开了。

摊子前没有一个客人，姑娘坐到陈元的身边，拿起给陈元烤好的鱿鱼，自己吃了起来。姑娘哽咽着说，疯子恐怕是有意的或是无意的，放了一把火，把剩下的一间房子点着了，大火不仅烧光了院子，还把院子后边的几座大山都给烧掉了。火特别大，我们从几十里外赶过去，帮忙把大火给扑灭了。

最后大家和疯子一起，干脆把墙推倒，把她埋在了她家的院子里。

姑娘挑了挑炉子说，后来塔尔坪就空了，只剩下了一个疯子，疯子哪儿也不去，他在她的坟头上栽上了核桃树，在整个村子的边边角角都栽上了核桃树。听说塔尔坪原来有个塔，是镇鬼的，会不会塔倒了，妖魔鬼怪都跑出来了？

陈元万万没有想到在这个小镇上，轻而易举地遇到了未过门的儿媳妇的堂妹。似乎不是姑娘在讲述，而是岁月在向他讲述，是老婆屈爱琴在向他讲述，每个人的讲述尽是悲凉，像小镇上的那个冬天的夜晚。

姑娘吃完了一条鱿鱼，擦了擦眼泪笑了笑说，你到底是大爷还是大妈？

陈元说，为什么要把我误会成大妈呢？

姑娘说，也许头发太长的原因吧。

陈元掏出五十块钱，姑娘说，你一点儿都没有吃，所以不收你的钱。

有人在向这边走来，姑娘指了指说，我堂姐来帮忙收摊子了，大爷不如去我们那里将就一晚上。陈元看着那个不断靠近的有些疲惫的身影，站起身说，算了，我该走了。姑娘说，这么晚了还能去哪里呢？陈元说，我要回塔尔坪。

从庚家河镇到塔尔坪，是几十里伸手不见五指的山路。路上还有一些积雪，沿途也没有一户人家，陈元一脚深一脚浅地往回赶，赶到了最后一个山顶的时候，看到有个黑乎乎的东西在山顶上晃动。它不像一个人，而像一根树桩。

陈元是从里边出来的，所以不怕鬼，也不怕人，更不怕树，唯一怕的，是把鬼误会成了人，把人误会成了树。还不等陈元喊叫一声，那黑乎乎的东西嘿嘿一笑，瓮声瓮气地说，你躲到哪里去我都会找到你的。

陈元听出来了，他是马青。看样子，马青把他送到山顶之后并没有下山，而是一直在山顶上守着，似乎知道陈元还会回来一样。

陈元说，走吧。马青并不跟着他下山，而是靠着一棵松树坐下了。陈元说，赶紧走吧。马青还是没有吱声，几分钟就疲惫地打起了呼噜。马青应该太累了，他一直站在山顶上，在等着什么，所以他太累了。陈元也太累了，于是他依着马青，靠着那棵松树，坐下来闭上了眼睛。

陈元迷迷糊糊之中发现自己带着女儿回到了塔尔坪。他穿着一身西服，打着领带，皮鞋擦得铮亮。两个人一起进了门，女儿在东厢房里找妈妈，他则在西厢房里叫着屈爱琴。他在西厢房里找来找去，发现屈爱琴躺在一只储存麦子的柜子里。她没有剪齐肩的短发，而是留了一头与自己一样的披肩长发；她没有穿上带着碎花的棉袄，而是穿着一身白色的袍子；她没有眉开眼笑，而是脸上蒙着一块黑布。陈元说，你以为你躲在这里，我就找不到你了？她说，我不躲到这里还能躲到哪里？她说着，一骨碌从柜子里站起来，堵在了他的面前。陈元定睛一看，站起来的不是她，也不是一只柜子，而是一副棺材。

其实也不是棺材，而是疯子马青。

天大亮了，马青醒了，陈元的梦也醒了。

从山上往下看，整个塔尔坪还如从前一样，根本看不出有什么异常。一片树林之中，一块块屋顶上，还残留着积雪。如果细细地对比，原来是有炊烟的，或者有弥漫的雾气，如今什么也没有，显得十分清冷。像一个人有了呼吸，哪怕他的身体再冷，还是温润的，一旦没有了呼吸，就失去了生气。积雪上，原来是有喜鹊的，如今尽是乌鸦。它们从屋顶跳到树枝上，又跳到另一根树枝上，百无禁忌地哇哇地叫着。

陈元与马青一起下了山。陈元进了院子，终于把一切看得清清楚楚。除了院子基本完好无损之外，里边的三间房子连残垣断壁都不存在了，唯有破碎的玻璃还一如既往地反射着光。猪圈里长满了灌木，石磨上长满了青苔，水井隐没在衰败的蒿草之中。陈元终于看到了一块木板，插在隆起的地上，上边写着"屈爱琴"几个字。估计是马青给屈爱琴立起的牌位。

陈元在牌位前蹲了下来。

他从棉袄里掏出一大撮棉花，从废墟里捞出了一块青砖，从脚上脱下了自己的布鞋，开始使劲地摩擦着。他从没有用青砖取过火，由于青砖沾上了融化的雪水，有一大半还是潮湿的，但是他没有因此而丧失耐心。他一只手拿着鞋，一只手拿着青砖，夹着一根棉花条子，快速地摩擦着。第一根棉花条子被磨碎了，他又搓出第二根棉花条子继续摩擦。青砖从干燥到发热，从发热到发烫，半个小时之后，棉花条子慢慢地变黑，终于冒出了一股青烟。

陈元吹了吹，把一把艾草和一把树叶点着了。

陈元对着燃烧起来的火苗跪下了。

马青把一个火苗捧在手心，嘿嘿地笑着说，你以为你躲到树里我就找不到你了吗？

陈元想抽支烟，但是烟盒里已经空了。他从身上摸出了昨天晚上马青给他的那根卷烟，叼在嘴上。但是似乎是实心的，里边并没有烟叶。陈元把这根卷烟展开，只要揉一些树叶包进去，照样是可以当成卷烟抽的。

当陈元展开这张纸，发现上边有字。

虽然那字迹有些模糊，但是陈元一下子认出了这是屈爱琴的字。

屈爱琴曾经给自己写过信。写得比较稀少，每年就一封两封。每次接到屈爱琴的信，陈元都特别开心，坐在工地最高的墙头上，一个字一个字地反复读。屈爱琴的信很简单，要么告诉陈元收了多少麦子，要么告诉陈元槽上的猪多少斤了。这些话在电话里说过一遍，但是经过她写出来，味道又不一样了。有一次，屈爱琴在电话里说，他爸呀，咱们改朝看上了一个丫头，丫头的爸爸是村长，丫头在小学里教书，人长得也不赖，你回来把把关吧。陈元说，我把什么关呀？儿子看上了，你看上了就行，怕就怕人家看不上我们。屈爱琴说，咱儿子又不差，何况人家看中的，是你这个老爸。陈元说，你这个当妈的，也没有正经吗？既然你们定下来了，就请媒人提亲。过了不久，陈元收到了屈爱琴的信，信中又把那些话重复了一遍，不过里边多了一张那个丫头的照片。订婚的时候，陈元的建筑公司走不开，没有办法回家，就寄了两千块钱。

屈爱琴在这张纸上写着：

妞妞：大沙镇柳沙河。

他爸：上海市雪山路 1551 号。

学校：大沙镇菜场路 177 号。

副所长邢小利：上海市大沙镇大沙浜路 1 号。

田老板的儿子田小龙：西安市阎良区前进东路 14 号 × × 小区。

黄丽：陕西省渭南市临渭区河西乡河东村，十三岁零十个月。

改朝：陕西省洛南县灵口镇桑树洼村。

纸上还有几个大大的感叹号，几个大大的疑问号，在田老板的名字上打了一个叉。纸头上印着"大沙镇派出所"的字样，看来屈爱琴真去过上海了。

陈元分析了一下名单和地址，她在上海的两个月时间里，应该去过女儿淹死的那条小河浜，柳沙河就是那条小河浜的名字；应该去过菜场农民工子弟学校，那时学校恐怕已经关门了，学校一关门，除了桌子椅子就什么也没有了。她肯定首先去的是大沙镇派出所，见到了已经是副所长的邢小利，从邢小利那里了解到女儿的事儿，当然主要是了解自己的事儿。田老板的地址是他儿子的，在陕西而不在大沙镇，是田老板已经离开了，还是这个地址是假的？甚至她还去了位于雪山路的城西监狱。王管教从来没有提起有人去看望过他陈元。陈元在里边五年时间，从没有任何人进去看过他。但是并不代表屈爱琴没有去过城西监狱。说不定她到城西监狱大门口，从门缝朝里看了几眼，而后就离开了，因为她明白他，就算她进去见他，他也不见得答应见她。

陈元爬起身，拍了拍马青的肩膀，说了句，谢谢你。

马青说，你以为你躲到树里我就找不到你了？

陈元穿过村子的时候，马青跟在他的后边一家家地敲门。

咚咚的敲门声在空洞的村子里不时地回荡着。

陈元要离开了。老婆屈爱琴留下来的那张纸其实就是一个天意，或者说是她冥冥之中对他的指引。陈元原来的计划是先见田老板和黄丽，因为田老板与黄丽是掌握着真相的两个人。如今必须颠倒一下，接下来他第一个想见到的，是自己的儿子陈改朝。因为自己蒙受的不白之冤，让那个可怜的孩子已经流落异乡，起码改朝养育的儿子或者女儿不会再姓陈了。他不知道是不是预兆，因为在他给改朝起名字的时候，老婆屈爱琴就提醒过他。

改朝改朝，不就是要改换门庭的意思吗？

# 6

根据屈爱琴提供的地址，改朝家住陕西省洛南县灵口镇桑树洼村。陈元对洛南县的灵口镇并不陌生，它就在丹凤县的隔壁，是从塔尔坪通往河南灵宝县的必经之地。

他曾经跟随着马青，也就是那个疯子一起，去河南灵宝县淘过金。灵宝县有很多金矿，在陈元青春年少的时候，不仅仅是塔尔坪，方圆几百里的男女老少，唯一的营生就是去灵宝县淘金。说是淘金，其实就是偷，半夜三更钻进矿洞里，偷人家的矿石下山卖钱。那时候，偷不叫偷，叫背；金矿不叫金矿，叫山上。陈元记得十分清楚，矿石一斤两毛钱，一克金子五十块。背矿石并不容易，因为矿洞里是伸手不见五指的，身后还有人拿着棍子追赶，一不小心就掉到矿井里，被当成矿渣给铲走了。村民们农闲的时候，或者家里困难的时候，就会吆喝一帮人去山上背矿。陈元去过几次，其中一次是自己想上学，家里出不起学费；还有一次是和屈爱琴结婚，为了给屈爱琴买块手表。那一次，他和堂兄一起去的。堂兄也准备娶媳妇，想攒几桌子酒席钱。刚刚坐车到了灵口镇，就发生了车祸，堂兄推了陈元一把，把陈元推出车外，堂兄自己来不及逃，被活活地轧死了。

从塔尔坪去灵口镇，必须经过三要镇。从塔尔坪到三要镇，有六十里的大峡谷，当年不通汽车，如今应该也不通汽车。反正陈元不喜欢坐汽车，坐汽车会遇到杂七杂八的人。这条线路，完全就是上山背矿的线路，不过似乎一切都变了，山似乎矮下去了，河流似乎窄了浅了。陈元不明白是自己眼光长了，老了，还是这些山瘦了，水干了。

陈元在太阳落山的时候赶到三要镇，再转车赶到了灵口镇。陈元出了灵口车站，问一家旅舍桑树洼怎么走。老板娘说，从没有听说过，还是住下来再说吧，一晚上三十块钱，要热水有热水，要按摩有按摩。陈元又问了一个保安，保安说，是桑树洼吗？会不会是桑树岭呀？桑树岭倒是不远，往北走就三里路。

陈元赶到桑树岭，有位老人坐在村口抽烟。陈元问，大爷，村里有没有一个叫陈改朝的人？老人说，你问的是女的吗？陈元说，是男的。老人说，我们虽然叫桑树岭，却清一色地姓杨，杨树的杨，怎么会有姓陈的呢？陈元说，是上门女婿。老人说，上门女婿那倒是有一个，在村东第一家，不过人家不叫陈改朝，人家叫杨利。

陈元想，肯定是走错了，或者屈爱琴把地址给抄错了。

正想离开的时候，有一个女人背着一袋子东西，弓身从村口经过。

老人指了指说，桂花，你们家杨利是不是改过名字？桂花放下肩膀上的袋子。她原来不是被压弯了腰，而是一个罗锅子。她弓着腰说，他说原来的名字不好听，入赘我们杨家后就跟着我们杨家姓了。老人说，他原来叫什么？桂花说，叫陈改朝，改朝换代的朝。老人说，那就对了，这里有人找呢。

桂花看到了陈元，问，你哪来的客人呀？

陈元迟疑了一下说，我是他煤矿上的工友，他不在家吗？

桂花说，还在铜川煤矿上，恐怕过年才能回来吧。

儿子不在家，陈元反而踏实了。陈元说，走到这里天黑了，就是想来投个宿。陈元接过口袋，是一袋子面粉。陈元背着面粉，跟着桂花进了村。桂花走路的时候，每走一步，头几乎都要磕到地上了。天黑，陈元判断不出桂花的年纪，不清楚桂花是儿子家里什么人，凭着样子感觉不像自己的儿媳妇。

儿子家没有院子，只有三间瓦房。房子不是青砖的，而是用泥巴夯起来的。中间有一个香堂，写着"天地君亲师位"，西边是一间厨房，东边从中间隔成了两个卧室。地板没有铺砖，也没有打水泥，积着厚厚的尘土。家里陈设简陋，几乎没有几件像样的家具，只有几只漆成红色的木箱子。桂花生了一盆火，而后问，大伯还没有吃晚饭吧？

陈元笑了笑说，还没有呢。

桂花便进了厨房，忙碌着做饭去了。

东边的门帘子揭开了，是一位五十岁左右的大妈。大妈说，你是哪位亲戚，怎么一点都不认识呢？陈元说，我是路过的，这么晚了，打扰您了。陈元估计，应该是儿媳妇她妈。她若是儿媳妇她妈，正在厨房添水做饭的，难道就是自己的儿媳妇？陈元看到儿媳妇弓着身子，几乎都够不着锅灶了，心里顿时生出一丝悲凉。

大妈说，你是哪里人？陈元说，我呀，原来是丹凤县的。大妈说，我们家杨利也是丹凤县的，那个村子叫什么来着？陈元说，叫塔尔坪。大妈说，听他说，塔尔坪已经没有人了，他们都迁到哪里去了呀？

陈元说，有的迁到镇上去了，有的迁到城里去了。大妈说，你和我们杨利熟悉吧？陈元说，挺熟悉的。大妈说，他家里都有什么人？父母和兄弟姐妹呢？我们问他的时候，他只说死了，到底怎么死的，什么时候死的，从来也不告诉我们。陈元说，孩子可能伤心吧。大妈说，如果不伤心的话，怎么会入赘到我们家？陈元说，他是怎么跑到这里来的？

大妈说，按说去灵宝背矿，也不经过我们桑树岭，哪知道他是怎么绕到这里来的？有一年冬天，下了好大好大的雪，雪把四面八方的路都封住了。我们早晨起来，不仅找不到路，吃水都找不到河。我们推开门，门外坐着一个人，看上去哪像人啊，倒像一个被冻僵的雪疙瘩。这就是我们家杨利。他在我们家睡了两天两夜，醒过来后，什么也不说，也不打算离开，挑水，劈柴，干活都不用人叫。春天了，帮忙下地锄草；夏天了，帮忙下地收麦子。待了半年多，我们问他，家里有没有媳妇？他摇头；我们问他，以后有什么打算？他摇头；我们问他，愿意不愿意做上门女婿？他竟然点头了。就这样，在那年农历八月十六立了招书。

大妈说，这个女婿话少，勤快，懂事儿，对我也孝顺，每次从外边回来，都给我买衣服，你看看我身上这件羽绒服，穿着多舒服啊。我们家桂花，按说也没有什么说的，但毕竟是个罗锅子，还长杨利三岁。我们能招这么一个女婿，恐怕是上辈子积了阴德。

看大妈对儿子如此称心，刚刚升起的那股悲凉稍稍地减轻了一些。

陈元摸出一支烟。他犹豫了一下。地板是泥巴的，墙壁是泥巴的，又是半夜三更，他怕吓着了人家，所以打消了摩擦取火的念头。

房间里传来了孩子的哭声，大妈说，是我孙女杨小青。

大妈掀起帘子，进房间里哄孩子去了。

陈元对桂花说，随便吃点就行了。但是桂花摆了一张桌子，蒸了一锅大米饭，炒了一个腊肉萝卜片和一个鸡蛋土豆丝，还提出一瓶子太白酒。桂花说，冬天里没有什么菜，就请大伯将就一点吧。陈元说，够多的了。桂花说，听你刚和我妈说，你是杨利老家那边的，又都在铜川煤矿待着，第一次上我们的门，算是稀客。

桂花说，大伯你一把年纪了，怎么还要上煤矿吗？陈元说，不挖煤能干啥呀？桂花说，电视里经常说，这边煤矿塌方，那边煤矿渗水，每次都有几十个人被埋在下边，你们待的煤矿怎么样？陈元说，都一样，哪儿都一样，不安全。桂花说，有没有死过人？陈元说，听说过，不过我们还好。桂花说，我劝说杨利，在家干点别的，钱有啥多少的，他总是不听，按说铜川离家也不是太远，可是一年到头，除了收麦子和过年，他多数时候都不回家。

陈元说，煤矿也没有外边说的那么可怕，你别太担心了。桂花说，我好奇，煤都埋在什么地方？陈元说，埋在地下。桂花说，多深呢？陈元说，我们不清楚，反正挺深的，下去要半天。桂花说，上边种庄稼吗？陈元说，煤多值钱，不用种庄稼了。桂花说，你们挖煤的时候是怎么进去的？陈元犹豫了一下。

陈元想起自己去过的金矿，便说，有洞，洞口有点像我们这里的墓，也像隧道或地铁，你坐过地铁吗？桂花说，还没坐过呢。

桂花要给陈元倒酒，陈元推开了。桂花说，大伯，煤挖出来是什么样子？陈元说，挖出来是黑的，和泥疙瘩一样。桂花说，从地下一挖出来就能烧吗？真是奇怪，我们地里的泥巴为什么不能烧，人家那里为什么就能烧？陈元真想告诉她，在地壳运动中，有一些植物被埋在地下，在不透气或空气不足的情况下，经过几亿年的高温与高压，最后就形成了煤。但是陈元觉得那样解释，文绉绉的不合适。

陈元说，泥巴和泥巴能比吗？

桂花说，我一直想去煤矿，但杨利他不带我。其实我去，不是为了挖煤，而是为了陪陪他，给他做做饭，顺便看看煤是什么样子的，煤矿到底安全不安全。

几天一直在外奔波，加上里边五年的煎熬，陈元第一次有了家的感觉。他三下五除二地吃了一顿饱饭，倒床便呼呼地睡去了。自是一夜安宁无话，第二天，陈元一觉睡到大亮，吃完早饭便起身告辞。桂花拿了一件棉袄，一双新做的布鞋，一袋子煮熟的香肠，让陈元捎给杨利。陈元说，这些东西，哪儿买不到，用不着吧？桂花说，杨利总不给自己添衣服，恐怕还穿着原来那件破棉袄。大伯你劝劝他，让他别舍不得花钱，想喝酒就喝，想抽烟就抽。再捎句话给他，马上过元旦了，如果元旦不回来，过年就早点回来。

大妈也送出门，对着陈元耳朵边悄悄地说，关键是让他早点回来，给咱杨家抱个孙子。

有一群孩子，你追我赶地跑了回来。有个孩子冲着陈元的后背喊，爸爸，爸爸。陈元一扭头，看到一个三岁左右的孩子，扎着马尾巴，单眼皮，清秀的模样，像极了自己女儿小时候。陈元想，没有猜错的话，女儿就是这孩子的姑姑。

桂花说，杨小青，你眼睛长哪儿了？是不是想爸爸了？杨小青说，他和爸爸长得一样。桂花说，确实有点像你爸爸，昨天晚上在村口遇到的时候，我也以为是你爸爸呢。杨小青说，长得一样就应该叫爸爸对吗？桂花说，不对，这是爷爷，快点叫爷爷。

杨小青便躲在桂花的背后，弱弱地叫了一声"爷爷"。

陈元听到叫喊，他的心扑通一声，悬在胸口的两块石头一下子落地了。陈元一阵感动，忙从身上掏出五十块钱，说是给杨小青买糖吃。但是杨小青不要，桂花也死活不要。桂花不但不要钱，反而回到家里，又装了几个馒头，让陈元带着在路上充饥。

# 7

陈元平白无故地在里边待了五年，从四十不惑即将熬成五十知天命，但是自己处在一个与世隔绝的地方，除了王管教那些人之外，大家都是有罪的，无论是偷盗还是抢劫，无论是杀人还是放火，无论是罪有应得，还是蒙受不白之冤，犯人与犯人的交往从精神的角度看，就显得平等多了。但是老婆屈爱琴呢？儿子陈改朝呢？儿子原来的女朋友和邢小利的妻子呢？他们这些与那事儿不相干的人，是生活在正常的社会上的。他们的一点一滴都牵扯到尊严，牵扯到脸面，牵扯到羞耻。陈元想，与他们相比，自己遭受的折磨轻多了。

陈元返回灵口镇坐车，在车站一打听，去铜川煤矿要经过渭南。陈元决定顺路去看看那个当时不满十四岁的小丫头黄丽。他怎么也想不通，那么小一个娃娃蛋子，她知道什么是男女之事呢？她哪懂什么是法律呢？她为什么要与人一起陷害一个陌生的和她父亲一般大小的人呢？如今小丫头已经长大成人了，推算一下已经十九岁了，若是五年前还不明白轻重的话，五年之后是否已经明白了呢？

在五年的时光流逝中，命运又是怎么安排她的呢？

陈元根据老婆屈爱琴列出的地址，坐了一趟大巴，倒了一次火车，在渭南南站下车后，往南走了两公里，或许是三十年河东三十年河西的原因，轻易就找到了河西乡河东村。

陈元在下午三点左右进了河东村。刚进村子不远，有一条小河，临河住着一户人家，三间房子有些破败，房前的河里结了冰，冰块之间有几只鸭子在游泳。屋檐下有位老人，估计七十岁左右，耷拉着头坐在太阳底下晒太阳。

陈元说，大爷，家里有水喝吗？

大爷半睁着眼睛说，你自己进门倒吧。

陈元不好意思自己进门，便又问了一句，你们村里有没有一个姑娘叫黄丽?

大爷彻底睁开了眼睛,打量了一番陈元说,我就是她爷爷,这就是她家,你是干什么的?陈元刚刚开口,就撞到了黄丽家的门上。陈元有点意外地说,仅仅见过一面,她不在家吗?大爷拉了条凳子让陈元坐下,说你在哪里见过她?在省政府那边,还是在医院那边?你不会又是来做思想工作的吧?

陈元听说黄丽不在家,便在大爷的旁边坐下了。大爷说,前些日子,省里的,市里的,信访办的,卫生局的,民政局的,还有什么残联的,分头都来过了,让他们别再到处上访了,但是黄丽她爸那个孽障,哪里听得进去呀。他越来越起劲了,家里庄稼也不种了,什么营生也不管了,整天挂着个牌子,牵着自己的女儿,到处又是哭闹又是上访的,把我们的人都丢尽了,他们不要脸,我这张老脸还要呢,等我死了怎么好意思去见阎王爷?

陈元心想,他们究竟为什么上访呢?

陈元说,肯定是有冤屈吧?

大爷叹了口气说,我孙女命苦啊,从落地那天起,就没有受到爸妈疼过。我那儿子,也就是黄丽她爸,是一个大酒鬼,整天把自己泡在酒瓶子里。如果没有酒喝,他不仅打黄丽,还打我这把老骨头,你看看我头上这几道疤,就是他用酒瓶子打的。有一次,酒瓶子见底了,他还没有喝好,便提起一壶开水,泼在了黄丽身上,把黄丽半个肩膀的皮都烫掉了。

当初的那些镜头如雾霾一样在陈元的眼前开始扩散。

有一天晚上，在菜场小学的宿舍里，陈元接到了田老板的电话。田老板说，陈校长你是不是还在恨我？陈元说，一切都过去了，我恨你干什么？田老板说，那出来喝酒吧。如果田老板不把超市低价卖掉，就没有三十五万元的赔偿款，没有那笔赔偿款就没有菜场小学，没有菜场小学的话几十个孩子就辍学了。田老板卖掉超市后，不仅倾家荡产了，而且失去了应有的经济来源，一下子从老板变成了无业游民。陈元本来不会喝酒，一是对田老板存有愧疚之心，二是冤家宜解不宜结，所以就接受了田老板的邀请，跑到红星宾馆门前的大排档上，陪着田老板喝了几杯。

几杯酒下肚，陈元和田老板都有些醉了。田老板说，我有一个干女儿你知道不？陈元说，我和你又不熟悉。田老板说，她现在没有地方上学，能不能送到你们学校去？陈元说，孩子多大了？田老板说，差两个月十四岁。陈元说，原来念过书吗？田老板说，念过，在老家念六年级。陈元说，我这里只有六年级，念半年就毕业了。田老板说，半年就半年，上完小学再想办法。陈元说，你明天让她来报到。田老板说，你们学校是免费的吗？陈元说，这个学校有你的功劳，所以我给她全部免费。

田老板说，那太好了！她正好在楼上的按摩房里上班，我让她给你做一次按摩表示感谢吧。陈元说，我是老师，老师怎么可以去那种地方？田老板说，这种地方也有干净的，何况她不到十四岁，又是我的干女儿，纯粹就是保健按摩，你脑子不要长歪了好不好？其实人家自己不愿意上学，你是校长，要去给她做做思想工作。

陈元随着田老板，晃晃荡荡地来到了红星宾馆的二楼。

据陈元后来了解到的情况，田老板的干女儿叫黄丽，是陕西那边的老乡。她是到上海来找她妈的。据说她妈在大沙镇，也许在某家服装厂，也许在某家商场，也许在某家饭店。小丫头一家挨着一家找，在那年冬天，几乎找遍了大沙镇，也没有找到她妈，在身无分文的时候，由于几个月没有地方睡觉，几天没有吃饭，恰好晕倒在田老板的超市里。当时田老板还开着超市，还是财大气粗的田老板，便把小丫头认成了干女儿，安排在红星宾馆的按摩房里。

就在那天晚上，就在红星宾馆，就在二楼尽头的按摩房里，就是那个十四岁不到的小丫头黄丽。时间，地点，人物，情节；酒，包厢，按摩床，脱光的衣服，流血的身体；灯光的昏暗，环境的封闭，自己的好言相劝，小丫头恐惧的目光；突然消失的田老板，突然尖叫起来的黄丽，突然而至的警察邢小利。一切好像都很普通，又好像是布置好的；一切好像都是巧合，又都是上天注定的；一切好像都十分道德，也没有任何违法行为，又十分失常和扭曲；一切好像都有人证明，但是又都百口莫辩。关键是，一切都是空白的，偏偏被人描绘得有鼻子有眼。

陈元听到大爷的话，终于明白黄丽肩膀上的那一片惨白，不是花纹，而是被开水烫伤后落下的疤痕。

陈元并不愿意回忆，每当那些镜头跳上自己脑海的时候，他都用各种各样的办法，比如说摸摸自己的光头，最有效的办法就是摩擦取火，逼迫自己中断那些无中生有的回忆。他取下自己的假发，摸了摸自己的光头；他慌张地抽出一支烟，从棉袄里掏出一撮棉花，从脚上脱下一只布鞋，但是墙壁依然是泥巴的，地板依然是泥巴的，还有一些泥泞，甚至有一些结冰。

陈元拒绝大爷用打火机给他点烟。

陈元把那支烟在手心里捏碎了。

大爷说，黄丽每天一放学，就去附近拣垃圾卖钱，供她爸喝酒。有一次我病得很重，黄丽放学回来自己做饭，没有顾得上出去拣垃圾。而她爸呢，酒又喝光了，他让黄丽出去买酒。黄丽说，没有钱。他说，没有钱，不知道赊吗？黄丽说，之前欠了几百块，还没有还清。她爸听了，立刻提起一个酒瓶子，朝着黄丽扔了过去。黄丽流着血出门了，那天正好下了那年冬天的第一场雪，雪下得不大，但是外边很冷。黄丽出门后，让村子里的人捎信给我，说她去南方找她妈妈去了。

大爷抹着泪说，黄丽她妈多贤惠啊，忍受不了那个孽障，在黄丽十岁的时候，跟着一个药材贩子跑掉了，从此失去了音信。有人说跟着药材贩子回浙江结婚了，也有人说是被人骗到了上海，在一些乌七八糟的地方打工。黄丽是春节前回来的，回来后整个人都变了，死活不愿意上学了。问她都去了什么地方，她摇摇头；问她见到她妈了吗？她摇摇头；问她有没有看到东方明珠？她摇摇头。肯定在外边遇到什么事儿了，或者是没有找到她妈吧，黄丽回来不久就生病了。她说头里边有一个大石头，硬邦邦的大石头卧在里边。而且头发大把大把地脱落，十几岁的女孩子就成了秃子。她每次一发病，就口吐白沫，满地打滚，滚着滚着就晕过去了。晕过去之后满嘴胡话，说抹在床上的血，不是人家打的，是自己的鼻血；说自己的衣服是自己脱掉的，不是人家脱掉的；说告诉警察的那些话都是别人教的。别人拿着刀子威胁她，如果不照办就把她卖掉，或者扔到大海里喂鱼。

陈元说，病治好了吗？

大爷说，治好了。

陈元说，为什么上访？

大爷说，还能为什么？头痛治好了，双目却失明了，变成了一个瞎子。变成瞎子后，黄丽反倒开心了。她说自己活该，就应该是个瞎子；她说世界上不管红的白的，在瞎子的眼睛里都是黑的；她说再好的东西都不值得她看，也没有脸去看。她爸那个孽障，看到黄丽瞎了，也挺高兴的。他说在头上开刀，怎么把眼睛弄坏了？说得轻一点是手术失误，说得重一点是医生故意的，因为我们没有给医生塞红包；他说不管怎样，那是要赔偿的。于是他用纸板子，制作了一个"状子"，用红色油漆在上边写着：我叫黄丽，现年多少多少岁，渭南市河西乡河东村一个穷苦农民，本来我的眼睛好好的，两只眼睛视力都是一点五，但是由于某某医院进行脑部手术时，发生了医疗事故，致使我双目失明，请青天大老爷主持公道，给我们申冤。她爸那个孽障把状子挂在脖子上，拉着黄丽去了那家医院。医院解释说，脑部手术致使双目失明，这是正常的，而且手术前，把风险告诉你们了，你们家属也签字确认了。她爸那个孽障发现是我签的字，耍赖说，那字不是他签的，他不承认。

那个孽障每次去，都喝得醉醺醺的，甚至提着酒瓶子，医生跑到哪里，他就跟到哪里。医院饱受折磨，就报了警。见警察来了，他上前对警察说，青天大老爷啊，终于把你们等来了，你们可得为民做主啊。闹得警察也是万般无奈，总是尴尬地收兵了。医院天天解释，发现解释不通，干脆准备了好多太白酒，等那个孽障一来闹事，就提一瓶酒塞进他怀里。他抱着酒瓶子喝完了，基本就醉得不省人事了。那个孽障不但去医院，还去省政府大院，据说每次去省政府大院，对方像接待外宾似的，笑呵呵地主动和他握手，就差没有放音乐铺红地毯了，如果遇到吃饭时间，还到食堂给他买饭吃，好好招待一番后，让他回来等消息。

大爷抹着眼泪说，后来有人告诉他，你女儿是一棵摇钱树，你在这里瞎折腾干吗？你把她拉到大街上去要饭，钱会哗哗啦啦地扔过来的。那个孽障，从此拉着我可怜的孙女，白天在医院和省政府讨说法，晚上就在饭店酒店前边要饭。

陈元说，手术到底有没有失误？

大爷说，医院申请了事故鉴定，结果是没有责任的。

大爷说，不让黄丽看病吧，她受那么大折磨，现在病看好了，又变成瞎子了。其实，我们哪有钱做手术啊，硬是向老战友借了一点儿。我当年是国民党老兵，解放前投靠了八路军，你看看我这半条腿，被日本人的子弹打穿了，现在还是麻木的。因为我是老八路，有很多战友。从战友那里筹到钱，我带着黄丽去渭南检查，什么也没有查出来，再跑到西安一家医院，检查的结果是脑瘤。黄丽说，就让她死，她该死。我是硬把她逼到医院去的，在上手术台的时候，她说，爷爷，如果我死了，你帮我一件事儿吧。我问她，什么事儿呢？她说，你帮我对人家说句对不起。我说，你对不起谁呀？她想了想说，对不起好多人。

陈元迷茫地望着在冰块中间戏水的鸭子，不明白是河水还不够冷呢，还是鸭子根本不怕冷。

大爷说，你喝水吧？你刚才好像说讨口水喝的，我都忘记了。

大爷进门倒了一碗水，递给了陈元。但是陈元不想喝水，他想抽烟。

陈元递给大爷一支烟，大爷掏出打火机，又要给他点烟。陈元犹豫了一下，还是对着那小小的火苗，把烟给点燃了。

陈元发现，这样抽烟轻松多了。他深深地把烟吞进了腹部，吐出来的时候那烟清淡了许多，几乎不像烟，而像出了一口淡淡的气。

陈元离开河西乡河东村，搭上了前往西安的火车。陈元到西安的时候天已经黑了。他出了火车站，迷茫地往南走，走了两百多米，看到了五路口地铁站。变化真大啊，五年前那个春节，他从老家返回上海，走的就是西安，当时西安好像还没有地铁。陈元进了地铁站。在地铁站的通道边，摆着各种各样的小摊，有卖袜子和手套的，也有的卖一些小首饰，中间还夹杂着几个乞丐。在通道的尽头，有个乞丐是个年轻的姑娘，她与其他的乞丐不同。其他乞丐要么坐着拉二胡，要么是跪在地上的，而她懒洋洋地坐在地上，前边放着一个牌子，牌子上写着"状子"，"状子"前边放了一个碗，里边扔了许多硬币，旁边躺着一个中年男人，抱着一个酒瓶子在喝酒，似乎已经喝多了。

那个姑娘站起来，伸了几个懒腰，朝前挣脱了几步。

但是她与男人之间，有一根绳子系着。

陈元见过人与狗用绳子系着，人与人之间还是第一回。

陈元从她身边经过的时候，斜眼瞅了一下"状子"。他被吓了一跳，上边似乎有"黄丽"。他以为看走眼了，回过头再仔细一看，确是"黄丽"无疑，后边还写着"河西乡河东村"。他再去打量那个姑娘，人瘦得像根麻秆儿。他不明白她长大了，还是自己忘记了，无论从哪方面看，她都不是印象中的那个小丫头了。

陈元想，如今无论是缺胳膊还是断腿，都成了一种乞讨的资本，既然有人假冒瘸子，有人假冒哑巴，当然就会有人假冒"黄丽"。何况一个年轻的女瞎子，自然更容易博得人的同情。陈元不管她是不是假冒，凭着她身上系着一根绳子，也是值得自己施舍的，于是摸出二十块钱，放进了碗里。

或许那个姑娘真是个假的，或许她听到了细微的声音。她发现了这种施舍，于是对着陈元离开的背影说了一句"对不起"。她没有说"谢谢"，而是说了一句"对不起"。陈元不知道是她说错了，还是她惯用的感激之词就是"对不起"。

陈元不想再坐地铁了。在他即将撤出地铁口的时候，听到身后一阵吵闹，大意是为了自己留下的二十块钱，那个男人要拿钱去买酒，而那个姑娘不从。随之听到一只碗碎裂的声音，还有那个姑娘的一声惨叫。果然，那个男人摇摇晃晃地在前边狂奔着，那根绳子在后边拖着那个姑娘，朝着地铁站外边冲去。那个姑娘一会儿摔倒在地，一会儿又爬了起来，她一只手拽着那根绳子，一只手捂着额头，指缝间在汩汩地流血。

血洒在光怪陆离的夜色之中一点儿都不起眼。

# 8

陈元又回到了火车站。他问一个路人，有没有去阎良的火车。人家说，阎良？什么阎良？陈元说，阎王爷的阎，善良的良。人家说，这是什么地方？你还是去窗口问吧。陈元去窗口，窗口说，阎良就在西安，不值得跑火车，你出门向东走五百米，有个汽车站叫三府湾，那里有大巴。

陈元坐了四十分钟的大巴，来到西安市阎良区，东问西问，终于找到了位于前进东路十四号的某某小区。保安告诉他，田小龙家住十三楼。陈元上了十三楼，敲了敲门，门轻易就开了。开门的是个女的，留着一个爆炸头。她自称是田小龙的妻子，也就是田老板的儿媳妇，当年把女儿推进河里的那个小男孩儿的妈妈。

爆炸头不让陈元进屋，拦在门口说，田小龙还没有下班呢。陈元说，那田老板呢？爆炸头说，我们家一帮穷鬼，哪有什么田老板？你到底是谁呀？陈元说，我是从上海来的，田老板在上海的时候，我们在一起待过一阵子。

爆炸头说，不管你找他是讨债还是干啥，反正找也白找，他现在还不如一棵树，一棵树还会自己吃饭睡觉，会自己摇晃几下呢，他呀，像块木头。陈元说，他当年机灵得很。爆炸头说，再机灵有什么用？在外边待了十几年，不明白是中邪了，还是脑子坏掉了，我们什么都不清楚，前几年从上海回来刚刚半年，稀里糊涂地变成了植物人。这个植物人可把我们给坑苦了，放在家里吧，翻身呀，拉屎撒尿呀，都得有人帮忙。我们忙着上班，平时连盆花都养不活，哪有精力养一个植物人啊，所以干脆送到敬老院让他享福去了。

陈元说，他没有出事儿之前，有没有留下什么东西？爆炸头说，他在上海的时候开超市，听说都成百万富翁了，但是回来的时候已经身无分文，你说说，他把那些钱是不是送给哪个女人了？陈元说，他变成植物人之前，有没有留下什么话？

爆炸头说，话多着呢，嘴里整天咕嘟咕嘟的，都不知道他在咕嘟些什么。除了神神叨叨之外，还躲在房间里写写画画的，写了撕，撕了写，都写了几百张纸，撕了几百张纸，最后只落下了一张，像鬼画符似的，如今还压在玻璃板下边。陈元说，能不能把那张纸拿给我看看？爆炸头返回家，拿回一张纸递给了陈元。

陈元看了那张纸，上边写着三个字——忏悔录。陈元心想，他写下的肯定不是法国作家卢梭的那本书，因为还有一些词，零零散散的，别人看不懂，但是陈元能看懂，有邢小利、黄丽、陈元等人的名字，还有好人、奸人、冤枉等。

爆炸头说，他画的该不会是藏宝图吧？哪怕就是一张藏宝图，你感兴趣就送给你吧。爆炸头进门提了一个包，出来的时候把门给锁上了，而后说，为了一个月几千块护理费，这么晚了我还要去上班。我在按摩房上班，你如果要按摩就跟我走吧。陈元说，想问一下，田老板他在哪家敬老院？爆炸头说，不远，叫清福敬老院，你出门右拐，三百米就看见了。

陈元刚出小区不久，果然看到了清福敬老院的大门。除了上边闪烁着的霓虹灯，那扇大门也是铁的，也是漆黑漆黑的，也有城西监狱那么高，中间也有像刀子一样的一条缝。从刀子一样的门缝看进去也是空荡荡的。

他又想摩擦取火了。这里到处都是水泥地面，到处都是粗糙的水泥墙。他随便选了一个地方，脱下布鞋，撕开袖子，掏出一撮棉花。他把棉花条子压在一堵墙上，上上下下地摩擦了起来，两分钟，三分钟，四分钟……这一次，也许他力气太小，也许他动作太慢，也许墙面太潮了，棉花条子始终没有冒烟。

他觉得他已经没有必要再见田老板了，也没有必要再见其他人了。

他如今唯一想见的只有一个人。他把儿媳妇桂花捎给儿子的棉袄、布鞋和香肠，挂在肩膀上，转身离开了。与清福敬老院一路之隔，就是一家长途汽车站，这里有通往四面八方的班车。他要坐其中的一辆车，也是当天最后一趟车，连夜赶到他唯一可以见、也必须面对的一个人那里去，说不定那个人正在犹豫徘徊地期待着他呢。

陈元上车之前，他突然觉得有点热。再过几天就是元旦，已经属于深冬了，他仍然觉得有点热，这是十分奇怪的。他想起了自己头上的假发，一头披肩的假发。他取了下来，把它挂在汽车站里的一根树桩上。这根树桩像是一个人似的，一下子有了活着和走动的欲望。

陈元身边坐着一个小伙子。小伙子嘻嘻地笑着说，原来你是一个光头啊？

陈元摸了摸自己的光头，望着开始后退的窗外景物嘿嘿地笑了。

他掏出一支烟，主动地对小伙子说，你有打火机吗？让我借个火可以吗？

9

如果我们从人世朝上看，故事已经有了结尾。但是如果从上边朝人世看，一切应该还在继续。比如有一股风，你看似已经平息了，但是风永远不会灭的。它没有在地上吹，并不能证明它不在空中吹。树木不再摇晃了，并不能证明云不在飘。还是开头那句话，需要上天来证明的，那基本就是谎言。

《芒种》2017 年第 9 期　《小说选刊》2017 年第 9 期

旁观者

【作者简介】马金莲，女，回族，出版有小说集《父亲的雪》《碎媳妇》《长河》《1987年的浆水和酸菜》《绣鸳鸯》等。曾获《民族文学》年度奖、《小说选刊》年度奖、首届朔方文学奖、郁达夫小说奖、中宣部"五个一"工程奖、首届茅盾文学新人奖、第十一届骏马奖。

也许是因为夏粮严重歉收了秋粮在给我们做补偿，这年的秋庄稼长得分外扎实，三亩莜麦刚割倒，就紧跟着杀高粱了。往年的高粱哪有这种长势呢，秆子粗得不像高粱，简直就是玉米。我们头一天都砍断了一把镰刀。第二天不敢再使用木镰架子，直接换成了铁镰刀。在密匝匝的高粱帐子里，人撒进去就被绿中泛黄的丛林淹没，彼此望不见身影，只能听到镰刀砍伐秸秆的脆响，咔嚓咔嚓咔嚓响个不停，一排排高粱死尸一样刷啦啦倒地。一趟割出头，我和嫂子都累得喘气，我们坐在地坎上磨镰刀。嫂子抹一把汗，望着整整五亩高粱，目光从低处升腾，渐渐地抬高投向空旷辽远处，叹一口气，愤愤地说五亩啊，这么多，这么凶，啥时候能割光呢？等把它们割完你我的头发都熬白了！

将落的太阳在山边上看着我们，好像在无声地怜悯着我们这一对留守妇女，我看一眼嫂子，意思是收工回家吧，还要做饭照顾孩子呢，活计留着明天再干。嫂子往磨石上吐一口水，霍霍地磨，说再割一会儿吧，反正都是你我的活儿，我们躲过了今儿躲不开明儿，还不如早割完早清净，再说糜子燕麦还等着呢。

我也望一眼高粱尽头那高爽的天，大雁排着队正从头顶经过。我浑身酸困，连感叹一下的力气都没有。一个弱弱的声音从远处山脚下传来。风大，我们没在意，磨了镰刀，咬几口干粮，然后爬起来准备重新开战。一个小身影爬上坡，边爬边喊，渐渐地近了，竟然是嫂子六岁的儿子。新妈新妈快去看，你家祖儿被锄头砸了脚，淌血呢，奶奶叫你回去看。我一看这孩子跑得满脸汗，不像在撒谎哄人，赶紧丢下镰刀往家跑。夕阳浓郁得像稠糊糊的血，我踩着自己巨长畸形的影子跌跌撞撞跑，影子像浸泡在浓稠的血液里，又像大红油彩涂抹的油画。我只觉得自己一步一个血印，脚底板全是汗。奔进家门，哭声扑面而来。女儿哭得汗直冒，濒临崩溃，嗓子都沙哑了。

公公婆婆一看我进门，赶忙闪开在一边，婆婆忙不迭地解释着孩子受伤的过程。我哪里顾得上细听呢，赶紧查看伤势，右脚脚面，一个三角形口子，血在汩汩地冒。看样子已经流了不少血，擦过的卫生纸丢了好几团，殷红殷红的让人看着惊心。锄头明明倒立在门背后，谁知道这娃怎么了，过去扳倒了，锄头倒栽下来就挖在了脚面上。婆婆的语气尽量保持着平静，不过我还是能听得出老人心头的愧疚。那个肇事的笨重锄头躺在不远处，显得无辜而无知。我伸手指头一按，女儿哇的惨叫一声，大团暗血顿时涌出，洞口很深，三个指头足足陷进去一寸。看样子伤势不轻。

孩子还在哭，我赶忙抱起来哄，走着哄，小跑着哄，许诺给她煮鸡蛋，买糖糖，买气球，买小汽车。怎么都哄不住，她就是扯着嗓子哭，哭得气都要断了。这孩子一贯不是这性儿，属于比较皮实的类型，从小长这么大没少从炕头栽下来挨跟头，每次挨了跌，稍微哄一哄也就没事了，甚至能额头上吊个大青包又跑出去玩。现在这么哭，只能说明她疼，疼得挨不住。

婆婆从炕席下翻出一疙瘩头发烧了，拿着灰往伤口上压，头发灰止血。血液汩汩，很快冲走了那点灰。祖儿扎着小手说疼，疼死了，妈妈疼死我了。公公当即决定，带她去医院，可能伤到骨头了，得拍片子看看才放心。顾不上换衣服，我抱起孩子，嫂子这时候也赶进门，她会骑摩托车，发动了那辆大伯子留下的老豪爵，驮着我们娘俩就往附近的卫生院奔去。

我心里热油煎着一样，既可怜女儿，恨不能把娃的疼痛拿下来放到我身上由我来承担，又担心天黑了路不好走。摩托车在狭窄的土路上颠簸，孩子的哭声一直没有中断。她越哭我心里越烦，等到了乡街道上，夜色已经落下来，稀稀拉拉的路灯近似吝啬地眍着色眯眯的眼。卫生院值班室灯亮着，却没有人。嫂子跑前跑后喊人，喊来了端着茶杯子的王院长。王院长大概看了一眼脚面，说去县城看吧，我们这里也就是简单包扎，条件有限，就算拍了片子，估计也看不清楚。我低头看，捂着伤口的卫生纸和一片白布都被血渗透了。王院长给了一片纱布，说包上快找车上县，别磨蹭。

这时候了到哪里找车去，我一着急就心里乱了，不争气的眼泪扑簌簌落，心里恨起了常年在外头打工的男人，一年四季眼睛里就认得钱，哪里想过我们妇道人家留在家里的不容易呢，平时还罢了，这遇上事情我们女人家就是没翅膀的鸟儿，只能瞎扑腾啊。

嫂子倒是冷静，很快到街边找了一辆小面包车，雇它去县医院。价格自然比白天贵了两倍。我心疼钱，又害怕这摸黑带夜的奔波不太安全，有点犹豫，说要不抱回去，缓缓也许就好了，咱山里娃娃哪能那么娇气呢？嫂子一把将我推上车，快走，磨蹭啥呢，娃娃要紧。车子马上摩擦着低沉的夜色往前疾驰。渐渐离开了乡街道两边的璀璨灯火，夹道两边的白杨好像陡然变得比白天更大了许多，一棵一棵之间的距离也拉近了，车轮在三级公路上沙沙响，树木像一个个叵测的黑影扑面倒下向我们撞来。我真担心它们就这样压下来，把车和我们一起压在下面。担心自然是多余的，师傅开得不错，也许他也在真心替我们担忧，所以开得很快，感觉车简直要在暮色里飘飞起来了。我不得不提醒他慢点，还是安全为上。女儿还在哭，不依不饶，两个小手扎起来胡乱撕扯，在我帽子上一把，衣领里一把，我心里烦躁，狠着心肠扇她两巴掌，狠狠地吼了一嗓子。孩子吓呆了，哭声竟然渐渐地小下去，等颠簸了一半路程，哼哼唧唧的哭声完全停止，枕着我臂弯迷迷糊糊睡了。

进了医院直奔三楼骨科。楼道里的灯暗沉沉亮着。护士值班处没人。医生值班室门开着，也没人。女儿醒了，呜呜呜又哭开了。我只能抱着她在楼道里找人。推开一个病房门，

一个老头儿说医生肯定休息了，在休息室，你去喊吧。我找
不到挂休息室牌子的房门。正徘徊呢，几个人抬着个大男人
来了，脚步蹬蹬蹬，震得楼道都颤抖。大夫大夫快快快，快
抢救！有人冲过来对住一间没挂任何牌子里面黑灯瞎火的房
门猛踹。揣了十来脚吧，楼道里探出好几个病人家属的脑袋
来观望。门开了，一个矮个子男人闪出来，穿着白褂子，我
一看正是大夫。大夫揉着睡眼，一看那人血糊糊的，手一挥，
去急诊科吧。一个胖子口气很冲，打架伤了骨头，得你们骨
科看。大夫说都这个样子了，我骨科看不了，等急诊科看了，
确定为骨伤，再转来不迟。对方悻悻地，抬起人，一阵脚步
杂乱，旋风般消失了。我赶忙抱着女儿凑上去。他问了几句，
抬手压了压伤口，这时候我才敢睁眼看伤口，血止住了，好
像肿了，脚面明显高起来许多。先包扎吧，具体情况明天拍
片子，根据片子再治疗好吧，先给挂点药。他开了药。我没
注意护士从哪里冒出来的，她很麻利三五下就把女儿的脚包
好了。孩子哼哼唧唧又拉开了哭啼的战线。住院单子开了，
我抱着孩子跑一楼去交了费，又抱着她上来。按照单子上的
房号去找病房。

　　甲级7号。里面灯亮着。但是门关着，从里面上了锁。我
试着敲门。没动静。再敲。还是静悄悄的。我心头火冒，忍
不住连续敲，嘭嘭嘭，嘭嘭嘭。还是静悄悄的。看样子里面
的人睡死了。孩子烦躁，一个劲儿哭，一副不把我催死誓不
罢休的样子。我抽一口气，鼓足了劲准备再次狠敲，门忽然
开了，无声无息敞开到了最大。我愣在原地，怔怔地扫视里

面。两张床，靠里的上面睡着一个人。门口的空着。一个女人面无表情地站在门口冷冷看我。我心里早就很不舒服了。也不看她，绕过她进屋，看样子这女人刚才就睡在这床上，淡绿色被褥上套着上一任病人留下的蓝色被套床单，蹭得四周都起毛了，脏兮兮的模样掩饰不住，透过护罩渗透出来。这是县城医院很常见的，我没有权力嫌弃。一个护士跟着进来了，匆匆将一套新拆封的蓝色医用床单铺在床上，套了枕头和被子，又面无表情地走了，到门口打了个毫无遮掩的哈欠。那个开门的女人竟然一直站在那里，这时候她好像如梦初醒，也跟着打了个大哈欠。却好像怕吵醒了什么，用手掩着嘴，把哈欠声逼回喉咙深处。过去将床上的病人往里面推了推，自己骗腿儿靠上去，也没枕头，蜷一个胳膊当枕头，面朝里睡了。但是她明显不敢挤着里面的人，只能将屁股使劲地往外面凸鼓，减少自己占据的面积。护士来给女儿挂吊针，扎针的时候孩子自然不愿意，又是一番哭闹。直到液体沿着塑料管子滴进身体，她才渐渐乖下来。夜里两点了，我不敢睡，瞅着高处的液体一滴一滴减少。

女儿忽然从梦里醒来，一双手互相胡乱抓挠。我一看手背红了，接着肿了，显然是蚊子叮了。这病房有蚊子？真是没想到！我嘀咕着把女儿放枕头上，起身打蚊子。那女人忽然偏过头来，蚊子多得一群一群的，是你进来不关门，才把蚊子放进来了！说完头偏过去，重新酣睡。

我被这没头没尾的话击中了，有些蒙，有些傻。我呆呆坐回去。仰头望屋顶。白灰粉过的平顶和四壁一样，经历了岁月和迎送了无数病人，这病房和这座医院一样，到处呈现出一片难以掩饰的仓皇破败和明目张胆的脏乱。到处乱糟糟的。到处是病人用过的医用垃圾和家属丢弃的生活垃圾。医院要迁址，新大楼已经在建了，这旧医院完全地呈现出一副破罐子破摔的凑合景象来。我的目光终于落在那女人身上。她静静睡着，给人感觉她一直在酣睡，压根就没有醒来过，也没有冲我发射过那句伤人的话。我却久久回味着那话，谁都听得出来她的抱怨。是我把蚊子放进来她不高兴了，还是我们来了，让她没地方睡觉才心里不痛快了？这么思量着，我心里也有情绪了。我们住院交了钱，我们占用我们的床位天经地义，凭什么你不高兴，又不是你们家的。

　　五点钟药才输完，针头拔掉后我再也支撑不住，一头栽倒睡死过去。蒙蒙眬眬中有人在争吵。男人的声音很大，明显脾气不好。在骂什么。透过骂声的间隙，溢出一丝柔和的女音。女人在解释什么。男人不听，不饶，女人的解释更煽起了他的火气，骂得更凶了。我慢慢睁开眼，电棒的柔白光泽射入眼睛。我从嗓子深处调动一口唾沫来滋润干涩的舌头。我有多久没有和男人吵架了？大半年了。春种之后他离开的，去乌海工地上了。本来割麦子时会回来夏收。可夏粮薄了，接近绝产。残余的那点马毛一样的麦秆子，我和嫂子用镰刀刮了一些，实在挂不住镰刀的，让人直接把羊群赶在里面踩踏了，夏季后期雨水多得出奇，公公趁着地皮柔软老早就把麦子地翻犁了，然后种了十亩燕麦。现在燕麦长势凶猛，可以赶在霜冻前割下给牲口做草料。公公做主给儿子们打了电话，让他们不要回来，安心打工挣钱，家里的活没多少，我们能扛下来。公公的决定让我和嫂子心情很矛盾。我们其实是盼着男人回家的。就算庄稼薄了，也可以回来看看人的。他们难道不知道，这个家里除了麦子，还有两个适龄的女人也在期待着一场透雨的浇灌。这样的期待随着日子一天天累积，像无形的山压在我们心上，我们心里有了幽怨，藏着火气，却不能流露。有时候我半夜里醒来，望着黑漆漆的顶棚，想找个人吵一架多好啊，狠狠地骂，无所顾忌地骂，想起什么骂什么，实在骂不过就冲上去一把抱住他胳膊狠狠地咬，最好咬得鲜血直流。

耳畔的吵架声很真实，是有人真的在吵架，不是幻觉。男人说跟死猪一样，还伺候我呢，挤得我一夜没睡好，死婆娘，就是个没眼色的死货！我慢慢坐起来，觉得奇怪，这不像是夫妻间打情骂俏，男人的口气里充满了烦躁，还有那么一丝戾气，听不出疼爱和宠溺。女人正撅着屁股往盆子里掺水，冷水里倒了些开水，然后把一条毛巾泡软了捞起来，抱着男人腿慢慢往这边搬。她的动作很轻柔，轻柔里带着明显的小心，好像她在侍弄一个柔软无骨的婴儿。那个脚板很大，在女人偏小的手心里，更加给人突兀嶙峋的那种大。

这是一对打工者的脚。我一眼就看出来了。我的男人也有这样一对脚。我们新婚那会儿，彼此看着亲昵，有过给对方洗脚的事儿。当时我捧着他的大臭脚，反复打量，觉得新奇，咋这模样呢？看着是一个刚刚成熟并且趋向稳健的男人脚，却又过早地显出一种经了风雨的沧桑味道。骨骼的轮廓，硬痂的厚度，肌肉的磨损度，包括伸展开来的那种有些犹豫又有些羞涩的状态，让人不由得就联想到工地上水泥点子一样分布在不同空隙不同位置的打工者。嫁给他之前，我从来没有想过那些扛活儿的人和我有什么关系，可以说那些冷冰冰的水泥钢筋石板和我压根就没关系。我只在城里马马虎虎念了三年初中，就彻底离开了，重新回到了乡下。城市和我没什么必要的关系，至多我在学校那钢筋水泥浇注起来的教学楼住宿楼之间穿梭了三个春夏秋冬。可是我嫁的男人在城里打工，这好像让我又和城市具备了某一种联系。这让我在捧着他的脚的同时，猛然回想起初中三年度过的日子，那时候活动范围小，根本没注意农民工，唯一有印象的是，学校后面维修实验楼，宿管老师一再强调大家晚上睡觉关好宿舍门，因为农民工在工地上出入，有潜在危险，谁不听劝，出了事儿校方不负责任。好像从那时起说起农民工，我潜意识里就会想到他们是社会不安定因素的一部分，在某种情况下会变成抢劫犯强奸犯或者别的什么角色，反正都和坏事有关系。

女人把毛巾轻轻捂在脚板上，然后从上往下擦拭。男人直挺挺躺着，好像没有感觉。亮色从他挨近的窗玻璃透进来，照亮了整个狭窄的病床。看得出是一对夫妻。男人三十来岁吧，头抵在床头上，脚一直伸到了床梢子，就算躺着也能看出是个身材高大的人。女人站起来了，端着盆子出去倒水。我冷眼看着，心里想着她昨夜对我的不友好。我看她的目光就有些不厚道，她太矮了，勉强也就一米五吧，反正肯定不会突破一米五五。却胖。身材不好看，而且是那种锥形体型，上身圆嘟嘟的，屁股大，腿子短。这样的女人还谈什么身材。她扭着圆鼓鼓的屁股挤出门去。一会儿又来了，换了一盆水，重新蹲下洗脚。可能好多天不下地走动，短暂的闲散，养嫩了男人的脚，那些死皮硬痂竟然开始脱落，泡下来好些白色鳞甲和油腥，在水面上浮起来一层，让人看在眼里忍不住犯恶心。她好像没感觉，有些迟钝地搓着，揉着，完了用一把指甲剪剪指甲，剪得吧吧响。一会儿再去换水。反复折腾好几遍，水总算清澈起来。这时候我才看清窗外是一栋在建的楼，八点刚到，戴着红色安全帽的工人陆陆续续出现了，钢筋相撞的尖利声响，搅拌机的哗啦啦，打桩机的轰隆隆，像协奏曲一样合鸣起来了。男人的目光一直盯着窗外，其实他什么都看不到，从躺着的角度看出去，只能看到刚竖起来的钢筋像凌乱的枯草，近似绝望地岔着手伸向半空，好像要对着高远的苍穹倾诉什么重大的秘密。真不知道什么人这么心急，医院还没迁出去呢，这就开始搞新的建筑了。我慢慢过去，斜站在这男人脚后，从这个视角望过去，可以看到建筑队劳作的场景。我丈夫也是一个架子工，这些年他在乌海的工地上绑架子，据他说所有的大楼都是从最初的钢筋架子开始搭建起来的，架子就是支撑起一座建筑的骨骼。

我用目光在人群里寻找着架子工，一抹微茫的希望在心里蔓延，我试图从中寻找出丈夫的身影。这是不可能的。这一点四岁的女儿都懂得。所以她昨夜疼得受不了就哭着喊妈妈，我被吵得又难过又心疼，质问她为什么不喊爸爸，那个没良心的凭什么把娃丢给我一个人他在外头逍遥。女儿卷着胖乎乎的舌头说爸爸听不到,爸爸在乌海。有一个身形单瘦的小伙子,我确定他肯定是一名小伙子,他已经高高地爬到第五层去了。有安全帽遮挡,我看不到他的面相,再说太远了,我只能凭借单瘦灵活的身形判断他是个小伙子。他没绑保险绳。我一眼就看出来了。没风,但是他腰里的衣服好像在朝一个方向胀,显出他的腰身来了,好身材。细腰,长腿,窄胯。这样的男人适合做模特。腰里空荡荡的没有那根我熟悉的保险绳。我哄女儿乖乖坐着,我出去买早餐。提着包子和稀饭进了医院,侧门的预制板小房里有公用电话,我打通了,丈夫的声音带着乌海秋天的干爽传了过来,啥事儿?他问。我强忍着眼泪,不能告诉他娃住院的事儿,我说你摸摸腰里,别忘了系保险绳啊。

我把相同的话重复了一遍就挂了。

病房里挤满了人。吓我一跳,以为自己走错了,退出来,再进去,没错,女儿蜷缩在最里面的角落,小手里紧紧抱着一个大香蕉梨,见了我咧嘴就哭,悄悄说坏人,好多坏人。

一共多出来五个人。这么小的病房里,一下子多出来五个大男人,确实显得拥挤。那张床边坐了个老汉,唯一的小凳子上坐着个穿夹克外套的年轻人,剩下三个人齐刷刷挤在我们床边。那个女人已经把洗脚水倒掉,没地方坐,在床尾站着,忙着给大家分发梨子吃。女儿手里的香蕉梨想必正是她的馈赠了。我悄悄戳一下女儿胳膊,责备她怎么随便拿了陌生人的东西。女儿抱紧了梨子,好像怕我会夺去还给人家,理直气壮地说那个姨姨给的,她不是生人,我们认识,她是小翠姨姨。我惊讶得眼珠子差点掉下来，这小东西，还挺能社交啊，这么好占便宜，长大了让人家男孩子用一颗水果糖就能骗走吧。生人多，不是教育孩子的时候，我只能哄她先吃饭。

现在人都在这儿了，大姑父我也请来了，咱们把事情解决一下吧，这么拖着对谁都不好。一个声音忽然冒出来。这声音怪怪的，明明是个很清朗的嗓音，却好像有意压抑着，不让这一份清爽流泻，声音是从嗓子眼里挤出来的，被压扁了，给人一抹不舒服的感觉。我偷眼看过去，最后断定声音是从夹克衫竖起来的领子里发出来的。他好像怕冷，使劲地缩着脖子，声音也不像是从嘴里发出来，而是从某个衣兜的深处犹犹豫豫掏出来，掏出来不敢示人，鬼鬼祟祟打量着现场，在掂量此时此刻的氛围究竟合不合适掏出那些话呢？

好像有一股力量，像蛛网，粘着所有人的目光，把所有的目光都集中在一个地方，那个老汉的身上。大家齐刷刷望着老汉看。我感觉这些目光形成了一股合力，无声，无息，无形，却有重量，全部压在了老人弯曲的脊背上。老汉自己也感觉到了这种重压，他在这目光里渐渐地矮下身子，好像不堪重负，要从床边上滑下去，直接趴到地上。但是他强撑着，他其实是个精瘦的人，锁骨那里凸鼓起来，好像骨头碴子要戳破皮肉，直接冒出来。这副骨架有些忧伤地撑着外表单薄的血脉和皮肉。他将床边的蓝色化纤床单抓在手里，往里面掖，卷边了，怎么也掖不进去，刚进去又翻出来，他好像和那一道卷边铆上劲儿了，不断地掖着，掖着，大手在颤抖。

他姑父，你好歹说句话吧，我们这里就等你吐核儿呢——你也晓得，我们都忙得很——

声音很清楚，不论是吐字、气息还是语调，都很清晰，匀称、平静。是靠我最近的一位说的。他也是个老人。勉强算个老人吧，五十来岁，身材富态，保养不错，满月脸白白亮亮的，尤其一双手，搁在膝盖上，手背肉乎乎的，十个关节上竟然凹下去齐刷刷一排漩涡。让人有一种欲望，想上前对着那漩涡挨个儿按一按压一压，试试那软乎乎的手感。我虽然是个村妇，但是也见过一些官儿，村里的干部，偶尔来下村的乡干部，去年配合丈夫申请无息贷款时候到乡政府去按手印还见着了分管的副乡长呢，凭我的见识，我断定这个半老的人不是农民，而是个有工作或者有钱的人。只有具备这两样中的其一或者两者全部，才能养出这么一张炫白富态的脸，和这么一副雍容从容的气度。

是啊，事儿发生了，咱就全力解决事情吧，这么拖下去对谁也没啥好处啊，牛监理不在，严重影响我们工程进度了——最门口那个年轻人说。他说话语速很快，声调不稳，就如一个瘸子在夜里赶路，高一脚低一脚。

老汉抬头扫了大家一眼，目光在最中间停滞了，就像那一片的空气里含着浓密的糖分，将他的目光黏住了，他扯不开去，有些艰难地犹豫了一下，终于挣脱了，划过去，又低头用大手去掀翘起来的床单。气氛很压抑。我这个局外旁观的人也感觉到了这种不舒服的氛围。我悄然观察，有些迷糊，这些人什么关系，谁是谁的姑父？看样子是要解决一桩案子了，可这其中究竟有什么内幕和牵扯，我一时看不懂，这时候我很强烈地感觉到自己作为一个常年在乡里下苦的家庭妇女，对这个世界的见识真的很少很贫乏。

我肚肚疼，拉稀稀——女儿的童音打破了沉默。

我赶忙抱她去厕所。厕所的卫生状况更直接地显示了这座医院被搬迁的必要性和迫切性，它以一种破罐子破摔的姿态显示着一种不堪入目的脏乱差。池子里塞住了，大小便漫溢出来，遍地都是，简直没法下脚。我抱着女儿正哄她快点，一个打扫卫生的女人进来了，用拖把哗啦哗啦蹭着地，大声骂着病人家属的龌龊，说公共环境，大家都不爱惜，自己明明早晨打扫过，这才几个小时呀，就已经成了这样，害得自己总是挨骂。她戴着和大夫护士一样的蓝色口罩，看不清具体的长相，从声音和那泼辣劲儿可以推测是个中年女人，也可能更年期提前到来了，也可能婚嫁不顺、子女不孝，反正她脾气很不好，气哼哼的，拖把在地上噌噌噌响，我真怕脏水溅起来飞我一身，赶忙替女儿擦了屁屁抱她逃离了厕所。

在病房门口我犹豫了，咋办呢，我竟然有点惧怕那些人和他们营造出的有些怪异、压抑的场景了。就算我反应迟钝，我也已经看出个大概来了。他们有要事要商谈，而我是外人，唯一在场的外人。我的存在，会不会让他们有不方便的感觉呢？门忽然开了，五个人前后随出来，最后跟着小翠。他们一直往出口走去。

病房里顿时空下来，亮堂多了。其实还是原来的空间和亮度，窗外浅灰色的天空被挤压得成了扁扁的一片，看不见太阳，能从阳光散射铺开的余晖上判断出外面是晴天。打桩机像一个只知道下苦、不知疲惫的老实疙瘩，一下一下，嗵——嗵——地叫着，沉闷地砸着地面，砸出让人心里很不踏实的闷响。这是非得把地球砸出一个大窟窿才罢休的节奏吗？我舒展舒展腰腿，慢慢挪到床边，试图透过后面脏兮兮的玻璃去看凌空行走在架子上的那些民工。因为丈夫的原因，我看到架子工就感觉有种特别的熟悉和亲切感，我试图从他们劳作的身影和姿态上想象丈夫此刻的样子。

床边发出喘息声。

我回头，他斜挣着身子，左手往右边够，右肘撑在床边上，试图翻起来。这样的挣扎无声、冰冷，固执，不容置疑。我不敢劝，呆呆退回去，抱着女儿，一边哄她玩，一边闪眼打量那边的异常举动。别看他身板单瘦，原来挺有力量，两个胳膊支撑，竟然慢慢地坐了起来。我和女儿无声地看着，我不知道他这是要干什么。看看他真的坐起来，就要把腰坐直的时候，忽然被刀子扎了一样，哀号一声，颓然滑倒，回到了原来的样子。我已经断定，他的腰部出了问题。腰是一个人上下肢之间的轴承，他的轴承出问题了，上半身和下半身之间难以达到协调和统一。他伸出手来，紧攥出一个锤头，哐哐哐地捶打起栏杆来。如果刚才他是一个冷峻沉默的人，这会儿忽然变脸了，瞬间变换出一副难以遏制的爆发的嘴脸来。铁床栏是铁的，当初的蓝色油漆被不知道多少病人磨蹭得七零八落，面目斑驳，有一种沧桑从斑驳里逸散出来。

我没想到一个男人的拳头砸在栏杆上会是这样的响声，结实，空洞，凶狠，丧气，残忍。一下一下，像砸在我的心上。
先是用左拳头砸，又换了右边的。输液管子连着，有些麻烦，
他忽然一把扯掉了管子。血液和药液以同样的速度，从不同
的出口往外涌。他不管，他嗵嗵嗵砸着栏杆。我赶忙跑出去
喊护士。一个大龄护士脚步快，语声更快，进来一看怒了，
一把按住那只手，将棉球和胶带缠上去，恶狠狠地鄙夷地说
胡折腾啥哩，有本事家里折腾去，这是医院！

她摘下还留着一些药水的输液管子带走了。

他悻悻地躺着。像个做了错事有点后悔又有些不服气的调
皮孩子。

门口一暗，小翠进来了，带来一身微寒的气息，双手捂着
个塑料小桶。一把揭开，一股子热气混着香味扑人鼻息。

烩羊肉，是大补的，快趁热吃。

她没注意到丈夫的变化，蹲下去，只管坐在床边拉开架势
要给他喂饭。舀起来一勺子，烫，冒热气，她低头吹，把香
味吹得扩散了，满屋子都是。她噘嘴吁吁地吹，说不要以为
把我舅舅搬来我就能让一让，这事情我不能让嘛，咋让哩？
我心一软让了以后我的日子就没法过嘛，我们一大家子人口
呢，要吃要喝要开销呢，娃娃还念书哩，你说这事情叫我咋
说呢？！

这话没头没尾的。

但是他两口子懂。女人吹凉了，往男人嘴里送去。男人
嘴唇是淡白色的，他忽然牙关--合咬住勺子，狠狠地咬，把
自己咬疼了，噗一口吐出来，勺子跌回桶子，惊得汤水四溅，

他悻悻地躺回去，神色凉凉的，你的娘家人么，你看着办么，你舅舅和姑舅哥么，你们打断骨头连着筋呢。

女人好像被这话吓着了，又好像早就预料到会听到这番话，她站起来呆了呆，不认识似的望着丈夫，好一会儿，叹一口气，把桶子盖上，转过脸来，一脸软软地笑，不想吃是吧，那先放放吧。我偷偷看，她竟然脸色平和，一副什么都没有发生的模样。她走了走，到门口，看门背后贴的一张沾满苍蝇排泄物的发黄的病房须知，又到窗口，隔着玻璃看外面凉飕飕的空气和正在掉落的树叶。忽然转过身来，下了决心似的，声音大得像跟人吵架，三万，少一分我不答应，必须三万。

男人一直凉凉地看着。那目光，空荡荡的，好像他不认识眼前躁动不安的女人，也不认识自己，他是个失去了意识和记忆的人，正在虚荡荡空落落的世界里，一点一点费力地努力地寻找，试图拯救自我。

必须是三万，就算是我亲娘老子出面也不行，我谁的面子也不看！随着这强调，她眼睛都红了，嘴巴鼓鼓地噘着，这样子，像什么呢，像娃娃在跟大人撒娇，但是拿不准到底能不能换来大人的疼爱和抚慰，有点忐忑，有点试探，只能用刻意放大的怒气来遮掩自己的心虚。

男人说没人逼你。

我个家逼我个家还不行吗？吃的喝的穿的花的上学的还有你吃药养病的哪一样不花钱呢？叫我有啥办法？到时候叫我一个女人家去偷去抢吗？我、我……

我从这声音里听出了一股力量，一腔幽怨。

但是她很快就意识到了自己的失态，及时闭嘴，蓄积在口腔深处的一股力量被硬生生刹住，没能喷涌而出。

门一响，开了，重新走进来五个人。落座，座位和之前惊人地一样，好像他们在这里坐了好多天好多年，已经熟悉到难以更改的程度。连坐姿也是丝毫没变。他们的身上有一股味道。羊肉的膻味儿。膻中飘着一缕香，香味难掩腥膻。他们吃了羊肉。与小翠提来的清炖不同，我可以断定他们吃的是手抓。整件的羊肉，配上大料葱姜煮熟，白切了蘸酱吃，手抓着吃，就是手抓了，谁不知道手抓羊羔肉是我们这一带最经典的美味。

这一回沉默时间不是太长。有人不允许太长。我身边的胖老汉站起来，咳嗽一声，又坐下，随着他的气息出进，我闻到一股浓郁的羊膻味从他口腔更深的地方喷出来。除了蘸酱里的蒜泥，另外他肯定还吃了大蒜瓣儿，晚秋饱满厚重的大蒜，刚刚进入胃里急于和前面到达的食物融合，于是便有了稀释和翻涌，随之产生的胃气随着饱嗝喷出来，腐烂前期的酸臭味儿暴露了这个人十分钟前下腹的东西。

他不看别人，独独盯着床边的老汉。即便在侧面，我也能从他的目光里感受到一股压力。这股力很凌厉。不是盛气凌人的那种凌厉，是表面绵柔，内核坚硬的那种凌厉。是不动声色无声无形却不容你质疑的那种凌厉。

他大姑父哇，娃娃们嫩，没经过事儿，哪里能看透这世上的风风雨雨呢，你来定主意吧，我们看着你说话。

其余人没言语，静静观看。我真担心他们要是轮流说起来，你三言，他两语，这狭窄的空间里肯定就全是羊肉蘸蒜泥的味儿了。

但是大家沉默着，像化石一样定定坐着，好像在比拼每个人屁股的坐力。

老汉的目光将儿子从头上摩挲到脚底，又从脚底摩挲到头顶。

刚生养下来身体差得很么，就这么长一点点碎人儿啊，他娘没奶，拿面汤汤儿喂着呢，一勺子一勺子的，费劲得很么……我拉扯成人不容易么……

我真怀疑自己的耳朵出问题了，这个老爷子，此刻，怎么像个老娘们一样开始了碎碎念呢？

依照这架势，我这局外人也看出了大概，儿子出事了，要求当老子的出面拿事儿，大家讨价还价，解决赔偿问题呢。

此刻，老爷子应该开口要价，漫天要价也好，按照实际出个底牌也好，都是此刻局面需要的。

可是他竟然从儿子的初生那时候讲起。

这个躺在那里不能动的大男人，和小时候缺奶喝面汤汤吊活了一条命，有什么必然的联系吗？

但是，包括能掌控大局面的胖老汉在内，大家没有表现出我所意料的不耐烦，他们都埋头听着。好像这个老汉是国家重要领导人，正在做十分重要的讲话，需要大家保持安静和肃穆认真进行聆听。

他脑子聪明得很么，一进学校念书就是班里的第一名，拿回来的奖状糊了半面墙么，要不是他妹妹考上中专，他肯定也是个大学生哩么。我那时节都想好了，女子就拉倒算了，女子么念的个啥书，叫儿子念，谁知道这贼娃子狗日的偷了几个钱跑了，从学校里跑了，跑出去才给我写信回来，说不念了，叫妹妹念，他打工挣钱供养妹妹。都是家里穷么，把娃的一辈子就这么给耽搁了么。

他把耽搁的搁，发成了"国"的音。

把所有的"了"全念成"咧"的音。

我慢慢回味着，这是西山里的口音，那一片的汉族都是这样。

我不由得重新扫视那个躺在被窝里的人，要不是老爷子的碎碎念，我还真不会知道，这个人小时候是聪明的，而且少年时候又做了比孔融让梨还伟大悲情的义举。他还是那么瘦，那么单薄，他目光定定望着屋顶，好像那里，白色屋顶上正在上演一场同样是白色幕布白色底板的戏剧，他看得投入而忘我。

我都没注意到啥时候小翠提着饭桶子过来了，她蹲下去跪在地上，又给男人喂饭了。

我被她男人的吃相吓住了，他一直不言不语默默睡着，谁知道会是这么一个能吃的人呢，狠狠地张大嘴巴，小翠舀起一大勺子，连汤带肉，小翠怕呛着他，小心翼翼地喂，他脖子猛然一梗，将勺子叼住，恨不能将勺子也吞进嘴里，吧嗒吧嗒咀嚼，扯着脖子下咽，不等咽下去，已经又张着大嘴等待了。吃相凶狠，目光也恶狠狠的，不知道为何看得我心里一阵发毛，他这个样子，真让人怀疑如果不是有这么多人在场，他会连女人也一把拉近狠狠地咬上几口吞下去。可能吃到了一块骨头，女人慌了赶忙用勺子去接，他不吐，鼓着腮帮子倔强地嚼，嚼得骨头咔嚓咔嚓响。

女儿忽然伸出手，肉肉，我要吸（吃）肉肉——

清脆的童音，像谁摔碎在地上的细瓷碗，脆生生在空气里滚动。没人理睬我们娘俩，小翠有些仓皇地应付着男人的狼吞虎咽。我悄悄俯身告诉女儿，他们是汉民，他们的羊肉我们不能吃，不清真。女儿才不理这茬呢，爹着小手，肉肉，吸肉肉——

这一对夫妻在这一刻，将十几年的默契推到了高潮，喂，吃，吃，喂，无声，无息，纯粹的黑白默片，人物配合天衣无缝。她斜拎起桶子，将最后一点汤倒进勺子，很快最后一勺汤进了他的嘴。他静静张着嘴，喉结在动，咕噜咕噜。嘴里不能说不想说不愿说的话，被喉结给无声地诉说了。吃完了，他推开桶子，咽下一口空气，喉结滚了滚，那就三万吧，给我三万块钱，以后取钢板、吃药、复查，都是我的事儿。能不能好，我听老天爷的安排吧。

刚吃完热羊肉的嗓音，掺杂着羊膻味浸润后的浑浊和艰涩。但是吐字清楚，每个人都听到了，也相信每个人都能够听得懂。

老汉猛然被人从往事里揪出来，脖子一梗，头偏过来，定定瞪着他儿子：太少了，五万，至少得五万。娃娃呀，你要把前前后后想好了，以后的路儿咋走呢，谁都不知道，眼前头的路儿黑着呢，我们只能走一步算一步了。但是得虑当的长远一点啊，五万元，你还要吃药呢，养伤呢，总不能吃平常的洋芋面吧，身子亏了，靠补着才能抚养起来。还有娃娃念书呢，还有一大家子的花销呢，你这个样子没个两三年不要妄想扛动活儿了。女人娃娃等着你养活呢，这不是要笑的事儿，日子要一天一天过呢，不好过哇，没钱，挣钱的根本倒下了，你到时候哭都没眼泪呢。

老汉长着一张单瘦的脸，眼睛这一瞥，大得出奇，好像那张脸都兜不住那双眼，就要撑破了眼眶子，掉落下来。眼球圆鼓鼓的，淡白色眼膜底子上赫然布着一层红色血丝。我冷不防撞上了这一对血色的眼珠子，吓得我心里一哆嗦，不知道为什么就有了害怕的念头，赶忙低下头看别处。

至少得五万。老汉举起一个手，生硬地岔开五个指头，举在眼睛前看了看，慢慢地擎高了，横过来伸在大家面前。这手像一面旗帜，没有风，它不能摇摆，但是它坚持不倒，好像要成为一个标杆永远立下去。

就算我是农村妇女的脑子，我也已经弄清楚这其中的双方势力了，坐在我床边的三个人和那个坐板凳的夹克衫，是同一个阵营。剩下的是老爷子和儿子儿媳。

现在老爷子开了价码。

另一方的队伍沉默了。

没有面面相觑交换目光，没有咳嗽吐痰，倒是有人暗暗放了一个哑屁。放屁的人做得很隐秘，把屁声消了音，气味却是控制不住的。味道很快在空气里弥散。我闻到了。相信大家都闻到了。但我们都是大人，大人们安安静静地装着。女儿忽然拧住自己嫩嫩的小鼻子，呸呸呸，臭，妈妈，谁放屁了？臭死我了！

没人说话。

打桩机在窗外不知疲倦地吼着，咣哧——嗵！咣哧——嗵！一种明显的震颤，通过地面的震动传送到我们的脚底板上，通过末梢神经迅速传递到中枢神经，然后由中枢神经将震感分配到全身的每一个细微神经枝杈。不知道为什么，我觉得自己的心在随着这震动而剧烈地晃荡。晃荡得难受，我伸手捂住了心口的位置。

谁放屁谁举手，不举手是小狗！

女儿瞪着黑溜溜的圆眼睛很认真地嚷。

还是没人举手。

她也觉得无聊，嘟着红艳艳的小嘴儿，嘟囔说我知道啦，肯定是哈撒哥哥放屁了，哈撒哥哥举手了，可是哈撒哥哥在家里，我现在看不到啊。

小翠儿，你来说说嘛。

胖老汉打破了沉默。

我忽然心头狂跳，接着就如释重负，刚才，我竟然差点以为这个人要举手，要跟我女儿承认，屁是他放的，他现在承认，他不想做小狗。

小翠在啃一个梨子。

她仔仔细细地一点一点啃着，把皮啃完了，然后吃果肉，吃了一圈儿，剩下一个纺锤形内核。今年的梨子真是好，饱

423

满，多汁，那个核也像水淋淋的女人，是半透明的，含在里面的黑色籽粒历历可数。她把核放在眼前看了一下，好像在鉴定这个东西究竟能不能吃。她的鉴定结果是可以吃，她把核也塞进了嘴里，慢慢地嚼着，一缕糖水顺着嘴角沁出来。

小翠儿啊——你这个娃娃，你妈死得早——这些年，舅舅看着你长大——你是个懂事娃娃——

我确定那个又陈旧又黏稠的闷屁，肯定是这个舅舅放的。它在空气里缓缓扩散的速度，太符合这个人说话的节奏了。这会儿那股气味还没有完全消失掉，还在本来就浑浊的半空里油腻腻地和空气分子实现着交融、渗透，然后污染着我们这间屋子里本来就很脆弱的生态环境。

原来这个小翠没妈。尽管没妈她还是长大了。嫁人了。生儿育女了。在舅舅眼里还是个懂事的娃娃。

我没注意小翠啥时候又拿了一个梨，紧紧攥着，我注意到了她的手。我知道她进城好几年了，跟着男人进城，把娃娃也带进了城里的学校。或者说，进城的初衷就是为了娃娃上学。这几年送娃娃进城念书，成为一股风在乡村刮，山里人想办法转到乡镇上，乡镇的又挖空脑子往城里挤。小翠这样的女人，她原来应该和我一样，在乡里的土地里刨食，一双手四季粗糙得像擦子。进城后还是没有清闲，做饭洗衣之外，还要去工地上打工，抱砖头，和水泥，翻沙子，她两个手还是应该很粗，甚至比我们乡里女人的手还粗糙，是城里工地上的活儿磨砺出来的。但是她分明长着一对儿白手，圆嘟嘟嫩生生的小白手，这让我不得不对着那手傻眼了。女人长这么一对儿手给人感觉很娇气，丈夫就曾经嫌弃我手大，说女人的手嘛，小点，娇点，让人看了想捏在手心里好好地摸摸，想含在嘴里轻轻地咬咬，这才是女人该有的手嘛，你这手，简直就是狼爪子。我们当时要笑得高兴，他高兴得忘了形，就说了。说了也就说了，我也没有生气。毕竟我这对儿手真不惹人疼，看着像男人的手。

想不到眼前这个女人竟然拥有着这么一对儿圆润炫白的手。要是给我家那口子看到会在他的心底引起什么样的联想呢？是不是有欲望想上去摸一把呢？我心底竟然泛起一股酸酸的醋味儿。这醋味儿来得好奇怪啊，毫无来由。可我就是这么奇怪，不讲道理，毫无逻辑，刚对这女人产生的一点点隐隐的同情，面对着那两个小手浮想联翩的同时，冰块一样消融坍塌了。

小翠用她胖嘟嘟的小手把那个梨送到嘴边，在梨的陪衬下，我才恍然发现她嘴巴竟然也很小，顺着脸庞扩展，鼻子眼睛耳朵，五官竟然都属于那种小巧玲珑型。虽然胖，却不给人肥的感觉，而是一种小巧的胖，原来她长得很有几分好看呢，尤其五官凑在一张小巧圆润的脸上，营造出一种娇小玲珑的妩媚感。而之前第一眼的身形微胖，竟然给了我一个先入为主的错觉，我觉得这是个丑陋的女人，脸蛋跟身子一样，不怎么具备观赏性。但是这一刻，我的错误观点被无声地推翻了。至少她比我长得好看。

两万吧。两万。舅舅。

说话的肯定是小翠。我能确定是小翠。因为是个女人的声音。尽管嗓子就像患了严重的炎症，声音压得很低，气流急促而短浅，好像发话的人很累，无比疲倦，要说出这短短数语，耗尽了她全部的力气。我还是从这声音上判断出说话的不是男人。这里除了我是女人，另外一个就是小翠。她把最后那个舅舅拉得很长。好像这是一个包含了无限深情的称谓，她需要慢慢地用心地一点一点地体味其中的情义和温暖。

空气抖了抖。

停歇了片刻的打桩机忽然睡醒一样重新叫嚣起来，嗵哧——嗵哧——它像我女儿喜欢看的动画片里力大无穷的魔兽，正在瞪着猩红的眼睛，野心勃勃，要把这个世界击穿，要把整颗地球硬生生给穿个洞。

不同的目光同时落在小翠身上。我顺着舅舅的目光，看到了一种赞许和如释重负。对面，逆着看过来的，是瘦老汉的目光，我从那目光里看到了一种沉甸甸的东西。

小翠低着头，她再次垂着头打量起手里的梨子。好像她长这么大没见过梨子，没吃过梨子，一个梨子让她无比沉溺。

夹克衫簌簌地动，一直别在兜里的两个手拿出来，从右兜里摸出一块砖头。红灿灿的砖头，硬扎扎的，从硬度和捆扎在上面的那个猴皮筋上我知道这是不久前从银行提出来的新钱，看那挺括的样子可能连序号都没有来得及打乱。

那个猴皮筋好像是活的，没见夹克衫指头动，它已经滑脱，套在手腕上。手腕毕竟粗，猴皮筋撑到了极限，把肌肉勒出了一条深陷的缝儿。

钱一定被猴皮筋捆得早就难受了，挣脱了束缚，有些不大适应这无拘无束，悄悄地慢慢地膨胀了起来，厚度比之前增加了。夹克衫开始数钱。我发现他竟然长着一双巧手。女人的手。我不由得在怀里摸索了一下自己的手。左手摸右手。右手又摸左手。书本上形容女人好手的词儿很多，芊芊玉手，葱管似的手。我马马虎虎念了个初中水平，一时间还真是记不清还有什么更好的词汇。不过可以肯定，会很多的，中国汉语博大精深，不管用来描摹哪一方面哪一事物，都是一套一套的。

　　我再一次的自惭形秽了。这是继小翠之后，我第二次对自己的手感到惭愧，真是拿不出手。小翠的手短短的胖胖的，让我细长得树杈一样的瘦手没一点血肉美感。这个男人的手，却让我有些吃惊。他是个男人。看着不怎么文弱的男人。偏偏伸出来这么一对秀气的手。指头和我的一样，细瘦，单薄，修长。却具备着我不具备的细腻光泽。我的手常年下苦，尤其嫁人生娃后，家里家外炕上地下洗洗刷刷缝缝补补，粗活儿细活儿都是这双手往下拿。我的十个指头伸出来早就不能直溜溜并一排。它们被硬痂包裹、撕扯，有了轻度的扭曲和变形。指甲缝里灰乎乎的，指肚上的肌肤里镶嵌着红的黄的绿的汁液，那是庄稼的秸秆和叶片馈赠的残留。

　　他的手白，嫩，俏生生的。他甚至翘起一个微微的兰花指形，左手按着砖头块，右手五指麻利地翻页，一二三四五六七八九十十一……数目从他嘴里蹦出来，一声一声，不急不缓，不高不低，恰到好处，满屋子人都能听到。我知道一张代表一百，要数够一万，这个数目需要达到一百。

大家好像同时被这数钱的声音震慑住了，我女儿也乖得出奇，她和我一样，没有见过一万块钱一张张在眼前展开的壮观场景。钱在这女人般细巧的指头间好像变得做作起来，有些矫揉地，调皮地，想要翘起来一个边角，弯一下肚子，扰乱他嘴里的数目。这些不久前从银行保险柜里提出的新票子，显然还没有见识外面的江湖，所以它们还没来得及认识江湖的深浅。它们很快就知道这一双女人般的手，其实要比很多粗大有力的手更有经验对付它们。他驾轻就熟地稳稳压着它们，一丝不乱地将数字数到了百。

我悄然舒一口长气。原来数完一万元需要这么长时间呢。

他把钱立起来，现在完全像一个刚刚出窑的棱角完整的砖头了。他捻起砖头掂了掂，然后递给身后的舅舅。舅舅早就等着了，接了钱，也掂了掂，踏上前一步递给瘦老汉。瘦老汉望着那钱愣了一下，接了，不等拿稳，交给了身边的小翠，然后他有些恍惚地在膝盖上一下一下磨蹭着自己的手。是钱刚才把手弄脏了？还是他的膝盖骨在发痒？

一万元整，你再数一遍，看够着吗。夹克衫说完左手进了左边的兜，又摸出一个砖头块。这一回他明显有些不耐烦了，指头翻检速度和嘴里报数的速度都加快了。

小翠在一张一张数着。新钱，互相之间有一种粘连和吸附，太硬了，紧紧黏在一起，她伸指头在嘴里蘸一下，数几张，再蘸一下。口水蘸多了，一疙瘩唾液掉出来，赶忙在衣襟上擦了，却忘了数到多少了，略微想想，想起来了，接着数，再蘸唾沫。

我敢肯定这个小翠上学那会儿数学学得不好，数到五十九的时候，她明显犹豫了一下，轻轻说五十。一想不对，忙又倒回来，四十八，四十九，五十。可能又怀疑五十不对，又停住脚步，四十九，四十九……嗯，四十九……五十！终于确定是五十。轻轻松一口气，五十一，五十二……

不等她数到一百，夹克衫已经数完了第二个砖头块。

他把砖块竖在手里，那个猴皮筋翻了个跟头，已经紧紧捆在了钱捆上。他抬头望着数钱的小翠。

我感觉这个人不简单。他在工地上不是个下苦的角色。至少不是像我男人一样下蛮苦吃冷罪的人。他，是个指挥人干活儿的角色吧，经理，监理，还是技术员？工地上那些角色我并不懂得多少，丈夫一年四季回来的时间不多，我们在一起说的更多的是家长里短，关于他挣钱养活我们的那个城市里的工地，好像是一个遥远的梦，却不是个做美梦的所在，所以我们没有热情和时间细细地说及它。凭着丈夫偶尔的一言半语，我印象里知道工地上最苦的活儿是沙子水泥混凝土，最危险的是架子工。也正是从这一鳞半爪的无意中我了解到，工地上的高层有老总，经理，监理。都是什么官儿，哪一个管着哪一个，我至今迷糊呢。

这个夹克衫应该是较高层面当中的一个角色吧。

出了事儿，也正是这样的角色出面来与当事者解决。

小翠男人忽然从被窝里探出一只手，从下面伸上来，一把抓走了小翠手里的钱，他的动作恶狠狠的，带着风。小翠一愣，他已经把钱压进枕头底下了，说没必要数。

第二沓钱从舅舅手里转过来，瘦老汉，小翠，最后是病床上的人。

舅舅大大地吐一口气，站起来，他起立得太猛，我的床瞬间失重，贱兮兮地发出了一声舍不得般的呻吟。

事情嘛，就这么着解决了，我们都是亲戚里道的，我们也不敢亏着娃娃们，都是尽力而为地解决着哩。我看嘛，也不是啥大伤，缓个一半年就好了，爬起来又能干活儿了，那时节想来工地上，还是寻你姑舅，他是监理嘛，这一点忙还是能帮上你们的，工资待遇还是和旁人一样，不会亏待你们。

他嘴里的羊膻气好像减轻了一点，却又增添了另外一种我不知道是什么的气味，反正也是不好闻。幸亏他们大家没有再多逗留，告辞走了。

终于走了。我觉得屋子里顿时宽敞多了，空气也没有那么沉重了。

小翠跟出去相送。留下男人躺着。他很快就睡着了，头朝里歪着，两个手交叠着放在心口上。我在地上走了两步，坐下，又起来走。两万元压在枕头下，他脑袋下那个医院里配的单薄枕头显得不堪重负，难以遮掩枕下的秘密，一头凸了起来，隐隐能看到一团红色。

夹克衫的衣兜里至少还剩了一万，我当时无意中目光一转，扫到了他的衣兜，看见里面还留着一团红色。夹克衫真是好衣服，衣兜很大，装得下钱，还装得下秘密。其实这场谈判只要再努力一把，小翠两口子还能再多得到一块红砖头。我有些替这两人惋惜。

他响起了鼾声。鼾声很响亮，一起一伏，起的时候响，呼噜一声，随着气息伏下去，鼾声好像被什么猛然斩断了，硬生生就消失了。就在我怀疑这鼾声就此结束的时候，忽然又呼噜一声，重新接续上了。

我有些焦躁地加快了步子。我知道他床头下有一块砖头。我床下也有一块。真正的砖头。不知道是哪一任病人拿来的，用来搁架脸盆。这样脸盆和脚盆就能很好地区分。此刻，只要我抓起其中的一块，轻轻地拿起来，轻轻地走近他，对着那个打鼾的脑袋，轻轻地拍下去……我一把捂住心口，跌坐回床边，心扑扑直跳。见财起意，见钱眼红，难道我竟然也有了这样的心思？手腕子无比酸软，脚腕骨也酸软了，我缓缓地瘫在女儿面前，目光湿漉漉望着她清凌凌明灿灿不掺杂一丝杂质的眼珠。清澈的瞳孔深处映出我的脸来，把我一张大脸映得小小的，还走形了。女儿不知道妈妈的心里发生了惊心动魄的大事，已经过去了，虽然只是一闪念，一刹那，但我还是有些后怕地质疑着自己的心思和人品，我真的动了那样的心思啊，这和我平时的为人与内心是多么不符。我出了一头汗。

我不知道鼾声什么时候换成了啜泣。等我平复了自己内心魔鬼般的贪婪念头，听到床那边在哭泣。确确实实在哭泣。肩膀一抖一抖的，身子尽管保持着之前的睡姿，但是四肢有明显的抽搐，一抽搐，往一起收缩一下，一抽搐，往一起收缩一下。右手搭在脸上，遮住了眼睛，看不到眼睛就不能完全下结论说人家在哭，也许鼻子塞住了，在擤鼻涕呢。我管

不住自己的目光，目光又一次热辣辣落在枕头下那个鼓起来
的包。我真要是一砖头下去，凭他这个样子，肯定无力反抗，
我麻利地抢了钱塞进包里，然后抱了女儿离开医院。我带着
两万元，在街头想怎么花就怎么花。想吃什么就吃什么，看
上哪件衣服就买了。如果拿去买化肥，我们明年后年种庄稼
的肥料还花不完。

我知道心里的魔鬼影子已经飘过去了，我现在不管怎么
想，都只是在用一种臆想满足自己，对别人已经没有危害。

小翠进来了。身后跟着个男孩，穿着校服，背着书包。我
一看就断定他是小翠两口子的儿子，长得和他爸一模一样，
就是那个躺着的男人的缩小版。孩子有些胆怯，进来了一言
不发，也不凑到床边看他爸，而是有些羞涩地坐在板凳上，
接过他妈递的梨慢慢吃。小翠说娃娃要钱呢，老师要求交资
料费，五十块。小翠摸了摸衣兜，掏出几块零钱，不够。他
男人从枕头下摸出砖头来。解了猴皮筋，慢慢地数。他数钱
的动作，远不如那个夹克衫熟练，幸好比小翠利索多了。数
完了，一万，重新捆好。又数了另一捆。捆起来，想了想，
抽出一张，递给儿子，说拿上交老师吧。

孩子几乎没说啥话，接了钱起身要走，说要迟到了。

男人让小翠和儿子一起出去，顺便把钱拿到银行存起来，
小翠连连摇手，说她一个人不行，她不会存，她不识字。

我觉得小翠的这个举动有些亲切，我和她之间好像有了那
么一点点共同的地方。如果让我拿着两万块一个人去存，我
肯定也会害怕的，虽然我识字，但我还是会有很多担心的地

方，在这人流密匝匝的城市里，我一个农村妇女，空手走在街上都总是怀着不可预知的担忧和恐惧，更不要说怀揣两万巨款。

那就小青来了再说吧。男人叹一口气，听口气有些不满。

小翠要去打开水。我也去。但是我们还是生分，她没有说给我捎带一壶，我也没有喊她等我一等好结伴一起去。

女儿厮缠，要吸肉肉。我哄一会儿才脱身。拎着水壶心里惦记着她，我一路小跑出了住院楼，开水房在锅炉房旁边。一行人在排队，我迟了，自觉排在最后。

看看还剩下五个人在我前头。天气不好，阴起来了，风从高处旋下来，卷着树叶子哗啦啦响，穿过人身子，能把整个人穿透，叫人顿时觉得秋意深重，寒凉的气氛十分明显起来。

秋雁北飞，秋草枯黄，再不用等多长日子，我念念牵挂的人也就终于能穿过内蒙古的茫茫草原，回来和我团聚了吧。

哎呀你做啥？没长眼睛啊？

有人惊呼。

惊得我们一排人乱了队形。

赶忙凑过去看，是小翠，她竟然对着水龙头走了神，傻愣愣看着开水从壶口漫溢出来，呼啦啦喷了一地，溅湿了她自己脚面不说，还烫到了旁边的人。一个中年男人也许真烫疼了，也许饶舌病犯了，反正他絮絮叨叨骂了好一串。小翠好像没听到人家在数落自己，她傻傻地拎着水壶，慢腾腾往回走。把魂儿扔了——骂人的男人用这句话终于圆满收尾。

还没进病房，我就被一个女人的声音吸引，正是从我们房里传来，语速很快，吧吧吧，一口气不停歇，不给别人插嘴的机会。我进去，一个女人站在床边，不看任何一张床位，她戴着眼镜，只回过头扫了我一眼，又转向窗外。匆匆一瞥，我依稀看见是一对小眼睛，高颧骨，白肤色，鬈发，栗色，小嘴唇上好像抹了口红，红得鲜亮。一看她穿衣打扮我就断定和我们不是一路人，是个有工作的人，平日里肯定过着一种我们无从想象具体细节的养尊处优的日子。

这样的女人不好惹。我凭借着生活里的经验，知道这样的女人比较难缠，一般都比较口舌麻利，脑子反应快，要骂人的话，不用像我们一样先要在脑子里酝酿搜寻组织词语，这样的人不用，直接从脑子里往外拎，成套的词儿排着队等着呢。

平时有个鸡毛蒜皮的事儿都要小青给你们跑腿儿，现在这么大的事情，你们竟然不吭声，哪里是忘了呢，明明是眼里看不上小青这个人了，有了舅舅、姑舅哥，小青就是外人了，就瞒着小青自己拿主意了，嗨嗨，你们的事儿当然没小青多嘴的地方，可是这牵扯到钱呀，钱可是硬头子货，没钱你日子一天都过不下去，我看你们到时节就不要哭哭啼啼再来找小青——

这说了半天，我听得迷迷糊糊的，小青是谁？为啥忽然要牵扯进这么一个人来？

她说着说着，掉过身子，直接面对着小翠，吧吧吧，吧吧吧，嘴像一挺我们在抗战电视剧里看到的日本鬼子使用的快机枪，子弹连着串儿发射。小翠被炸晕了，蒙头了，傻傻站着，木木地笑着，她好像还没有从开水房那个男人的数落里醒过神，低头揉搓着自己的左手，放嘴边吹一吹，揉揉，再吹吹。那片皮肉已经通红了，很快泛起一簇透明的水泡。

去，到药房买点药水涂上，要不买个创可贴也行。

男人催小翠。

小翠快快地走了。

鬈发红嘴唇顿时声音高了，冲着床上说你还不愿意了吗，我说她你还不爱听了是吗？你看看这个女人，不是我这做小姑子的不贤惠，容不下自己的嫂子，你说她脑子是不是不够用，这种时候她能向着娘家人？又不是啥正经的娘家人？一个舅舅嘛，隔山架岭八竿子打不着的关系算啥亲戚？你说她气人不气人？五万不行，四万我们肯定能要来，最少也是三万哪！你说她嘴一张就答应了两万！凭什么她当了这个家？她算个啥？我告诉你们，咱爸被她给生生地气病了，一回到家就睡下了，本来为你的事儿这二十天都没好好合过一眼，现在又被她气了这一场，现在算是彻底躺倒了！

唾沫星子横飞。

空气被激越的演讲搅和得也不安分了，热情澎湃地汹涌鼓荡起来。

女儿呆呆仰着小脸儿，她看傻了。

像一场暴雨，来得猛烈，走得也及时，不知道什么时候，这女人刹住脚，告辞走了。门被她甩了一下，重重阖上的同时，把一声悠长的震颤留在了我们心里。

我慢慢回味着，小姑子，小青，喊小翠为嫂子，那就是这个人的妹妹，那个老汉的女儿了。

想不到那老汉看着挺腼腆的，竟然能养出这么一个快嘴利舌的女儿来。

那个瘦老汉，怪不得随着那些谈判的人出去再没有回来，原来是生病了，气病的。

对面床上的男人用一束奇怪的目光看着我，我从这目光里看到了比较复杂的内容，是被我窥见了全部的家务秘密而恼怒吗，还是为自己有这么一个泼妇般的妹妹而羞赧，我装作不明白他的意思，也对他家事情不感兴趣，我泡了一包方便面吃起来。一桶方便面三元，一碗小碗烩面五元，我舍不得花那五元钱。买了一桶方便面吃了，把纸桶子留下，然后把一块钱一包的方便面泡在里面吃。

呵呵，他自顾自笑起来，笑声断了，又接上。连着笑了好一阵。我终于没法再装，扭头看他，他正目光炯炯地看着我，一逮住我目光就连忙说其实小翠没有错，换了我我也会这么做，小翠没有错，女人家啥最重要，娘家最重要，我总不能叫小翠断了娘家的关系吧？呵呵，我妹妹不懂事，那么大的人了就是不懂事。

我嚼着一口方便面，等我咽下去，他说完了，目光跳跳地有些巴结地看着我，似乎想从我眼睛里挖出些什么东西来。

我不知道他期待的是什么，只能歉疚地报以微笑。

气氛索然无味下来，就像一炉火，没有煤炭，只是几块硬木头，呼啦啦就燃尽了，燃尽了我们就要面对火光的幻灭和灰烬一点点暗淡下去的结局。

方便面一开始很好吃，可是吃到最后一口我忽然心里一阵难过，想吐，赶忙端着纸桶子跑出去。

他们确定明天就出院。

小翠提前拾掇东西。床底下，床头柜里，窗户边，不经意的地方都塞着挂着放着一些日用品，拖鞋，脸盆，水壶，棉签，创可贴，指甲剪，帽子，外衣，饭盒子，筷子，干粮袋，一箱子没有喝完的牛奶。

那个儿子又来了。脸色比中午难看，好像这个下午他病了一场，刚从病里挣扎出来。来了坐着，安安静静地看着父母说话，忙碌。男人试着挪了挪身子，腿子能动，脚还能从左边移到右边。身子动不了，主要是腰里牵制了全身，他咬着牙要试着翻一翻身，不要人帮忙，自己把两个胳膊肘撑着，一点一点往起来爬。女人和儿子都站起来，在一边眼巴巴看着。他像蛇一样支起了脑袋，眼珠子凸鼓着，再使劲的话我担心那对珠子直接从眼眶里蹦出来。幸好没有蹦出来，他挣扎到半途还是乖乖地放弃，重新躺下了，实验失败。

再缓二十天吧。女人安慰，这才二十天嘛。

男人的声音忽然很凄惨，说傻子啊，这可是腰里，脊椎折了，这闹不好可是会瘫痪的！

这话吓着了孩子，他蜡白着脸站到远处，不认识似的望着父亲，要从父亲的脸上看出什么奇怪的东西来。

他把钱丢了，一百块呢，中午我刚刚给的——小翠吁一口气，忽然剜一眼儿子，转脸给男人说。

男人好像没听到。他沉浸在刚才的挫败当中。

就是个吃屎的货，大愣愣一个人，连钱都拿不住，还能丢了？丢了就丢了，你不用交资料费了——你这个样子，万一真瘫痪了，你娃娃能不能再念书都成问题呢，你总不能指望我一个女人家打工供养你们几个念书吧？都到这一步了，我看你们还不想着给大人争气！

小翠骂着骂着，自己先抹了一把眼泪。这一抹不要紧，本来干巴巴的眼睛瞬间就决堤了，收不住声，猛烈地哽咽起来。说我守在床头边，喂吃喂喝，白天黑夜连轴转，没有功劳苦劳总有一点点吧？小青凭啥给我那么难看的脸子？以后的日子，吃糠咽菜都是我跟你过，她又不会帮一把，她……

儿子拉开门，要走，看样子心里负气，不愿意说话，小脸儿绷得紧紧的。小翠赶出去送了。回来又坐在板凳上唏嘘感叹，可惜那一百块钱了，拿来买白菜，够腌一大缸了，买盐，要吃多少日子呢，买铅笔墨水，足够娃娃使唤好几年了。最后叹一口气，说我们把娃娃亏了，开学跟我要一本成语词典呢，同学们都有呢，他老是借人家的不好意思，我咬着牙没舍得买，早晓得这样，还不如牙齿一咬给娃买了。

正说着，电话响了。一个清脆的声音在里面说妈，妈，我把钱寻着了，在我裤腿里头呢，压成一个窄条条我才没有发现，刚才一脱裤子溜出来了。

小翠突然放肆地笑起来，笑声很大，把我女儿从睡梦里给惊醒了，小家伙挺喜欢小翠，乌溜溜的眼睛瞪着小翠，不哭，傻兮兮也跟着嗨嗨嗨笑。

小翠一高兴，话就分外多起来，跟我攀谈起来，我发现这个女人其实很健谈，性子挺直爽，说话不藏头缩尾，我也喜欢这样的性子，我们就家长里短的一直说到夜深处。第二天小翠忙着办出院手续，然后雇一辆车来拉男人。瘦老汉来了，小青来了，小青的男人，一个很敦实的小伙子，也来了，大家用一张新毛毯子把病人卷起来，然后从四个边角上拎着，慢慢地挪进带轮的床，然后推出去，抬到车里去了。

小翠把一个洗脚的盆子留给我了，牛奶箱子里还有三包牛奶，她给了我女儿，临出门趴下身子，在我女儿小脸蛋上亲了亲，左边一口，女儿接着把右脸蛋伸出来，她又亲了一口，吧——亲得很响，脆生生的。

我们来了也一周了，明儿也能出院了，大夫说戴着石膏回去好好养着，四十天后自己敲碎石膏去掉就可以了。

看着暮色从窗口一寸一寸浸进来，染黑了玻璃和墙壁，我忽然觉得这病房很冷，冷得空旷，心里说怎么不再住进来一个病人呢？就算大家挤在一起不怎么舒服，但是心里不会这么空得难受吧。胡思乱想中困倦袭来，身子靠住墙根，慢慢滑倒，恍惚中，门好像一响，有人直接推开门，水面上被风裹挟而来的小船一样瞬间漂进来，漂到我跟前，吓了我一跳，一张脸笑吟吟地浮在我面前，女儿又惊又喜喊了一声爸爸。

你，你咋来了？你咋晓得我们在这里？

我惊喜得声音直颤抖。

我女儿病了我咋不能来？鼻子下面长个嘴巴，我一问护士就晓得你们住哪个病房了。

他胖了，黑了，身材好像长高了。

他丢了我的方便面桶子，说我看着娃娃你出去吃面，不，别吃面，吃烩肉，牛肉羊肉都可以，一碗不饱的话再要一碗，吃完了再给娃娃也端一碗回来。

吃烩羊肉的时候，我的眼泪落进了奶白色的滚烫的羊汤里。我似乎能看到当接到公婆的电话后，他一路小跑着请假、赶火车、倒班车，顶着一身晚秋的寒气直奔这座小县城医院的过程和那一份仓皇惊吓与牵挂。

女儿得了爸爸买的玩具，很满意，吃饱喝足后撒会儿娇就甜甜地睡了。把她安顿在被窝里，他趴在床前看女儿，看着看着说半年没见，娃长大了，脸儿胖了，五官大了一号，眉毛黑黑的，长大了肯定是个俊姑娘。他神情奇怪地看着一边发呆的我，忽然笑嘻嘻地说，半年没见，老婆也长大了，变俊了，来，我摸摸，身上胖了还是瘦了。他真的走过来了，脖子下面那个圆鼓鼓的喉结不停地蠕动着，随着蠕动大口大口地吞咽口水，好像他整个人又饥又渴，只想把我一口吃下去解馋，粗重的喘息越来越逼近，直接喷射到我脸上来了。

我跳起来躲着，心里突然装满了委屈，他把我逼在门后捉住了，捧着我的脸，细细地看了看眉眼，然后就一口嗑住不放。我又慌又乱，看看头顶上明晃晃的灯，再看看身后那一张床，床当然空着，可我老担心有人看到，心中又急又怕。他觉察出我在分神，哗啦从里面反锁了门，扭身又扑向我，动作更放肆起来，直接把我顶在门上，一下一下撞击起来。我被这奇异的姿态吓坏了，手心里全是汗，我觉得自己像猛然间生病了，发着高烧，迷迷糊糊，慌乱中紧紧抱住了一个壮实烫热的腰。这是我熟悉的腰，可是已经很久很久没能拥抱它了，我感觉自己伸出去的手软得厉害，在颤抖，我的动作和姿势都显得无比笨拙生疏。我十指紧缩又张开，最后像弹琴一样按在了他腰后那些琴键一样的脊椎骨上，我满脑子漂浮着小翠男人那单瘦颀长的身子从钢筋架子上栽下来的情景，那还仅仅是二层，如果更高一些呢，八九层十多层呢？我一节一节摸索着这些骨节，忽然落下泪来，用力按揉着他的腰部，哽咽着恳求他，一定要时刻系上保险绳，多麻烦多热都要系，我要他的腰好好的，一辈子都好好的。

他忙不迭地嗯嗯嗯答应着，我单瘦的身子像一束温湿的柴草，在他手里抖啊抖，终于被点燃了。泪水伴随着我欢快的呻吟包裹了他的身体，湿漉漉的泪水让他全身哆嗦了一下。他不知道我为什么忽然这么伤心，粗粗的舌头舔着我脸上的热泪，舔出一片冰凉。恍惚迷离中，我忽然想，小翠的男人，这辈子还能站起来，还能像这样孔武有力地顶着自己的女人吗？这一刻，我发现我爱他柔软坚硬伸缩有力的腰部远远胜过了别的部位。他不知道我为什么哭，从轻轻流泪发展到了大声啜泣，泪水湿了他肩胛骨，湿了他胸部肌肉，咸咸的泪味和他的汗酸味混合在一起，然后和这间病房里固有的复杂气味融合成了一片。

事后我让他躺在床上，掺了热热的半盆水，抱着他的脚泡进来，脚板上干巴巴的痂块和硬皮刚一接触水，竟然发出丝丝的炸响，好像脚板上所有的细胞都感到了水的温情和舒服，欢快地张开了嘴巴，在畅饮，在享受，在欢呼。他闭着眼，像一个放浪的女人正在享受一场醇厚的性爱，嘴里竟然发出了伴奏似的哼哼声。我学着小翠的样子，歪着头，撩起一捧水，看着水在半空里落下去，在这对日渐变得苍老丑陋的臭脚上溅出一束束明亮的浪花。

我的梦伴随着思念在这个迎送过无数人病痛和悲伤的狭窄空间里酣畅淋漓地发酵着，我不知道自己的泪水早就将那个干瘪丑陋的小枕头浸湿了好大一片，我深深地沉浸在这温暖旖旎的好梦里，蒙蒙眬眬中甚至期盼着我们短暂欢娱的结果能在我温暖的小腹里悄然发芽，并且在九个月之后发育成一个健康白胖的婴儿啼哭着来到人间。

《花城》2016 年第 6 期 《小说选刊》2017 年第 3 期